二見文庫

ふたりで探す愛のかたち

キャンディス・キャンプ／辻 早苗＝訳

A PERFECT GENTLEMAN
by
Candace Camp

Translated from the English
A PERFECT GENTLEMAN by Candace Camp

First published in the United States by Pocket Books,
an imprint of Simon & Schuster, Inc
Japanese translation published by arrangement with
Maria Carvainis Agency, Inc through The English Agency (Japan) Ltd.

いつも物語が横道にそれないようにしてくれて、
どんな質問にも答えてくれる、
大好きなアビーに。

ふたりで探す愛のかたち

登 場 人 物 紹 介

アビゲイル(アビー)・プライス	アメリカ人実業家の娘
グレイム・エドワード・チャールズ・パー	モントクレア伯爵
サーストン・プライス	アビーの父親
モリー	アビーのメイド
ジェイムズ・ド・ヴィアー	グレイムのいとこ
ローラ・ヒンズデール	グレイムの想い人
ミラベル	グレイムの母親
レジナルド	グレイムの亡父
ユージーニア	グレイムの祖母
デイヴィッド・プレスコット	アビーの友人
フィロミーナ・ポンソンビー	ユージーニアのコンパニオン
ミルトン・ベイカー	グレイムの父親の実務担当者
ジョージ・ポンソンビー	フィロミーナの亡夫
アリステア・カンブリー	聖ヴェロニカ教会の元教区牧師

一八七一年

プロローグ

アビーはグレイムに腕をからめ、階段を上がりはじめた。全員がふたりを見つめていた。みんなの前でつまずいて恥をかくのではと不安だったアビーは、彼の支えがあることに感謝した。横にいる男性を恥ずかしそうに見上げた彼女は、グレイムのハンサムぶりに改めて衝撃を受けた——すっきりした横顔、男らしくがっしりした顎、笑みを浮かべるとこちらの胸が高鳴ってしまうふっくらした唇、髪よりも濃い色合いの、罪深いほど密なまつげに縁取られた青い瞳。この人が自分のものだなんて、驚きだった。

アビーはさっと顔をうつむけて、喜びの笑みを隠した。ついにミセス・グレイム・パーになったのだ——ううん、レディ・モントクレアよ。でも、それも正しくない。グレイムがモントクレア卿になるのは、お義父さまが亡くなってからだから。さまざまな名前や称号はとてもややこしかった。いちばんいいのは、その話題を避けることだ――アビーは、口を閉じているのがいちばん賢明だと、ロンドンで学んだ。

グレイムが意地悪だったことはないけれど。彼は完璧な紳士で、壁の花と踊ったり、年配女性とことばを交わしたりしてくれる人として、催し物の女主人が頼りにする類の男性だ。みんなに対するのと同じように、自分に対しても常に礼儀正しくて感じよく接してくれた。わたしが地名をまちがえたときだって――あの綴りでウスターと読むなんて、わかるわけがないわ！――ほかの人たちのようにばかにした表情を浮かべたことが一度もない。それに、何度か陳腐なことを言ったときだって、礼儀正しい表情を崩さずにいてくれた。

もちろん、彼はわたしを愛していない。自分の魅力がこの顔や体ではなくて、父の富にあるのはよくわかっている。それに、社交行事には付添人たちがいて、顔見知り以上に親しくなれるほどふたりで過ごしていなかった。でも、グレイムはわたしによくしてくれるだろう。親切にしてくれるだろう。そんな彼に愛してもらえると信じていた。結婚によって父親の支配から逃れ、ののしったり言動のすべてを操ろうとしたりしない夫と一緒になったのだ。

アビーはまたちらりと花婿を盗み見た。口の両側に深いしわがあり、目の下には隈ができている。わたしと同じで、彼もここのところよく眠れていないらしい。結婚式前にやらなければならないことがありすぎたせいだ。あちこち駆けずりまわったり、おおぜいの人たちに会ったりで、目眩がするほどで……神経がぴりぴりしどおしだった。

それでも、彼のいかめしい表情は、単に疲れているだけではないようだ。怒っているの？　ほんの数分前、彼がアビーの父と話しているのに気づいたのだった。父のサーストン・プライスは腹立たしくなる人で、従って当然といった態度で高飛車に命令を発する人だ。そして、当然ながら大半の人間がその命令に従った。アビーも例外ではなかった。

でも、そんなことはどうでもいい。いまは父から自由になったのだから。自分たちは父から自由になった。明日になったら、ふたりで一カ月の大陸旅行に出発する。ふたりきりで。今夜もふたりきりになる。彼の腕にかけた手に力が入る。今夜はじめて夫とふたりきりになると思ったら、わくわくしたけれど……同時に少しばかりこわくもあった。細かいことはよく知らなかった。どうなるのか、だれもはっきりと教えてくれなかった。いつも頼りにしているメイドのモリーにしても、ずっと未婚できたせいでほとんど助けにならなかった。

「だんなさまにお任せすればいいんですよ」それがモリーの精一杯の助言だった。

「あの方はイングランド人ですが、とてもりっぱな紳士みたいですから」グラスゴー出身の母を持つモリーは、イングランドに関するすべてを生まれつき信用していない。

もちろん、モリーが正しい。グレイムは完璧な紳士だ。アビーの父とはちがい、まちがいを犯した彼女にどなったりしない。それでも、今夜がすでに終わって明日の朝になっていて、夫婦としての人生に踏み出すところだったらよかったのに、と思ってしまう。

踏んでしまわないようにと腕にかけたウエディング・ドレスの裳裾の重みが、だんだんつらくなってきた。凝った形に結った髪と長いベールも重く、完璧なくびれを出すためにいつも以上にきつく締めたコルセットのせいで息を大きく吸うこともかなわない。

階段を上がりきり、ふたりの続き部屋に向かって長い廊下を進む。グレイムの歩調が速まった気がして、待ちきれないせいなのか、単に自分と同じように神経質になっているせいなのか、どちらだろうとアビーは思った。どきどきしていると、グレイムがドアを開けて彼女を先に通すべく脇にどいた。アビーが部屋に入ると、背後でドアの閉まる重々しい音がした。

どうすればいいのか、なにを言えばいいのかすらわからなかった。沈黙が長引いていき、アビーの頬が赤くなる。ついに好奇心が内気さを抑えこみ、ふり向いて彼を見た。こちらを見るグレイムの顔には、張り詰めた表情が浮かんでいた。不安のせいでアビーの腹部がこわばる。

「その――」しゃべり出したものの、なにを言いたかったのかもわからない。「あなたは――なにか問題でも？」

グレイムはおもしろみの欠片（かけら）もない笑い声を短く発した。「問題じゃないことなどあるか？」

アビーの顔から血の気が引いていき、彼のことばが聞こえないほどの耳鳴りがしはじめた。両手を拳に握り、深呼吸をして、気絶すまいとする。

「……だが、私は彼の言いなりになるつもりはない」耳が聞こえるようになったとき、グレイムはそう言っていた。その目は、見たこともないくらい険しかった。「きみの言いなりにもならない」

「どういうことですか？」ささやきのような小さな声になった。

「お父上はきみに夫を買ったかもしれないが、操り人形を買ったわけじゃない」

「な、なんのことだかわからないのですけど」

「それなら、できるだけわかりやすく言ってやろう」大股で近づいてきた彼は、無情な目つきをしていた。「きみたちふたりは望みの爵位と家名を手に入れたわけだ。だが、得られるのはそれだけだ。お父上の血を引く未来の伯爵まであたえてやるつもりはない。この取り引きに応じたのは家を救うためであって、プライス家の種馬になるためではない」

アビーは彼に平手打ちされたかのような衝撃を感じ、はっと息を呑んだ。

「驚いたのか？　そこまで人の感情がわからないのか？」矢継ぎ早に向けられる怒りのことばは、アビーの傷ついた心に投げつけられる石も同然だった。「私がほかの女性を愛しているのを知りながら、本気できみのベッドに入るとでも思っていたのか？　私がきみのご機嫌を取ると？　考えを改めたほうがいいな。形だけの夫にしかなるつもりはない」

アビーはしゃべれず、動くこともかなわず、寒々とした恐怖のなかで彼を見つめるしかできなかった。震えるひざからくずおれずにいるのが精一杯だった。グレイムはわたしを軽蔑している。この完璧な紳士は、生涯にわたって避難所になってくれると思っていた夫は、わたしとはいっさいのかかわりを持ちたがっていなかった。ほかの女性を愛していた。

グレイムは返事を待っているかのようにアビーを見つめていた。苦痛と損失と憤怒が彼女のなかで渦巻き、息もできないほどになった。「わかりました」

グレイムが唇をゆがめた。「わかってもらえると思っていたよ」

くるりときびすを返した彼は、ドアに向かった。ホテルのキーをベッド脇のテーブルに投げ、部屋を出ていった。

アビーはドアを凝視して立ち尽くした。あいかわらず動けなかった。体を支えられないほど脚が震え出し、がくりとひざをついて低いうめき声を漏らした。繊細なベールをむしり取り、ついにこらえられなくなってすすり泣いた。

一八八一年

1

部屋にだれかいる。

はっと目を開けたグレイムは、巨大な四角い顔と見つめ合う形になった。犬は瞬きもせずに見つめてきて、白くなりつつある額には心配でたまらないとばかりのしわが寄っている。とっさに体をこわばらせたグレイムだったが、力を抜き、吐息をついた。

「勘弁してくれよ。ジェイムズ……」無頓着に戸口にもたれている男に目を転じる。

「目が覚めたら獣に見つめられていたなんて、心臓発作を起こしてもおかしくないんだぞ。だいたい、夜明けに私の部屋でなにをしているんだ？」

「どこが夜明けなんだよ、いとこ殿」細身で色の浅黒いジェイムズが鼻で笑い、灰色の瞳に冷笑を浮かべて寝室に入ってきた。「私たちはとっくに朝食をすませ、グレイス・ヒルから来たんだ。昼まで寝ている母のテッサですらが起きているんだぞ」

グレイムは起き上がり、たじろぎ、頭に手をやった。「ゆうべはなかなか眠れなかったんだ」

「ブランデーの飲み過ぎか？」ジェイムズが窓まで行ってカーテンを勢いよく開けたせいで、陽射しがグレイムの目を突き刺した。

彼は顔を背け、ため息をついてベッドを出た。「きみはロンドンにいると思っていたんだが」

「昨日戻ってきた」椅子の背にかけてあった部屋着を取り、グレイムに投げる。

「だとしても、私の屋敷にいる説明にはならないが」グレイムは部屋着を着た。「それに、執事のフレッチャーがきみを部屋に上げて私をベッドから引きずり出させた説明にもならない」

「いや、彼は止めようとしたんだ」ジェイムズは飾り房のついた紐を引いてグレイムの側仕えを呼んだ。「私がすなおに従うはずがないのはわかっているだろう」

「それはそうだ」グレイムは手で顔をこすり、散らばった考えをまとめようとした。

「テッサおばさまもここにいると言ったか？」

「そうだよ」

「どうして？」とことん寝過ごしたなんてことがあるだろうか？ ゆうべはブランデーをしこたま飲んだ。少しばかり自分を持てあましていたのだ――いや、退屈でたまらなかったのだと認めよう。だが、そこまで泥酔するはずがない。グレイムはちらりと時計に目をやった。「まだ十時じゃないか。テッサおばさまが昼前に外出するなんて聞いたこともないぞ」

「伯爵未亡人からきみへの伝言を頼まれたんだよ。母はそんな機会をぜったいに逃しはしない。たとえ、きみの言う夜明け前に起きなくてはならなくてもね。なんといっても、ゴシップは母の得意とするところだから」

「ゴシップだって？　いったいなんの話をしてるんだ？」

「着替えて階下に来いよ。そうしたら、細かいところまで話してやるから」ジェイムズはのんびりとドアに向かい、おしゃべりに飽きて床に寝そべり、部屋の三分の一ほども占領していた巨大なマスチフ犬を太腿を叩いて呼んだ。「きみの母上は当然ながら、私たちに二度めの朝食を用意すると言っている」

「ジェイムズ……」グレイムは歯を食いしばりながら、ひとことひとことを強調した。

「いったいどうなっているんだ？」

「レディ・モントクレアがロンドンにいる」

「お祖母(ばあ)さまが？」グレイムは困惑に顔をしかめた。「だが――いや、お祖母さまはロンドンにいるに決まっているな。ついさっき、きみはお祖母さまから――」

「伯爵未亡人じゃない。彼女ではないレディ・モントクレアだよ」

「母が？　だが、母なら――」

「ちがう」ジェイムズが力をこめて言う。「三人めのレディ・モントクレアだ。きみの奥方だよ」

ジェイムズはそう言い捨てると部屋を出ていき、マスチフ犬がそれを追った。

グレイムは呆然と見送った。私の妻だと！　椅子の前に置かれた足載せ台(オットマン)にどすんと腰を下ろす。頭痛がひどくなった。私の妻。

十年前に結婚した女性を思い浮かべようとする。長身で、痩せぎすで、さえなくて、黒髪が顔色の悪さを際立たせていた。もの静かで、常に白いドレスを着ていて、影が薄かった。ローラとはまったくちがうという以外、彼女の外見にはほとんど注意を払わなかった。大きな目をしていた。目の色はおぼえていないが、その目が自分に注がれ、値踏みされていたのはおぼえている。彼女がなにを考えているのか、まったくわからなかった。実際、わかりたいとも思わなかった。いま思い返してみれば、父親がグレイムをたぐり寄せるのを蜘蛛の巣で待っているような態度だった。

昔の憤怒がよみがえろうとしていた。アビゲイル・プライスとその父親は爵位を欲しがり、それを買う金を持っていた。しかも、金が足りなかったとしても、彼らにはほかの手段があった。

所領を救うには、金のために結婚するしかないとわかっていた。愛するローラを諦めなくてはならないとしても、務めは果たすつもりだった。予想外だったのは、彼らが脅迫という手を使ってきたことだ。サーストン・プライスはどんなことでも運を天に任せる男ではなかった。

グレイムはむっつりと立ち上がり、側仕えを待たずに着替えをはじめた。なんだって彼女は戻ってきたりした？　私の人生は……たしかに幸せなものではなかったかもしれないが、妻が遠くニューヨークにいてくれて快適だった。思い描いていたような、愛する女性との――ともに子どもたちを育て、ともに年老いていく――心地よい将来ではなかったが、少なくとも、望んでもいなかった妻と見せかけの日々を過ごさずにはすんでいた。花嫁が結婚初夜に逃げ出したせいで、ちょっとした醜聞は起きたが。それに、彼女がいなくなったのを喜んでいると公言はできなかったが。それでも、一家はそれを耐え忍んだ。グレイムは所領を守った。家名の汚点を隠してきた。そして、ひとりを楽しみ、平穏をじゃまされずにきた。

アビゲイル・プライスはいまごろになって私になにを望んでいるのだろう？　彼女と父親が喉から手が出るほど欲しがっていた家名はすでにあたえたではないか。自身の属する遠くの街で望みの人生を送っているではないか。

十年前、初夜に自分たちの結婚について無遠慮で無作法とすらいえることばを吐いただけでなく、別々に暮らそうとまで言ったのを謝ろうと翌日にホテルに戻ったところ、その朝に妻がホテルを引き払ったと知らされて驚愕したのだった。だが、すぐに安堵に変わった。自分が思っていたとおり、アビゲイルが関心を持っていたのは爵位だけだったのだ、それが手に入ったから急いで自分の国に帰ったのだ、と。

彼女は十年間アメリカにいて、グレイムと同じく配偶者という重荷なしの人生に満足していたらしい。彼女がニューヨークで輝きを取り戻し、彼女の開くパーティがすばらしく優雅で、だれもが招待を心待ちにしているといううわさがときおり耳に届いていたものの、正直なところ、彼女がなにをしようとほとんど関心はなかった……大海原をはさんだあちらにいるかぎりは。

数分後、階下の食堂に入ったところ、みんなが待っていた。ジェイムズは、テーブルに並んで座っているふたりの中年女性から少し離れた窓辺に立っていた。黒いドレスを着て、茶色の髪に白髪が交じったやさしい顔立ちの女性がグレイムの母親で、息子を見ていつもの笑みを浮かべた。隣りに座っている女性よりもやわらかで少し色褪せた印象だ。もうひとりの女性はたっぷりの黒髪とはっとするほどの銀色の瞳の持ち主で、いまだに男性を魅了する豊満な体つきをしている。

「母上」テーブルをまわり、母親の頬にキスをする。「テッサおばさま。訪問いただけるとは光栄です」グレイムは微笑んだ。おばに微笑まずにいられる人はいないだろう。

テッサおばは、グレイムがそちらをふり向くと同時に立ち上がり、抱きしめてきた。「グレイム！　わたしのお気に入りの甥っ子」両手で彼の腕をつかんだまま身を離し、首を傾げてしげしげと見つめる。「あいかわらずハンサムだこと」

「あなたのただひとりの甥ですよ。おば上もあいかわらず輝くばかりの美しさですね」

「お世辞がうまいのね」テッサがいたずらっぽく微笑む。「そういう男性は好きよ」

「目に入る男全員と戯れないと気がすまないのですか、母上？」ジェイムズがそばに来た。

「堅苦しい老人みたいなことを言わないでちょうだい」テッサは魅惑的な笑みを息子にも向けた。「人はできるときに持てる技術を磨かなければならないのよ」

「ふむ。それは気づいていましたよ」ジェイムズは母親の隣りに腰を下ろし、グレイムにうなずいた。「お茶をもらったほうがいい。必要になるぞ。ウイスキーも垂らすといいかもしれない」

グレイムは座り、執事のフレッチャーが注いでくれたお茶を受け取った。ひと口すすってうなずくと、フレッチャーはそっと食堂を出てドアを閉めた。「よし、いいぞ。最悪の話を聞く心の準備はできた。いったいなにがどうなっていて、お祖母さまはなぜきみを寄こしたんだ？」

「言っただろう。いなくても寂しがられないきみの奥方が、ロンドンに戻ってきたんだよ」

「ジェイムズったら」テッサがたしなめる。「きちんと伝えるのがほんとうに下手なんだから」それから目をきらめかせて甥に向きなおる。「あなたの奥さんがこの前の火曜日にレディ・ロチェスターの夜会に顔を出したのですよ。彼女が何者なのか、だれもまったくわからなかったの。最高にすばらしいレースをあしらった濃いダークブルーのみごとなサテンのドレスを着て——」

「彼女の着ていた夜会服がどんなだったかなど、グレイムは興味がないと思いますよ」ジェイムズがにべもなく言った。

「でも、ミラベルとわたしは興味があるの」テッサは姉に向かって話した。「ただただすばらしかったのよ、ミラベル。バッスルのサテンの薔薇を見てもらいたかったわ。

有名なデザイナーのワースが作ったドレスよ、ぜったいだわ」

「ドレスの知識に関しては、あなたの右に出る者はいませんね、テッサおばさま」グレイムの口調はジェイムズよりも愛想がよかった。「でも、アビゲイルはどうしてイングランドにいるんです？」

「さっぱりわからないわ」テッサは無頓着に肩をすくめた。「ほかの人たちもまったく知らないの。みんな、夢中で推測し合っているわ。レディ・クロウリーは、彼女があなたと対決しにきたのだとぜったいの自信を持っているのよ。でも、あなたも知ってのとおり、レディ・クロウリーはいつだって芝居がかっているから」

テッサおばがほかの者を芝居がかっていると思っているのがおかしくて、グレイムはいとこににやりと笑ってみせた。「でも、彼女はなんの件で私と対決するんですか？」

「それがわからないから、みんなが興味津々なのじゃないの」

「まさかグレイムに腹を立てているはずはないわよね」ミラベルが眉をひそめる。

「だって、彼女のほうから出ていったんですもの」ため息をつく。「あんなに申し分ない人に思えたのに。わたしはとても気に入っていたのよ」

「あなたはだれだって気に入るじゃないの、ミラベル」テッサはまた続きを話し出した。「いちばん有力なのは、縁結び役をするために来た、という説なのよ」

「縁結びだって！　なんの話ですか？」グレイムの背筋を不安がぞわぞわと走った。

「裕福なアメリカ人のお嬢さんのためですよ。あなたの奥さんがイングランドとのつながりを利用して、現金の注入を是が非でも必要としている貴族を見つけ、アメリカの女相続人と結びつけようとしている、と言われているの。彼女自身がそうしたわけですしね」

「つながりってなんですか？」と、グレイム。「彼女にはイングランドとのつながりなんてありませんよ」

「きみがいるじゃないか」ジェイムズが指摘した。

「犠牲者を探す手伝いをするつもりはない」グレイムはむっとした。

「そうかもしれないが、彼女はそれを知っているのかな？」ジェイムズが言い返す。

「個人的には、それでロンドンを出ていってくれるのなら、きみは彼女を手伝うべきだと思うな。彼女がきみの前で、その、男友だちを見せびらかしたがっているだけだと信じている者もいるが」

「男友だちだって？」グレイムの口調が冷ややかなものになった。「だれのことだ？」

「彼女についてまわってご機嫌を取っているアメリカ人がいるんだ。その男は彼女の父親の仕事仲間らしい」

「仕事仲間？」グレイムが唇をゆがめた。「悪党仲間のまちがいじゃないのか。彼女の父親もロンドンに来ているのか？」

「いいや。サーストンはアメリカにいて、疑うことを知らない人間にまた株式詐欺を働いているにちがいない」

「それはせめてもの救いだな」

「どうしてそんなひどいことができるのかわからないわ」ミラベルの目が不意に涙できらめいた。「かわいそうなレジナルド。あんなことになるとは……」

「わかっていますよ、母上」

「自分が莫大な利益を上げるためになにも知らない人を誘いこみ、あとは放り出して破滅させたサーストン・プライスなど、監獄に入れられるべきだったのよ」ミラベルはポケットからハンカチを取り出して涙を拭った。

テッサが姉の手を軽く叩いた。「お義兄さまはいつだって性善説の方だったものね」

「ええ、そうだったわ」ミラベルは震える笑みを向けた。「そんなところが、みんなに愛されたたくさんの理由のひとつだったのよ」

父はみんなから愛されすぎたのだとグレイムは思ったが、口には出さなかった。

「残念ながら、ミスター・プライスのしたことは違法ではなかった」

「ただ邪悪だっただけね」ミラベルが鼻をすすった。

「ええ、ひどく邪悪でした。でも、それは昔の話で、ミス・プラ――ではなくて、レディ・モントクレアがここにいる件とはなんの関係もありません」グレイムはふたりの女性をちらりと見た。「すみません、母上、テッサおばさま。この先は女性の前でするような話ではないので控えます」

「おもしろくなりそうなところでやめるなんてだめよ、グレイム」テッサが声を大きくした。「礼儀正しすぎるのも考えものですよ」

「わかりました」グレイムがジェイムズを見ると、彼の目は笑っていた。「彼女はそのアメリカ人と情事を持っているのか？」

「わからない」ジェイムズは肩をすくめた。「きみは気に病んでいるようには見えないが」

「彼女がなにをしようと、私にはどうでもいい。情事で私を傷つけようと思っているなら、大きなまちがいだ」

「でも、グレイム」ミラベルが小さく言った。「跡継ぎのことはどうなの？　もし彼女が……その……別の男性の息子を産んだらどうするの？」

「とんでもない醜聞になるわね」テッサは興奮気味に言った。「子どもができなかったとしても、刺激たっぷりの醜聞なのはまちがいないわ。ロンドンに戻ってきただけで、昔の醜聞がよみがえったくらいですもの。だれもが結婚式のうわさを――」

「あれはひどかったわ！」ミラベルが頭をふる。

「もっと重要なのは」ジェイムズが口をはさむ。「翌朝に花嫁が逃げ出したという事実だ」

「ほんとうに。グレイムったら、花嫁をひと晩以上つかまえておくことはできなかったの？」テッサがたずねる。

グレイムの母が妹に向きなおる。「テッサ！　あれはグレイムのせいじゃなかったのよ！　彼女を軟禁できるはずもないでしょうに。きっと、ずっと前から逃げ出す計画だったにちがいないわ」

「あら」テッサは両手で問いかける仕草をした。「みんながうわさしていたのは……」

「新婚初夜の話はやめてもらえませんか？」グレイムは髪を掻き上げ、ジェイムズに顔を向けた。「お祖母さまからの伝言を持ってきたと言っていたよな。どういう伝言なんだ？」

「きみにロンドンに戻ってきてもらって、奥方をなんとかしてもらいたいそうだ」いところがぶっきらぼうに言う。「彼女がさらなるうわさ話のもとにならないように、田舎の本邸に連れていくべきだ、というのが伯爵未亡人の意見だ」

「彼女をここへ連れてくるだって？　リドコム・ホールに？」グレイムは背筋を伸ばした。「冗談だろう。お祖母さまは私にアビゲイルと一緒に暮らせとおっしゃってるのか？」

「夫は妻とともに暮らすものだと思うが」ジェイムズがどっちつかずに指摘する。

「断る。彼女をここに連れてきて、母に――」

「あら、わたしなら気にしないわよ」ミラベルがテーブルに身を乗り出し、息子の手をぽんぽんと叩いた。「ほんとうに。彼女だってそんなに不愉快な人ではないでしょう。大きな屋敷だし。少なくとも醜聞がおさまるまでくらいなら、なんとかやっていけると思うわ。彼女は十年前に逃げ出したのを後悔しているかもしれないし。あのときは不安の発作にでも襲われたのかもしれないし、もう一度やりなおしたいと思っているかもしれないでしょう」

「楽天的すぎますよ」いらいらしたようすで言ったあと、グレイムはため息をつき、母の手をそっと握った。「プライス家の人間が不安の発作に襲われるとは思えません。彼女がなにを望んでいるのかはわかりませんが、よいことではなさそうな気がします。

それに、お祖母さまはいつもどおり正しい。私がロンドンへ行って、事態をおさめてこなくてはならないようです」

「彼女をここへ連れ戻る？」ミラベルはたずねた。「どのお部屋を用意すればいいかしら？」

「心配はいりません。アビゲイルを連れてくるつもりはありません。イングランドを立ち去らせます」

2

　二時間後、グレイムはジェイムズの馬車に乗ってロンドンに向かっていた。

「列車のほうが速かったのに」グレイムはカーテンを開けて外を覗いた。

「ほかの乗客がデムをいやがるんだ」ジェイムズは馬車の床に寝そべっているぶちのマスチフ犬に顎をしゃくった。犬は床に尻尾を打ちつけて応えた。

「どうしてかわからないな。足を下ろせる場所を少しは空けておいてくれるのに」

　ジェイムズの唇がひくついて笑みになりかけた。「元気を出せよ、いとこ殿。それほどの長旅にはならないさ。母ですらがなんとか耐えきったんだから」

「それはぜひ見たかったな」グレイムは、豪華に着飾ったおばがデムと狭い空間を共有している場面を想像しようとした。

「ふむ。デムがひだ飾りに涎を垂らすという不幸な事件はあったんだけどね」

「きみにとっては、兄弟よりもその犬のほうがたいせつなんじゃないかという気がしてきたよ」

ジェイムズが肩をすくめる。「私の兄弟はきみも知ってのとおりだからね」

「たしかに」しばらくして、彼は続けた。「私をロンドンに引っ張っていかなくてもよかったんだぞ。いずれにしろ、ロンドンには行くつもりだった」

「だが、私は伯爵未亡人から直々に命令されたんだよ。それに従わないなんてもってのほかだ。それに、たいした手間でもない――どっちみち一両日中にはロンドンに戻るつもりだったんだ。いとこのモーリスが訪ねてきてね。彼と一緒に長く過ごしたら、私は殺人罪で投獄されかねない」横目でグレイムを見る。「玄関広間のテーブルにミス・ヒンズデールからの手紙が載っていたが」

隣りに座るグレイムが体をこわばらせた。「彼女はずっと母と手紙のやりとりをしているんだ。彼女の亡くなった母上が、母の友人だったからね。心配はいらない。私は彼女と手紙のやりとりはしていない」

ジェイムズが片方の眉を吊り上げた。「きみが彼女に手紙を書いたからって、私が気にするとでも？　私の道徳観が損なわれるとでも？」

「いいや。きみは冷静な道理の持ち主だったよ――これからもずっとな」

「それがときどき役に立つんだよ」

「ローラにはほとんど会っていない。彼女がおば上やいとこに会いにロンドンにやってきた際に、パーティで顔を合わせるくらいだ」ときおり彼女を見るだけでもつらかった――ほっそりしたおだやかなブロンド美人の姿は、葬ったままにしておいたほうがいいあまりにも多くの思いを呼び起こし、どれだけのものを失ったかを思い出させてくれたから。「彼女の名誉に疑念が投げかけられるようなことはしたくない。きみにとってはお笑い種なんだろうがね」

「そんなことはない。なじみのあるものとはいえないかもしれないが」ジェイムズはしばしグレイムの顔を探った。「いまでも……ミス・ヒンズデールへの気持ちは変わっていないのかい？」

「いまでも彼女を愛しているかって？　ああ、もちろんだ。なくしたおもちゃみたいにあっさり忘れるとでも？」

「もう十年も経つんだぞ、グレイム。未亡人だってそのうち半喪服に変えるじゃないか」

「時間が経ったからといって、愛は消えないんだよ」グレイムが言い返す。「きみにはわからないだろうけどね」不意に口をつぐみ、目のなかの怒りが消えた。「すまない、ジェイムズ。言ってはならないことだった」

「どうしてだい？　私には女性の気持ちが理解できないというのは、周知の事実だ。私がミス・ヒンズデールと……話したあと、きみがまさにそう言ったんじゃないか」

「それについてきみを責めるのは、もうずっと前にやめただろう。私と結婚しないようローラを説得したのは、善意からだったとわかっている。きみは一族のためにそうしてくれたんだ」

ジェイムズは鼻を鳴らした。「一族なんてくそ食らえだ。ドラゴンみたいなきみのお祖母さまだとか、パーの家名だとか、きみが愛してやまない所領だとかを私がほんの少しでも気にかけていると思っているなら、きみはとことんいかれている。私がミス・ヒンズデールと話したのは、恋に盲目のきみが愚かな過ちを犯さないようにするためだったのさ」ジェイムズは袖口を引っ張って完璧に整えた。「それに、きみが愛を貫いて貧乏になったら、きみと美しい奥方が私を頼ってきていただろう。兄弟を支えるだけでもたいへんなのに」

「それはそうだろうな」グレイムの唇にかすかな笑みが浮かんだ。「心配はいらないよ、いとこ殿。毎晩枕を濡らしたり、運命を嘆いて日々を過ごしたりはしていないから。本を読み、愛してやまない所領を管理し、ちょっとした楽しみのためにときおりロンドンに出向く生活に満足している」

毎日のように自分をとらえている倦怠感だとか、夜になると忍び寄ってくる孤独感についてては、話す必要もないと思った。パーティでローラを見かけたときに胸が高鳴ったり、手にキスの挨拶をしようと急いで彼女のもとに向かってしまったりすることを打ち明けるつもりはなかった。同じ部屋の離れた場所にいて、あとで思い出してたいせつに味わえるように彼女の姿をじっと見つめてしまうことも。なによりも、自分の奥深くに巣くい、務めも、ブランデーも、ときおり相手をしてもらう愛人のやわらかで温かな体も埋められない虚無感について、ジェイムズに話すつもりはなかった。

「できましたよ」モリーは装飾ピンを女主人の髪につけ、少し離れてできばえを確認した。「どんな貴婦人だってお嬢さまにはかないませんよ、ミス・アビー」

「あなたのおかげだわ」アビーは鏡のなかのメイドに微笑んだ。モリーは正式な侍女ではなかった。子どものころは乳母で、アビーの成長とともに侍女の役割を果たすようになったのだ。モリーは髪を結うのが驚くほどうまかったけれど、叱ったり、甘やかしたり、助言をあたえてくれたりと、使用人であると同時に母親のような存在でもあった。

「その美しいお顔がなかったら、だれもお嬢さまの髪型になんか気づきませんよ」その声にはスコットランド出身のかすかな訛りがあった。「今夜はどんな宝石をおつけになりますか?」アビーの黒っぽい髪につけたばかりの、ダイヤモンドと銀の針金で作った繊細なトンボに目をやった。「ダイヤモンドにしますか?」

「いいえ、黒玉のネックレスがこのドレスには映えると思うの」ベッドに広げられたドレスに目をやる。黒いサテンのペチコートの上には、たっぷりのひだから短めのトレーンへと流れるようにピン留めされた、きらめくシルクのオーバースカートが置かれている。銀色のボディスとオーバースカートの前面には大胆な黒の山形紋がいくつかあしらわれており、仕上げはハート形の襟ぐりに沿って使われている繊細な黒いレース紐だ。「このドレスそのものが本物の宝石だわ」

「はい、ほんとうに。お値段も宝石に負けないくらいでしょう」

アビーは少しだけ微笑んだ。「でも、それだけの価値があるわ」

「今夜はみなさんの注目を浴びますよ」モリーは化粧台に座っているアビーの前に宝石箱を置いた。「あの方もいらしていれば、お嬢さまに気づかれますね」

「来ると聞いているわ」アビーは宝石箱の引き出しのなかから切子面の黒玉のネックレスを取り出し、モリーに渡した。「でも、もし来ていなくても……」肩をすくめる。

「また別の機会があるでしょう。ずっとどこにも顔を出さないはずがないもの。なんといっても、家族に対する義務があるから」

「ご自分がなにをなさろうとしているのか、ちゃんとわかってらっしゃるといいんですけど」モリーはぼやき、ネックレスをアビーのほっそりした首にかけた。「あたしの意見などお聞きになりたくないでしょうけど、あの方がお嬢さまの人生に戻ってくることなど望むべきじゃありませんよ」

「十年経つのよ。彼だって変わったとは思わない？　わたしは変わったわよ」

「アイ。お嬢さまは昔からその片鱗がありましたけど、美しいおとなの女性におなりですよ。あのイングランド人(サセナッフ)がどうなったかはわかりませんけどね」

「彼はほかの人を愛していたのよ。わたしとの結婚は望んでいなかったの」

「でも、だったらあの方はお嬢さまじゃなくて、その女性と結婚するべきだったんです」

「所領を救うためにわたしと結婚するしかなかったの。一族のために務めを果たした彼を非難なんてできないわ。それに、お父さまがごり押ししたでしょうし。お父さまがどういう人か、あなたもよくわかっているでしょう」

「アイ、そりゃあもう」

「わたしは若くて愚かで、それがわからなかった。モントクレア卿はわたしとの結婚に満足していると思った。彼の態度を反感ではなく、イングランド人らしい控えめなものだと、紳士らしく慎み深くしているのだと思いこんだ。ほんとうのことを知りたくなかったのだと思う。彼は……」アビーは当時を思い出して首を傾げた。その目がやわらかなものになる。「彼はとってもハンサムで、とっても洗練されていたわ。お父さまやその仲間とはちがって、粗野でもなければ、お金を稼ぐことにしゃかりきになってもいなかった。彼らの息子たちとはちがって、荒々しくも浪費家でもなかった」

「たしかに容姿端麗な方でしたね」モリーが認めた。

「そうでしょう？」アビーはにっこりして鏡のなかのメイドと目を合わせた。「いまもそのままかしら」

モリーが鼻を鳴らす。「禿げてお腹が出てるんじゃないですか」

アビーはくすりと笑い、立ち上がって部屋着を脱いだ。「二、三十年じゃなくて、十年経っただけなのよ」

「自堕落な生活を送っていれば、それくらいじゅうぶんありえますって」

「彼は〝自堕落〟には見えなかったけれど。どちらかというと、すごく実直な感じだったわ」

「そうかもしれません」モリーは彼に関する自分の意見を捨てきれなかった。鯨ひげのコルセットをアビーの体に巻く。「息を吸いこんでください」紐を締めながら続ける。「どうしてもっとふさわしい殿方に目を向けられないんですか？　ミスター・プレスコットはお嬢さまのためならなんだってする方ですよ。一緒にロンドンにまで来てくださったじゃないですか」

紐がすっかり締め終えられるのを待って、アビーは息を吐いた。「ミスター・プレスコットにはロンドンで所用もあったのだと思うわ」モリーが肩をすくめて気持ちを如実に表わした。アビーは続けた。「それに、彼はわたしの夫じゃないでしょう」

モリーがため息をつく。「わかってます。それが問題なんですよね？」

着替えは進み、ペチコートをつけてバッスルも留めた。そして最後に、モリーがワースのすばらしいドレスを手に腰掛けの上に立って、髪を崩さないように慎重に頭から着せかけた。背中のボタンを留め、バッスルをおおって床まで流れるようなトレーンをやさしい手つきで整えた。

鏡に映るできばえをふたりそろって見つめる。モリーが感嘆の吐息をついた。「ああ、ミス・アビー、なんてお美しい。ひざまずいてお嬢さまの許しを請わないような ら、あの方は愚か者ですよ」

アビーは笑った。「そんなことになったら、レディ・ペングレイヴの舞踏会は確実に活気づくわね」扇と手袋を手に取り、シルクの薄いショールをモリーにかけてもらう。「モントクレアがなにをするにせよ、すごく楽しみだわ」

「ほんとうに彼女はここに来ているんですか？」グレイムは混み合った舞踏室を見まわした。「見つかりませんが」

「こんな人混みのなかで簡単に見つかるはずがないでしょうに」祖母がぴしゃりと返した。舞踏室は人でいっぱいで、ダンス・フロアだけがかろうじて空いている――が、そこも刻々と埋まりつつあった。

　グレイムは祖母をふり向いた。いつもの紫色のドレスを着た、がっしりとした体格の伯爵未亡人である祖母は、侮りがたい女性だ。背は高くないが、壁のように不動で、怒らせたい相手ではない。ジェイムズですらが、極力祖母を避けている。尊大な表情からコルセットで締めつけた体に至るまで、なにもかもが花崗岩を彫ったかのようだ。

「彼女はここに来ますよ」祖母が断言した。

「レディ・ペングレイヴの舞踏会にはだれもが来ますから」そばにいる伯爵未亡人の話し相手(コンパニオン)が言った。ミセス・ポンソンビーの声は、外見から想像できるとおりにおだやかで消え入るようだった。小柄で華奢な彼女は、グレイムの祖母とは正反対だ。ものの静かでやさしい話し方をする女性で、同意するのでないかぎり、めったに意見を口にしなかった。夫を亡くして以来、伯爵未亡人の世話になっている彼女は、できるだけ出しゃばらないように努めていた。祖母の相手をするには、それがもっとも賢明なやり方だろう、とグレイムは思った。

「おかげで、だれかを見つけるのがいまいましいくらいむずかしい」

「ことばを慎みなさい、グレイム。ほら、腕を貸してちょうだい。ひとまわりしてみましょう」

こういう無意味な社交行事がいやだからこそ、彼はたいていロンドンの町屋敷ではなく本邸で過ごしているのだった。祖母の出席するパーティへの同伴を断ることはできなかった――礼儀作法が叩きこまれているからだ――が、いつもひどく退屈した。それでも、ここへ来ることに同意したのは自分なのだからと、グレイムは祖母に腕を差し出し、ふたりで舞踏室をゆっくりとまわった。ミセス・ポンソンビーがその後ろをついてくる。

「殿方が集まっているところを探すのですよ」伯爵未亡人が言う。「彼女はきっとその中心にいますから」

「なぜです？　財産狙いの男たちが既婚女性のそばにいたって、意味がないじゃないですか」

伯爵未亡人は彼に渋面を向けた。「殿方が女性に群がる理由は、お金だけではありませんよ」

「でも、彼女は――」

伯爵未亡人がグレイムの腕を扇でぽんと叩いた。「いましたよ」

グレイムは祖母の示したほうを見た。「――美人でもないのに」ささやきほどの声になった。

アビゲイル・プライスは顔色が悪く、痩せていて、さえなかった。レディ・モントクレアであるアビゲイル・パーは……目の覚めるような美人だった。

「ぽかんと口を開けて見とれるのはおやめなさい」祖母がぴしゃりと言った。「アメリカ人のさえない小心者は変わりましたね」

「そのようです」

あいかわらずほっそりしていて色白で、髪は黒いままだったが、さえないところなどひとつもなかった。美人というには口がやや大きすぎ、頬骨はやわらかというよりはくっきりしており、おまけに背が高すぎた。それでも、ひと目見たら目をそらせない。真夜中のように黒い豊かな髪は流行のポンパドゥールに結い上げられていて、いまにも崩れ落ちそうに見えた。大きな目が輝き、唇が上向き、頬に色味が差している。ドレスまでもが人目を引くものだった――印象的な黒い山形紋が、前面と完璧な白い肩を引き立てる襟ぐりを飾る、銀色のドレスだ。

アビゲイルを見たとたんに感じたのが、鋭く刺すような渇望だったのに腹が立った。彼女を取り巻く男たちをむっとしながら見ると、彼らの多くも同じものを感じているようだった。

「失礼します、お祖母さま、ミセス・ポンソンビー」小さく会釈すると、グレイムは男たちのもとへ行き、輪の外側で足を止めた。「レディ・モントクレア」

男たちがふり向き、少なからぬ眉がひそめられているのを見て、つっけんどんな口調だったことに気づいた。アビゲイルの視線もグレイムに向けられた。男たちのひとりが口を開きかけたが、アビゲイルが黙らせた。

「モントクレア卿」彼女が目をきらめかせて微笑んだのを見て、グレイムは驚いた。彼女はこれを楽しんでいるのだと、いらだちと信じられない思いに襲われる。アビゲイルは周囲の男たちに笑顔を向けた。「みなさん、失礼いたしますわ。最初のワルツは夫と踊りますので」

グレイムは彼女と踊りたくなどなかったが、どうしようもなかった。否定すれば、愚か者か無骨者に見えてしまう。おそらくはその両方に。彼はこわばった笑みを浮かべ、向かってくるアビゲイルを見つめた。ゆっくりと歩く彼女は相手を魅了しようとはしていないものの、グレイムの視線を釘づけにできるほど自信たっぷりのようすだった。

グレイムは男たちに会釈をし、うらやましそうな表情を目にしてある種の満足感を抱いた。「失礼するよ」

グレイムが腕を差し出すと、彼女が肘に手をすべりこませた。ダンス・フロアに向かいながら、横にいる彼女の体の温もりと、かすかに異国風でひどくそそる香水の香りを強く意識していた。彼女を一瞥すると、踊っている人々を見つめていた。どうやら自分と同じぞくぞくするような感覚などまったく味わっていないらしい。豊かな黒髪のてっぺんにダイヤモンドの小さなトンボがつけられているのに気づく。それに触れたくて指がうずいた。ほつれたひと筋の髪がうなじにかかっていた。それを見て、いけない方向に思いがさまよった。

グレイムはきっぱりと現実に気持ちを戻した。ようやく彼女を見つけたというのに、どういうわけかしゃべれなかった。彼女に言うことをなぜ考えておかなかったのだ？

「この舞踏会でわたしたちがひと悶着起こすかどうか、賭けがはじまっているでしょうね」アビゲイルは彼のように神経質になっていないようだ。彼女がグレイムに顔を向けた。「賭け率はどうなると思います？」

すぐ目の前の女性の顔を覗くのは、なじみのない――おまけに、なぜか興味をそそる――感覚だった。「私はひと悶着起こすつもりはない」

「もちろんだわ。とても紳士からぬことですものね。わたしを信用していないというのは言うまでもなく」おもしろがっているのか、あいかわらず軽い口調だ。彼を挑発してまさにひと悶着起こさせようとしているのかもしれない。

「きみについてはどう考えたらいいのかわからない」淡々と答える。「ここでなにをするつもりでいるのか、まったく見当がつかない」

曲が終わり、ダンス・フロアに出入りの波ができる。アビゲイルは笑顔を彼に向けた。「あら、いまはダンスをするつもりですわ」

グレイムは、彼女が差し出した手を取るしかなかった。体を近づけて、もう一方の手を彼女の腰に置く。楽団がふたたび演奏をはじめるまで、永遠もの時間がかかる気がした。手袋をしているのに、握った彼女の手をひどく意識していた。もう一方の手が触れている、なめらかなサテンのドレスも。彼女の香水でくらくらし、レースで縁取りされた襟ぐりが大きく開いている胸もとへと視線を下げまいと必死になった。「もっと大きな意味で言ったんだ」きつい口調になってしまった。「どうしてロンドンに戻ってきたんだ？」

「妻が夫を訪問するのは珍しくないでしょう？」目を丸くして驚いたふりをしている。

なぜ彼女の瞳の色を忘れられたりしたのだろう？　新葉の緑色をしていて、金色の星が瞳孔を囲んでいる。その瞳や、軽いからかいや、戯れているのかと思うようなしゃべり方のせいで、グレイムはどぎまぎした。昔なにがあったかは、時が経ったから忘れていると思われているのだろうか？　脅迫によって彼がアビゲイルと結婚させられたことを？　誘うように微笑み、すばらしい香りをまき散らせば、どんな願いもかなえてもらえると？

彼女は壁の花から男たらしに変わったかもしれないが、たやすくだまされはしない。ついに演奏がはじまると、グレイムは必要以上に力をこめて彼女を引き寄せ踊りはじめた。アビゲイルの顔に驚きがよぎったのを見て、小さな満足を感じる。肩に置かれた彼女の手に力が入った。

「少々妙だと思うだろうな」先ほどの問いに答える。「その妻が十年も夫を訪問していないのならば」

彼女の目が怒りでぎらついたのを見て、グレイムはやはり刹那の満足を感じた。

「わたしが離れていたのは、あなたがそうしろと言ったからです」

「そうだな。そのままそれを続けてもらいたい」

「驚くかもしれないけれど、ロンドンに来ていい人間を決める権利は、あなたにはないのよ」

「そうかもしれないが、妻に関しては私に決める権利がある」

彼女は長いあいだ返事をせず、落ち着いて淡々と見つめてきたため、グレイムは不意に自分を愚かに感じて恥ずかしくなった。「あなたは夫としての役割をずっと以前に手放したとおぼえていますけど」

顔が赤くなるのを感じたグレイムは、ますますいらだった。「きみが私の人生に入りこむのは許さない。颯爽とやってきて屋敷を占領させはしない」

「あなたの聖なる先祖代々のお屋敷に入りこもうだなんて、夢にも思わないわ。ランガム・ホテルに泊まっています」しっかり目を合わせてくる。グレイムがかっかしているのに対し、彼女の目と声はおだやかだった。

「きみがモントクレア・ハウスではなくホテルにいたら、よけいにうわさの種になる」

「あれもこれもだめだなんて」頭のおかしな相手に対するような口調だった。「わたしだって滞在する場所が必要なのよ」

「ロンドンを出ていけばすむことだ」

「そうしますわ」アビゲイルの口角が持ち上がり、またすばらしい笑みを形作った。

「そのときが来たら」

3

彼女が挑発しようとしているのは明らかだった。乱暴な反応を引き出そうとしているのだ。それに対抗するには、癇癪をしっかり抑えこむしかない。グレイムは深呼吸をして、声を落として言った。「きみがどこへ行こうと、なにをしようと、私にはどうでもいい。ただし、うちの一族に醜聞をもたらすようなまねをしたら、黙って傍観などしないからな」

「わたしを家族に迎える前にそのことを考えるべきだったのでは?」

「きみを家族に迎えたくなどなかったのは断言しよう」

「それはよくわかっていますわ」彼女が顔を背けた。その声からははじめて明るさが消えていた。

「申し訳ない。いまのは不躾だった」いらだちの下から罪悪感が頭をもたげた。アビゲイルの父親も人を操るのがうまかったことを思い出して続けた。「うわさでは、きみは縁結び役をしようとしているとか」

「縁結び役ですって？」その顔には、信じられないとばかりの表情が浮かんでいた。

「そうだ。貧窮した貴族を見つけ、アメリカ人の女相続人と結婚させるために」

アビゲイルは乾いた笑い声をあげた。「そちら方面のわたしの経験は、少しも役に立たないと思いますけど。貴族だろうとなかろうと、新婚初夜に花嫁を拒絶する夫を探す女性はいませんわ」

「私は――そうじゃなかったことは、きみだってよくわかっているだろう！　きみのほうが――」声を荒らげていたことに気づき、はっと口をつぐむ。

アビゲイルが片方の眉を吊り上げた。「ひと悶着起こすのは避けたがっているのだと思っていましたけど」

グレイムは歯を食いしばり、こみ上げてくるきつい反論を呑みこんだ。「以前のきみは、これほど人を怒らせる女性ではなかった」ぼそりと言う。

驚いたことに、彼女が笑い出した。笑顔のアビゲイルは魅惑的だった。グレイムは、自分のなかで渦巻いている感情がなんなのかわからなかった。それがほとばしり出る前に必死で押しやった。

幸い、楽団が最後の旋律を鳴り響かせて曲を終えた。グレイムは火傷をしたかのように彼女の手を放し、半歩下がった。ただ歩み去ってしまいたいという情けない衝動に駆られたものの、相手をダンス・フロアに置き去りにするなど当然できなかった。お辞儀をして、腕を差し出す。彼女はその腕を取ったが、訳知りのまなざしをしていたので、肩をつかんで揺さぶるか——いや、そちらに思いをさまよわせてはだめだ。

ダンス・フロアを出ながら、グレイムは唇を固く結び、彼女から目を背けた。だが、腕にかけられた手の感触を無視するのはむずかしかった。彼女をどこへ連れていこうかと迷う。祖母のもとに置き去りにするという考えにそそられた。

男がふたりのほうへ向かってきた。アビゲイルが親しくしているというアメリカ人にちがいない。身のこなし方からイングランド人ではないと推測されたが、その見知らぬ男がアビゲイルに関心を寄せていると確信したのは、所有者然とした闘志満々のまなざしのせいだった。

グレイムは歩みを遅くしてから立ち止まり、男を冷ややかに見つめた。アビゲイルよりもかなり年上で、四十歳にはなっていそうだ。濃い赤茶色の髪はこめかみのあたりが白くなっている。背はグレイムより低く、がっしりとした体つきで、四角い顔には同じように無慈悲な表情を浮かべている。

「アビー？」男の視線はすぐさま彼女に向けられた。「大丈夫かい？」

「あなたは妻の知り合いなのかな?」アビゲイルが口を開く前に、グレイムはたずねた。その声には、四百年続く貴族らしさがにじみ出ていた。

「そうよ」アビゲイルはグレイムの腕を放してきっとにらんだあと、男に笑顔を向けた。「わたしなら大丈夫よ、デイヴィッド。ありがとう」アメリカ人はとんでもなく自由に下の名前を呼び合うようだ、とグレイムは思った。「モントクレア伯爵を紹介させてちょうだい。モントクレア卿、こちらはミスター・デイヴィッド・プレスコットです」

プレスコットはまなざしと同じ冷ややかな挨拶をし、グレイムも同様に応えた。

「ロンドンにご滞在で?」

「そうよ、ミスター・プレスコットはご親切にもわたしに同行してくださったの」アビゲイルが説明する。

「ああ、なるほど」グレイムはさりげなくアビゲイルとプレスコットのあいだに身を置いた。「そういうことなら、妻を見守ってくれた礼を言わなければ」

プレスコットは無表情に見返してきた。「だれかがやらなければと思ったものでね」

「どういう意味でしょう?」グレイムは両の眉を吊り上げた。

さりげなさの欠片もなく、アビゲイルがグレイムの腕をきつくつかんだ。そして、ふたりの男性に明るい笑みを向けた。「ミスター・プレスコットはロンドンでお仕事の用もおありなの」

「そうなのですか？　どのようなお仕事を？」

「以前はサーストン・プライスのところで働いていました」その口調は、まなざしと同じくらいぶっきらぼうだ。「ですが、いまはレディ・モントクレアの友人のようなものだといえるでしょう」

「なるほど」グレイムは歯を剝き出して笑みのようなものを浮かべた。この男がサーストン・プライスの同類なのも当然だ。プレスコットのあてこすりはあからさまで、侮辱を受けたグレイムは相手を外に連れ出したくてたまらなかった。だが、そんなことをすれば、避けようとしている類の醜聞を招く結果になってしまう。

アビゲイルが願っているのはそれかもしれない。グレイムは苦々しい思いになった。それに、アビゲイルがだれを気に入ろうとどうでもよかった。実際、この男が好きならそれでいい。グレイムが気に入らなかったのは、自分の名前を侮辱されたことだった。嫉妬しているわけじゃない。

グレイムは唐突に後ろに下がった。「では、あなた方が……友情を深められるように、私は失礼するとしよう」ふたりにお辞儀をすると、背を向けて立ち去った。

アビーは不意に疲れを感じ、去っていくグレイムを見つめた。デイヴィッドが顔をしかめる。「ほんとうに大丈夫なのかい？　ホテルまで送っていこうか？」

彼のために無理やり笑顔を作った。グレイムに不安にさせられたのは、デイヴィッドのせいではない。「ご親切にありがとう。ちょっと疲れてしまって」

「もちろんだよ。きみのショールを取ってこよう」

ふたりは舞踏室を出た。アビーはグレイムが向かった先に目を向けないようにした。彼を探しているなどとは思われたくなかった。重要なのは、なんとかやり遂げたことだ。グレイムがすぐそばに立っているのを見たとたんに神経質になったのを気づかれなかった。

彼は記憶にあるよりもハンサムだった。自分の記憶が不完全だったのか、年月が彼をより鋭敏で溌剌とさせたのかはわからなかった。結婚したとき、彼は二十三歳で、自分とさほど年齢が変わらなかった。いまの彼は、男盛りらしいたくましい体つきだった。顎は以前よりがっしりして、釣り合いの取れた顔立ちは、年月と経験の賜物でより深みのある魅力的なものになっていた。信頼に足る男性に見えた。

でも、そんな風に考えるなんてばかげている。彼に対する自分の気持ちや希望など

あてにならないと、経験から学んだでしょう。こちらとは距離をおくと誓った件では少しも態度を揺らがさずにきたのだから、グレイムは決めたことはかならず守る人だとわかっている。グレイムから愛されている人たちが、彼を頼りにできるのはまちがいない。けれど、彼に軽蔑されている自分のような人間は、警戒心をゆるめたら痛い目に遭うことになる。

「歩いてもかまわないかしら？」屋敷を出ると、アビーは言った。「すてきな夜だし、ホテルまでは遠くないから」

「きみがそうしたいなら、もちろんいいよ」デイヴィッドが横に来たので、アビーは慣れた気安い感じに彼の腕を取った。

「一緒に来てくれて、ほんとうにうれしいわ」アビーは続けた。「だれの助けもなくたって大丈夫と言ったけれど――たしかに大丈夫なのだけど――親しい人の顔を見られてほっとしたわ」

「彼との再会はつらかったかい？」

アビーは肩をすくめた。グレイムの姿を目にしたときにどっと襲ってきたごた混ぜの激しい感情をことばになどできなかった。興奮、落ちこませるような恐怖、顔と体に愚かにも惹かれる気持ち、感情的にならない軽い態度を取ろうと決めていたのにそ

れがむずかしかったこと。

「なんだか……奇妙な感じだったわ」

「無理しなくたっていいんだよ、アビー」デイヴィッドが足を止め、彼女の両手を握って見つめる。「モントクレアと対峙しなくたっていいんだ」

アビーは愛情をこめて微笑んだ。「いいえ、そうしなくてはならないの」彼の手をぎゅっと握ってから放し、ふたたび歩き出す。「前に進んで行かなくてはならないの。永遠に宙ぶらりんでいるわけにはいかないのよ」

「きみがあいつとかかわらなくちゃならないのが気に入らないよ。なにをなし遂げようとしているのかわからない」

「正直なところ、自分でもときどきわからなくなるの」

「昔、きみが涙ながらにロンドンを逃げ出したときに、私はここにいた。モントクレアに残酷なことを言われてどれだけ傷ついたか、立ちなおるのにどれだけかかったかを知っている。またそんな思いをさせたくないんだ」

「しないわ。もうあのときの世間知らずな夢想家じゃないもの。わたしは立ちなおり、それ以上をなし遂げた。自分のために新たな人生を築き上げた。モントクレア卿に恋をしているなんて夢想は抱いていない。月明かりや薔薇や真夜中のワルツなんて期待

していない。新しい人生を手に入れる機会を持ちたいだけ。せめて望みの一部でも手に入れたいだけなの」

「きみを喜んで愛する男ならいくらでもいるのをわかっているといいんだが。きみと人生を過ごしたがっている男。私自身もそのひとりなんだよ」

「わかっているわ」アビーはふたたび彼の腕に手をかけた。「あなたの申し出をありがたく思っていないなんて考えないでね。でも、あなたはとてもいいお友だちだから、失う危険を冒したくないの」

デイヴィッドはため息をこらえた。「私もそんな危険を冒したいとは思わない。これまでの人生で、きみは最高の友人だよ。きみの助けがなかったら、お父上からけっして自由になれなかっただろう」

アビーは微笑んだ。「あなたのためだけを思ってしたのではないのよ。その貸しですごくいい投資ができたもの」

「そうなるよう、私が最善を尽くしたからね。それでも、きみへの感謝は消えることはないよ。それに、相手が私であろうとほかの男だろうと、きみにはいい人生を送ってもらいたい。モントクレアとはかかわらずに」

「たしかに、彼以外の人を選ぶ道はあるわ。でも、それではちゃんとした人生を送れ

ない。ただの情事になってしまう。わたしはモントクレア卿と結婚しているのですもの」

「離婚をしないかぎりは」

「そうね」アビーは吐息をついた。「でも、結婚は一生に一度だけのものだわ」デイヴィッドを見上げた目は悲しみに満ちていた。「少なくとも、わたしはそう信じているの」

デイヴィッドは長々とため息をつき、腕にかけられた彼女の手をぽんぽんと叩いた。

「ああ、アビー、きみはいまだに夢想家なんだね」

じきに煌々(こうこう)と明かりの灯されたホテルに着き、アビーはスイートルームへと上がった。ガス灯をつけ、ホテル正面の電灯よりもやさしいガス灯の明かりのほうが好きだわ、と思う。前回このホテルに泊まったときは、まだ電灯はついていなかった。

あのときのことは考えたくなかった。

メイドを呼ぶべきだった。ひとりでコルセットを脱ぐのはほとんど不可能なのだ。けれど、呼ばなかった。モリーからあれこれ訊かれる前に、ひとりだけの時間が必要だった。

ほんとうのところ、デイヴィッド・プレスコットに対してもそうだったように、モ

リーになにを話せばいいのかわからないのだった。ひょっとしたら、グレイムとの将来を悲観的に見ているふたりが正しいのかもしれない。今夜の彼の態度は、とても希望を持てるものではなかった。この十年でどう変わったにせよ、アビーに対する嫌悪はあいかわらずだった。

部屋を横切りかけたところ、足もとでカサリと音がした。下を見ると、床に四角い封筒があった。出かけているあいだにモリーかホテルの従業員が持ってきたのかもしれないが、床に投げたりはしないはずだ。だれかがドアの下から差し入れたにちがいない。

白い封筒を拾う。封がされ、宛名は〝レディ・モントクレア〟になっている。封を開けると便箋が一枚だけ入っていた。書かれていたのは、簡素で短い文言だ。〈自分の結婚の裏にある真実を知りたくないか?〉

アビーはぼんやりと便箋を見つめた。わたしの結婚の裏にある真実? 意味がわからず、もう一度読んでみる。どういうことなのだろう? 真実って? グレイムに愛されていないということ? それなら、結婚初夜からはっきりしている。それが新たな事実だなんてだれも思わないはず。グレイムがお金のためだけに結婚したこと? それだって、わたしの夫になどなりたくないと彼から言われる前にわかっていた。

手紙をたたむ。どうしてこんな手紙を寄こしたのだろう？　それに、送り主はだれだろう？

署名がなく、なにも明かさずにほのめかしているだけで、ドアから差し入れられたらしいこと——その秘密めいた状況は、ある種の悪意を示唆していた。裕福で影響力を持った無情な男の娘であるアビーは、嫉妬や嫌悪の対象にされることに無縁ではなかった。けれど、ロンドンには知り合いはほとんどいない。

おおぜいの人に紹介され、たくさんの招待状を受け取りはしたけれど、それはモントクレア卿が捨てたアメリカ人の女相続人に好奇心を持たれているからにすぎない。彼らはパーティで刺激的なお楽しみだとか、広められるようなちょっとしたゴシップを提供してくれるのではないかと期待しているのだ。そんな人たちから好かれているとは思っていないけれど、こちらを傷つけようとするほど嫌われているとも思っていなかった。

当然ながら、夫をのぞいて、ということだけれど。でも、モントクレアがこの手紙の差出人とは思えなかった。彼らしくないのだ。彼はこちらを嫌っている気持ちを率直にぶつけてきた。暗い秘密をほのめかす、謎めいた手紙を送るような男性ではない。

それに、こんなことが彼の目的にかなうはずもない。彼は、こちらができるだけ早くロンドンを立ち去るのを望んでいる。この手紙は好奇心を刺激するだけだ。逃げ出すよりも留まる気にさせるもの。

ひょっとしたら、これは単純にお金の問題で、差出人はわたしが買いたがる情報を持っているか、持っていると思っているのかもしれない。あるいは、差出人はグレイムの友人で、わたしが彼の人生をめちゃくちゃにしたと信じていて、罰したがっているのかもしれない。

自分の人生がめちゃくちゃにされたと思っているだれかの仕業という可能性もある。たとえば、グレイムが愛していた女性とか。じゅうぶんありえそうだ。アビーは窓辺に立ってロンドンの明かりをぼんやりと眺めながら考えた。

愛する男性を奪われた女性が、相手の女性を嫌うのは想像できた。グレイムはアビーを想っていないにしても、アビーと結婚し、それゆえ彼の愛する女性には手の届かない存在になってしまったのは事実だ。そんな立場の女性なら、どんな方法でもアビーを苦しめたいと思うほど軽蔑するのも不思議ではない。アビーの夜を台なしにする手紙という姑息な手だって使うだろう。

アビーはため息をついた。ふたたび手紙を広げ、半分に破ったあとさらにもう半分に破り、ごみ箱に投げ入れた。頭のなかの思いは、それほど簡単に追いやれなかった。

グレイムが愛した女性の名前は知らなかった。知っているのは、彼がアビーよりもその女性を望んでいたということだけだ。あの当時は、本気で気にかけてはいなかった。ロンドンに戻ろうと決めたときは、その女性に対するグレイムの気持ちは長いあいだに消えただろうと思った。けれど、そうではなかったら？　この十年ずっと、彼はその女性と情事を持っていたのかもしれない。

モリーとデイヴィッドが正しくて、自分にとってここにはなにもなかったら？　戻ってきたのは向こう見ずだったのだろうか？　ニューヨークでの暮らしに満足して、これ以上悲嘆を味わわずにいるべきなのかもしれない。

アビーは部屋の奥に置かれた化粧台の鏡に目をやり、そこに映る優美な女性を見つめた。鏡に近づき、髪や顔、ドレス、身のこなしをじっくりと検(あらた)める。自分はもう、十年前にやみくもに結婚へと足を踏み入れた内気で夢見がちな少女ではない、と思う。

完敗となった結婚初夜のあと、惨めで孤独な彼女は大陸に逃げた。父は彼女の居場所を突き止めると、連れ戻すためにデイヴィッド・プレスコットを送りこんだ。デイヴィッドは彼女を説得したが、過保護な日々が待つ父の屋敷に戻るのではなく、上流階級に自分だけの場所を見つければいいと言ってくれた。そして、アビーはそうした。恐怖に立ち向かい、醜聞の嵐をやり過ごし、父の駒ではなく財産を持つ既婚女性として自立した。

自信たっぷりで魅力的な女性に自分を作り変えた。意見を言うことをおそれず、したいことをして、なんでも自分で決める女性に。アビーは顎を上げ、鏡のなかの自分に向かって尊大に微笑んでみせた。ニューヨークでの人生は自分が作ったものだ。ここでも同じようにできるはず。

ここに来たのは目的があったから。恐怖と疑念の流砂にふたたび呑みこまれはしない。アビゲイル・プライスは心を簡単に傷つけられる小心者だったかもしれないけれど、モントクレア伯爵夫人のアビゲイル・パーはどんなことにでも対処できるおとなの女性だ。

グレイムや謎めいた手紙の差出人がなにをしようとも、わたしを止めることはできない。

4

グレイムは彼女に取り憑かれていた。どこへ行こうとも、アビゲイルがいるように思われた。オペラ劇場では、ハヴァートン家のボックス席に座り、自堕落きわまりない息子たちとおしゃべりに興じて笑っていた。その翌晩には、ミセス・バトルハムの夜会にあの成金アメリカ人のプレスコットを従えて来ていた。ゆうべは、ハマースミス家の晩餐会で彼女を見かけた。このときは、父親ほどの年齢で結婚もしている——おまけに愛人も囲っているとうわさされている——カーガロン卿の隣りに座って、彼とひどく戯れていた。カーガロン卿は、アビゲイルを淫らなことに誘いこもうとしていたにちがいない。

彼女がだれと戯れようと、こっそり胸を覗きこもうとする男の隣りにいようと、グレイムはもちろん平気だった。だが、ここで醜聞を起こされては、家名に傷がつく。グレイムが心配しているのはそれだけだ。

彼女の話しぶりは自由すぎ、馴れ馴れしすぎなのだ。ドレスは——下品なものではもちろんない。ワースなどのすばらしいデザイナーの手によるものだと祖母が言っていた。ただ、彼女が着ると、あまりにも……おいしそうに見えるのだ。薄いピンクのサテンは、アビゲイルを幾重にも包むたっぷりの糖衣に見えたし、あざやかな黄金色のビロードは、彼女の瞳の色をうっとりするようなつや消しの銅に変えてしまう。簡素な黒いシルクのドレスですらも、胸や肩のクリームのように白くてなめらかな肌を際立たせて人目を引く。

アビゲイルが同じドレスを着ているところは一度も見たことがなく、彼女のドレスを目にしたほかのレディたちがうらやましそうにひそひそ話しているのを耳にした。午後の訪問でどこに行っても、レディ・モントクレアの夜会服の話題で持ちきりだ、とグレイムは祖母から聞かされた。祖母がそれを遺憾に思っているのか、誇らしく思っているのか、わからなかった。アビゲイルはあんなにたくさんの贅沢なドレスをどうして持っているのだろう。もちろん、かなりの額の生活費を渡してはいるが、それでも……。フランス人デザイナーの服を無限とも思えるほど多く買える額だとは思ったこともなかった。

グレイムはこれまで、女性のドレスに注意を払ったためしがなかった。一度か二度、ローラのドレスに感嘆した経験ならあるが、いまのような気づき方をしたことはない。ローラが自分に注目を集めないようおとなしめのドレスを着ていたからなのだろう。彼女はいつだって完璧なレディだった。

対するアビゲイルは……。レディらしいふるまいをしていないと言っては不公平だろう。無作法な態度や場にそぐわないふるまいをしているところは見たことがない。ただ、どこにいようと、なにをしていようと、衆目を集めるのだ。アビゲイルが微笑むと、輝かんばかりになる。しゃべりながら手を生き生きと動かす。おもしろいときは、声を出して笑う。取り澄ましたり、堅苦しかったりといったところがひとつもない。グレイムは自分が結婚した影の薄い内気な女性を思い出し、その女性はどこに行ってしまったのだろうと訝った。

彼女はわざとこちらをだましたのだろうか？　きちんとしたレディらしいふりをしていれば、グレイムが彼女との結婚をもっと感じよく受け入れると思ってのことだったのだろうか？　もしそうなら、すばらしい演技をしたわけだ。たしかにローラに夢中で、ほかの女性など見えていなかったのは認めよう。それでも、自分がそこまで目が見えておらず、彼女を誤解したとは思えなかった。アビゲイルは父親同様に、自分を操ったにちがいない。今度はなにをするつもりなのだろうか。

なにをするつもりであろうと、彼女の策略に引っかかりはしない。祖母に突っつかれても、アビゲイルを避けた。彼女と話そうとはしなかった。それどころか、彼女が近くにいるとわかると、すぐにその場を立ち去った。アビゲイルからどれほど逃げられないように思えても、その存在を認めるのを拒否した。腹が立つのは、彼女を避けるには、常に彼女に気をつけていなければならないということだ。アビゲイルが人と話しているのを、踊っているのを、笑っているのを、見ていた。さらにいらだつのは、アビゲイルがパーティに出席していないときですら姿を探してしまい、どこでだれと一緒なのだろうと考えてしまうことだ。

「どうして彼女のところへ行って話をしないのです？」祖母がたずねた。「ここに突っ立って彼女を見つめていることで、なにを証明しようとしているのかしらね」

「彼女を見つめてなどいません。そっちにちらっと目が行っただけです」

「はん」

「私が証明しようとしているのは、彼女に追い立てられて行動を起こしはしない、ということです。彼女は私を挑発して厄介ごとを起こそうとしているんです」

「厄介ごとって？」祖母が言う。

「わかりません。わかりたいとも思いません」

「ずいぶん奇妙な計画だこと」

「彼女の望むような反応をせずに無視していれば、そのうち私が餌に食いつかないと気づいて諦めるでしょう」

「なにを諦めるのです？」

「私を煩わせるのをですよ」祖母に目を向け、その表情を見て、八歳のときに祖母のお気に入りだったウォーターフォードの花瓶をひっくり返してしまったときのことが思い出された。

「グレイム・エドワード・チャールズ・パー、ぐずぐずしていないで、あの女性を連れて本邸へお行きなさい」

「わが家へ彼女を連れていくつもりはありません」グレイムは顎をこわばらせた。

「それが問題の解決になるとなぜ思われるのかわかりません」

「彼女をロンドンに近づかせずにすむ解決策ですよ。あなたみたいに毎晩腕を組んで、彼女をにらみつけていても得られない結果でしょう」

「少なくとも、今夜は例のアメリカ人を連れてはいないようですね」ミセス・ポンソンビーがそっと言った。

「たいした慰めにもなりませんけどね、フィロミーナ」伯爵未亡人が返す。

「もちろんそうですわね」コンパニオンはうなずいた。

伯爵未亡人は大きくため息をついた。「建設的なことをするつもりがないのなら、家に連れて帰ってちょうだい、モントクレア。ミセス・ウェラーズビーのパーティはあいかわらずひどく退屈だし、あの老いぼれで愚か者のダンフォースの話を聞いていたら頭が痛くなってきましたよ。どうしてこのパーティに来てしまったのかしら」

彼自身もさっさと帰りたかったので、祖母がどうしてもこのパーティに来たがったからではないか、とはあえて言わずにおいた。

家に帰ると、ブランデーを飲むために図書室に腰を据えた。だが、気分が落ち着くどころではなかった。ロンドンにいるあいだはいつもそうなってしまう。

グレイムはうろつきはじめた。祖母は正しい。アビゲイルを無視しても、なにもなし遂げられていない。向こうはどうやら彼がいないことにも気づいていないらしい。彼女がなにを企んでいるのかがわかればいいのだが。ぜったいになにかを企んでいるはずだ――こちらをからかったとき、いたずらっぽい笑みを浮かべて目をきらめかせていた。あっちの考えがわかれば、対処のしようもあるのだが。ああでもない、こうでもないと考えて、頭をおかしくさせるのがアビゲイルの目的なのだろうか。

むっとした声を出し、グラスを乱暴に置くと、屋敷をあとにした。足は〈ホワイツ〉に向いていた。いとこのジェイムズがいるかもしれない。彼はきっと自分を愚か者と笑うだろうが、耳を傾けてくれ、感情に左右されない助言をしてくれるだろう。ジェイムズがいなくても、だれかしら知り合いがいるはずで、彼らと話せば、堂々めぐりばかりする思いから気をそらしてもらえるだろう。

運の悪いことに、〈ホワイツ〉のドアをくぐったとたんに、エグモント・バローズとマニングの息子と歓談しているデイヴィッド・プレスコットの姿が目に入ってしまった。アメリカ人がここでなにをしているのだ？　茶色い液体――おそらくはアメリカ人が好むという、まずいバーボンだろう――を飲みながらバローズとしゃべっている彼を見て、グレイムは顎をこわばらせた。これで新たな問題が持ち上がった。プレスコットはアビゲイルとどういう関係なのか？　愛人なのか、彼女の父親の仕事仲間にすぎないのか？　愛人でなかったとしても、そうなりたいと思っているように感じられた。いつも所有欲剝き出しでアビゲイルのそばをうろついているからだ。

だが、プレスコットが何者であろうと、なにになりたがっていようと、アビゲイルから頼りにされているのは明らかだった。彼女の企みを知っている者がいるとすれば、プレスコットだろう。視線を感じたのか、プレスコットが顔を上げてグレイムに気づいた。しばらくのあいだ、挑むようにまっすぐに見つめてきた。

グレイムはそちらに向かった。エグモント・バローズがそれに気づく。「やあ、モントクレアじゃないか！」

「バローズ。マニング」

「もうミスター・プレスコットには会っていると思う」おもしろがっている目をしたマニングの息子が、いつものもの憂げな態度で言う。グレイムと、彼の妻の友人とのあいだに火花が散るのを見たいらしい。

「そのとおりだ」ふたりが期待しているお楽しみなど見せてやるものかと、グレイムはこわばった笑みを浮かべた。「ミスター・プレスコットに話があるんだ」相手に向けたグレイムの目にも挑戦の色があった。

「もちろんだ。喜んで」プレスコットはふたりに会釈した。「失礼します……」

グレイムは、気安い会話ができるように配置された二脚の袖つき安楽椅子のある隅へ向かった。プレスコットが腰を下ろし、グレイムに向かって眉を吊り上げた。

「それで？　なにか話したいことがあったのでは？」

「そうだ。きみとレディ・モントクレアがここでなにをしているのかを知りたい。彼女はなにを企んでいる？」グレイムは冷ややかで無頓着な口調を保つつもりだったのだが、ここ何日も感じてきたいらだちが声ににじんでしまい、超然とした態度をとるのがむずかしかった。「醜聞を起こそうとしているのか？　うちの一族に恥をかかせようとしているのか？　彼女に母や祖母を傷つけさせはしないからな」

「アビーの計画していることがなんであれ、きみには関係ないと思うが」

　プレスコットが彼女を下の名前で、それも愛称で呼んだことが、グレイムの神経を逆なでした。「レディ・モントクレアは私の妻だから、私におおいに関係する」

　プレスコットは乾いた笑い声を短く発した。「いまさら〝私の妻〟扱いするのか？　十年前に彼女を追い払っておいて、自分のものだなんてよくも言えたものだな」

「私が〝追い払った〟わけではない」グレイムは顔をしかめた。

「結婚初夜に花嫁を見捨てたら、そう言われるんだよ」

「見捨ててなどいない」長年の罪悪感にちくちくと苛(さいな)まれた。「彼女はそう話しているのか？」

「彼女からはなにも聞いていない。だれの目にも明らかなことだ」

「父を破滅させて結婚するしかないように私を追いこんだ花嫁を私が歓迎するとでも？　プライスは父を財政的に破滅させる目的であの株に投資するようそそのかし、条件を呑むしかないようにしたんだ」それは周知の事実だった。サーストン・プライスの脅迫のすべてを話すつもりはなかった。

「それはアビーではなく、父親のサーストンのしたことじゃないか。彼女は潔白だ」

「蛙の子は蛙だよ」グレイムの声には嘲笑がこもっていた。「彼女は伯爵夫人になりたがっていた。関心があるのはそれだけだった——称号を手に入れたらすぐにイングランドをあとにしたのがその証拠だ」

「あんなことをされて、少しでも自尊心のある女性が留まるとでも思っているのか?」プレスコットが勢いよく立ち上がる。

グレイムも立ち上がり、彼とにらみ合った。頬に赤みが差しつつあった。「腹を立てて軽率なことを言ったのは認める。無作法を謝りに翌日——」

「無作法だって?」プレスコットが一歩詰め寄る。「若い女性の気持ちを踏みにじったことをそう言うのか? アビーは父親の計略をまったく知らなかったんだぞ。まさか、サーストン・プライスが十八歳の娘に秘密を打ち明けると思うほど愚かじゃないだろうな? サーストンはだれにも話さなかった。私だってあの株に投資しているのを知っていたのに、ひとことも警告してくれなかった。彼のもとで働いていた私にすらそうだったのだから、娘に秘密を明かすはずがないだろう」

「愚かなのはきみのほうだ」グレイムが言い返す。「一緒に暮らすつもりがない理由をはっきりと告げたが、彼女はなにも否定しなかった。私の話が初耳でないのは明らかだった」

「父親が後ろ暗いことに手を染めていると聞いても、彼女は驚かなかっただろう。どういう人間かは知っていたからね――なんといっても、一緒に暮らしていたのだから。だが、サーストンがモントクレア卿を破産させる計画だったのは知らなかったと断言できる。アビーは父親とはまったくちがう。彼女をもっとよく知る努力をしていれば、きみにだってそれがわかったはずだ。彼女はやさしくて、寛大すぎるほど寛大な人だ。私がサーストンのところを辞めたとき、助けてくれたのは彼女だった」

「それは、きみが彼女に感謝している理由を説明しているにすぎない。私にはなんの意味もないことだ」

「そうだろうな。どうやらきみがたいせつにしているのはきみ自身だけのようだから。アビーは父親の陰謀を知らなかった。片棒など担いでいない。きみのだいじな爵位だってなんとも思っていない。彼女はずっとサーストン・プライスに耐えなければならず、彼のしたことを恥じ、ほかの者たち同様にいじめられてきた。彼女は無垢で夢を持っていて、父親からなんとしてでも逃れたがっていた。ただひとつの過ちは、きみを輝ける鎧の騎士だと思ったことだ。きみと結婚することで、祈りがかなえられたと思ったんだよ。だが、きみは結婚初夜に彼女を拒絶した」

「それを言うな！」グレイムのなかで怒りが泡立った。ここ数日のいらだちが、結婚初夜に感じた憤怒と苦痛の記憶と混じり合う。「私はそんなことは――」

プレスコットがことばをかぶせた。「おまけに、ふたつの大陸で屈辱を味わわせるだけでは足りないとばかりに、ほかの女性を愛しているということばを投げつけて、彼女を完全に打ちのめした。愛のない荒涼とした将来を彼女に運命づけた。アビーは異国にひとりきりの十八歳で、イングランドの〝紳士〟は堅苦しいばかりでやさしさの欠片もないと気づくには若すぎ、愚かすぎ、夢想家すぎた」

「くそっ、きみは彼女を愛しているんだな？」グレイムはどなった。あまりに腹を立てていて、周囲の男たちが話をやめて凝視するほど声を荒らげていることも気にしていなかった。

「だったらどうなんだ？　なにかちがってくるのか？　彼女はきみと結婚しているんだぞ」

「それなら彼女を連れていけ！　祝福してやる。彼女と一緒にロンドンを出ていってくれ。彼女がきみとだろうとほかの男とだろうと情事を持ったってかまうものか。ただいなくなってもらいたいだけだ」

プレスコットのくり出した拳を口に受け、グレイムはよろよろとあとずさった。

5

壁にぶつかったグレイムが反撃に出た。プレスコットの顎を殴って頭をのけぞらせたが、倒すまではいかなかった。相手が飛びかかってきて、ふたりして小さなテーブルに倒れこんでひっくり返し、ウイスキーのデカンターが落ちた。組み合ってパンチをくり出しながら床を転がる。周囲の声が大きくなった。

「いいかげんにするんだ」うんざりした声がついに喧騒を切り裂き、グレイムはだれかにシャツの襟首をつかまれて立ち上がらされた。プレスコットがグレイムに襲いかかろうとしたが、黄金色のステッキの握り手で胸の中央を押さえられ、男ふたりに腕をつかまれた。

ふり返ったグレイムはいとこの冷ややかな灰色の目を覗き、怒りが流れ出ていった。クラブのまん中で乱れた格好で血を流し、あんぐりと口を開けた男たちに囲まれているのを恥ずかしいくらい意識した。「くそったれ」

「まさに」サー・ジェイムズ・ド・ヴィアーが唇の端をひくつかせた。「いとこ殿、きみは紛れもない醜聞の泉になりつつあるな」

グレイムはうなるような声を発し、腕をつかんでいるいとこの手をふり払って大股でクラブを出た。

入り口の階段でジェイムズに追いつかれたが、ふり返りもしなかった。「あっちへ行ってくれ」

「そんな格好のきみに外を歩かせるなんて、まさか思ってはいないだろうね」

「いいじゃないか。きみの心配することじゃない」

「明日の午後に伯爵未亡人の応接間に呼ばれて、いまのちょっとした喧嘩について説明を求められたら、そうも言っていられない」グレイムに合わせて大股で歩く。「だから、〈ホワイツ〉に入っていったら、きみが学生同士の喧嘩みたいに床で取っ組み合っていたのはなぜなのか、教えてくれないか。それも、アメリカ人相手に」

グレイムは会話のすべてをいとこに話した。

「なるほど」話が終わると、ジェイムズは言った。「いまの話を聞いたら、きみの奥方に対する考えが変わるな」

「プレスコットを信じるならな」グレイムは不承不承言った。「まあ、彼自身は信じているようだった。問題は、彼女を信じられるかどうかだ」

「きみは信じてない？」

「わからないんだ！」グレイムは顔をしかめた。目のそばを流れ落ちてきた血を拭う。

「彼女は父親の企みをすべて知っていると思いこんでいた。それを突きつけたとき、彼女はひとことも反論しなかった。否定も謝罪もなしだ。そして私の謝罪も待たずにニューヨークへ逃げた。これが世間知らずで無力で無垢な女性に思えるか？」

「世間知らずで無力で無垢な若い女性とは極力お近づきにならないようにしているんだ」

グレイムはジェイムズのことばを聞き流し、考えこんだ。「アビゲイルにあんなにきつくあたるんじゃなかった。翌日の朝、謝りに行った」

「そうだろうとも」

「くそっ」グレイムの口調は少しばかりむくれていた。「謝る立場には慣れていないんだ」

ジェイムズがくつくつと笑う。「しばらくすれば慣れるものだ」

少しして、グレイムが唐突に言った。「彼にもそう言われたよ」

「だれに？　プレスコットかい？」

「いや、アビゲイルの父親のサーストン・プライスだ。父を侮辱し、破滅させ、私を屈服させたあとに。彼は望みをすべてかなえた。アビゲイルとはじめてのワルツを踊ったあの晩、サーストンが私を脇に呼んだ」グレイムは唇をゆがめた。「そして、こう言ったんだ――下品な冗談を言い合う仲のよい友人同士みたいに、悦に入った楽しそうな声で――〝さあ、そろそろ娘を階上に連れていって、私の孫息子を作りはじめてくれ〟と。私がまるで金で買った所有物であるかのように。たしかにそうだったんだが、それを聞いてもっと腹が立った。こんなやつの血がわがパー家に混ざるなんてぜったいにいやだと思ったよ」

ふたりはしばらく無言で歩いた。グレイムが吐息をつく。「それがあるまでは、彼女にきつくあたるつもりはなかった。あんなに不躾なことをするつもりはなかった。もっと別の言い方をしていたはずだ」

「でも、きみは正直にふるまったんだ」ジェイムズが肩をすくめた。「それは犯罪じゃない」

「紳士らしくもないよ」グレイムはかすかに笑みを浮かべ、その拍子に切れた唇に痛みが走ってたじろいだ。「きみも知ってのとおり、私は常に紳士なのだけどね」

「ふむ。そのようだな。つまり要約すると、きみは紳士ではなかった。彼女は世間知らずの愚か者で、父親の計画についてはなにも知らなかった。あるいは、そこまでの世間知らずではなかったか。いずれにせよ、十年間の不在ののち、彼女がふたたびロンドンにやってきた。彼女がここにいる理由、望み、計画——ひとことで言えば彼女のすべて——は不明である、と」

「そうだ。そして、意に沿わないとしても、彼女の行動のすべてに対して、夫である私が責任を負うということだ」

「きみはレディ・モントクレアとまた話さなければならないようだな」

「ああ、わかっている」グレイムはむっつりとそれについて考えた。

曲がり角まで来るとジェイムズが立ち止まり、通りに向かって顎をしゃくった。

「私の屋敷で傷の手当てをするかい？　伯爵未亡人はそんな姿のきみを快く思わないだろう」

「祖母はもうベッドに入ったと思いたい。だが、少し散歩しようと思う」肩をすくめたグレイムは、そこも痛むことに気がついた。

いとこと別れたあと、もの思いに深くふけりながら、時刻も向かっている先も気にせずにひとりで歩き続けた。ふと顔を上げると、ランガム・ホテルの前まで来ていて驚いた。明るく照らされたホテルに入ろうとして、自分のありさまに気がついた。帽子も手袋も忘れてクラブを出てきてしまっていた。揉み合ったときにチョッキのボタンがひとつふたつちぎれていて、アスコット・タイはゆがんでいた。ポケットは半分ほど破れ、なかに入れていた懐中時計が鎖で宙ぶらりんになっている。唇と眉の上が切れていた。

きびすを返して立ち去ろうとしたとき、身なりのいい紳士の手を借りてアビゲイルが馬車から降りてきた。一瞬、逃げようと考えたが、アビゲイルに気づかれてしまった。彼女は目を丸くし、こちらに向かってきた。同伴の男はどうしたらいいのかわからない風でついてくる。

「グレイム！　なにがあったの？　大丈夫？」金色がかった緑色の目が心配そうだったので、グレイムは不思議と満足をおぼえた。

「ああ。その……ちょっとした喧嘩になってね」髪を掻き上げ、上着の襟を引っ張って、少しでも身なりを整えようとむだな努力をする。「こんな格好で来てすまない」

「レディ・モントクレア、この人に困らされているのですか？」同伴者がそばにやってきて、グレイムを軽蔑の目で見た。その声にはかすかに外国語訛りがあった。

アビゲイルが返事をしかけたが、グレイムが先んじた。「私は彼女の夫だ。きみの助けは必要ない」そう言って、相手をきっとにらみつけた。

男は動じなかった。アビゲイルの表情は心配からいらだちに変わった。「まったく、グレ――モントクレアったら。あなたの礼儀知らずなふるまいを見たら、お祖母さまはなんとおっしゃるかしらね?」グレイムは口を開きかけたが、彼女は知らん顔をして同伴者に笑顔を向けた。「大丈夫ですわ、ムッシュー・ブノワ。心配はご無用です。今夜は送ってくださってありがとうございました」

グレイムは彼女がフランス男に別れを告げるのをむっつりと見ていた。男が笑顔をふりまき、大きな身ぶりをし、アビゲイルの手を取って深々とお辞儀をし、ようやく立ち去ると、彼女がグレイムに向きなおった。

「じゃあ、フランスから連れてくるようになったのか?」

「はい?」アビゲイルがぽかんとする。

「田舎臭い伊達男たちだよ」去っていくブノワの背中に顎をしゃくる。「取り巻き連中がどこから来ているのかと思っていた」

アビゲイルは目をきらめかせ、唇をきつく結んだ。「ああ、劇場やパーティにわたしを同伴してくれる何百人という殿方のことね」彼女はグレイムを笑っているのだ。愚かなまねをしているのだから、そうされても仕方なかったが。アビゲイルが続けた。

「相手はひとりにしておくべきなのでしょうけど」

グレイムは顔をしかめた。そんなことをしたら醜聞になるのは、どちらもよくわかっていた。「こんちくしょう」

グレイムは立ち去ろうとしたが、アビゲイルが笑って彼の腕に手をかけた。「来て、モントクレア卿。手当てをしたほうがよさそう」

彼女はいい香りがした。顔をほんの少し下に向ければ、キスができる。「きみがこんなに背が高かったとは知らなかった」そんなことを口走るとは、私はいったいどうしてしまったのだ？ プレスコットのパンチのせいで、頭のネジがゆるんでしまったのではないかと思えてきた。

アビゲイルは気を悪くした風でもなく、またあの気安い笑い声をたてた。この一週間で何度か、彼女の笑い声を耳にしていた——人目を気にせず、朗らかで、相手に伝染するような笑い声だ。「背は伸びてないわ」

「もちろんだ。ばかなことを言ってすまない」

「ちがうの。靴のせいだと思うわ」エレベーターの前まで来て立ち止まる。アビゲイルがスカートを少し持ち上げ、片足を出して靴を左右に動かした。濃いエメラルド色のドレスに合わせた靴で、ヒールの高いものだったが、グレイムはそれよりも足首のほうに興味を引かれた。

視線を引き剝がすと、エレベーターを操作している若者もまた、アビゲイルの足首に目を釘づけにしていた。グレイムが咳払いをすると、若者はぎくりとし、扉を開けた。エレベーターが上昇していくと――これまでも何度か乗っていたが、グレイムはその感覚にいまだに慣れていなかった――アビゲイルが話を続けた。「以前はかかとの低い靴を履いていたの――背が高いのをできるだけ隠そうとしていたのよ。でも、ある日、それがどうしたっていうの、と思った。ヒールが高いせいですてきな靴を履かないなんて、もったいないと」

「そうだろうな」おかしな会話だった。グレイムがエレベーターの運転士に目をやると、こちらを盗み見ていた。彼は笑いそうになった。この会話も、アビゲイルが足首を見せたことですらも、殴られてひどいありさまのグレイムの顔にくらべたら色褪せるだろう。

「さて」エレベーターを降りて廊下を歩き出すと、アビゲイルが言った。「パーティをあとにしてから、なにをしていたのかしら？　最後にあなたの姿を見てから一時間も経っていないと思うのだけれど」

「ああ」大昔のことのように思われた。「そうだな、うん、その」髪を掻き上げる。「ひどいありさまなのを許してほしい。いつもはこんなに――」

「血まみれであざだらけではない?」

「まあ……そうだな」もう一度、シャツとチョッキと上着を整えようとした。望み薄だった。とうとうぶら下がった懐中時計の鎖をはずし、上着のポケットに突っこんだ。

「じつは、ええっと、いつもはこうじゃないんだ」

「喧嘩のこと?」アビゲイルが片方の眉をくいっと上げた。「それを聞いて安心したわ」

彼女は部屋の前で足を止め、手提げ袋から鍵を取り出した。グレイムは自分が開けるものと思って手を差し出したが、アビゲイルはそれを無視して鍵を差し入れてまわした。彼はアビゲイルのあとからスイートルームに入った。ホテルの部屋で彼女とふたりきりでいるのが、奇妙でなんとなくいけないことのように感じられた。もちろん、不適切ではなかった。ふたりは夫婦なのだ。それでも、彼にとってアビゲイルは見知らぬ女性も同然だった。ほんの数歩先で少し開いているドアの向こうには寝室があり、薄明かりがついていて、ベッドの一角が見えていた。

アビゲイルが手袋を脱いで脇に放り、ショールもはずした。無頓着に靴を蹴り脱ぎ、肩越しににっこりしてみせた。「きれいな靴だけど、足が悲鳴をあげているの」

グレイムの腹部がこわばった。アビゲイルのふるまいには親密な雰囲気があって、彼が感じていたなんとなく罪深い感情を高めた。ふたりはガス灯のやわらかな明かりのなかで少し離れているだけだ。手を伸ばせば、剝き出しの彼女の腕に触れられる。それがどんな感触か、想像できた——やわらかで、温かく……。

背が低くてがっしりした女性が寝室から急ぎ足で出てきたのを機に、親密さの幻想が砕け散った。「お帰りなさいまし、ミ——」グレイムを見てはっとする。「大丈夫ですか、ミス・アビー？」アビゲイルを見てからグレイムに戻した目は、疑念に満ちていた。「なにがあったんです？」近づいていき、声を落とす。「この方に傷つけられたんですか？」

グレイムは両の眉を吊り上げた。「傷つけただって！　私がそんなことを——」

「ちがうの」アビゲイルが彼のことばにかぶせて言い、メイドを安心させる笑みを浮かべた。「傷つけられたのはモントクレア卿のほうよ。お水とタオルを用意してくれる、モリー？　それに、氷と消毒剤も……」アビゲイルはことばを切って考えた。「ブランデーもホテルの人に持ってきてもらってね。モントクレア卿はお酒を飲みたいかもしれないから」

モリーは顎をこわばらせたが、「アイ、お嬢さまがそうおっしゃるなら」とだけ言うと、グレイムを再度にらみつけてから部屋を出ていった。

グレイムは驚愕の思いでメイドを見送った。「彼女は……。きみは変わったメイドを雇っているね」

「モリーはメイド以上の存在なの」アビゲイルがにっこりする。「小さかったころは乳母もしてくれたのよ。ちょっと過保護なの」

「それは伝わってきたよ」グレイムは躊躇した。「私がきみを傷つけるなんて思ってはいないよな？」

「もちろんだわ。あなたが女性を肉体的に傷つけることはぜったいにないと思っています」

〝肉体的に傷つける〟ということばを聞いて、グレイムはまた罪悪感と疑念に襲われた。先刻のきついからかいは消え、いまのアビゲイルは感じがよく、開けっぴろげで率直に見えた。そして、少しだけ魅力的だった。

水差しを持ち、小さなタオルを腕にかけたモリーがさっと部屋に戻ってきた。「お持ちしましたよ」運んできたものを置く。「氷とブランデー、それにお嬢さまにはホット・チョコレートを頼んできました」グレイムを半ばふり向く。「あたしが――」

「いいのよ、モリー。もう下がってちょうだい。あとはわたしがやるから」

「そこで待ってます」モリーは寝室に顎をしゃくった。「あとであたしの手伝いが必要になるでしょうから」

「大丈夫」アビゲイルの口調はきっぱりしていた。「寝るときにはわたしから呼ぶわ」

「わかりました」メイドのモリーはふたたびグレイムに警告のまなざしを送ったあと、部屋を出ていった。

アビゲイルがタオルを濡らして彼のそばに来た。顎をしっかりとつかみ、顔についた血を拭いはじめる。事務的な態度の彼女に反応してしまう体をグレイムは恥ずかしく思った。アビゲイルの香りが脳天を直撃して頭がうまく働かず、顎をつかんでいる手の感触にもぎょっとするほど胸がざわついた。濡れタオルで頬を拭ってもらっているだけなのに、愛撫のように感じられた。

アビゲイルが彼の額にかかった髪を掻き上げた。目の上の傷がよく見えるようにするためだったが、親しみのこもったその仕草にグレイムは衝撃を受けた。不意に体が熱くなったのを気取られまいと、呼吸を一定に保とうとする。傷をもっとよく見ようとしてアビゲイルがつま先立ちになると、グレイムは彼女が靴を無頓着に蹴り脱いで素足になったのを思い出した。それがなぜここまで誘惑的に感じられるのだ？

彼女がすぐそばにいて、金色がかった緑色の目がまゆ毛の上の傷を一心に見つめているせいで、グレイムはまっすぐにその目を覗きこむはめになった。ただ彼女と一緒にいるだけでこんなに興奮するなんて、と不安をおぼえた。何年も前の自分はまちがっていたのだろうか？ 繊細な若い女性を許しがたいほどひどく傷つけたのだろうか？ それに、彼女の下唇がこれほどやわらかでふっくらしていることに、なぜ一度も気づかなかったのか？

タオルが傷に直接触れ、グレイムははっと息を呑んだ。アビゲイルが手を止めて彼の目を見る。「ごめんなさい。でも、きれいにしないといけないの」

「わかっている」

「幸い、傷は深くないわ」傷口をきれいにし終わって手を引っこめるときに、関節がグレイムの頬骨をかすめた。「黒あざができると思うけど」

「え、なんだって？」

「黒あざ。目のまわりに。打撲」

「ああ、うん、そうだろうな」

「あなたは素手の殴り合いをするような人には見えないけれど」今度は唇の傷にタオルをあてられ、グレイムの体を震えが走った。急激に脈打つ渇望をともなった苦痛に突き刺されたのだ。アビゲイルと唇を合わせたかった。痛みなんてくそ食らえだ。彼女に唇を開いてもらい、その温かな口のなかに舌を入れ……。

グレイムはぎょっとした。「いつもはそんなことはしない。喧嘩のことだが」

アビゲイルはつかんでいた顎を放し、少しばかり驚いた顔をしていた。それに、ほかにもなにか……。彼女の目のなかにあるのは落胆だろうか？　だとしたら、どういう意味があるんだ？

「それはそうでしょうね」アビゲイルの声は明るく、かすかに張り詰めていた。顔を背けて消毒剤の瓶を取り、タオルにつけた。「原因はなんだったの？　だれに殴られたの？」

消毒剤をしみこませたタオルを眉の上の傷にあてた。

「それが、その……」首筋がかっと熱くなるのをグレイムは感じた。「じつは……相手はプレスコットだった」

アビゲイルは彼を凝視した。「デイヴィッド？」

「そうだ」きまりの悪さがいらだちに変わった。「きみの仲のいい友だちのデイヴィッド・プレスコットだ」

「デイヴィッドがあなたを殴ったの？」信じられないという口調だ。「どうして？　あなたはなにをしたの？」

「どうして喧嘩をはじめたのが私だと思うのか、わからないな」

「貴族づらをするのはやめてちょうだい」アビゲイルが腕を組む。「わたしはあなたを知らないけれど、デイヴィッドのことはよく知っているの。彼は理由もなく人を殴ってまわるような男性じゃないわ」

グレイムは反論したくてたまらなかったが、自分が救いようのないほど完全に愚かなまねをしているのにはっと気づいた。アビゲイルのもとに来ようと思っていたわけではなかったが、足が勝手にランガム・ホテルに向いた理由はわかっていた。彼女が父親の策謀を知らなかったというプレスコットのことばが正しかろうと正しくなかろうと、グレイムはその件で自分の過ちを認めなくてはならなかった。プレスコットをめぐって彼女と口論しても、それは果たせない。

グレイムは肩をいからせた。「理由がなかったわけではない。私は――ミスター・プレスコットから結婚式後のふるまいをとがめられた。あのときの態度やことばを謝りたい。紳士らしくふるまわなかったのを許してほしい」

6

アビーは呆然と彼を見つめた。ことばもなくさせるのがグレイムの目的だったのなら、じゅうぶんに果たされたことになる。今夜ホテルの前をうろついているグレイムを見たとき、彼がどういうつもりでいるのかわからなかった。最初は、怪我をしているのを心配した。謝罪に来たとは思いもよらなかった。

願っていたような謝罪とは言えなかったけれど。ことばは態度と同じくこわばっていたし、こちらを傷つけたことよりも紳士にあるまじきふるまいをしたことのほうが後悔が大きいようだった。それでも、歩み寄る姿勢を見せてくれたのははじめてで、アビーは胸のなかで温もりが広がっていくのを感じた。

「私は腹を立てていて……あの状況における自分の無力さにいらだっていた。だが、そんなのは言い訳にならない。私の気持ちがどうであれ、なにが起きたのであれ、若い女性に——特に自分が守ると誓ったばかりの女性に——あんなに不躾で思いやりがなく、礼儀の欠片もないふるまいをすべきではなかった」

つまり、わたしを誤解していたと言っているのではないのね。きみを醜聞にさらさずに、別々の生活を送る手配をすべきだった」

わたしと離れ離れでいたことを後悔しているわけでもない。

「わかりました」アビーはあとずさり、タオルをテーブルに投げた。「手配——だれにも見られないように田舎の領主館にわたしを隠すといったような。あなたに恥をかかせない場所に」彼女が浮かべた笑みはあまりにも明るく、それ自体が凶器だった。

「いいえ、けっこうだわ。いま送っている人生のほうがまし」

グレイムが渋面になる。「そういう意味では——きみは——」

彼が苦心してどんな弁明をしようとしていたにせよ、ノックの音にじゃまされた。アビーはその機会に飛びついて、彼に背を向けてドアを開けた。ホテルの従業員が氷とブランデーを持って入ってきて、消毒剤の瓶が載ったテーブルにトレイを置いた。従業員が出ていくと、部屋は重い沈黙に包まれた。アビーはタオルで氷を包む作業に集中し、両端を結ぶとグレイムに押しつけた。「はい、これを頬にあてて。腫れがひどくならないように。ブランデーは？」

「え？　いや、いい。私が言いたかったのは……」

いずれにしろアビーはブランデーを注ぎ、それも彼に渡した。胸のところで腕を組み、しっかりと彼を見つめる。「それ以上謝っていただく必要はないわ。いつものあなたが非の打ちどころなく礼儀正しいのはわかっているから。少なくとも、ご自分の気持ちとわたしに対する心づもりについて正直に話してくれたところは、わたしに寄ってくる財産狙いの人たちにくらべたらましだわ。実際、父にも正直さは期待できなかった。新鮮な経験だったわ。だから、あなたのことばにちょっと驚いてしまって」

グレイムは口を開きかけたが、手を上げた彼女に制された。「話を最後まで聞いて。あの晩起きたことは、あなたの言ったことは……」小さく息を吸い、それが震えているのを聞き取られないよう願った。「あれでよかったのよ。おかげで現実と直面できた。自分の人生は自分で築けると気づいたの。おとぎ話の王子さまが助けにきてくれるのを待って時間をむだにするなんてできなかった。自分と自分の将来の手綱をしっかり握らなければならなかった」

「レディはそんなことを強いられるべきではない」

「自分の人生を歩みたいなら、そうしなければならないのよ。男性の支配から自由で独立した人生を築けて喜んでいるわ。わたしはわたしで、それがうれしいの。誇らしく思っているの。夫は必要ない。あなたの謝罪も必要ない」

グレイムはブランデーのグラスを乱暴にテーブルに置いた。「でも、謝った。それに、夫がいないふりをしようとも、現実には夫はいる。そして、その夫である私は、きみのすることにかかわりがある。きみはアビゲイル・プライスではなくレディ・モントクレアで――」

アビーはなんとか笑い声のようなものを出し、軽い口調で言った。「だからわたしがロンドンにいることにぎょっとしたの？　野卑なアメリカ人らしくとんでもないことをしでかして、あなたに恥をかかせるのが心配なの？」

「そうは言っていない。勝手な憶測をしないでくれ」

「心配はいらないわ。どのフォークを使えばいいのかはわかっているから。ドレスは先月パリで買ったものだから、田舎者みたいに見える心配もない。この国のレディたちよりもたくさんのダイヤモンドをつけないように気をつけてもいる。わたしをパーティに招待する人たちは、ゴシップを手に入れられるのを期待しているのかもしれない。貴族は背後でわたしを笑っているのかもしれない。あなたなら、そのあたりのことはよく知っているでしょうね。なんといっても、そういう人たちのひとりなんですもの。でも、そうだとしても、彼らはわたしの失敗であなたを責めはしないわ。あなたの不幸を哀れんでくれるだけ」

そのどれもがどうでもいいという風に、アビーは肩をすくめた。イングランド貴族が軽蔑をほとんど隠そうともしないことにもはや傷つかないというのはほんとうだ。十年前にとても気に病んだのは愚かだった。「でも、だれもわたしを鼻であしらう気概を持っていない。彼らはわたしを通じて自分たちの息子をアメリカの女相続人に売りたがっているから」

グレイムが唇をきつく結ぶのを見て、いまのことばにぐさりとやられたのだとわかった。「こんな風にきみと結婚した私を軽蔑しているんだな」

「いいえ」アビーは正直に答えた。「じつは、ご自分を犠牲にしたあなたを高潔だと思っていたわ。家族の所領を救ったのだから」自分を卑下してしかめ面になる。「十八歳だったわたしは、救いようのないロマンティストだった」

彼がまなざしを険しくした。「だったら、知っていたんだな……」

「あなたから愛されてはいないと？　ええ、もちろんよ。父のお金が欲しくて結婚したんじゃないと考えるほどお人好しではなかった。それでも、あなたがすでにほかの女性に心を捧げていたのは知らなかった。幸せになる希望をあなたが全部諦めたなんて気づいていなかった」笑みが揺らがないようにするのはむずかしかったが、なんとかこらえた。「あなたの気持ちを知っていたら、父の望みに同意しなかったわ」

グレイムは長々と彼女の顔を探ったあと、ほんのかすかに笑みを浮かべた。「感謝しないとな。きみがそうしていたら、私はほんとうに売れ残っていただろう」

アビーは緊張を和らげた。彼女の返した笑みは、はじめて自然なものだった。グレイムが氷を手に持ったままなのに気づき、近づいてその手から氷を取った。「ほら、これをあてて。そうしないと明日はもっと痛むことになるわ」

彼女はさらに近寄り、タオルに包んだ氷をグレイムの唇にあてた。グレイムは彼女に手を重ね、彼女は視線を揺らがせずにグレイムを見つめ、ふたりは息を殺して長々とそのままでいた。そのとき、グレイムの背後で小さな音がした。アビーはさっと手を引っこめてドアをふり向いた。先日の夜に見つけたのと同じような四角い封筒が床にあった。だれかがドアの下から差し入れたのだ。

グレイムがその封筒を拾いに行った。アビーは慌ててあとを追い、渡そうとふり返った彼から引ったくるようにして取った。グレイムの驚いた顔を無視し、急いでドアを開ける。廊下に出て左右を見渡したがだれもいなかった。ふり返ると、彼から見つめられていた。

「なにか問題でも？」グレイムがたずねる。

「え？　ああ」封筒に目をやる。表書きは同じだった。無理やり小さく笑う。「いいえ。きっとまた招待状でしょう」華奢な脚の小さなテーブルへ行き、浅い引き出しに手紙をしまう。不安定な休戦状態のときに、ふたりの結婚についての〝真実〟を教えようという謎めいた手紙の話をしたくはなかった。「その……」

「ああ。うん……」グレイムはぼんやりと周囲を見まわした。ふたりのあいだで沈黙が長引く。

「そうかしら？」アビーの口調は軽い。なぜいつまでも彼をからかってしまうのかわからなかった。まるで、気づいてもらいたくて、どんな反応でもいいから引き出そうとしてちょっかいを出す子どものようだ。

「ありがとう……その……」氷の包みを揺らしてみせ、それをテーブルに置いた。

「どういたしまして。でも、それは持っていったほうがよさそうよ」

「そうか。ありがとう」グレイムはまた氷を手に取った。「これ以上ないくらいばかなまねをしてしまったな。そうそう、ブランデーもありがとう」

「飲んでもいないのに」

「たしかに」グレイムはグラスを取って飲み干した。

アビーが笑う。「無理やり飲ませようとして言ったのではないのよ」

グレイムは肩をすくめた。「いいブランデーをむだにするのはもったいない」また躊躇する。「そろそろ行かなければ。手当てをしてくれてありがとう。きみの夜を台なしにしてすまなかった」

「かまわないわ」

「そうか……」グレイムは会釈した。「では、ごきげんよう。きみとはもう会うこともないだろう」

「そうかしら」アビーは笑みを浮かべ、ドアを開けに行った。「お休みなさい」

彼が顔をしかめてためらったので、いまのことばを問いただされるのかとアビーは思ったが、結局彼はお辞儀をして出ていった。

ドアを閉めた彼女は、そこにもたれた。急にひざが震え出し、胸がどきどきした。ほとんど無傷で彼との対面を乗り越えたのに、いまになって粉々になるなんてばかげている。怪我やあざだらけの彼を見てぎょっとしたのをうまく隠し通した。彼に弱さを見せるのは得策ではない。彼が結婚初夜について話し出したあとだって、軽く冷静な態度を崩さなかった。

自分の口調からは、拒絶されて打ちのめされたことや、傷ついた動物のように隠れ場所へすごすごと逃げこんだことを気取られなかったはず。そういう態度を貫かなければ。それだけではなく、実際にそう感じなければ。感情に左右されていては、望みのものは手に入れられない。

彼と話しているときに、昔の苦痛と怒りがこみ上げてきたのには驚いた。もう何年も前にそんな感情とは訣別したと信じていたのに。けれど、ことばにその怒りがにじみ出ていたとは思わない……にじみ出ていたとしても、ほんの少しだけだった。貴族が息子たちをアメリカの女相続人に売ろうとしていると言ったのは、グレイムの自尊心が傷つけばいいと思ってのことだった。アビーはひとり笑った。彼の表情を見て満足を感じるのは、邪なことだったのはまちがいない。

概してうまくいった。グレイムは彼女のもとに来た。謝罪をした。アビーは冷静に対処した……少なくとも、いまいましい手紙がドアの下から差し入れられるまでは。グレイムの手から手紙を引ったくったのは、冷静でも落ち着いた態度でもなかった。

アビーは華奢な机へ行き、引き出しから手紙を取り出した。それを広げて読む。

自分の結婚について真実を知りたければ、ピンクシー・レーンとハーバートンの角の古い壁のところに来い。明晩九時。ひとりで来なければなにも話さない。

ばかげていた。まるで通俗劇のようだ。自分の結婚についての真実なら知っている。そうでしょう？　夫には愛する女性が別にいて、アビーと結婚しなくてはならなかったことを憎んだ、という以上になにがあるというのだろう？　財政的にグレイムを窮地に追いやったのが自分の父親だと知っている以上にひどいことなんてあるだろうか？

それでも……それ以上の真実があったら？　もしそうなら、それを知らないままで歩み去れるだろうか？

靴を履くと廊下を急ぎ、のろいエレベーターを避けて階段を使った。堂々としたマホガニー材のカウンターについていたフロント係が、近づいてくるアビーの姿を認めて愛想よく微笑んだ。

「レディ・モントクレア。ご用はなんでしょう？　問題がなければいいのですが」

「ええ、問題はないわ。ちょっと教えていただきたいの」封筒を見せる。「これがドアの下から入れられたの。あなたがこの手紙を受け取って従業員に持ってこさせたのかしら？」

「ドアの下からですか？」フロント係はぎょっとした。「とんでもありません。うちのホテルは手紙をそんな風にお客さまの部屋に持っていったりしません。手紙や伝言を受け取ったら、それをお客さまの部屋番号の棚に入れます」背後に並ぶ区分けされた棚を示す。「ほかの従業員が受け取った場合は、私のところに持ってきます。従業員が自分でお届けにあがったとしても――」そういう不適切な行ないをした従業員がいたとしたら、ただではおかない、とフロント係の渋面が示していた。「――ドアの下から突っこむのではなく、ノックをして直接お渡しするはずです。従業員にたずねてみますが、彼らではないと思います」

従業員がそうしたのだとしても、フロント係のおそろしい形相からして、だれも正直に話さないだろう。アビーはうなずいた。「ありがとう」

「手紙の件で動揺なさっておられなければいいのですが」フロント係が心配顔で続けた。「当ホテルではロビーを出入りする人間に気をつけておりますので、ご安心ください。ランガム・ホテルはすばらしい評判を――」

「ええ、そうでしょうね。動揺はしていないから、心配は無用よ。だれが持ってきたのかを知りたかっただけなの。差出人の名前が書かれていないから」

「ずいぶん失礼ですね」フロント係は、差出人が手紙の書き方も知らないことにむっとしているようだった。「かならず従業員全員に訊いてみます。手紙を持ってきた人間を見た者がいたら、お客さまのところへ行かせますので、その者にたずねてください」

「ありがとう。よろしくお願いします」アビーはフロントに背を向けた。従業員からなにか聞き出せるとは期待していなかった。しばし立ち尽くして考えたあと、外に出た。ドアマンがおおげさな身ぶりでドアを開けた。

「こういう封筒を持った人が今夜このホテルに入るのを見ていないかしら？」アビーはにっこりしてたずねた。ドアマンはホテルに出入りする全員を目にしているはずだ。

「封筒ですか？」アビーの手にある封筒に訝しげな目を向ける。「いいえ、見ていないと思います。今夜ですよね？」

「ええ、じつはついさっきのことなの」

ドアマンは首を横にふった。「この一時間におおぜいの人が出入りしましたが、手紙を持った人は見ませんでした。申し訳ありません」

「ありがとう。ピンクシー・レーンとハーバートンの角がどこだかご存じ？　古い壁のそばらしいのだけど」

「たぶん市の城壁のことだと思います」眉を寄せて考えこむ。「ピンクシー・レーンの場所ははっきりとはわかりませんが、ハーバートンなら知っています。あそこはレディの行くような場所ではございませんが」

「そう。レディが行くような場所かどうか、わたしにはわからないわ」アビーは立ち去りかけてからまたふり向いた。「明日の晩、辻馬車を用意してもらいたいの。九時少し前に」

「お客さま！」ドアマンがぎょっとして目を丸くする。「あそこへ行くなんてとんでもありません！　安全ではありません。ほんとうです。お客さまがいらっしゃるような場所ではないのです」

「わたしなら大丈夫。ここに馬車を待たせておいてね。ありがとう」

謎めいた手紙に書かれたとおりにするのが安全で賢明か、ほんとうのところは確信がなかった。けれど、無視できないのもわかっていた。どんな〝真実〟であれ、知っておけばよかったとのちのち後悔するのは目に見えている。

一緒に行ってほしいとデイヴィッドに頼もうかと考える。けれど、手紙にはひとりで来いと書かれていたので、だれかを連れていけば差出人がおびえて逃げてしまうおそれがあった。それに、もしその差出人がほんとうに信頼に足る情報を持っていた場合、いくら友だちにでも、自分の結婚にまつわるおそろしい事実を知られたくはなかった。

手紙の感じでは、相手は情報と引き換えにお金を欲しがっているようだ。最初は、おたがいに信頼関係を築くための顔合わせに終わるだろう。買ってもらうのにふさわしい情報があると示すために相手が断片を話し、金額の交渉に入る。傷つけられる心配はいらないだろう。それどころか、相手はこちらの身になにかあっては困るはず。少なくとも、お金を持っていくまでは。

それでも、身を守る手段は講じておくつもりだ。支援施設を訪問するようになったときに、ミセス・カーソンからもらった手ごろな武器を持っていこう。そこもやはり評判のよくない地域にあり、そこまで馬車で行ってはいたものの、支援施設の設立者から武器を携帯するようにと力説されたのだった。一度も使ったことはなかったけれど、必要になれば使える自信はあった。それに、少し離れたところで目立たないように馬車を待たせ、すぐに立ち去れるようにしておくつもりだ。

危険なことなどまったくない。

翌日の夜、馬車がどんどん狭くいかがわしい通りに入っていくにつれ、〝危険なことなどまったくない〟とは感じられなくなっていった。バッスルなしでペチコートは一枚だけをつけ、いちばん地味な茶色のドレスに身を包んだアビーは、比較的過ごしやすい夏の日にもかかわらず、頭から足先までを隠すフードつきのマントを着ていた。長身で、スカートが影に紛れこんでいるから、だれかに見られても男と思ってもらえるかもしれない。

けれど、カーテンの隙間から外を覗き見ると、この界隈では男性ですらが危険な目に遭うのではないだろうかと思えてくる。この場所について言えるのは、小さな店がいくつもあって、夜のこの時間にはひとけがない、というのが精一杯だろう。

馬車が速度を落として停まり、御者がふり向いた。「着きましたよ。手前で停めろってことでしたよね。ピンクシー・レーンはここを少し行ったところです」

アビーは御者が鞭で方角を示した薄暗い通りを見た。百フィートほど先で建物がとぎれている——通り(レーン)というよりも路地といった感じだ。外はほぼまっ暗で、最寄りのガス灯は背後の離れた場所にある。周辺の建物がわずかな月明かりをさえぎっており、薄霧が漂っているせいでますます気味悪い光景だ。

アビーは唾を飲み、このまま馬車から出ずにホテルに戻りたい誘惑に駆られた。けれど、昔の臆病な少女はとっくに卒業したでしょうと自分に言い聞かせ、御者に代金を渡して馬車を降りた。

「待っている約束を忘れないでね。戻ったら、代金をはずみます」

御者は頭のおかしな人間を見るような顔つきになったが、うなずいてくれた。「アイ。でも、長くは待ちませんよ」

「それほど時間はかからないわ」

アビーは革に包んだ小さな棍棒をしっかりと握り、玉石敷きの道を進んだ。本能的に庇護を求めて建物ににじり寄る。とはいえ、そちらのほうが暗かったのだが。自信たっぷりに見えるようにできるだけ大股で歩き、汚らしいものを踏みつけませんようにと願った。どこもかしこもごみだらけのようなにおいがしていた。

細道まで来ると、ありがたいことにまた街灯があったものの、その弱々しい明かりは薄霧すらほとんど貫けていなかった。この先にあるものを示しているというよりも、自分の姿をさらしていそうだった。周囲の闇よりも暗い人影が、細道の先の戸口で動いた。アビーはそちらに向かった。突然、人影が戸口から駆け出した。

「だめ！　待って！」人影を追って走ったが、でこぼこの玉石に足を取られて転んでしまった。両手とひざをついて起き上がろうとしたが、マントの裾が靴に引っかかってしまった。細道に目を凝らすと、人影は見えなくなっていた。「ああ、もうっ！」

突然背後から手が伸びてきて、アビーの腕をつかんだ。

7

男に引っ張り上げられたアビーは恐怖に刺し貫かれ、体をよじって襲ってきた相手に殴りかかった。握りしめた棍棒が男の脇にあたり、驚いた「うっ」という声が聞こえた。次の瞬間、〝襲撃者〟が夫であるのがわかった。

「くそったれ！」グレイムは彼女の手首をつかみ、手のなかの革に包まれた重い物体を突き止めようとした。「いったいなにで私を殴ったんだ？」

アビーは震える息を吸った。「棍棒と呼ばれるものだと思うわ」

「こんなものをいつも持ち歩いているのか？」

「いつもじゃありません。でも、この界隈に来るなら武器になるものを持っていたほうがいいと思って」

「それはそうだろう！　こんなところでいったいなにをしているんだ？」

アビーは顎をつんと上げた。「同じことをあなたにも訊きたいわ」

「簡単だ——きみを尾けてきたんだ」グレイムは手を離してあとずさった。

「どうして？　どうやって知った——」

「ドアマンにたずねた」

「ドアマンですって！　あの裏切り者！」アビーは目を険しくした。「彼に小言を言わなくては——だれかれかまわずわたしの予定を話すなんて」

「彼を責めるな。きみがばかなまねをしようとしているのを、夫には知らせるべきだと考えただけだ」

「その考えはまちがっているわ」アビーは勢いよく背を向けて歩き出した。

「待てよ」グレイムは二歩で追いついた。「答えを聞くまで、どこにも行かせない」

「ほんとうに？」片方の眉をくいっと上げる。「どうするつもり？　わたしをとらえて閉じこめるの？」

「そこまでせずにすむだろう」歯を食いしばって言い、アビーの腕を取って馬車のほうへ向かう。「なにをしようとしていた？　どうしてこんなところに来た？」

「あなたには関係ないわ」問題が結婚についての〝真実〟ということだったから、正確にはグレイムに関係ないとは言えなかったけれど、高飛車なふるまいに屈するつもりはなかった。それに、あの人物がだれであれ、接触してきた相手はグレイムではなくアビーだ。それには理由があったのかもしれない。夫が妻に知られたくないと思っているることを、あの人物が知っているのだとしたら？　グレイムがいくら信頼できる高潔な人に思われても、アビーは彼を知っているとはいえない。十年前にそれをいやというほど思い知った。

「私に関係ないだって？　きみは私の妻だろう」

「だれもそんな風に思っていないみたいですけどね」

「くそっ！」彼の歯ぎしりする音が実際に聞こえそうだった。「私たちが結婚生活を楽しんでいないとしても、法的に夫婦なんだ。私はきみに責任がある。きみはレディ・モントクレアなんだ」

「やめて」アビーは呆れ顔になった。「醜聞がどうのとまた言うつもり？」

馬車のところまで来ると、御者が興味津々でふたりを見ていた。グレイムは必要以上に力を入れて彼女を乗せ、それから自分も乗りこんで向かいの席に座った。アビーは彼をにらみつけた。

「きみには危うくだまされるところだったよ」苦々しい口調だ。「きみときみのたいせつなプレスコットのおかげで、何年も前、きみはなにも知らなかったのに私が誤解してひどい扱いをしたのだと信じさせられた。それも、あの手紙がきみの部屋のドアから差し入れられるまでだったがね」

「それがなんの関係があるの？」

「わからない。だから、それを突き止めようとしているんだ。きみがあの手紙を私から隠そうとしたのは明らかだ」

「わたしに来た手紙をあなたに見せる義務があるの？　あなたの言う夫って看守のまちがいじゃないかしら」

「ちがう！　だれがきみに手紙を寄こそうと、なにを書こうと、どうでもいい。どうでもよくないのは、きみが秘密にしたってことだ！　あれがなんでもない手紙だったなら、どうしてすぐに引き出しにしまった？　どうして廊下に出て左右を確認した？　きみがあの手紙に見おぼえがあるのは、あのときの表情からはっきりしていたのに、どうして知らないと言った？　きみは手紙を私から引ったくった――どうして私に見られるのがそんなにいやだったんだ？」

「手紙をしまったくらいで、ずいぶん想像をたくましくしたものね」

「単純なことを深読みしすぎだと自分に言い聞かせたよ。だから、きみの部屋を出たあとでロビーに座ってなにがあったのかを考えていた。そうしたら、きみが慌てて下りてきて、あの手紙をフロント係に見せてなにやら長々と話しこんだ。そのあと、外に出てドアマンに話しかけた。きみがいなくなったあと、私はドアマンと話をした。彼は、ホテルにあの手紙を持ってきた人物について、きみにたずねられたと言った。それだけでなく、いかがわしい場所の住所を見せられ、今夜馬車を用意するよう頼まれたとも」

「おめでとう。ずいぶんたくさん探り出したのね。警察官になったほうがいいのではないかしら」アビーは顎をこわばらせた。

「最初から疑っていたとおり、きみはなにかに関与している。何度もたずねたのに、ロンドンに戻ってきた理由を話してくれなかった。いったいなにを企んでいるんだ？」

「不埒なことなどなにも計画していないわ」

「あそこへ行ったのはだれに会うためだったんだ？」

「わからない」

グレイムはいらだちの声を発して顔を背け、見るからに自制心を取り戻そうと苦心していた。だいぶ経ってから、ぶっきらぼうな口調で言った。「なにが望みだ？」

「はい？」

「ロンドンからいなくなってもらうには、なにをすればいい？　なにを狙っている？

生活費を増やしてほしいのか？　じゅうぶんな額を渡していたつもりだが――」

アビーは乾いた笑い声をあげた。「わたしにお金を払うつもりなの？　そもそもそれって父からもらったお金でしょうに」

「お父上から金をもらってはいない。きみの持参金をうまく管理して所領を立てなおした。いまでは収益を上げるようになっている。残りの金は投資に――」

「やめて。会計報告なんてしていただかなくてけっこうよ」アビーは吐息をついた。どうしてうまくいくなんて考えたのだろう？　「生活費を増やしたいのなら、そうしてちょうだい。支援施設は喜ぶでしょうし」

「なんだって？　なんの話をしているんだ？」

「借地人の女子どもを支援している場所よ。食べ物だとか住居の世話をしているの。あなたの送ってくれるお金はそこに寄附しています。何カ月かすると送り返すのに疲れてしまったから、慈善事業に寄附することにしたのよ」

グレイムは愕然と彼女を見つめた。「だったら、どうやって生活しているんだ？　お父上の屋敷に戻ったのか？　私が生活の面倒もみていないみたいにお父上の世話になって、恥をかかせようというのか？」

「もちろんちがうわ。父ともあなたとも暮らす必要がないの。結婚している身だから、自分の所帯を持つのは体面の悪いことではないでしょう。わたしは自分の家を持っているの。自分のお金も。どんな男性の世話にもなっていません」

「ありえない。理解不能だ。結婚した瞬間から、きみの金は法の下で私のものになっている」

アビーは眉をくいっと上げた。「イングランドの法の下ではね。でも、わたしはイングランドで暮らしていない。ニューヨークでは、既婚女性は自分の財産を持てるの。アメリカの女性は進んだ考えを持っているのよ。あなたと父の取り決めは、父のお金に関するものだった。わたしは母方からの家族信託によって収入を得ているの――父のサーストンは最近になって財をなしたけれど、母の祖先はメイフラワー号のころからずっと財を蓄えてきたわけ。結婚したとき、父も贈与信託をしてくれた。父は、あなたがわたしをきちんと支えるとは考えていなかったのね。侮辱されたと感じなくてもいいのよ。父はだれも信用しないの。いずれにしても、わたしは自分で投資をした。財政面では、デイヴィッドが助言してくれたわ」

グレイムは鼻を鳴らした。「そうだろうとも」

アビーが窓の外に目をやると、ランガム・ホテルに着いていた。「そういうことだから、あなたのお金は必要ないの。あなたの爵位も地位も、公衆の面前であなたに恥をかかせることもね」扉を開けようと手を伸ばす。

グレイムがその手首をつかんだ。「それなら、きみの望みはなんなんだ?」

アビーは彼と目を合わせた。「赤ちゃんよ」

笑いたい気分だったなら、愕然とした彼を見て笑っていたところだ。グレイムの手がだらりと落ちた。アビーは馬車を降りてホテルの入り口に向かった。馬車の代金は彼が払えばいい。わたしの雇った馬車にわがもの顔に乗った——それに、手紙の差出人と会うのをじゃました——のだから、それくらいしてもらって当然だ。

ドアマンをわざわざにらみつけはしなかった。ここには長居しそうにないのだから、彼の裏切りなどたいした問題ではない。問題はグレイムだ。こちらの提案にうんと言ってもらうために、彼とじゅうぶんな時間を過ごして十年前に嫌われていたのをなんとかできないか、そして少しでも欲望をかき立てられないかと思っていたのだけれど。

でも、グレイムには最悪のことを信じている気持ちを変えようという気はなかった。この手紙みたいにどうということのないものについてさえ。彼の気持ちを和らげられる見こみはまったくない。もうありのままの真実を突きつけて、彼が理性を見せてくれるかどうかやってみるしかなかった。とはいえ、そんな可能性はほとんどなさそうだった。こちらに対する彼の敵意は揺るぎそうになかった。

部屋に入るとマントと手袋を取り、椅子に放った。サイドボードへ行き、デカンターからブランデーをグラスに半分ほど注いで飲み、喉を焼く熱い感覚に顔をしかめる。

頭が痛んだ。ピンをはずして髪を下ろし、頭を揉みはじめる。泣きたい気分だった――失望からか怒りからかはわからなかった――けれど、泣いてたまるものかとこらえた。もう何年も前に、グレイム・パーのことでこれ以上涙は流さないと誓ったのだ。とはいえ、泣きたいのは彼のせいではなかったけれど。目前に立ちふさがる敗北がその大きな部分を占めていた。

ドアをノックする大きな音がして、アビーははっとわれに返った。胸に希望が兆し、そちらに向かう。ドアを開ける前に立ち止まり、深呼吸をした。

ドアの前にグレイムが立っているのを見ても驚かなかった。なにを言おうとしていたのか知らないが、アビーが髪を下ろしているのを見て彼ははっとした。そんなだらしない格好でドアを開けるなど、言語道断だとでも思っているのだろう。アビーは顎をつんと上げ、挑むように彼を見た。

グレイムが咳払いをする。「入ってもいいかな？」

アビーは肩をすくめてドアから離れ、なかに入ったグレイムにドアを閉めさせた。くるりとふり向いて腕を組み、彼と向かい合った。

「あんな捨て台詞を吐いて立ち去るなんて許せない」グレイムが言った。「いったいなんの話なんだ？」

アビーは両の眉を吊り上げた。「赤ちゃんを得る方法は説明しなくてもいいのでは？」

彼の口もとが険しくなる。「あたりまえだ。だが、どうしてその件で私のところに来たんだ？」

アビーは全身を怒りに襲われた。「わたしが不義をするような女だと思っているの？」

「そんなことは思っていない。それについて考えたことがなかった」

「当然ね。わたしがなにをしようと、あなたにはどうでもいいんですもの」声に苦々しさがにじむのを止められなかった。

「そうは言っていない」

「ことばにしなくても伝わるわよ。はっきりと示してくれたもの。あなたの気持ちは完璧にわかっています。そんな風に思う理由だって理解できます。でも、起きたことは変えられない。自分の置かれた状況で最善を尽くすしかないの。お金があって、パーティにも行って、称号もあって、ほかの人がうらやむようなあれこれを持ってはいるけれど、人生は持っていないと去年気づいたのよ。あなたと父は、わたしの結婚によって望みのものを手に入れた。父はどうしても欲しがっていた貴族とのつながりを手に入れた。そしてあなたは、心を犠牲にしたとはいえ、所領を救うために必要としていたお金を受け取った。わたしはなにを手に入れたかしら？　空っぽの結婚に空っぽの屋敷。空っぽの人生よ。際限のない買い物だとかパーティだとか以上のものが欲しいの。子どもが欲しいの」

「なるほど」グレイムは気まずそうに周囲を見まわし、アビーが置いたブランデーのグラスを取り上げて大きくあおった。「本物の結婚を望んでいるわけだ」

「ちがいます。夫なしでも生きていけるわ。もうロマンティックな愛など期待していないの。守ってもらったり支えてもらったりする必要はないし、友情も求めていない。でも、子どもだけは欲しい。愛するだれかが欲しいし――いえ、わたしの理由を説明する必要はないわね。子どもを持つつもりとだけ言っておけばいいでしょう。そして、わたしはあなたと結婚しているわけだから、父親として論理的な選択はあなたになる彼はアビーの目を避けてブランデーのおかわりを注いだ。

「もちろん、愛人を作ることはできるわ」アビーは続けた。「でも、あなたにどう思われていようと、わたしは結婚の誓いを破るような人間ではないの。それに、ほかの男性の子どもをあなたの跡継ぎとするなんてまちがっていると思うし。それはあなたも望まないと思うけれど」

これを聞いたグレイムがさっと目を向けてきて、首を絞められたような声を出した。

「ああ、そんなことは望んでいない」咳払いをひとつ。「だが、そういうのは少しばかり……無情だとは思わないのかい？」

「ええ、そうよね？」アビーは明るい笑みを浮かべた。「どうやら貴族女性でいるこつをつかんできたみたい」

「きみにとってこれは冗談なのか？」

「いいえ。冗談ではないわ。わたしは子どもが欲しい。あなたは欲しくないの？跡継ぎが必要でしょう。それが貴族のやり方なのよね？」アビーは一歩彼に近づいた。

「ねえ、あなたはいつだって紳士のすべきことをし、家族にとって必要な犠牲をなんでも払うのでしょう。これもそのひとつにすぎないわ」

の」

「そんなに簡単な話じゃない」

アビーはやり方をまちがえたのを悟った。論理立てて説得するのは無理だ。彼はあまりにも頑固すぎる。この件は負けることができないほど重要なのだ。アビーは精一杯の演技力をかき集め、いたずらっぽい口調を作った。「あなたにとって、その、務めを果たすのがむずかしいかもしれないというのは理解できるの。だって、別の女性を愛しているんですものね」

グレイムの頬が染まった。「きみは私をばかにするのが好きなようだ」

「とんでもない。この十年ずっと愛する人に忠実でいたあなたに感服しているの。そんなに長く禁欲を貫く男性は多くないもの」グレイムが心地悪そうにもぞもぞすると、アビーは要点を強調した。「たいていの男性なら……別のはけ口とでもいったものを見つけていたはず」

「ふさわしい会話とはとても言えないな」グレイムの顔がさらに赤くなる。

アビーは彼のことばを無視した。「積極的な未亡人とか、お金で相手を見つけるとか。でも、あなたは――」

「私が禁欲を貫いてこなかったのは、きみもよく知っているはずだ」グレイムは声を荒らげた。「もちろん相手はいたさ――ときには……その、利用もした」もごもごとロごもる。

「娼婦を？」明るい口調で補う。

「そうだ」嚙みつくように答える。

「では、手に入れられない女性を愛していながら、ほかの女性を相手にしてきたのね」

「十年なんだぞ！」どなり声になる。「私になにを期待しているんだ？」

「まさにそれを期待していたの。ただ、指摘したかったのよ。あなたが過去に――」

「いいかげんにしてくれ！　それは別だ。私は――あれは単なる取り引きだ」

「では、わたしにも支払いをしてくれたらいいのでは？」

グレイムはグラスを叩きつけるようにテーブルに置いた。「こんな会話はばかげている」

アビーの気力と希望が流れ出ていった。「あなたのおっしゃるとおりなんでしょうね」熱い涙がこみ上げてきたが、断固としてこらえた。「では、話はこれで終わりね」

「すまない」グレイムはきまり悪そうに彼女を見た。「だが、こんな話は無理だとわかってもらいたい」

「ええ」アビーはうなずいた。「わたしはとりとめもない空想に夢中になってしまったのね」いまはなによりもひとりきりになり、ベッドで失望に泣き崩れたかった。けれど、弱い自分を見せることはぜったいにしたくなかった。この男性だろうとほかのだれだろうと、自分の人生を支配させはしない。「国へ帰って離婚の申し立てをするわ」

「なんだって！」グレイムは体をこわばらせた。「だめだ。そんなことはさせない」

「そうするしかないの。けっして望んでいるわけではないわ。この結婚は一生のものだと信じていた。でも、ほかに方法がないの」

「だめだ。不可能だ」グレイムの表情は無情だった。「議会にかけられることになる。そんなことは――」

「もう一度言うけれど、わたしはイングランドに住んでいないの」アビーはまっ向から彼を見た。彼の怒りを前にしても、引き下がりはしない。「ニューヨークでも離婚を認めてもらうのはむずかしいけれど、オハイオに移ってそこで離婚訴訟を起こすのは比較的簡単なの。訴えの根拠ならたっぷりあるもの。ひとつには、配偶者に対する義務の放棄があるし」

「私はきみを見捨てたわけではない。きみのほうが立ち去ったんだ」

「それなら、不義かしら。あなたが娼婦を訪問するときに、だれかを雇ってあとを尾けさせるわ。それとも、あなたが夫の義務を果たすのを拒否したという事実だけでじゅうぶんかもしれない。弁護士に調べさせます」

「やめるんだ！」グレイムは目をぎらつかせてすばやく二歩近づいた。「私の家族を醜聞に巻きこませはしない。何世代にもわたってパー家の名前を汚すことになる」

「わたしの知ったことではないわ！」アビーは体の脇で腕をこわばらせて叫んだ。

「愚かでいまいましい家名のために、自分の残りの人生を捨てるつもりはありません！」

「では、そういうことなんだな。私がきみに屈しなければ、きみは私の家名を泥まみれにすると。自分の望みのために、私に強要するつもりなんだな。きみはお父上そっくりだよ」

「わたしはあなたになにも強要するつもりはありません。でも、幸せになる希望を犠牲になんてぜったいにしないわ」

「幸せだって？」彼にのしかかられて、体温が感じられるほどだった。「自分を軽蔑している男をベッドに無理やり引きずりこむのが楽しいと思っているのか？　悦びもなしに抱かれたいのか？　愛もなしに？　そんなのはただの交尾だ」

「女性は何世紀もそうやってきたわ」アビーは言い返した。「わたしだって耐えられるでしょう」

「耐えるだって？」グレイムがうなる。「ほんとうに？」アビーの腕をつかんで乱暴に引き寄せ、粗野に唇を重ねた。そして、そのまま壁へと押しつけた。ついに顔を上げたとき、グレイムの目はぎらつき、息は荒かった。「これか？　これがきみが耐えようとしていることか？」

アビーは熱く憤っている彼の目を見上げた。体中がかき鳴らされていた。ゆっくりと勝ち誇った笑みを浮かべる。「それを見つけ出しましょうよ」

グレイムは目を見開き、低くうめいたあと、ふたたび唇を重ねた。

8

十年前の結婚初夜にグレイムがかっかして立ち去っていなかったらどうなっていただろう、などと考えたことがないと言ったら嘘になる。彼の唇はどんな感触だろう、どんな風に抱きしめてくれるのだろうと、アビーは一度ならず想像したのだった。けれど、どんな白昼夢でも、こんなのは想像もしていなかった。

彼はこちらに体を押しつけており、その筋肉と骨が烙印のように感じられた。一度味わったら忘れられない熱い唇に燃え尽くされた。彼の唇と舌の動きをまね、アビーも口づけを返した。グレイムが彼女の髪を握りしめ、喉の奥深くでやわらかな声を発すると、アビーはとろけそうになった。

自分の体のすべてがこんな風にうずき、切望でいっぱいになるとは思ってもいなかった。深いところでしつこく脈打っているものが脚のあいだで活気づき、体が震え、息もほとんどできなくなり……それでももっと多くを望むとは。小さなぐずり声が聞こえ、それが自分の発したものだとわかって驚いた。

グレイムが体をこすりつけてくると、アビーのなかのうずきが大きくなり、快感と渇望がどっと流れ出した。秘めた場所に触れられて悦びの震えが走る。胸を包まれ、頂を親指でこすられる。円を描くその愛撫を受けて胸の先が硬くなり、唇をふさいでくれなければ叫び出してしまいそうだった。

グレイムの唇は彼女の頬、耳、喉へとさまよった。アビーはざらついた彼の息を聞き、熱い肌を感じた。彼の欲望の証がアビー自身の欲望を何倍にも大きくした。漏れてしまいそうなうめき声を懸命に抑えなければならなかった。彼が欲しかった。どうしても……なにかが欲しかった。それを手に入れたいという思いがあまりにも強く、グレイムの上着に爪を立てた。

グレイムがドレスのボタンと格闘して開け、手を潜りこませた。肌に彼の指を感じて、アビーの体に衝撃と興奮が走り、脚のあいだの渇望が花開いた。グレイムの手が胸の柔肌をさまよい、シュミーズのレースの縁取りからなかへと進む。首を甘噛みし、舌で愛撫しながら、指が胸の頂を見つけた。今度こそ、アビーはうめいた。小さく頼りないその声を聞いて、彼がぶるっと身震いする。

アビーは吐息に乗せて彼の名前を呼び、髪を愛撫した。グレイムが顔を上げ、目を合わせてきた。アビーは彼の熱に包まれ、彼の香りを感じ、荒くざらついた息を肌で受けた。彼だけを見つめ、彼だけを感じた。これほど正しいと感じるのは、生まれてはじめてだ。

「なんてことだ」グレイムが顔を離した。アビーは彼の筋肉がこわばるのを感じた。彼が壁から、アビーから離れる。怒りと欲望がないまぜになった激しいまなざしを向けられたアビーは、身がすくむはずなのに、なぜか彼をもう一度引き寄せたくなった。

グレイムはくるりと背を向けて壁にてのひらをついた。大股で部屋を出ていき、力任せにドアを閉めた。アビーは壁にもたれ、胸をどきどきさせ、荒い息をしたままでいた。ずるずると床にくずおれ、笑えばいいのか泣けばいいのかわからずにいた――わかっているのは、彼を追いかけたいということだけだった。


グレイムは脚を伸ばして座り、ウイスキーのグラスをだらりと持って暖炉で赤く燃える石炭をじっと見つめていた。あの女性には正気を失わせられる、と苦々しく思う。彼女の部屋を飛び出したあと、長いあいだやみくもに通りを歩き、完全に迷子になったのだった。馬車をつかまえて家に帰れたのは幸いだった――もっと幸いだったのは、途方に暮れきったところを追いはぎに見つかり、格好の餌食だと思われずにすんだことだ。

そうなっていたら、目もあてられなかっただろう。アメリカ人と殴り合ったせいで切り傷やあざをもらったうえに、頭を殴られてこぶを作るなんて。妻に棍棒で攻撃されて、あばらのあたりにできた紫色のあざは言うまでもなく。妻もアメリカ人であるのは単なる偶然ではないだろう。彼らには好戦的なところがある。

もっと悪いのは、彼らには、自分たちと同じようにグレイムの頭をおかしくするとんでもない能力があるように思えることだ。あのときアビゲイルにしたようなふるまいは、これまでの人生で一度もしたことがないというのに。女性に対して、激しく嫌っているのと同じくらいの欲望に食い尽くされるだろうとだれかに言われたとしたら、鼻で笑っていただろうに。

自分は理性的な人間だ。論理と務めと実際的な考えを持った、冷静で礼儀正しい人間なのだ。感情がないわけではない。愛も同情も絶望も嫌悪もすべて感じていた。ただ、その感情が極端ではなく……同時に感じるわけではなかった。それなのに、どこかの好色家みたいに彼女に襲いかかり、貪らんばかりに口づけ――いや、ほんとうに貪りたかった。彼女のなかに入り、上になり、彼女を包みこみ、魂に巣くうすべての絶望ごと彼女のなかに突き立てたかった。よりによって、軽蔑している彼女を相手に、だ。二度と会いたくないと思っていた女性。

それなのに、頭のなかから彼女を追い払えない。

あれから二日が経っているというのに、彼女のことしか考えられない。無骨者のようなふるまいをしたのだから、謝罪をしなければ。これまで女性に手荒なまねなどしたことがなかった——とはいえ、彼女はそれを気にしている風ではなかったが。ひょっとしたら、壁に乱暴に押しつけ、荒々しくキスをし、ドレスのなかに手を入れるような男たちに慣れているのかもしれない。グレイムはため息をついた。自分の行動をふり返ったとき、感じるのが罪悪感なのか興奮なのか、よくわからなかった。正直なところ、謝るべきだとわかってはいるものの、彼女を訪問すると思ったら不安に襲われるのだ。またふたりきりになったら、自分がなにをするかわからなかった。

彼女はとんでもなく誘惑的だったが、なにが自分を惑わしたのかはわからなかった。彼女の笑い声だったのだろうか。いや、それよりも、言語道断なことをしてみろと追い立てるようなからかい口調だったのかもしれない。微笑みとまではいかないまでも、口角のくいっと持ち上がったあの唇のせいかもしれない。あれはぜったいにこちらを誘惑しようとするものだった。

アビゲイルは無垢ではないだろう。彼女のように大胆な提案をする女性は、こちらのキスにあんな風に応える女性は、経験を積んでいるに決まっている。ほかの男の子どもを産むのは気が進まないなどと言っていたが、愛人を持ったことがあるのは明らかだ。愛人はひとりではないかもしれない。彼女のベッドの常連はプレスコットなのだろうか。

グレイムは顎をこわばらせた。あいつをもっと殴っておくんだった。

「モントクレア?」鬱々とした思いに祖母の声が割りこんできた。「こんな暗いところでなにをしているのですか?」壁の燭台に明かりをつける。

「すみません、お祖母さま」いきなり明るくなって、グレイムは目を狭めた。

「ここのところ、ようすがおかしいけれど」さっと近づいてきて孫息子を見下ろす。

「もう何日も外に出ていないでしょう」

グレイムはため息をこらえ、叩きこまれた礼儀作法に則って立ち上がった。「心配をおかけしたのなら謝ります」

「あなたのお祖父さまがよくふさぎこんでいましたよ。あの人に似たのでなければいいのだけれど」

「一時的なものです。じきにまた朗らかな自分に戻ります」

「生意気な口をきくものではありません」伯爵未亡人が眉を寄せる。「なにを気に病んでいるのかを話す気はないようですね。少なくともわたくしには」

「お祖母さま……」

「わかっています。わかっていますよ。殿方にはレディに話せないこともある、でしょう。わたくしだって、聞きたいわけではありません。いとこを訪問してはどう？」

「ジェイムズをですか？」

「決まっているでしょう。彼以外は、その母親たちと同じで役立たずですからね。でも、ジェイムズは少なくとも思慮分別があります」

「特別に話すことなどありません」混乱するこの思いを打ち明けはじめたら、ジェイムズがどんな反応を見せるか想像がついた。

伯爵未亡人が鼻を鳴らした。「足を痛めた熊みたいに、だれ彼なく八つ当たりしたいというのなら、わたくしには止められませんけどね」

「私はそんな――」

「あるいは、城壁の上でハムレットみたいにふさぎこむのもあなたの勝手だわ」

「お祖母さま……」

「ですけど、明日の晩はわたくしを劇場に連れていってくれるものとあてにしています」

グレイムは歯ぎしりしたい衝動を懸命にこらえた。「もちろんです。喜んでおともします」

「それが嘘なのはわかっていますよ」ちらりと笑みを浮かべたことに、祖母自身も彼も驚いた。彼女は手を伸ばし、ぎこちなくグレイムの腕をそっと叩いた。「でも、約束は守ってちょうだいね。お休みなさい。ふさぎこんで夜更かしをしないように」

「わかりました」グレイムは椅子にへたりこんだ。そうしたければ、好きにふさぎこむつもりだった。

参ったな。これでは七歳児みたいじゃないか。

グレイムはがばっと立ち上がり、うろうろしはじめた。祖母の言うとおりだ――ありがちで、腹の立つことではあるが。外出して頭をすっきりさせるべきだ。ジェイムズと話すのも悪くないんじゃないか？　こちらの窮地をきっと笑うだろうが、三十三年もそんな目に遭っていれば慣れるというものだ。自分の知っているなかでも、ジェイムズはもっとも感情に動かされない男だ。この心の混乱をばっさりと断ち切れる人間がいるとすれば、彼を置いてほかにはいない。それに、ひとりで鬱々と考えこむのにはもう飽き飽きしていた。いとこに悩みを肩代わりしてもらったっていいだろう。

ジェイムズは家におり、眠りをじゃまされた犬が敷物から顔を上げてうなったものの、飼い主は遅い時刻の訪問にも動じなかった。「いとこ殿じゃないか！　入ってくれ。またアメリカ人と喧嘩でもしたのかい？」

グレイムは渋面になった。「相手は妻だ。先日の夜、棍棒で殴られた」暖炉前に置かれた椅子のひとつにどさりと腰を下ろす。

ジェイムズの両の眉が大きく吊り上げられた。「理由は訊かないほうがよさそうだな」

「私をほかの人間とまちがえたんだ」

「好奇心を刺激されるじゃないか。奥方はきみをだれとまちがえたのかな？」

「わからない。追いはぎあたりかもな。彼女は治安のよくない場所をふらついていたからね。それとも、会いにいっただれかとまちがえたのか。彼女を尾けたんだ」

「いったいなにがどうなっているんだ？　最近のきみの人生は通俗劇みたいじゃないか」

「もうなにもかもがめちゃくちゃだ。アビゲイルはなにかを企んでいるのに、私に話そうとしない。いや、話してはくれたんだが、それが手紙を隠したり、暗い通りで人に会うためにこっそり出かけたりするのとどうつながるのかわからない」

「酒が必要だな。ブランデーか？」

「さっきまでウイスキーを飲んでいたんだ。だから、変えないほうがいいと思う」

ジェイムズはサイドボードへ行き、ふたつのグラスにウイスキーを注いだ。ひとつをグレイムに渡したあと、椅子に戻った。マスチフ犬のデムが起き上がってジェイムズのひざにもたれる。ジェイムズは上の空で犬をなでながら、ウイスキーをすすった。

「よし。準備はできた。話を聞こう」

「彼女は子どもを欲しがっている」いつもは動じないいとこが口をあんぐりと開けたので、グレイムは少しばかり満足した。

「なんだって？」

「彼女は子どもを持つと決めたんだよ」

「それで、奥方はきみを……その奉仕を提供する相手に選んだのか？」

「私は彼女の夫だからね――〝だれもそんな風に思っていないみたいだけどね〟なんて言ったら、殴り倒すぞ」

ジェイムズは落ち着いて手を上げた。「続けて」

グレイムが肩をすくめる。「それで全部だ」

ジェイムズは長々といとこを見つめた。「では、要約すると、奥方はきみと寝ることを申し出た、となるのかな?」唇の端がひくついている。「なんて卑劣なんだ」

「そんなに簡単な話じゃない」

「私には簡単に聞こえるが」

「断ったら離婚すると脅してきたんだぞ——どうやらアメリカでは、だれも彼もが離婚してまわっているらしい。醜聞を棍棒のように私の頭上でかまえているんだ。強制じゃないか。彼女も父親と同類だ——こちらをだまし、操る。彼女にはほかにも考えがあるとわかっている。よからぬことを企んでいるんだ」

「たとえば、どんなことを?」

「わからないよ! 先日の夜、アビゲイルは父親がなにをしたのかをまったく知らないとプレスコットから聞いて、信じはじめたところだった。彼女を信じはじめた。昔の自分が彼女に不当にあたったと考えた。だが、彼女の部屋のドアから手紙が差し入れられて……」グレイムはアビゲイルの奇妙な態度と、自分で調べたことを話した。

「それで、翌晩に彼女を尾けた。そのときに殴られたんだ——彼女が常に身につけているらしい棍棒でね。彼女の話では、ニューヨークの貧民窟をうろつくときの護身用にと、救貧院だかの女性にもらったらしい。それも問題なんだ——彼女は私が送っている金をその救貧院に寄附しているらしい。私のものはなにひとつ欲しくないみたいでね」

「そうでもないみたいじゃないか」ジェイムズはぼそりと言い、ウイスキーをすすった。

グレイムは陰鬱なまなざしを彼に向けた。「それ以外には、だ」

「レディ・モントクレアが会いにいった相手というのはだれだったんだい？」

「わからない。彼女は話そうとしないんだ。すごく秘密めいていて、なにを企んでいるのか、望みはなんなのかと問い詰めたら、〝赤ん坊〟だと言われたわけだ。それがどうして、暗い通りをこそこそ歩き、名前を明かそうとしない相手と会うことになるんだ？　話していないことがもっとあるにちがいない。一族を破滅させる醜聞を起こすつもりなのかもしれない」

「どうやって？　どんな醜聞だい？」

「わからない。私は狡猾な心を持っていないからな――きみならわかるんじゃないか」

「ひどいな」ジェイムズがにやりとする。「言いすぎだよ」

「すまない。相手かまわず当たり散らしているようだ。今夜だって、手負いの熊みたいにふるまっていると祖母に言われてしまったよ」

「伯爵未亡人と暮らしていれば、だれだってそうなるさ」

グレイムはかすかに微笑んでから吐息をついた。「アビゲイルは私の子どもを産み、その子を使って私を罰するだけのつもりなのかもしれない。子どもを連れてニューヨークに戻ることで。子どもを私に刃向かわせて。いや、わからないな」

「どうしてなんだ?」

「それは明らかだ――復讐だよ。十年前に彼女につらくあたった話はしただろう。当時はまともに頭が働いていなかった。正直なところ、あまりにも怒りまくっていて、気にもかけなかった。でも、それだけじゃないんだ。そのせいで、彼女はロンドンだけでなく、ニューヨークでもあざ笑いの的になった。うわさ話はきみもおぼえているだろう――アビゲイルがニューヨークに戻ったとき、ふたりの別居が公になった。彼女は恥をかかされたんだ」

ジェイムズが肩をすくめた。「あんな風に慌てて立ち去らなければ、そんな目にも遭わなかったはずだ」

「彼女がそういう見方をするとは思えない」グレイムはウイスキーをすすり、黙りこくった。

「グレイム、きみは奥方の言いなりになりたくないようだが……」

「無理強いさせられるのはごめんだ」グレイムは強い口調で言い、前のめりになった。「彼女と結婚するしかなかったが、ベッドをともにする必要はない。彼女は人を巧みに操る人間で……それは冷酷で計算高い行ないじゃないか？　私に関心があるわけじゃない。ただ子どもを欲しがっているだけだ」

「女はだれだって子どもを欲しがるものだよ。男への神からの恵みだ」

グレイムはふんと鼻であしらった。「わからないのかい？　体の交わりだけの問題じゃないんだ」

「そうなのか？　じゃあ、なんなんだい？」

「何度か会って、ダイヤモンドのネックレスを贈って別れられる女性じゃないんだ。彼女は私の妻なんだから。アビゲイルと寝て、子どもをもうける――そんな親密なことはしたくない。裏切り行為に……」

「ローラ・ヒンズデールに対してか？　なにを言ってるんだよ、グレイム……」

「きみにロマンティックなまぬけと思われているのは知っているが――」

「ロマンティックなまぬけなんだから仕方ないだろう。ミス・ヒンズデールは美しい女性だが、そこまですごいわけじゃない。女はだれも似たり寄ったりだ」

「きみにはわからない。一度も人を愛した経験のないきみには」

「ありがたいことにね」ジェイムズがため息をつくと、デムが心配そうに飼い主を見た。ジェイムズはマスチフ犬をなでて安心させてやった。「十年も触れていないのに、いまだに魅惑的なミス・ヒンズデールに焦がれているんだな。触れてないんだろう？」

「以前だって触れてなかったさ。彼女を破滅させるつもりはなかったからね。あれ以来ずっとだ」

「ごもっとも。でも、頼むから分別を働かせてくれよ。またいとこの子だかなにになるか知らないが、ランダルにすべてを相続させたくなければ、跡継ぎをもうける必要があるじゃないか」

「ランダルが相続するのは望んでいない」

「そうだろう。じゃあ、ほかの男の子どもを跡継ぎにされるのはどうだ？　それでも満足か？　離婚するより情事を持つほうが簡単だと奥方が判断したらどうするつもりだ？　奥方の愛人の子どもを受け入れるのか？　家庭の平和を乱す子どもが育っていくのを何年も見守るのかい？　それとも、そんな子どもは認めない？　そうなると、きみが避けたがっている醜聞になるのはまちがいないぞ」

「そのどれも望んでなどいない！　当然だろう」

「ただ奥方とベッドをともにすればいいだけじゃないか。それほど面倒な務めでもないだろう。聞いた話だと、奥方はすばらしく魅力的だそうだし」

グレイムの胸を白熱したものがなめ、いとこを椅子から引っ張り上げてしたたかに殴りたいという強い衝動を感じた。頭がおかしくなりつつある。自分が自分でなくなったみたいだ。グレイムは両手をポケットに突っこんで、冷酷なまなざしでいとこをねめつけた。

「運に恵まれれば」ジェイムズはグレイムの表情を無視して続けた。「奥方は妊娠し、出産時に亡くなり、きみは跡継ぎと財産を手に入れ、面倒な妻のいない身になるかもしれない」

「なんてことを言うんだ!」衝撃のあまり不機嫌も忘れて愕然といとこを見つめた。

「きみが本気で言っているのか、単に冷淡だという評判を強調したいだけなのか、わかったためしがないよ」ジェイムズは片方の眉を吊り上げただけだった。「アビゲイルに災難が降りかかってほしいなんて思っていない。ただ、いなくなってもらいたいだけだ」

「きみは必要以上に悩んでいるみたいに思われるな。そんなに耐えがたいことかい? 愛していない女性とベッドをともにするくらいできるだろう? きみのアビゲイルにそんなに虫酸が走るのかい？」

「彼女は〝私の〟アビゲイルではない。それに、虫酸なんて走らない。その反対だ」

最後にぼそりとつけくわえる。

「なるほど」ジェイムズがうなずく。その目は、ランプの明かりを受けて銀色にきらめいていた。「やっとわかってきたぞ」

「それを聞いてうれしいよ。私も理解できればいいんだが」

「理解できないのは、理解したいと思っていないからだよ。彼女を望んでいないから気が乗らないのではない。気に入りすぎるのがこわいんだ」

　グレイムは目を険しくした。「ばかを言うなよ」

「ばかなのは私じゃない。おとなになれよ、グレイム。青臭いロミオみたいにうつつを抜かすのはやめるんだ。きみはローラと結婚しているんじゃない。奥方はアビゲイルだ。愛する女性と暮らすことは、きみの選択肢にはない。跡継ぎをもうけたいのなら、相手は妻でなければならない。どうするつもりなんだ？　あんな風に犠牲を払い、所領をふたたび繁栄させるために努力をした挙げ句に、いまいましいランダル・パーかほかの男の子どもに遺してやるのか？　好きでもない女性との意味のない短い情事に残りの人生を費やすのか？」

「それはきみのしていることじゃないか」グレイムは言い返した。

ジェイムズは乾いた大きな笑い声をあげた。「それがきみの望みなのか?」椅子に背を預け、じっとグレイムを見つめる。「ほんとうに私みたいになりたいのかい?」

9

グレイムからなんの音沙汰もないままに二日が過ぎ、アビーはすべてを賭けて負けたのだと思いはじめていた。最初のころは、彼のキスで舞い上がっていた。口づけを受け、触れられたときに体を駆けめぐった感覚は、経験したことのないものだった。思い出すだけで顔が赤らんだ。どれだけ嫌われているとしても、あの反応はこちらを欲しているとしか思えなかった。

結局のところ、彼の愛情は必要としていない。そんなものがなくても、何年もちゃんと生きてきたのだもの。目標は愛ある行為ではなくて、赤ちゃんを授かること。必要なのはグレイムの協力だ——そして、そのためには、自分が彼のなかに目覚めさせるどんな渇望も助けになる。

けれど、時が過ぎていくにつれ、疑念が湧いてきた。情熱だと思ったものは、ただの怒りだったのかもしれない。怒りだけで飢えたようにキスできるものだろうかとも思ったけれど、判断できるほどにはそちら方面の経験はなかった。数少ないキスの経験は、不義に誘いこもうとする不埒者にそそくさと盗まれたものだった。どのときも、まるでそそられなかった。自分は未婚女性と同じくらいなにも知らないただひとりの既婚女性なのかもしれない。

彼にはもう一度会うつもりだけれど、冷ややかな目を向けられたら――あるいは、もっとひどいことに嫌悪の目を向けられたら――どうしよう？　彼からは、すでに邪悪な女と思われている。ひょっとしたら、口づけに激しく応えたせいで、もっと嫌われたかもしれない。

今夜のバレエは楽しめず、頭痛がすると言って早々にホテルに戻ってきたのだった。エレベーターを降りて考えにふけりながら部屋に向かっていたため、廊下の交差する暗い場所をちらりとも見ずに通り過ぎた。

さっと伸びてきた手に腕をつかまれ、脇の廊下に引っ張りこまれた。腕が腰にまわされ、後ろから引き寄せられ、もう一方の手で口をふさがれた。

「叫ぶな。あんたを傷つけるつもりはない」アビーが後ろに蹴り上げた足が、相手の向こうずねにあたった。「うっ！　やめるんだ！　話がしたいだけだ。どうして指示どおりにひとりで来なかった？」

それは、手紙を寄こした男だった。アビーは動きを止めた。

「手を離しても、叫ぶなよ」男もこわがっているのか、声が震えていた。「話がしたいだけだ」そうくり返す。「わかったか?」

アビーが大きくうなずくと男は手を離したが、叫ばれそうになったらまたいつでも口をふさげるようにそなえていた。

「彼がいたなんて知らなかったの」相手と同じようにひそめた声で答えた。「わたしを尾けてきたのよ」

「モントクレアが?」

「ええ。わたしは指示どおりにひとりで行ったわ。尾けられてるなんて気づかなかった。お願い、あのときに話すつもりだったことを教えてちょうだい」

「金と交換だ」

落ち着きが戻ってきて、アビーはうなずいた。「そうだと思ったわ。いくら欲しいの?」

「五百ポンドだ」

「五百ですって! 頭がおかしいの? 大金じゃないの」

「私の情報はその大金にふさわしいものだ。今度はモントクレアが尾けてこないようにしろ。彼にこの話を聞かれたくはないだろう」

「どうして？　どんな情報かもわからないのに、そんな大金をあっさり渡すと本気で思っているの？」

「モントクレアの父親が横領した金についての情報が、五百ポンドに値するとは思わないのか？　それと、サーストン・プライスの関与についての情報が？」

アビーは凍りついた。「なんですって？　いったいなんの話をしているの？」

「続きは金をもらってからだ。明日の晩、金を持って〈深紅の海賊〉に来い」

「〈深紅の海賊〉？」

「酒場だ。貸し馬車の御者なら知っている。店の外で待っている。同じ時刻――九時に」

「待って。無理よ」

「なんとかしろ」

「だめなの。そんな大金を手もとに置いていないもの。銀行に行かなくてはならないわ。それには二、三日かかるうえに、当然ながら日曜日には開いていないでしょう。月曜日の夜より前になんて用意できないわ」ほんとうのところは、翌朝には五百ポンドを引き出せると思ったが、状況を掌握する必要があったのだ。男の出す条件すべてに従うわけにはいかない。考える時間を持つのはいつだって役に立つし、それに、明日の晩の予定を変えるつもりもなかった。

男は躊躇したものの、譲歩した。「いいだろう。では、月曜の夜だ。〈深紅の海賊〉で九時に」

「かならず行きます」

「ぜったいだぞ」男はアビーを放すと同時に押したので、よろめいた彼女は倒れないように壁に手をついた。

さっとふり向いたが、男はすでに廊下の突きあたり近くまで行っていた。見えたのは、中背で帽子をかぶった後ろ姿だけで、その直後に男は階段を下りていってしまった。アビーは片手を壁についたまま立ち尽くし、ぐるぐるとまわる思いを落ち着かせようとした。

グレイムのお父さま？　横領したお金？　とても信じがたい話だった。先代の伯爵にはとても形式張った状況でほんの数回会っただけだったけれど、グレイムを老けさせた印象だった——ハンサムで、礼儀正しく、高潔。それでも、家督を失ったせいで捨て鉢になって、罪を犯すまでに追い詰められたのかもしれない。

悲しいけれど、それよりも自分の父親の関与を信じるほうがたやすかった。父のサーストン・プライスが完全なる違法行為をしたという話は聞いたことがなかったけれど、合法的なものにしても法の境界ぎりぎりであることが多かった――そして、倫理的にはその境界線を明らかに越えていた。困った状況に陥らないよう細心の注意を払っていたようだけれど、グレイムの父親に対してもそうしたとは思えなかった。

アビーは眉をひそめながら部屋へ行き、震える手で錠を開けた。グレイムは父親の横領を知っているのかしら？　アビーにはそうは思えなかった。先代伯爵は、愛する家族に必死で隠しただろう。

アビーも同じことをするつもりだ。グレイムは家名をとても誇らしく思っていて、とても気にかけているから、父親がお金を横領したと知ったら打ちのめされてしまいそうだ。それに、利己的な理由ではあるけれど、自分の父がその件にかかわっていたと彼に知られるなんて耐えられなかった。グレイムはすでにサーストンを軽蔑しており、娘であるアビーも同類だと思っている。父が先代伯爵をそそのかして不名誉な行為をさせたと知ったときのグレイムの反応を想像したら、怖じ気づいてしまった。

アビーはうろつきはじめた。デイヴィッド・プレスコットが真実を知っているかもしれない。彼は当時、父のもとで働いていた。デイヴィッドにたずねられればよかったのだけれど、その危険は冒せなかった。彼は横領についてはなにも知らないかもしれず――父は計画を他人に話すような人間ではなかった――その場合、アビーがたずねることでグレイムの父親の犯罪が暴露されてしまう。デイヴィッドとグレイムはすでに嫌い合っている。グレイムはそんな彼に、体面の悪い家族の醜聞を知られたくないはず。

アビーは先ほどのできごとを思い返してみた。あのときはあまりにこわくて注意を払うどころではなかったけれど、いまふり返ってみると、相手の男について細かいところまでおぼえているのに気づいた。ひとつには、男の身長が自分と同じくらいだったことだ。男はこちらの耳もとでしゃべっていた。ちらりと見えた走り去る後ろ姿で、大柄ではないのが確認できた。

上流階級の洗練された明確な話し方ではなかったけれど、教育を受けているのがうかがえた。身につけていたのは、グレイムやデイヴィッドなどの紳士と同様のスーツと帽子で、仕事をしているとしたら肉体労働ではなく頭脳労働だと思われた。

事務員か弁護士か教師か記者あたりだろうか。どういう経緯でか事実を掘り起こした進取の記者かもしれない。あるいは、横領が行なわれた事業の事務員かもしれない。その事業か先代伯爵とかかわりのあった弁護士という可能性もある……けれど、法服とかつらを身につけた品位ある弁護士が人を脅迫するなんて、少しばかりばかげて思える。

あいにく、なんとか手に入れた情報はほとんど役に立たなかった。男の正体を突き止められたとしても、男がグレイムの父親――と、アビーの父親――がしたことについて吹聴してまわるのを止められない。そんなことはぜったいに起こらないようにしなければ。

男がその情報を暴露せずにいることの代価を求めているのは明らかだ。お金なら用意できる。この先もお金を要求され続ける可能性があるのはわかっているけれど、それについてはあとで対処方法を考えればいい。明日は銀行へ行こう。


グレイムは礼儀正しく祖母に腕を差し出し、幅の広い石階段を劇場へと上がった。きっとおそろしく退屈な夜になるだろう。茶番劇など楽しむ気分ではなかった。自分の人生がすでに茶番劇と化しているのだから。

今夜はアビゲイルもここに来るだろうか。もしそうなら、芝居に集中するのがさらにむずかしくなるうえに、気が散っていらいらしてしまいそうだ。ロビーをちらちらと見まわしてみる。いつもどおり、きらめく宝石と優雅なドレスで装った女性や、夜会服に身を包んだ男たちで混み合っていた。だれもが芝居を観にくるというよりも、人に見られるために劇場に来ていた。

アビゲイルの姿はどこにもなかった。当然ながら、安堵した。安堵すべきだった。

階段を見上げた彼は、息が喉につかえた。アビゲイルが大階段のいちばん上にいて、ロビーを見下ろしていた。首と耳もとでトパーズがきらめいている。ドレスは琥珀色で、剝き出しの腕にかけている黄金色のごく薄いショールが、肌の上でかすかに光っていた。スカートに使われているのは縮れた生地で、巧みによじられて脇のバッスル部分で留められており、まるでメレンゲに包まれている印象だ。

そちらに向かいかけたグレイムは、遅まきながら祖母と一緒だったのを思い出した。幸い、祖母は文句を言わなかった。アビゲイルは唇に笑みを浮かべ、上がってくるふたりを見つめていた。グレイムの耳もとで脈が激しく打っていた。

「モントクレア。レディ・モントクレア」アビゲイルが挨拶した。

祖母のユージーニアが威厳たっぷりに会釈した。「ご一緒できて喜んでいますよ」

「え？」お辞儀をしようとしていたグレイムが、はっと体を起こす。祖母に、次いでアビゲイルに目をやる。

「ご親切にご招待いただき、ありがとうございます」アビゲイルが祖母に言っていた。表情豊かな緑色の目をグレイムに転じる。「ご迷惑でなければいいのですけど」

「迷惑だって？　ああ、いや、それはない」崖から飛び降りたかのように、グレイムは胃に不快感をおぼえた。狭いボックス席のなかで二時間以上も過ごし、触れられそうなほどそばにいるアビゲイルを見つめ、心惑わす香りを吸いこむのか。「ご一緒できてうれしいよ」少なくともそれは嘘ではなかった。こちらの神経がすり減るようなうれしさだということは言わずにおく。

女性ふたりをボックス席へといざなったグレイムは、知り合いの紳士数人から呼び止められていらだった。彼らは明らかに紹介されたがっていた。その労を執るグレイムは、つっけんどんだった。「伯爵未亡人は知っているだろう。こちらは妻のレディ・モントクレアだ」

「驚いたわ」四人めの男が立ち去ると、アビゲイルは言った。「あなたはここにいる全員をご存じみたいね」

「知っていたくない以上にね」

ちらりと笑顔を向けられたグレイムは、自分が不機嫌な理由を正確に読み取られているのではないかと思って落ち着かなくなった。

「アーサー・デクスターは、どんな人も知り合いになりたくない類の男性です」グレイムの祖母が断固とした口調でアビゲイルに告げた。「成金ですよ。彼のお祖父さまは商売をしていたの」

「おぞましいですわね」アビゲイルの目がきらめいていたので、グレイムは思わず微笑みそうになるのをこらえた。

伯爵未亡人がアビゲイルをきっとにらんだ。「彼の母方の家系は概してりっぱなものだけれど、彼女のおじさまがちょっとした変人なのですよ」

「でも、それはアーサーの責任ではないでしょう」グレイムが口をはさんだ。

伯爵未亡人が肩をすくめる。「ちがうでしょうね。ですけど、だからといって、あんな風に横柄な態度をとっていいわけではないと思いますよ」

「家系よりも、ご自分のなし遂げたことを誇りに思ってらっしゃるのかもしれませんわね」アビゲイルがことばをはさんだ。

「まさにアメリカ人らしいもの言いだこと」

グレイムはうめきたい気持ちをこらえた。長い夜になりそうだ。自分の悩みにくわえ、このふたりの仲裁役まで引き受けなければならないとは。お祖母さまはいったいなんだってアビゲイルを招待する気になったのだろう？　彼はふたりの諍いを止めるものを探してきょろきょろしたが、アビゲイルが笑っただけだったので驚いた。

「ええ、そのようですわね。育ちを克服するのはむずかしいものですわ」

「そのとおり」祖母がうなずいた。アビゲイルのことばの裏に秘められた意味に祖母が気づいたかどうか、グレイムにはわからなかった。おそらく気づいていないのだろう。ことばの機微に目ざとい人ではないから。

ちらりとアビゲイルに目をやると、大胆に見開いた目を向けられたので、彼女が祖母の偏見に対してちょっとしたあてこすりを言ったのがはっきりした。グレイムはまた微笑みを浮かべたくなった。

彼女を好きになるのがどうしてこんなに簡単なのだろう？　アビゲイルがこちらを操り、自分の意に染めようとしているのはわかっていた。彼女は魅力をふりまきながら脅しを紛れこませていたが、結果は同じだった。こちらを支配しようとしているのだ。ゆうべはジェイムズのおかげで例の問題が道理にかなったものだと思わせられたが、アビゲイルが提示する簡単な道に見えるものは、じつは足のはまりこんでしまう沼地であるのをグレイムはわかっていた。

自分とアビゲイルのあいだに祖母をはさんで座るつもりだったのだが、祖母はそれを無視して端の席に腰を下ろし、グレイムがまん中に座るしかないように仕向けた。今夜はふたりのあてつけ合戦の仲介役に徹するしかなさそうだ、と覚悟を決める。

当然ながら、女性ふたりはすぐさま攻撃を開始した。「ミスター・ワイルドのお芝居が観られるなんて楽しみですわ。ニューヨークでも観ましたの」アビゲイルが愛想よく言う。

「あら、そう。今夜のほうがすばらしいとわかると思いますよ」伯爵未亡人が返す。

「アメリカ人にはイングランドの上流階級の優雅さが理解できませんからね」

「ええ、わたしたちアメリカ人は、見てくれよりも中身に重きを置きがちですから」

「前に観たことがあっても、今夜を楽しめるといいね」グレイムは祖母が反撃に出る前に割りこんだ。「ミスター・ワイルドの台詞はくり返し聞いてもすばらしいものだから」

「そのとおりだわ」アビゲイルは訳知り顔にグレイムを見たが、話を合わせてくれた。「この役者を見たことがあって？　すばらしいという評判を耳にしたのだけれど」

そんな風にして、儀礼的なことばや隠された（ときには隠されていない）あてこすりが交わされ、グレイムは懸命に中庸の道を探った。祖母がアビゲイルを招待した理由がますますわからなくなっていく。祖母はいつも以上に横柄にふるまっていた。おかげでグレイムはアビゲイルを弁護せざるをえない立場になった——彼女には援軍などと必要なさそうではあったが。

緞帳が上がるとほっとした。当然ながら、薄暗く静かな状況はそれ自体が問題だったが。これでグレイムは自由に思いをさまよわせられた――アビゲイルに。彼女の香水、ドレスの襟ぐりから覗く胸の白い膨らみ、いまにも崩れそうな、やわらかに結い上げられた髪。そのすべてが誘惑だった。

グレイムは、アビゲイルの髪が下ろされて肩にかかっていた先日の夜を思い出した。体のなかで脈打つ情熱が怒りといらだちと混ざり合って、爆発的なものになったのだった。あのキスを、馴れ馴れしくも手荒なまねをしたことを謝らなければならない。ただ、祖母が隣りに座っているいまは無理だった。すぐさま頭のなかの思いを追い払わなければ、情けない状態になりかねない。

やがて、夜は更けていった。幕間になると、ボックス席を急いで出て、ふたりのために飲み物を取りにいった。戻ってくると、ボックス席は観衆の半分も詰めかけたかと思えるほど混み合っていた。アビゲイルが彼らの相手をしていたのでグレイムは安堵したが、なぜかいらだちも感じた。芝居はのろのろと進み、グレイムはしょっちゅう舞台に注意を戻さなければならず、筋がさっぱりわからなかった。

ようやく芝居が終わると、グレイムはほっとして勢いよく立ち上がった。だが、ふたりを外へいざなったところ、アビゲイルは辻馬車で帰るつもりだとわかった。祖母は当然ながらぎょっとして、グレイムも同じ気持ちだった。

「ひとりで帰るだって？　だめだ。私たちの馬車に乗っていくんだ」彼は言った。

「わたしなら大丈夫よ」アビゲイルはきっぱりと言った。「あなたのご親切に長すぎるほど甘えてしまっているもの」

礼儀正しく押し問答をした末にグレイムが勝ち、祖母が乗りこんだあと、アビゲイルに手を貸して馬車に乗せた。女性たちと向かい合う形で進行方向とは逆向きの席に座り、ふたりの会話から距離をおくことができてほっとしていた。車輪の音や外の喧騒のせいで、やりとりは一部しか聞こえなかった。祖母が純情な娘役の演技をこき下ろし、アビゲイルは娘役を何度も出し抜いた年配女優がいけないのだと強く言い返していて、傍目にはまずまずうまくやっているように見えた。

祖母の言ったなにかにアビゲイルが笑い、それに対して祖母が小さく微笑むのを見て、アビゲイルが同等にやりあっているようすにグレイムは感服した。自分の母をふくめて――というよりも、特に母は、と言ったほうがいいのかもしれない――多くの女性は舌鋒鋭い祖母の前では萎縮するのに。

ホテルに着くと、グレイムは外に出てアビゲイルに手を貸して降ろしてやったあと、腕を差し出した。

「なかまで一緒に行ってくださる必要はないわ」そうは言いつつも、彼女はグレイムの腕を取った。「ここではなんの危険もないと思うもの。なにかあっても、あなたのドアマンが助けに駆けつけてくれるでしょうし」

「彼は私のドアマンでは――」グレイムは歯を食いしばった。「部屋まで送るよ」

彼女とともにロビーを歩きながら、グレイムは伝えるべきことを頭のなかでおさらいした。エレベーターを降りるとすぐに口を開く。「きみと話がしたかった。祖母の前ではできなかったんだが、私は怠慢だった。すぐにきみに会いにくるべきだった。先日の夜、きみが提案したことだが――私たちが――私が――つまり、結婚生活の取り決めを変えようという……」

「ベッドをともにする件かしら？」

グレイムはむっとした表情になった。「きみはいつもそんなにあけすけに話すのか？」

「わからないわ」アビゲイルは目をいたずらっぽくきらめかせ、にっこり笑った。「これまであなた以外とそんな話をした経験がないから」

「なんてことを言うんだ。そうでないのを願うよ」自分の口調がまるで尊大で頑固な年寄りのようなことに気づき、うなじが熱くなってくるのを感じた。アビゲイルのそばにいると、どうしていつもぎこちなくきまりの悪い思いをするはめになるのだろう？　咳払いをして続ける。「言いたかったのは、私が不適切なふるまいをしたということなんだ。私は怒っていたんだ。ぜったいに――女性に無理強いしたことなどないし、きみに謝らなければ――」

「やめて！」アビゲイルは彼の腕にかけていた手を離し、顔をつき合わせた。頬が赤く、目はぎらついていた。「いいからやめて」グレイムの上着の襟を両手できつくつかみ、まっすぐに目を合わせる。「キスしたことを謝ったら承知しないから」

彼の上着の襟を握りしめたまま、アビゲイルが身を寄せてきてつま先立ちになり、唇を重ねた。彼女のふるまいに愕然としたグレイムはじっと立ち尽くし、やわらかくて温かな唇を押しつけられるままになっていた。体に震えが走る。

唇を離した彼女は、グレイムと同じように荒い息をしており、ふたりのあいだで熱いものが揺らめいた。「この前あなたがわたしにキスをしたのは、そうしたかったからでしょう」彼女がふたたび身を寄せてくると、グレイムはそのウエストをつかんで引き寄せた。

ふたりの唇が激しく重なり、アビゲイルの漏らした満足そうな吐息が彼を燃え上がらせた。彼女の両手が胸もとから首へと上がってきて髪のなかに潜りこみ、その動きのひとつひとつにグレイムの肌がちりちりした。すぐさま体が痛いほど反応した。ついに彼女が唇を離したとき、グレイムは必死で力をゆるめて彼女を放した。

「あなたはわたしにキスをしたかった」アビゲイルがささやく。「それ以上も望んでいる。一度でいいから紳士を演じるのをやめて、ほんとうの気持ちを話してはくれないの？　少なくとも、十年前のあなたは正直だったわ」

アビゲイルはくるりと背を向けて足早に立ち去った。グレイムが混乱したまま見つめていると、彼女がドアを開けてふり向いた。「提案を受け入れる気になったら、明日の夜わたしは部屋にいますから」

アビゲイルは部屋に入ってドアを閉めた。

10

グレイムは震える手で髪を掻き上げて周囲を見まわした。廊下にひとけがなくて安堵する。帽子は廊下に落ちていた。体をかがめて拾い上げ、上の空で埃を払う。

彼女のせいでついに狂気へと追いやられてしまった。だれが通るかもしれないホテルの廊下でキスをしてしまった。奇妙なことに、そう思ったらまた熱い興奮が体を駆けめぐった。

エレベーターの運転士と顔を合わせたくなくて階段を使って下り、ホテルを出る手前で足を止めて落ち着きを取り戻す。たったいましたことが顔に出ていないのを願い――祖母は鷲のように鋭い目を持っているのだ――上着をなでつけ、アビゲイルの部屋の前の廊下でのできごと以外を考えた。

「どうしたというんです、モントクレア。わたくしをここで延々と待たせて」祖母の挨拶がそれだった。「待たされる人間をもう少し思いやってくれたってよさそうですけどね」

「アビゲイルを誘う前にもう少し考えてくれたってよかったでしょうに」グレイムは動揺のあまり礼儀もかまわず言い返した。

祖母のユージーニアが両の眉を吊り上げる。「だれかを招待するのにあなたの許可が必要だとは知りませんでしたよ」

「傷ついた潔白な人間みたいな顔をしないでください。招待客にしろなんにしろ、私がお祖母さまに指図したことがない——ぜったいにするつもりもない——のはよくご存じでしょう。ですが、私がどう思うかをちょっと考えてくださっていたらと思いますよ。前もって教えてくれることはできなかったんですか？」

「教えたら、あなたが来ないのではないかと思ったのです」

グレイムは鼻を鳴らした。「少なくとも正直に答えてくれましたね」

「どうしても避けられない場合をのぞいて、嘘はつきたくありませんから」

「では、もう一度真実を話してください——いったいなんだって彼女を招待したのですか？」

「あなたが自力ではほとんどなにもなし遂げられていないように思われたからですよ」

グレイムは呆然とし、馬車のなかに重く砕けやすい沈黙が落ちた。彼を見返す祖母の目は、おだやかな期待を帯びていた。

「彼女と結託しているんですね！」驚きのあまり声がうわずる。「あんまりじゃないですか、お祖母さま。彼女からどんな風に説き伏せられたんですか？」

「おやめなさい」伯爵未亡人が鼻を鳴らす。「あの人から説き伏せられてなどいません。イングランドに来て和解してはどうかと、こちらから手紙を送ったのです」

「お祖母さまから手紙を送ったですって？」これ以上驚くことはないと思っていたのに、どうやらまちがっていたようだ。「どうしてですか？　急にアビゲイルを気に入るようになったなんて、とても信じられませんが」

「もちろん、あの人を気に入ってなどいません」グレイムが道理のわからない人間であるかのようなまなざしを向ける。「ですけど、あなたは跡継ぎをもうけなければならないのに、妻は大西洋の反対側で暮らしているでしょう。だれかがなにかしなければならないのは明らかだった。わたくしは曾孫が欲しいの。でも、あなたに任せておいてはそれがかなわないわ」

グレイムはあんぐりと口を開けた。「なんてことだ。私は彼女を愛していません。好きですらありません。いや、ろくに知りもしません。それなのにお祖母さまは私に……私に……」頭に浮かんだどのことばも祖母に向かって言えるものではなく、グレイムは口ごもった。

「あなたが務めを果たしてくれると期待しているのです」語気強く言う。「結局のところ、あなたはあの父親の息子でしょう。愛がなくても女性とベッドをともにできるはずですよ」

「〝ブルータス、おまえもか（エトゥ・トゥ、ブルーテ）？〟」グレイムはぼそりと言った。

「シェイクスピアを持ち出す必要などありません」伯爵未亡人は、扱いにくい親族に言うことをきかせるときの鋭いまなざしを孫息子に向けた。「崖から飛び降りなさいとか、野蛮人の群れと対決しなさいと言っているのではないのよ」

「ほかの人間の駒にされるのはべらぼうにうんざりなんです」

「ことばを慎みなさい」

「お祖母さまが気にするのはそんなことなんですか？」

「一族を気にかけているのです」伯爵未亡人は無慈悲な表情をたたえて身を乗り出した。「悲劇役者みたいにおおげさにふるまうのをやめて、モントクレア卿らしくなさい」

自分の祖母にそんなことを言われるとは。信じがたい。この件でジェイムズが無頓着にふるまうのは驚きでもなんでもなかったが、礼儀作法にうるさく、貴族の重要性を堅持する祖母に発破をかけられるとは——言語道断だ！　憤慨ものだ。どうしてだれも彼もが自分をアビゲイルの腕のなかに押しやろうとするのだ？

それをいえば、自分はなぜ、したくてたまらないことを頑なに拒もうとしているのだろう？

アビゲイルに口づけたせいで火がついた。それなら、彼女が積極的に差し出してくれるものを受け取ったっていいんじゃないのか？　感情的な深いかかわりは求められていない。アビゲイルは冷たいほど論理的だ。恥ずかしがり屋の乙女みたいにもじもじしているのは自分のほうだ。ジェイムズに笑われるのも無理ない。

だが、いくばくかの自尊心を持っているのは悪いことではないはずだ。アビゲイルはこちらを操っている——一方の手には離婚という鉄槌を持ち、もう一方の手にはキスという甘い誘惑を掲げて。単なる自尊心や頑固さではなく、道義心の問題ですらない。アビゲイルをベッドに入れ、ともに暮らすのは、結婚を受け入れるということになるのをだれも理解していないようだ。あるいは、彼女を受け入れるということになるのを。

祖母は務めだと言った。だが、もうすでに務めのために多くを諦めたのではないのか？　まったく信頼していない女性とベッドをともにしなくても、家名も爵位も存続できるだろう。

何度かベッドをともにするくらい、たいしたことではないとジェイムズが思うのは簡単だ。だが、そんなに簡単な話ではない。アビゲイルは自分の子どもの母親になるのだ。彼女と子どもが遠くで暮らすのを許すのでないかぎり、一緒に暮らさなければならない。子どもと離れ離れになるなど、許されない。アビゲイルを崇め敬い、妻として接しなければならなくなるのだ。

彼女が名目のみの妻だったときは、愛人を囲ったり夜の女性のもとを訪れるのをよくないと思ったことは一度もなかった。だが、彼女がほんとうの意味での妻になったら、そういう行ないは彼女への侮辱となる。父のような浮気な夫になるつもりはない。

そうなると、完全に罠にとらえられてしまうことになる。たしかに、いまはアビゲイルとの交わりを楽しめるだろう。だが、情熱は褪せるものだ。彼女に対する激しい渇望を感じなくなったら、自分にはなにが残るのか？　情熱や愛情もなく、ただ欲求を満たすためだけに女性を抱くことにはほとんどそそられない。生き延びるためにものを食べるみたいではないか。禁欲を一生貫くことにはもっとそそられない。

あるいは、もっとひどいことに、アビゲイルを憎からず思うようになったら？

女性に関して、父は弱い人間だった。グレイムは、多くの点で自分も同じだと知っていたが、欲望に関しては父よりも自制心を働かせている。女性の涙、笑顔、やわらかさに自分は弱い。母や祖母を何度喜ばせてきただろう？　テッサおばですらが大きな目を涙できらめかせるだけで、グレイムの態度を軟化させ、彼よりやわでない息子からもらえない金を出させてしまう。

アビゲイルは欺瞞に長けている。こっそりだれかに会うために夜に出かけたのを探り出され、離婚をふりかざして脅してくるまでは、父親の陰謀をなにも知らないのだと私に信じこませたではないか。

彼女はすでに、意のままにこちらを操ろうと心を決めている。こちらの感情を引き出されたら、どれほど好き勝手に操られてしまうだろう？　ただの操り人形にされてしまいかねない。

だが、そこまで支配されるほど自分は弱くないはずだ。よそよそしく用心深くし続けていられるだろうか？

アビゲイルはたしかに魅力的で、そんな彼女にいくらかの――いや、多大な――欲望を感じてはいるが、どこかの時点で情熱は褪せるだろう。そうなったら、距離をおき、外面的に礼儀正しさを保つ間柄に落ち着けばいい。こっちだって気骨がないわけではない。いまでは、彼女を信頼しないほうがいいとわかっている。こちらの心のなかに彼女を入りこませはしない。

アビゲイルを拒絶したときに彼女の自尊心を傷つけた。ことばは軽いのに、口調が苦々しかったのがその証拠だ。彼女の人格について自分の考えがどうであるにせよ、グレイムはそれを申し訳なく思った。彼女がこちらに貸しがあると考えるのももっともだ。

たしかに自分は借りがあるのかもしれない。女性はたいてい子どもを欲しがるものだから、それを拒むのはあまり褒められたことではないだろう。彼女だって、こちらと同じように縛られているのだ。ときおり、子どものいない境遇を残念に思ってきた。女性なら、その気持ちがもっと強いのではないだろうか？

ほかの男の子どもを押しつけるのは簡単だっただろうに、彼女はそうしなかった。それは評価に値する。

彼女に冷静に実務的なことができるのであれば、こちらだってできるはずだ。決まりごとを作ればいい――事業の契約のようなものだ。ある意味では、これも事業になるのだろう。よし、腹立たしくはあるが、アビゲイルの提案に乗ってやろうじゃないか。自分にとっても利のあることを頑なに拒むのはばかげている。

彼女から言われたように、明日の晩に訪問し、この問題について話し合い、基本的な決まりごとを作り、取り決めについてさまざまな面を検討しよう。この件について話した過去二回のできごとのくり返しではなく、礼儀正しく事務的なものになるだろう。それが賢明というものだ。

それでも、眠ろうとしていたときについ訝ってしまった。理性的に判断したというよりも、流砂のなかに飛びこむよう自分に言い聞かせただけではないのかと。

アビーは入浴と身支度にたっぷり時間をかけた。今夜グレイムが訪問してくれるかどうかはわからなかった。前夜、熱い口づけを交わしたから来てくれると思いたかったけれど、彼がどれほど頑固なのかわかりはじめたところだ。アビーがグレイムを待っているのを知っているモリーは、髪を梳かして青いサテンの優美な部屋着を着せるあいだ、鏡のなかからにらんできた。アビーはそれを無視した。

それよりも、自分の不安を無視するほうがむずかしかった。特に、モリーを下がらせたあとは。胃はよじれて食べ物を受けつけず、そわそわして座っていられず、うろうろと歩きまわっては細かいところまですべてきちんと整っているのを何度も確認した。明かりは適度に絞ってあり、ランプの笠にかけた薄い赤のスカーフがちょっぴり異国風の雰囲気を醸し出している。ワインとグラスふたつはソファ前のテーブルに用意されている。寝室のドアはあからさまにならないように少しだけ誘うように開いており、ランプのやわらかな明かりが漏れている。

計画の中心は当然ながら自分で、できるかぎりの手を尽くした。繊細でたおやかな女性に一瞬でなれるわけではないけれど、部屋着は完璧だった——ドレスのように優美でありながら、バッスルやコルセットや何ヤードもの生地やペチコートといったよけいなものがない。

キモノに似せた空色のサテンには、日本風の雲や木々の模様が描かれている。長い袖は肘までスリットが入っていて、部屋着の裾あたりまで垂れ下がり、内側の赤いサテンが覗き見える。幅広の帯が、硬いコルセットをつけていないウエストの曲線を強調している。寝間着のレースのフリルが、ウエスト上部からとスリットの入った袖の下から覗き、歩くと両脇からもちらりと見える。

慎み深いと同時にさりげなく挑発的で、レディの寝室にぴったりの装いだ。髪はくつろいだ感じに頭のてっぺんに巻きつけられ、赤い漆塗りの箸二本で留められている。この前の晩に、下ろした髪にグレイムがちらちらと目をやっていたのを思い出す。

できることはすべてやった。あとは待つだけだ。

ドアをノックする音がして、それを待っていたにもかかわらずどきりとした。胸の鼓動が速くなる。自分の将来がこれから決まる。うまくなし遂げられなかったらどうしよう？

「アビゲイル」

グレイムは、彼にしかできないやり方でアビーの名前を呼んだ。形式張っていて、歯切れよく、イングランド人らしく。おかげで、一瞬の麻痺状態からわれに返れた。わたしならできる。やってみせる。それ以外の可能性は受け入れられなかった。

アビーはドアを開けた。「グレイム――いいえ、馴れ馴れしすぎたかしら。モントクレアと呼ぶべき？　この国での呼びかけ方がまだよくわからなくて」

「もちろん、グレイムでいい」アビーの装いを見つめながら、上の空で返事をする。「すまない。間の悪いときに来てしまっただろうか？　私は――」帰ろうとするかのように廊下をふり返る。

「いいえ」アビーは彼の腕に自分の腕をすべりこませ、部屋に引き入れてドアを閉めた。「間が悪くなんてないわ」ソファへと彼をいざなう。「招待を受けてくれてありがとう」

「まあ、その、いくつかの点をはっきりさせて、基礎作りみたいなことをすべきだと思ったんだ――この件を進めるならば」

「では……同意してくれるの？」

グレイムは咳払いをし、顔を背けて手のなかの帽子の縁をぐるぐるとまわした。

「じっくり考えてみたんだ」

彼があまりに気まずそうなので、アビーは微笑んでしまいそうになった。「よかった」

アビーは彼の手から帽子を取ってコート掛けにかけた。グレイムはだらだらと窓辺へ行き、なんとはなしに椅子の背や閉じたカーテンやテーブルに載った花瓶を触った。薄いスカーフがかけられてやわらかな明かりを放っているランプをちらりと見て、指先でそっと触れた。そして、すばやくその手を引っこめた。

グレイムは、慎重に繕ったよそよそしい表情を彼女に向けた。「離婚の脅しに屈したくはないが、私には、その、跡継ぎが必要だというきみのことばは正しい。母親になる喜びをきみから取り上げるのもよくない。その側面についてはまったく考えていなかった」

「では、同意してくださるのね。うれしいわ」

「だが、はっきりさせておかなければならない点がいくつかある」彼女の部屋着に目をやる。「できれば……着替えをしたほうがいいんじゃないだろうか——いや、この話はもっと……きちんとした場ですべきではないかと言いたかったんだ」

「きちんとした場？　弁護士の事務所でとか？　契約書を作ろうというの？」

「いや、そうじゃない。ただ、思ったんだ……ほかの場所のほうがいいんじゃないかと」

「こういう話は親密な雰囲気の場所でするのがいいんじゃないかと思ったのだけど、そうではないの？」アビーは彼の手を取ってソファへと戻した。「座ってあなたの条件を話すというのはどうかしら？　ワインはいかが？」

「なんだって？」グレイムは彼女の胸から視線を引き剝がし、ワインの瓶とグラスに目をやった。「ああ、いや。おかまいなく。いや、やっぱりもらおうかな」

アビーは腰を下ろし、前かがみになってワインを注いだ。自分のグラスを持ち、彼と顔を合わせる。「さて……なにをはっきりさせたいのかしら？」

「子どもを持つのなら、息子は——」

「娘かもしれないわよ」アビーが口をはさむ。

「そうだな。息子か娘は——あるいは、両方かもしれない」

「両方？　それって、ひとり以上を考えているという意味？」

「私には跡継ぎが必要だ」グレイムの顔が赤くなってくる。「だが、男と女のどちらが生まれてくるかは……」

　アビーはにっこりした。「なるほど。では、息子ができるまで続けるべきだと言っているのね？」

　彼の顔がさらに赤みを増した。グレイムが不安そうになればなるほど、アビーは自分がくつろいでいくのを感じた。

「そういう意味では――いや、わからない」グラスを手に取ってワインを大きくあおった。

「それについては、そのときに対処しましょう。ほかには？」

「息子は――娘は――ここで育てなければならない」

「ロンドンで？」

「イングランドでだ。アメリカで育てるのは許さない」

「それでけっこうよ。あなたの跡継ぎは、爵位を相続するここで育つべきだもの。息子をよそ者にするなんて望んでいません」

「では……きみはここで暮らし続けるつもりなのか？」グレイムは彼女ではなく、手のなかのグラスに視線を据えたままだ。

冷たいものに胸を貫かれたが、アビーはそれを押しやった。落ち着いて理性的でいなければ。「もちろん子どもと一緒に暮らすわよ。でも、人生に首を突っこまれるのではないかという心配はご無用よ。取り決めが一時的なものだというのはよくわかっています。わたしは自分の家で暮らします」

グレイムが冷酷な目をさっと向けた。「子どもにとって他人のような存在になるつもりはない」

「当然ね。それについては疑いの余地もないわ。きっと、子どもと一緒に暮らしながら、おたがいに干渉しないやり方ができると思うの。あなたはロンドンに地所と町屋敷を持っている。わたしは隠棲所を買ってもいいわね――山のなかに別荘を持つアメリカの資産家のヴァンダービルトみたいに。スコットランドにでも。それならおたがいを避けるのも簡単でしょう」

「たがいを避けなければならないとは言っていない」グレイムは眉をひそめた。

「説明の必要はなくってよ。気をつかって如才ない言い方をしなくても大丈夫。侮辱を跳ね返す鎧で心を守っているから」アビーはすらすらと嘘をついた。「永続的なものにはなんの関心もないの。わたしたちは困難な状況に陥ったというだけ――おたがをすすった。
「ああ、まあ……」あいかわらず当惑の表情を浮かべたまま、グレイムはまたワイン
いに相手に縛りつけられて」

「グレイム……」アビーは身を乗り出して彼の腕に手を置いた。「あなたを困らせた
り……いやでたまらないことをさせたりはしたくないの」
「ちがうんだ」グレイムは慌てて言った。「いやでたまらないなんてことはぜったい
にない。きみはとても……美しい。男ならだれだって光栄に思う」
アビーは彼の唇に指をあてて黙らせた。「お世辞を言ってほしいわけではないのよ。
嘘はぜったいにいや。あなたが乗り気でないのはわかっているわ。だから、気を楽に
させてあげたいの」アビーは漆塗りの箸を引き抜き、髪をはらりと下ろした。

11

グレイムは急に口がからからになり、ただアビゲイルを見つめるしかできなかった。彼女がドアを開けた瞬間から、しつこくうずく興奮を懸命に抑えこもうとしていたのだった。驚いたことに、彼女はベッドに入る準備ができているかのように、部屋着姿だった——それも、ただの部屋着ではなく、異国風の官能的なもので、スリットの入った袖は腕をなで上げるよう男を誘うものだった。彼女が歩くたびに白いレースが襟の下から覗き、その下にあるのは寝間着だけなのだと思い出させられた。

青いサテンを愛撫し、刺繍された模様を指でたどり、ウエストのくぼみを強調している幅広の帯に沿って両手を這わせたいという激しい衝動を感じた。彼女のなにもかもがやわらかで、たわわで、誘惑的だった。髪は頭のてっぺんでよじられており、いまにもほどけて崩れそうだった。ばかげて見えるつややかな赤い箸を引き抜いて、髪が落ちてくるのを見たいあまり、指がうずいた。彼女がまさにそうしたときは、息をするのを忘れた。

　口を開くたび、自分が口下手な田舎者みたいにもごもご言っている気がした。少しでも意味の通じることをしゃべれたのが驚きだ。どこに目を向けても、やわらかな官能に感覚を刺激された。薄いスカーフがかけられて温もりのある色合いが出ている薄明るいランプ。なかは見えないものの、少しだけ開いている寝室のドア。腕に触れる彼女の手。アビゲイルの唇の動きにうっとりと見入ってわれを忘れるのは簡単だった。

　彼女の声ですらが、グレイムのなかでなにかをかき立てた。

「私を誘惑しようとしているんだな」彼女の笑みを見て、グレイムは自分が愚かで、彼女を貪欲に求めていることを思い知らされた。

「そうよ」気恥ずかしそうな顔もせずに彼女が認めた。「あなたがためらうのもわかるわ。わたしをどう思おうとかまわないけれど、あなたを傷つけたり、いやがることを無理強いしたりしたいとは思っていないの」アビゲイルは彼のグラスを取っておかわりを注いだ。「お酒を飲めば、その気になりやすいと聞いているわ」

　グレイムは曖昧な声を出し、用心深さと切望がないまぜになったまなざしで彼女を見つめながら、ワインをひと口飲んだ。彼女がどういう女性であれ、こちらを興奮させることだけはたしかだった。アビゲイルがにじり寄ってきた。

「これを望んでいないあなたにとっては、むずかしいことなのだとわかっているわ」

胸に軽く触れられて、彼は焼きごてをあてられたかのように感じた。

「アビゲイル……こんなことをする必要は――」不明瞭な声で言いかける。

「あるわ。ずっと考えてきたの」その先はグレイムには聞き取れなかった。胸をなでられ、思考が吹っ飛んでしまったからだ。次に耳に届いたのは、「わたしのことは考えないで。ほかのだれかだと思って」だった。

そんなことはできそうにもなかった。いま考えられるのは――目に映るのは、香りを感じるのは――アビゲイルだけだった。ああ、彼女はすばらしい香りがする。グレイムは彼女の手首をつかみ、レースとサテン越しに腕をなで上げていった。

アビゲイルはさらににじり寄り、片手を肩へとすべらせた。彼女の声はやわらかで、こちらに顔を寄せた息が肌をかすめた。「あなたは、〝その道の専門家〟である女性を訪れるときに感情と欲望を切り離せるようだから、わたしをそういう女性だと考えてもらえばいいかと思ったの」

「なんだって？　きみを……」ばかげていた。屈辱だった。グレイムの体を血が轟々と流れた。

アビゲイルがうなずいた。「愛人だというふりをしてもらいたいの。お金を払う類の女性でもいいわ。売春宿とかで」

「アビゲイル、やめるんだ」椅子の上で彼は身じろぎした。ここでやめなければ。合意をし、約束ごとを決めなければならない。身を離すんだ。彼女の腕をなでるのをやめるだけでもいい。もう一方の手で幅広の帯に触れようとすべきじゃない。「きみの言っていることはばかげている。まちがっている」耐えがたいほど刺激的だ。

「そこではどんなことをするの？」人さし指で首筋をたどられると、グレイムは身震いをこらえられなかった。自分の目のなかに彼女がなにを見るかわからず、目を閉じる。「くつろぐのではない？　上着を脱いで？」アビゲイルがひざ立ちになって上着をつかみ、肩から脱がせた。

グレイムは前のめりになって脱がせやすくした。目を開けてアビゲイルの目を覗きこむ。最後まで行くことにもはや疑念はなかった。彼の頭にあるのは、アビゲイルが次になにをするかということだけだった。

こちらの思いを読んだのか、彼女が目をきらめかせ、唇にかすかな笑みを浮かべた。

「それから、こうかしら？」アスコット・タイに手を伸ばし、タイピンをはずしてシルクをほどく。

「それに、チョッキもゆるめられるんじゃないかしら」そう言ってボタンをはずしにかかる。

グレイムは目を合わせたまま彼女の腰に両手を置き、帯から胸のすぐそばまで手を上げていった。その甘美な丸みを包むと、鋭く息を呑む声が聞こえてわれを忘れそうになった。

なめらかなサテン越しに胸の頂を親指でなでる。頂は硬くなって部屋着を押し上げ、アビゲイルはチョッキをきつくつかんで目を閉じた。

体に熱が広がり、グレイムは渇望と降伏の入り交じったうめき声とともに彼女をひざに引き寄せて口づけた。


アビーはどんな風になるかわかっているつもりだったが、体を駆けめぐる感覚の嵐には到底準備などできていなかったし、できるはずもなかったと悟った。彼の口、手、熱さ……体の下のほうで突然生々しい欲求が花開き、彼だけがあたえられると奥底で確信する未知のものを求めてうずいた。

グレイムのたくましい腕にきつく抱きしめられていた。そうしてもらっていなければ、体をまっすぐにしていられないかもしれなかった。全身がとろけ、彼のもたらした炎に焼き尽くされるように感じていた。もしまともに考えられていたら、積極的にろう。

応え、彼のなかにわれを忘れるのがうれしいと思っている自分にぎょっとしていただ

グレイムの首に腕をまわし、快感の奔流のなかでしがみついた。キスは延々と続き、ついに彼が唇を離すと、アビーは不満を訴えかけた。けれど、グレイムの唇が首や胸の膨らみを探索しはじめると、漏れたのは満足の吐息だけだった。

彼の手が体の前を下へと動き、部屋着の合わせから潜りこんで開けた。胸から腹部へと下がっていく手が薄い寝間着越しに燃えるようだった。指先で胸の頂をぐるりとなでてから、へその浅いくぼみへと進む。そして、さらに下へと。

彼の手が脚のあいだに来ると、アビーははっと息を呑んだ。衝撃的で気恥ずかしく……とてもすてきな感覚で、もっと欲しくて思わず脚を広げた。喉もとの柔肌にざらついた息がかかり、歯と唇と舌の愛撫を受けながら、下半身は指で愛撫され、じらされ、アビーは無我夢中になって彼の肩を噛んだ。

グレイムの体がびくりとするのを感じ、低いうめきを聞き、いけないことをしてしまったのかと不安になった。彼が身を引いてしまう。わたしから離れてしまう。そう思ったが、グレイムは彼女を抱いてソファから勢いよく立ち上がり、寝室へと運んだ。彼女をベッドに下ろすと、グレイムは帯をほどいて部屋着をめくった。

おおいかぶさり、片手をベッドについた体勢で彼女の体をなで下ろし、目でもその場所を追う。表情はゆるみ、瞳は渇望で翳っている。裾まで来ると、部屋着の下に手を入れて、炎のように熱いその手で脚をなで上げていった。部屋着がまくり上げられていき、脚があらわになった。

気恥ずかしく感じるべきなのだろうとアビーは思った――そして、たしかに少しばかり気恥ずかしかった――けれど、それ以上に、見つめられて欲望が花開き、裸身をさらして彼の情熱が沸き立つのを見たいと思った。もっとも根本的で明確なところで、彼が欲してくれていると知りたかった。

グレイムが部屋着を肩からはだけさせた。脱がすのが楽になるようにとアビーが体を起こす。彼がそれを放り投げているあいだに、アビーは寝間着を頭から脱いだ。ふり向いたグレイムは、目を狭めて彼女をじっくりと見つめた。

「アビゲイル……」ベッドの彼女の横に腰を下ろし、指で鎖骨をたどる。「きみはすごく美しい」顔を寄せて、唇に、頰に、耳に、首にキスを落としていくその唇は、ビロードのようにやわらかかった。

彼の感触に満たされ、アビーは震えた。グレイムの唇が下がっていき、やわらかな胸とは対照的に硬くなった頂を探索し、そのあいだずっと腹部や腰や太腿を羽根のように軽くなでて彼女を燃え立たせた。

アビーは彼の髪に手を潜りこませ、そのやわらかな感触に感動した。もっと欲しくなって、試すように首の両側をなで下ろしてみたところ、彼の体がどっと熱くなった。肩と背中を愛撫する。じかに触れられないのがいやで、シャツのボタンに手を伸ばした。

グレイムが立ち上がり、彼女を見つめたまま服を脱ぎ、慌てたせいでうまくいかないと小さく悪態をついた。それからほっそりして完全に昂ぶっている裸体がさらされたが、しっかり見る前に彼がベッドの隣りに来て、抱きしめて唇を重ね、体を押しつけてきた。

彼は硬くて貪欲で、その指が濡れて熱くなっているアビーの中心を探りあてた。アビーは本能的に解放を求めて体を動かしたが、彼の愛撫は募っていく欲求をさらに激しくしただけだった。彼の息は荒く、硬くて長くてどくどくと脈打っているものをアビーは下半身に感じた。

彼女の名前をささやきながら、グレイムが脚のあいだに入った。お尻の下に両手を入れて少し持ち上げ、なかに入ってきた。不意に押される感じと痛みに襲われて体をこわばらせる。こんなのはうまくいかないわ。狼狽してそう思う。グレイムがはっと動きを止めてアビーの目を見た。

「アビゲイル！　きみは……どうして言わなかったんだ？」離れようとするグレイムの首に腕を巻きつけ、アビーはしがみついた。

「だめ！　お願い、やめないで。すぐに大丈夫になるから。そうでしょう？　わたしは――わたしにいけないところはないのよね？」

「ああ」グレイムはアビゲイルの頭を囲むように両腕をつき、顔を寄せて唇にキスをした。「いけないところなんてないよ」頬に彼の笑みを感じたと思ったら、顔から首へと軽くキスされた。「きみは完璧だ。すばらしい」彼が震える息を吸う。「急くべきではなかった」首筋に鼻をこすりつけた。「体の力を抜いて」

彼の腕と息に張り詰めたものを感じ取ったアビーだったが、声はなだめるようにおだやかで、肌に感じる唇はやさしかった。唇でそっと説き伏せられ、体の脇を軽くなで下ろされ、アビーは身をゆだねた。グレイムがゆっくりとなかに入ってくると、アビーはまた押し広げられるのを感じ、直後に鋭い痛みに襲われた。

彼が完全に身をおさめ、アビーを満たした。とても奇妙でいながらとても正しく感じられ、笑うか泣くか大声で叫ぶかしたくなったけれど、ただ顔を横向けてグレイムの腕に唇を押しあてた。

グレイムは長々と低い声でうめき、彼女の髪に顔を寄せた。彼がなかで動きはじめると、さらなる快感があるのだと気づいて、アビーは驚嘆した。息切れしたような笑い声を漏らしたものの、甘い感覚が高まるとうめき声に変わった。彼の髪のなか深くに両手を入れ、ともに動く。グレイムが激しくすばやく突きながら、彼女の名前をささやいた。「アビゲイル……アビー……」

彼の唇から出た自分の名前の響きは、彼の動きと同じくらい感動的だった。アビーのなかで欲求が募っていき、疾走しながらなにかに手を伸ばしているかのように感じたけれど、それはあと少しでつかめなかった。

そのとき、アビーのなかでそれが爆発し、大波となって外へとあふれ出したので、仰天するあまり叫んでしまった。グレイムが大洪水を乗り切り、ぶるっと震えてうめいた。

12

薄明るい朝の光のなかで目覚めると、アビーはたくましい温もりに寄り添っていた。その温もりの源がグレイムだとすぐさま気づく。彼は裸でこちらに背を向けており、おだやかで安定した呼吸をしていることから、まだ眠っているのだとわかった。アビーは目を閉じて横になったまま、その瞬間に浸った。

長続きしないのはわかっていた。グレイムが目を覚ませば、現実が戻ってくる。ふたりは敵意と親密さのあいだのどこかにはまりこんだ見知らぬ者同士に戻ってしまうだろう。けれど、いまこの瞬間は、彼はアビーの夫で、ゆうべ情熱と快感を呼び覚ましてくれた人で、つかの間にしろ強烈に結びついた人だ。

アビーはしぶしぶといった具合にゆっくりと目を開け、グレイムから少しだけ離れた。ふたりの関係は双方に利のある合理的で感情のからまないもので、ちょっとした幸運で情熱があったとしても、それは愛でも好意でもない。彼に寄り添う理由などない。境界線を越えたり、取り決めの〝約束ごと〟を破ってはならない。グレイムの条件が正確にはなんだったかを思い出そうとしたけれど、できなかった。彼のことばにあまり注意を払っていなかったから。

こちらの動きに眠りを妨げられたのか、グレイムがごろりと転がって横向きになり、片腕をアビーにかけた。ぼんやりと目を開けて眉を寄せた。彼が状況を思い出すのが、その目のなかに見て取れた。「アビゲイル」

「おはようございます」顔が赤くなって、困惑した。

彼は身を離すだろうと思ったのに、こちらの頬をなで、顔にかかった髪をどけてくれただけだった。「おはよう。大丈夫かい？　その――どうして言ってくれなかったんだ？」

「言うってなにを？」

「だれにも触れられてないと。これまで男とベッドをともにしたことがないと」

「言う必要などないと思ったのよ」つっけんどんに言い、自分から数インチ離れた。

「わたしはあなたの妻で、あなたはわたしに触れていなかったのだから。ふしだらな女だと思われているなんて気づかなかった」

「いや、そういう意味では――ただ――」グレイムは肘をついて上半身を起こし、彼女を見た。「もう十年も経つんだし、その間ずっと離れ離れだったから」

「それで、わたしがほかの男の人とベッドをともにしたと思ったわけね」グレイムが少したじろぐのを目にして溜飲が下がった。

「喜んでそうしたがった男がおおぜいいたはずだ。それに、ゆうべのふるまいを見たら――私はどう考えればよかったんだ？　誘惑をかけてきたのはきみのほうなんだぞ。〝こんなことをするんじゃない？〟とか〝これを脱いで〟とか。どうしてそういうことを知っているんだ？」

彼が困惑しきった顔をしていて、あまりにも傷ついた口調だったので、アビーは笑うしかなかった。「実際にその行為をしなくたって、やり方は学べるわ。その道の女みたいにふるまったほうが、あなたの気が……楽になると思ったの。だから、それを生業にしている女性に教えを請うたのよ」

グレイムは彼女を凝視した。「売春婦のところへ行ったのか？」

「ただの売春婦ではなく、高級娼婦よ。あなたのなじみがあるのがそういう女性だと思ったから」

「アビゲイル。なんてことだ。どうやって娼婦を見つけた？」

「お金を払う気があれば、たいていなんでも知ることができるとわかったわ。ロンドン一高級な娼館はどこかをエレベーターを運転している男性にたずねたの」

「エレベーターの運転士だって！」

「そうよ。それについてはじっくり考えたの。あなたには訊けないし、デイヴィッドにたずねたら気まずい思いをさせてしまうでしょう。カーガロン卿ならきっとご存じだと――」

「参ったな」

「――でも、彼だとか上流階級のだれかに訊いたらうわさになってしまったでしょう。多くの紳士が利用する高級ホテルの従業員なら、そういう情報を持っているかもしれないと思ったの。人の乗り降りを目にするエレベーターの運転士なら適任だと考えたのよ」

「運転士がきみに教えただって？」グレイムは困惑しつつも魅了されているようだった。

「なんだかぎょっとしたみたいだったけれど」

「そうだろうな」

「でも、お財布を開けたら、喜んでいくつかの娼館の名前を教えてくれたわ。最高級の娼館だと請け合ってくれた」

「そこへ行ったなんて言わないでくれ」

「もちろん行かなかったわ。だれかに知られたらとんでもない醜聞になっただろうし、貴族の紳士がよく行くような場所となると、知っている人と鉢合わせする可能性も高かったし」グレイムが首を絞められたような声を発したが、無視した。「あちらからホテルに来てくれたら、お礼をたっぷりはずむという手紙を届けさせたの。彼女はマントを着て現われたわ。すべてが内密のうちに行なわれたの」

「その娼婦は——きみは娼婦にどんなことをたずねたんだ?」

「あら、いろいろとよ。驚きの気持ちがおさまったあとは……彼女はとても協力的だった。男性が待っていると思っていたんでしょうね。それも当然でしょうけれど」

「うむ」

「なにを望んでいるかを話したら、喜んで教えてくれたわ。どういう風にことを進めるか……男性をその気にさせるためにどんなことをするのかをたずねたの」グレイムの瞳が燃え上がり、アビーは不意に狼狽を感じて口をつぐんだ。咳払いをする。「そういうことをする必要がなくて助かったわ。教えてもらったうちのひとつは、かなり恥ずかしいものだったから」

「アビゲイル……」グレイムのまなざしが唇に向けられ、それから上掛けから覗いている胸の膨らみへと下がった。上掛けの縁に沿って指をすべらせた彼の目が翳る。

キスをされるんだわ。アビーは期待で体をこわばらせた。陽の光があるいまはちがって感じられた。より現実的に思われた。より本物に。

スイートルームのドアにノックの音がして、グレイムが凍りついた。

「モリーだわ！」アビーはベッドから飛び出した。部屋着をつかみ、あまりに慌てていて、裸身をさらすことまで気がまわっていなかった。部屋着をつかみ、歩きながら袖を通した。寝室を出てドアを閉めると、帯を結んで髪に手櫛を通しながら廊下に面したドアに急ぐ。首筋に赤みが上がってきた。モリーは、ゆうべアビーがここでグレイムと会ったのを知っている。ひと目でなにが起きたのかを知られてしまうだろう。

モリーはメイドではあるけれど、母親にいちばん近い存在でもあるので気まずかった——グレイムが床入りに乗り気でなかったのを知られているので、なおさらだ。彼の前では動じていないふりをしたけれど、娼婦との話をふくめて、実際はよくわかっていないのだった。それどころか、その件について考えることを自分に許したら、屈辱的な思いをしただろう。だから、この十年でさまざまなことについて学んだときと同じように、そんな思いを脇へ押しやった。

アビーはドアを少しだけ開けた。むっつり顔のモリーがトレイを武器であるかのように持って立っていた。

「モリー、なにをしているの？　着替えをするときにはこちらから呼ぶと言ってあったでしょう」

「朝食をお持ちしたんです」モリーはアビーの顔を覗きこんだ。「お嬢さまが大丈夫かどうか、この目でたしかめたかったんですよ」

「わたしなら大丈夫」アビーはため息をついてドアをもう少し開け、引ったくるようにしてトレイを受け取った。「あなたが必要になったら呼ぶわ」

モリーが居座る理由を考えつく前に、アビーはドアを閉めた。朝食のトレイをテーブルに置き、寝室へ戻る。グレイムがベッドを出てズボンとシャツを着ており、いまは靴下と靴を履こうとしているところなのを見て、アビーはがっかりした。ほんの数分前の親密な雰囲気は消えてしまった。

部屋着姿で寝乱れた髪のアビーは、心地の悪い思いをしてためらった。たっぷりの髪を肩から払う。「あの、モリーが朝食を持ってきてくれたの」

「そうか」グレイムは顔を上げたものの、すぐにまた靴に視線を戻した。「ありがとう。だが、もう行かないと」立ち上がった彼は、いつもどおりに礼儀作法の鎧を身につけていた。「もう朝も遅い時間だろうし」

「ええ、そうね」さまざまな社交行事で役に立った小さな笑みを浮かべて失望を隠した。彼が行ってくれたほうがいいのよ。謎めいた情報提供者と今夜会う前に、しておかなければならないことがたくさんあったし、この状況は気まずかった。こんなときにはなにを言えばいいのだろう？　ありがとう？　次の約束を決めましょうか？

唐突に、気力をくじかれるほど下品なことに思われた。アビーは顔を背け、カーテンを開けるので忙しいふりをした。背後でグレイムがドアまで行って立ち止まったのがわかった。

「ひょっとしたら……つまり、考えたんだが……」アビーがふり向くと、彼が急いで続けた。「今夜予定はあるのかな。私が連れていこうかと思って」

アビーは凍りついた。ぜったいに同伴してもらえない今夜にかぎって、彼が申し出るなんて。「わたし――その、つまり――特になにも予定していなかったから――行くと約束してしまって――あの――その――」グレイムの父親の横領について情報をくれようとしている人に会いにいくとは、とても言えなかった。ある考えがひらめいた。「晩餐会なの！　だから、急にだれかを連れていくわけにはいかないのよ。出席者の数が合わなくなってしまうでしょう」

「そうか。それはそうだな」グレイムの表情がよそよそしいものになった。「わかったよ」

「どうしても行かなくてはならなくて」彼と過ごすために先方に断りを入れないのはどうしてだろうと訝られては困ると思って続けた。ほんとうに晩餐会に招待されていたのだとしたら、そうしていただろうから。「失礼をしたくないのよ……ミセス・ブラウンに。アメリカ大使の奥さんなの」彼の知らないだろう名前を出す。「ミセス・ブラウンは冷遇されたと感じてしまうと思うの。ここでは……ちょっと不安みたいで……」説明のしすぎだと気づいた。なんとか口をつぐむ。

よそよそしかったグレイムの顔が、かすかにしかめ面になった。「そうだな。わかるよ。では、またの機会にでも」

「ぜひ！」翌晩はどうかと言いかけたけれど、あまりにも積極的に見られそうだった。彼にはすでに押しが強すぎると思われている。いま以上に嫌われたくはなかった。

グレイムはぐずぐずした。「では、ごきげんよう」

「さようなら」彼のあとから続き部屋へ行きながら、寂しそうな口調になってしまったのを気取られていませんようにと願った。前夜アビーが椅子に放った上着をグレイムが取り、ふり返った。アビーは大胆にふるまったことを思い出して顔を赤くした。

グレイムは躊躇したあと、会釈して出ていった。ドアが閉まると、アビーはため息をついた。寂しく感じるなんてばかげている。この十年、グレイム・パーなしで生きてきたというのに。一夜をともにしたからといって、彼がかけがえのない人になるなんてありえない。

一緒にソファでくつろいで、コーヒーを飲みながらおしゃべりしたり微笑んだりし、ときおりキスをしているのだったらと望むのは愚かだ。グレイムと一緒の人生はそんな風にはならない。

それに、そんな時間を過ごしている余裕はなかった。今日はまだまだすることがある。なかでも重要なのが鉄砲鍛冶を訪れることだ。

情報提供者との最初の待ち合わせ場所よりも、酒場の外のほうがさらに用心が必要に思われた。あのときに持っていた武器も悪くはなかったけれど、拳銃のほうが格段に有効だろう。ポケットに入る小さなものにしようと決めていた。銃の購入と射撃の練習で午後が潰れそうだ。

恋わずらいをしている乙女みたいに、男の人を思ってむだにできる時間はない。それを頭に叩きこむと、アビーはソファに座ってひとりきりで朝食をとった。

十時間後、アビーは辻馬車の窓から顔を出し、暗い通りの左右に目を走らせた。ただひとつの街灯は〈深紅の海賊〉亭の角にあり、ドア上部の古ぼけた看板をぼんやりと照らしていた。看板に描かれている絵はかつては赤かったのかもしれないが、いまではひび割れて色褪せていた。海賊の絵だとはまずわからない。そこ以外の通りは濃さの異なる暗闇におおわれていた。動くものはなにもなかったけれど、暗闇でなにが待ち受けているかはわからなかった。

アビーはマントのポケットに忍ばせたデリンジャーに手をかけた。馬車を降り、御者を見上げる。「ここで待っていてくれたら、五ポンド渡すわ」

「ええ、待ってますよ」御者が粗野な声で答えた。「ですが、このままホテルまで送らせてください。ここはレディの来るような場所じゃありませんて」

「そうなのでしょうね。でも、どうしても来なければならなかったの。あなたがここにいてくれれば、わたしは大丈夫だと思うわ」

御者は肩をすくめて御者台に身を落ち着けた。アビーはてきぱきとした足どりで酒場に向かった。おびえて見えるのはよくないと、長年の経験から学んでいた。自信ある態度――あるいは自信があると見せかけること――が重要なのだ。

街灯の明かりの縁で立ち止まって周囲を見る。自分の姿を完全にあらわにしたくなかったのだ。馬車はいまも待っていた。水の流れる音が聞こえるから、近くに川があるらしい。川からの悪臭は強烈だった。

明かりの縁をまわって酒場に近づく。水音が大きくなった。下に目をやると、川と通りを隔てているのは低い石塀だけだとわかった。靴が舗道をこする。アビーは暗闇を覗きこんだ。

建物の横から影が離れ、男が近づいてきたが、顔を見られないところで立ち止まった。「今度はモントクレアは一緒じゃないんだな？」

「言われたとおりにひとりで来ました。最初よりもいかがわしい場所を選んだものね。取り引きをしたいのなら、もっとましな場所を見つけてもらいたいわ」

鼻を鳴らすくぐもった音がして、どうやらおもしろがられたらしかった。「プライスの獰猛さを受け継いでいるようだな。あんたのためにも、父親ほど無情でないことを願うよ」

「父を知っているの？」

「会ったことがある。私は先代伯爵のもとで働いていたんだ。だから、兵士から伯爵が〝借りた〟金のことを知っているんだ」

「兵士？」アビーは眉根を寄せた。「なんのこと？」

「負傷したり病気になったりした兵士だ。先代伯爵が後援していた慈善事業だ。伯爵が基金から金を横領し、あんたの父親の株を買って大儲けしたあとに返そうとしたって話になってる。楽勝のはずだった——まあ、株を売って暴落させたあんたの父親にとっては楽勝だったんだろうな。だが、モントクレア伯爵と基金にとってはそうじゃなかった」

「証拠はあるの？」

「金は持ってきたか？」

「ええ、ここにあるわ。でも、その情報では少なすぎるわね。お金を払ってもいいと思える情報はないの？　父は先代伯爵が横領したのを知っていたの？」

「知っていたかだって？」しゃべっているうちに男は前に出てきていたので、いまでは薄明かりの縁あたりまで来ていた。男の唇はすごみのある笑いを浮かべていた。

「ああ、プライスは知っていたよ。彼がそのかしたんだからな」

　アビーは顔から血の気が引くのを感じた。「父が横領を示唆したっていうの？」

「そうだ。簡単なことだと言っていた——金を倍にして、だれにも知られないうちに返せると請け合った」

「ああ、そんな」アビーは腹部を手で押さえた。想像していたよりもひどい話だった。父は先代伯爵が大損をして面目が失墜すると知りながら、横領を勧めたなんて。すべてが父のせいだった。「黙っていてもらいたかったらお金を払えということね」

「私は脅迫者なんかじゃない！」男はかっとして声を荒らげた。「金は、残りの話を聞く代金だ。さっきの話は、外見的にはそう見えたってことだ。だが、ほんとうはどうだったのかを私は知っている」

「どういうこと？　その話はまちがっていると言っているの？」

「いや、あんたの父親はいま話したとおりのことをしたよ。そして、金は消えた。だが、横領したのはモントクレア卿じゃなかったかもしれない」

「なんですって？」

「残りの話を聞きたければ、金を渡してもらおうか」男はてのひらを突き出した。

アビーはうなずき、マントのポケットに手を入れた。パンッという音が暗闇に響き、驚いてふり向いた。そのとき、男がびくりとして倒れるのが視野の隅に入った。低い石塀のそばに倒れた男に駆け寄る。ちょうどひざをついたとき、背後でまたパンッという音がした。

「大丈夫ですか？　なにがあったの？」男のシャツに広がる黒っぽいしみが答えだった。撃たれたのだ。アビーはマントの裾をつかんで傷口にあて、出血を止めようとした。

男はおそろしげなごぼごぼという音をたてた。アビーは男に意識を集中していたため、背後で驚いた馬が騒ぐ音と、通りを駆ける足音はぼんやりとしか聞こえていなかった。だれかに後ろからぶつかられ、石塀に激突した。塀を越えて暗がりへと落ちる。落ちた先はぬかるんだ地面だったが、勢いがついていたせいで急な斜面を転がった。一瞬ののち、冷たく暗い川に落ちた。

13

グレイムは目の前のプディングには手をつけず、スプーンをもてあそんでいた。炉棚の時計をこっそり見る。アビゲイルはどこにいるのだろう。なにをしているのだろう。今夜の予定を話したときの彼女は妙に曖昧だった。

「予定でもあるの、モントクレア?」祖母が言った。「この十分で時計を見るのは四回めですよ」

「すみません。気づいていませんでした」

「今夜はレディ・モントクレアに会うのかしら?」

「会わないと思います」

伯爵未亡人はけんもほろろな彼の口調を気にもしなかった。「そちら方面の状況は改善されたと思っていたのですけどね。あなたが戻ってきたのは今朝だったとノートンから聞きましたよ」

「結婚生活についてこと細かにお祖母さまに話すつもりはありません」

「わたくしだって、そんな話は聞きたくありませんよ」

それならどうして質問攻めにするのかとたずねたかったが、礼儀作法がしみついていたので、首を傾げるだけにしておいた。「今夜のご予定はどうなっているんですか？」

長年の経験の賜物で、祖母がいくつものパーティに出席しない理由を話しているあいだ、多少の関心を示す表情を浮かべつつ、その実なにも聞いていなかった。頭のなかではまたアビゲイルの問題を考えていた。

今日という一日は温かなきらめきを放つ満足感のなかではじまった。妻のやわらかな体が腕のなかにある状態で目覚め、情熱がふたたび湧き上がってきたのは、当然ながらやや気まずかった。だが、それに続く会話はばかげており、娼婦を呼んであれこれたずねたという話には心底仰天した。

その話をおもしろがり、興をそそられた自分にも同様にぎょっとした。アビゲイルが娼婦から具体的にはなにを学んだのかと、一日の大半をかけて考えてしまった。あの瞬間にいまいましいメイドがドアをノックしていなければ、聞き出せたかもしれないのに。

そのあと、今夜の予定に同伴しようという申し出を断られた。それには少しいらついた。彼女と過ごしたくてたまらないというわけではない（昨夜のことをくり返すのはやぶさかではないと認めるが）。それでも、あちらの提案に同意したのだから、もう少しこちらに関心を持ってくれてもいいのではないだろうか。ひょっとしたら、彼女は勝ちたいだけだったのかもしれない。あるいは、寝室の外では自分と過ごすことに興味がないのかもしれない。うれしくない可能性ではあるが、くよくよ考えこむほどのことでもない。自分だってそのほうがいいのだ。

　気を悪くする理由などなかった。こちらの申し出を断らないでくれればよかったのにと思う理由も。だが、彼女はなにをしているのだろう？　それに、だれと？　可能性が高いのは、プレスコットだろう。でも、それならなぜそう言わなかった？　反対などしないのに。あの男は気に入らないが、嫉妬しているわけではない。嫉妬する理由などない——プレスコットはアビゲイルの愛人ではなかったと、ゆうべはっきりと知ったのだから。

「グレイム、なにをにやにやしているのです？　わたくしの話を聞いていたのですか？」

　グレイムははっとした。「なんですって？　もちろんです。お祖母さまが話していたのは……ええと……」

「ミセス・ポンソンビーの体調がよくないことです」

「ああ、そうでしたね。笑っていたわけではありません」グレイムはもっともらしい言い訳はないかと考えた。

「モントクレア卿はわたしの気分を明るくしようとしてくださっていたのだと思いますわ」ミセス・ポンソンビーが慌てて言った。伯爵未亡人のコンパニオンは、グレイムに向かっておずおずと微笑んだ。「ほんとうにおやさしい方ですのね」

「ばかをおっしゃい、フィロミーナ。この人はほかの場所へ行きたくてじりじりしていて、わたくしたちがそのじゃまをしていると思っているんですよ」そう言って、尊大な態度で立ち上がった。

グレイムは否定しようとして思いなおした。この場を辞したくてうずうずしているのに、礼儀にしがみつくのはばかげているではないか？　アビゲイルの言うとおりだ。率直でいるのは心が解き放たれる気分だ。グレイムは立ち上がり、部屋を出る祖母にお辞儀をした。すぐあとに続いたミセス・ポンソンビーが、立ち止まって申し訳なさそうに小さく会釈をした。

執事がポート・ワインを運んできたが、グレイムは手をふって下がらせた。「今夜はいいよ、ノートン。出かける」

「かしこまりました。馬車を玄関にまわさせましょうか？」

「いや。歩こうと思う。頭をすっきりさせたいんだ」

ランガム・ホテルに足を向ける理由はなかった。アビゲイルがだれとどこへ行こうとも、自分には関係ない。彼女があれこれ要求のうるさい女性でなくてよかった。おかげで取り決めを果たすのがうんと楽になる。

気になっているのは、アビゲイルが予定について明らかに嘘をついたからにすぎない――口ごもりながらの返事、目をそらしたこと。何日か前の夜に、ドアの下から差し入れられた手紙について嘘をついたときとまったく同じだ。あのときは、彼女は街のいかがわしい場所にこそこそとだれかに会いにいき、結局きちんとした説明はされないままだ。また同じことをしているのだろうか？　なぜ彼女は頑なに隠そうとするのか？　だれだって疑念を持つに決まっている。

ゆうべはたっぷり楽しんだからといって、アビゲイルの陰謀を見て見ぬふりをしてもいいということにはならない。彼女がどれほど刺激的で魅力的であろうとも、信頼などするのは愚かだ。こちらはだまされてなどいないとアビゲイルにわからせないのは、もっと愚かだ。

ランガム・ホテルのドアマンはグレイムににこやかに挨拶をしたが、金貨を渡されると笑みがさらに大きくなった。「どのようなお役に立てるでしょうか？」

「レディ・モントクレアは出かけたかい？」

「はい。ほんの少し前に」

「行き先はどこだい？」

ドアマンがしょんぼりした。「申し訳ありませんが、存じ上げません。奥方さまはもうなにも話してくださらなくて」グレイムをとがめるように見る。

「そうか。すまなかった」グレイムは沈んだ笑みを見せてなかに入った。支配人から妻の部屋の鍵を手に入れるのに長くはかからなかった。部屋のドアを開けると、アビゲイルのメイドが撃たれたかのように椅子から飛び上がり、繕っていたペチコートが床に落ちた。

「ああ、あなたさまでしたか」モリーはしかめ面になった。「ミス・アビーの部屋にそんな風に入ってきて、なにをしてらっしゃるんですか？」

「アメリカの使用人はみんなきみみたいなのか？」グレイムもしかめ面になる。

モリーが腕を組んだ。「相手の名前に〝卿〟がついたってだけで、その人をこわがったりしません。それがおたずねのことなら」

「じつは、〝無作法〟ということだったんだが。奥さまはどこにいる？」

モリーはさらに顔をしかめたが、そこにはグレイムへの嫌悪だけでなく心配の気持ちも混じっていた。

「どうした？」グレイムは一歩前に出て鋭くたずねた。「なにを知っている？　きみはなにかをおそれているようだが」

「あなたさまをおそれているんじゃありません」

グレイムはため息をついた。「それを聞いても驚かないよ。きみを傷つけるつもりはないからね。アビゲイルのこともだ。なにを心配しているんだ？」

「お嬢さまの身をです！」モリーは大声を出した。「あんな小さな鉄砲じゃ役に立たないと言ったのに――」

「彼女は銃まで持っているのか？　まったく、歩く武器庫だな。アビゲイルはどこに行ったんだ？　どうして銃なんか必要なんだ？」

モリーはひどくかき乱された顔で彼を見た。グレイムは待った。とうとうことばが堰を切った。「〈深紅の海賊〉です」

「なんだって？」

「酒場です。テムズ川沿いにある」

「船着き場か？」グレイムの声が大きくなる。「船着き場の酒場に行ったっていうのか？」

モリーがうなずく。「そこに来いと言われたんです」

「だれに？　彼女はだれに会いにいったんだ？」

「わかりません」モリーが反抗的に顎を上げるのを見て、グレイムは聞き出せることはすべて聞き出したと悟った。

かまわなかった。それでじゅうぶんだった。急いで部屋を出る。廊下を行く足がどんどん速くなり、階段を駆け下りた。なんだってアビゲイルは川沿いの場所などで人と会おうとするんだ？　ロンドンっ子でなくても、そこが危険な場所だというのは知っているというのに。

そこまでするとは、かなり必死だったにちがいない。だが、なぜだ？　なにができると思っているのだ？　そんな危険を冒す価値があるものとはなんだ？　怒りと心配がせめぎ合うなか、ホテルを出て馬車を呼んだ。目的地を伝えると、御者は疑いの目を向けてきた。

「急いでくれたら金を倍払う」

御者は了承した。馬車はじきに細い通りに入り、その突きあたりに〈深紅の海賊〉

のひび割れて色褪せた看板があった。薄暗い明かりに照らされた光景を見て、グレイムの心臓が喉にせり上がってきた。明かりの端に向かい合うふたりの姿が見え、その向こうはまっ暗でなにも見えない川だった。

銃声が鳴り響き、人影のひとつが倒れたかと思ったら、すぐさま二度めの銃声が聞こえてもうひとりがひざをついた。

「アビゲイル！」グレイムが扉を開けると同時に御者が馬を止めにかかった。馬車が完全に停まる前に飛び降りていた。御者がなにか叫んだが、それを無視して走り出す。倒れた人影のそばにひざをついているマント姿の人間しか見えていなかった。その人物は撃たれたのではなく、ただ倒れた相手を心配しているだけのようだ。それがアビゲイルだった。アビゲイルであってほしい。地面に倒れているのが彼女だなんてありえない。

建物の横から人影が飛び出してきて、まっすぐに地面のふたりに突進していくのが見えた。その黒い人影はひざまずいている者にぶつかり、低い塀の向こうに突き飛ばした。川に落ちる水音がした。

グレイムは吠え、必死で駆けた。

倒れている人影をさっと見たところ、やはりアビゲイルではなかった。低い塀を見る。その向こうはまっ暗だった。「アビゲイル！」

短い悲鳴と大きな水音が聞こえた。暗闇を呪いつつ、靴を蹴り脱いで塀を越えにかかった。そばの建物のドアが勢いよく開いて明かりが漏れたおかげで川面が見えた。流れに逆らう白いものがちらりと見えた。グレイムは飛びこんだ。

暗がりで彼女を見失うのがどれほど簡単か、水をふくんだスカートとマントにどれだけ彼女が沈められてしまうかは、考えないようにする。姿を見かけたあたりをめがけて水を切ることだけに集中した。塀の向こうでさらなる明かりがくわわり、視界がよくなった。

ほんの何フィートか先で彼女の頭が水面下に潜るところが見えた。懸命に水を蹴って潜り、アビゲイルを見つけた。腕で抱えて上へと向かう。水面に出たとき、アビゲイルはことばにならない低い悲鳴を発し、しがみついてきた。

流れに押され、水をふくんだ彼女の服に引きずり下ろされそうになりながら、片腕だけで泳ぐのは厄介だった。だが、アビゲイルは最初に血迷ったかのように手足をばたつかせたあと、もがいてはいけないと思い出したのか、おとなしくなり、少しでも前に進もうと一緒になって脚で蹴ってくれた。

必死で塀を目指して泳ぐ。乗ってきた馬車の御者が塀のところでランタンを掲げてくれていた。そのおかげでアビゲイルを見つけられたのだった。ふたりが近づくと、野次馬のひとりが長い木の棒を差し出した。グレイムがその棒をつかむと、男たちが引き上げはじめた。アビゲイルを川から助け上げようといくつもの手が伸びてきた。つかの間彼女は頑なにグレイムにしがみついていたが、とうとう助けの手に身をゆだねた。男ふたりがグレイムをつかみ、川から上がるのを手伝ってくれた。

アビゲイルは御者たちに囲まれ、地面にぐったりと横たわって咳きこんでいた。少し離れた場所で、動かずもの言わない人影にかがみこんでいる者もいた。

「アビゲイル」水をぽたぽたと垂らしながら、グレイムはそばへ行った。ランタンの明かりを受けた彼女の顔はぎょっとするほど蒼白だった。「馬車を」グレイムはアビゲイルを立たせてから抱き上げた。彼女は引きつけるように震えていた。「家に連れて帰る」

野次馬たちはふたりを通したが、ひとりが声をあげた。「ちょっと。待ってくださいよ！　この男はどうするんです？　この男はだれで、撃ったのはだれなんですか？」

「見当もつかない」

グレイムはアビゲイルを馬車に乗せた。あいかわらずがたがたと震えており、顔色もよくない。ひざに抱き上げて腕をまわして暖めたが、自分の体も濡れて冷えきっていて役には立ちそうになかった。「がんばれよ。すぐに家に帰って服を着替えさせ、暖かくしてやるからな」

「すごくこわかったわ」アビゲイルの声は、ほとんど聞き取れないほど小さかった。

「わかってる。だが、もう安全だ」彼女をさらにきつく抱きしめる。「船着き場へ行くなんて、なにを考えていたんだ？」安堵が突然怒りへと膨らんだ。「分別ってものがないのか？　どうして私に話さなかった？」

アビゲイルは答えず、ただ頭をふって彼の胸に顔を埋めた。おかげでグレイムの混乱がますますひどくなった。なにかを殴り、彼女にどなり、同時に自分の腕のなかで安心させてやりたかった。

「命を危険にさらすだけの価値はあったのか？　あそこへはだれに会いにいったんだ？　だれがあの男を殺した？」

「わからないわ！」

グレイムが信じられないとばかりの声を発すると、アビゲイルがなんとか体を起こして彼と向き合った。グレイムはさらにきつく彼女を抱き寄せた。アビゲイルににらまれると、皮肉なことに安全な領域に戻った気がした。

「ほんとうよ」アビゲイルが言い張る。「彼の名前は知らないの。教えてくれなかったから」

「知りもしない人間に会うために、あんなところまで行ったのはなぜだ？」

「わたしの欲しがる情報を持っていると言われたからよ」

「情報？」グレイムは目を見開いた。「なにに関する情報なんだ？」

「それは……その……父に関するものよ」アビゲイルは歯が鳴るほど震えていた。

グレイムは引き下がった。どんな情報を手に入れたのか、なぜイングランドにいる人間がサーストン・プライスについて知っているのかをたずねたかったが、怒りはやってきたときと同じくらいすばやく勢いを失い、溺れかけた彼女を問い詰めている自分を人でなしのように感じた。

「すまない。うるさく訊くべきではなかった」アビゲイルを少しでも暖めてやろうと、腕をさする。

御者はグレイムに命じられたとおりに馬車を飛ばしたのだが、家まで永遠の時間がかかるように思われた。モントクレア・ハウスに着くと、グレイムは馬車を飛び降りてからアビゲイルを抱き上げようとした。

玄関のドアが勢いよく開いて執事が慌てて出てきた。「だんなさま！　いったい

――」両の眉を吊り上げる。「びしょ濡れではありませんか！」

「わかっている。御者の言うとおりの金を払ってくれ、ノートン」グレイムは大股で屋敷に入り、階段に向かいながら、あんぐりと口を開けた使用人たちに指示をどなった。「私の部屋に火を熾してくれ。毛布を用意しろ。ブランデーもだ。熱い風呂も。急げ」

使用人たちが散らばると、グレイムは自分の寝室に向かって急いで階段を上がった。部屋着姿で白いナイトキャップをかぶった祖母がドアを大きく開けて、通り過ぎようとしているグレイムを見た。

「グレイム！」彼を追って部屋を出てくる。「いったいなんの騒ぎなのですか？　床を水浸しにしているじゃありませんか」

「いまは勘弁してください。あとで説明します」

「あら、そう！」伯爵未亡人はむっとしたようだったが、追いかけてはこなかった。

グレイムは暖炉前の絨毯にアビゲイルを下ろした。メイドがせかせかとやってきて炎をかき立て石炭を追加した。そのあとから、さらにふたりのメイドが毛布とブランデーを持ってきた。

「リビーがお風呂の用意をしています」

グレイムはうなずいただけで、アビゲイルのそばにひざまずいてぐしょ濡れのマントの紐をほどこうとしたが、急いでいるのと体が冷えきっているのとでなかなかうまくいかなかった。

「だんなさま！」部屋に駆けこんできた側仕えは、グレイムの姿を見て呆然とした。「びしょ濡れではありませんか！」

「言われなくてもわかっている、シディングス。どうしてだれも彼もが指摘しないと気がすまないんだ？」

「失礼しました。ですが――」

「なにかしたいのなら、そこのブランデーを注いでくれ。よし、できたぞ」頑固な紐がついにほどけ、グレイムはマントを脱がせて床に放った。マントは水しぶきをあげてどさっと落ちた。武器が入っているにちがいない。

シディングスがブランデーのグラスを持ってきた。グレイムはアビゲイルの背中に腕をまわして上半身を起こした。「ほら」グラスを彼女の唇につける。「飲むんだ」彼女を小さく揺すった。「アビゲイル、頼む、飲んでくれ」

グラスを傾けると、いくらかはドレス前面にこぼれたものの、アビゲイルは飲みこんだ。彼女がかっと目を見開き、顔を背けた。

「よかった。目覚めないかと心配したよ。もう少し飲んで」ふたたびグラスを傾けると、アビゲイルは顔をしかめながらもすすった。むせて弱々しくグラスを押しやり、咳きこみ出した。

「いいぞ」グレイムは残りを飲み干してグラスを側仕えに返した。

「だんなさま、濡れた服をお脱ぎください」シディングスがグラスを置いて言った。

「あとだ」グレイムがアビゲイルをまた横にすると、彼女は目を閉じたものの、顔色は少しよくなっているように思われた。

「ですが、風邪をお召しになってしまいます」シディングスは彼の肩を引っ張った。

「うるさいな」グレイムは上着を脱いだ。「これでいいだろう！　もう行ってくれ。ドアを閉めていくんだぞ」アビゲイルに向きなおり、ドレスのボタンをはずしにかかる。豆粒ほどの大きさしかないうえに、無数にあるように思われた。「どうしてきみがこんなドレスを買ったのかわからないよ。脱がせるのが手間じゃないか」

いうことをきかないボタンにいらだち、ぐいっと引っ張ると取れてしまった。小さなボタンが床を転がるのを目で追ったあと、ドレスの両側をつかんで無理やり引っ張ると、残りのボタンも飛び散った。

アビゲイルが目を開けた。「グレイム？　なにをしているの？」

「きみが肺炎になる前に、このいまいましいドレスを脱がせようとしているんだ」ボディスを引き下げると、今度はコルセットが出てきた。悪態をついて立ち上がり、化粧ダンスから折りたたみ式ナイフを取ってきた。ナイフを開いてレース上部のなかに入れ、前身ごろを下まで切り開いた。

「ド……ドレスを台なしにしているわ」アビゲイルは力なく彼の手を押しのけた。

「すまない」アビゲイルに目をやった彼は、ドレスを切り裂いたことで原始的な興奮の波に襲われた。コルセットがはだけてその下のキャミソールがあらわになっていた。濡れているせいで、薄いキャミソールは透けて肌に張りついており、ふっくらした胸と頂の形が浮き上がっていた。

こんなのは礼節にもとる。いけないことだ。これでは獣も同然だ。だが、下着のリボンをほどく指が震えているのは、寒さとほとんど関係なかった。できるだけ落ち着いて超然とした態度を取り繕い、キャミソールを頭から脱がせた。

「よし」かすれた声になっていた。顔をしっかりと背けてタオルを取り、アビゲイルの肩を包んだ。

温もりを感じたアビゲイルがうれしそうな声を出し、タオルをしっかり引き寄せる。長い身震いが走った。その光景も、グレイムの体に炎をもたらした。ペチコートの紐をほどく指に視線を据えていたが、足先へと下ろしていって脱がすのも誘惑となった。長く細いその脚が自分の体にしっかりと巻きつけられたゆうべをつい思い出してしまう。その脚のあいだにすべりこみ、彼女のなかに身を沈めるのは、胸がうずくほどすばらしかった。

自分の両手が熱くなってきたのを気取られないように願った。そそくさと毛布をかけてやる。長い下穿き(パンタレット)はそのままにしておいてもいいかもしれない。薄いからすぐに乾くだろう。グレイムは優雅な革のブーツに取りかかった。つかの間、十文字に交差した紐をまたナイフで切ってしまいたくなったが、自重した。紐をほどいていくという単調な作業をしているうちに、沸き立つ血が鎮まってくれるかもしれない。

それにしても、自分は好色漢になりつつあるようだ。アビゲイルは撃ち殺された男のすぐそばにいたのだ。川へ落とされて死にかけたのだ。それなのに、彼女をまた抱くことを考えているとは。

ノックの音が聞こえて安堵する。トレイを持った家政婦がてきぱきと入ってきた。

「おふたりに熱いスープをお持ちしました」非難めいた目でグレイムを見る。「差し出がましいようですが、乾いた服に着替えられるべきかと」

「差し出がましいまねはしないでくれと言ったら?」グレイムの口角が笑みで持ち上

がる。ミセス・バーベッジは彼が子どものころからいる家政婦で、仕事も人も、それが使用人だろうと伯爵だろうと、朗らかに統治していた。

「それでもやっぱり言うでしょうね」黒っぽい目をきらきらさせながら、スープのカップを押しつけた。

温かくておいしそうなスープを断るなど考えられなかった。グレイムが立ち上がると、白髪交じりの家政婦はアビゲイルの身を起こしてやってから、彼にはとても太刀打ちできないくらい巧みに毛布で包んだ。そして、暖炉前に置かれた低い腰掛けに座らせ、手のなかにスープのカップを押しこんだ。

「たっぷり飲めば、あっという間に元気になられますよ。さあどうぞ」ミセス・バーベッジは今度はグレイムにさっと向きなおり、断固とした態度で人差し指を突きつけた。「だんなさまは、シディングスが卒中を起こす前にお着替えください。レディ・モントクレアのお世話はわたしがしますから」

グレイムはアビゲイルに目をやった。口角が少し上がっていて、目にはいつもの輝きが戻りはじめている。「わかった。きみに任せたほうがよさそうだ」すねたような口調になってしまい、グレイムは内心でたじろいだ。

「グレイム」アビゲイルが前のめりになって手を伸ばした。その手を取ると、そこにキスをされてから頬に押しつけられて驚いた。「ありがとう」
「いや。うん」心が温もるのと同時に気恥ずかしくなって、グレイムはもじもじして
ぼんやりと周囲に目をやった。アビゲイルの手をぎゅっと握る。「ミセス・バーベッ
ジがきみの世話をしてくれるからね。私は——そばにいる。なにかあったら呼んでほ
しい」なぜかそばを離れたくなかった。
ちらりと家政婦を見ると、わかっていますよ、とばかりにうなずかれた。「心配は
ご無用です。奥方さまは大丈夫ですよ。さあ、着替えてきてくださいまし」
グレイムはうなずき、最後にもう一度アビゲイルを見てから部屋を出た。

14

アビゲイルの世話を取り上げられたいまになって、グレイムは自分がびしょ濡れで、凍えそうで、ひどく汚れていることにようやく気づいた。風呂に入り、きれいなズボンとシャツを身につけてほっとする。その後アビゲイルのもとへ戻ったところ、ミセス・バーベッジから「奥方さまはお風呂に入っておいでです。だんなさまに会う気分になられたらお知らせします」と告げられた。それはつまり、自分はいなくてもよく、いてほしいとも思われていないのだと解釈し、グレイムは書斎で暖炉のそばに座り、椅子の背に頭をもたせかけて心を解き放った。

自分は夫としては不合格だなと思う。妻の身を守るという基本的な責任すら果たせていない。なにをしているのかを彼女が話してくれないせいで、その務めが困難になっているのは言わずもがなだが。自分よりいい夫であれば、妻がなにをしようとしているのかをちゃんと把握しているのだろう。

アビゲイルはなんだって船着き場になど行ったのだろう？　父親についての〝情報〟を提供すると持ちかけてきた見知らぬ男の話は説得力を欠き、彼女のふるまいからは今朝と同じように嘘のにおいがした。アビゲイルはその〝情報〟か情報提供者についてもっと知っているにちがいない。そうでなければ、船着き場の酒場などという芳しくない場所へ危険を冒してまで行こうとするはずがない。

父親についてどんな情報を得られると期待していたのだろう——それよりも、どんな情報を隠したがっていたのだろう？　サーストン・プライスが人が口にしたがらないような行ないを数多くしてきたのはまちがいないが、アビゲイルが自分に話そうとしない説明にはならない。こちらとしては、彼女の父親について幻想を抱いているわけではないのだから。その情報とやらは、彼女の父親についてのものではないのかもしれない。あるいは、彼女の父親についてだけのものでは。アビゲイルが隠しているのはそれなのだろうか？

ミセス・バーベッジが入ってきて、グレイムはもの思いから覚めた。さっと立ち上がる。「彼女の具合は？」

「お元気ですから、心配なさらずとも大丈夫ですよ。テムズ川にちょっと浸かったくらいじゃへこたれないお方です」

グレイムはかすかに微笑んだ。「きみの言うとおりなんだろうな」

「メイドに奥方さまのお部屋を用意させますが、それまでのあいだはだんなさまの寝室をお使いいただいています。かまわなかったでしょうか？」

自分のベッドで横になっているアビゲイルを思い浮かべ、グレイムは奥深くで渇望が呼び覚まされるのを感じた。信頼もしていない相手なのに、どうしてここまで欲しいと思ってしまうのだろう？「かまわない。今夜はそのままでいいよ」

「お望みのとおりに」家政婦は立ち去ろうとした。

「ミセス・バーベッジ？」

「なんでしょう？」くるりとふり向く。

「ランガム・ホテルにいる妻のメイドのところへだれかを行かせてくれ。名前はモリーだ。妻の荷物をまとめて、明日ここへ持ってくるようにと」

「かしこまりました」

ミセス・バーベッジが出ていくと、グレイムは自分の寝室に向かった。だが、階段の手前まで来たとき、玄関に立つ男女を入れまいとしているかのように執事と従僕がドアの前に並んで立っているのが見えた。興奮したのか声が大きくなり、ノートンのかしこまった口調の合間にアメリカ訛りの声と、かすかにスコットランド訛りのある声が聞こえた。

　プレスコットとアビゲイルのメイドだな。グレイムはため息をついた。

「論外でございます」そう言っているノートンの背後に近づく。「だんなさまはお会いに――」

「いいんだ、ノートン。私が対処しよう」

　ふり向いた執事はかっかした顔をしていた。「だんなさま。煩わせてしまって申し訳ございません。私からお話ししたのですが、この――この――」

「かまわない。この人たちはレディ・モントクレアのメイドと……友人だ。モリーはうちに滞在する」

「なんですって？」モリーは愕然とした表情になった。執事の顔に恐怖の表情がよぎる。

「ふたりは妻を心配してやってきたのだろう」グレイムはモリーと執事を無視して続けた。

「アビーはどこです？」プレスコットが詰問した。「ここにいるんですか？　会わせていただきたい」

「妻は眠っている、ミスター・プレスコット。きみの好奇心を満たすために彼女を煩わせるつもりはない。レディ・モントクレアは、かなり……波乱に満ちた夜を過ごしたのでね」モリーに向かっては口調を和らげた。「私に彼女を見つけられるとは思っていなかったんだね」

モリーが口を開く前にプレスコットが答えた。「アビーが戻ってこなかったので、モリーが心配して私に助けを求めにきたんだ」

「心配はいらないと請け合うよ。ノートン、モリーと一緒にティモシーをランガム・ホテルへ行かせ、妻の荷物をまとめる手伝いをさせてくれ」

「あたしはそんなことはしません」モリーは反抗的に腕を組んだ。「ミス・アビーから指示されるまでは」

「そうか？　明日目覚めたときに着るものがないとわかったら、レディ・モントクレアは困ると思うんだが。まあ、彼女と一緒にいたくないのであれば、それはきみの勝手だが」

モリーが目を見開いた。怒りのことばを吐き出しそうに見えたが、少しすると顎を上げてこう言った。「わかりました。ミス・アビーの身のまわり品を持ってきます。でも、この人たちの手伝いはいりません」ノートンとティモシーをにらみつける。

「そうだろうとも。それがアメリカ式のやり方のようだな。では、その件はきみに任せる」グレイムはノートンにうなずき、プレスコットに向きなおった。「さて、ミスター・プレスコット、きみと話したいので書斎に来てもらえるだろうか」

プレスコットはいらだち、むっとした顔になったが、彼もまた、法で認められたアビゲイルの夫に対してできることはほとんどないと気づいたようだった。そっけなくうなずくと、グレイムについて書斎へ来た。

「座ってくれたまえ」暖炉の前に置かれた袖つき安楽椅子のひとつを示した。

「立ったままでいたいと思う」

「お好きに」グレイムは肩をすくめた。「さて――」

「なにがあったんだ？　なぜアビーはここにいる？」

「今夜撃たれかけたからだ」

「なんだって？」

「そのあと、川に突き落とされて溺れかけた」それを聞いてプレスコットはことばを失ったようで、呆然と見つめるだけだった。「だから、私がここへ連れてきた。ここなら彼女を守ってやれるからだ」

「彼女を守るだって！」プレスコットはようやくしゃべれるようになった。「これまでちゃんと守ってこられなかったみたいだが」

グレイムは唇をきつく結んだ。「たしかに。アビゲイルにどれほどの保護が必要かをわかっていなかった。だが、これからは彼女の身の安全をしっかり守るつもりだ。きみも彼女をたいせつに思うなら、私に協力してほしい。今夜彼女がだれと会おうとしていたのかを教えてくれ。その理由もだ。アビゲイルはそいつに会うためにイングランドに戻ってきたのか?」

「今夜彼女がだれかに会うつもりだったとは知らなかったし、その相手となるともっとわからない。アビーの予定を把握しているわけではないので」苦々しい口調を聞いて、グレイムはプレスコットが真実を話していると確信した。「イングランドに戻ってきた件については、きみとやりなおしたいというばかげた考えを持っていたんだ。だれかといて孤独になるよりは、ひとりきりでいるほうがましだと説得しようとしたが、納得してもらえなかった。彼女がここにいるのは、きみのせいだ。彼女が襲われたのなら、それもきみに関係しているとしか思えない」

「私に? アビゲイルがロンドンに来るまでは、だれからも襲われたことなどないぞ」

「そうだろうとも。標的になったのは、きみにとって不都合な奥方なんだからな」

「なにをほのめかしている?」

「ニューヨークにいたときは、だれもアビーに害をおよぼそうとはしなかったと言っているんだ。それなのに、ここに来たら、だれかが彼女を撃とうとし、溺れさせようとした。この街にいるだれが、彼女を厄介払いしたがっているんだろうな。彼女に何度もアメリカに帰れと言ったのはだれだったかな？」

「私が彼女を傷つけたと非難しているのか？」グレイムはさっと前に出た。「頭がおかしいのか？　彼女は私の妻なんだぞ」

「まさに。持ちたくもない妻というわけだ」プレスコットは引き下がらなかった。

「私はぜったいに彼女を傷つけたりしない。どんな女性にだって害をおよぼすはずもないが、守ると誓った相手ならなおさらだ」

「あの日、きみはほかにいくつも誓いを述べた」プレスコットがせせら笑う。「ほかの誓いを守っていないのに、それだけ守るなんて考えられない。きみはアビーの夫としてことごとく落第だ。今夜のできごとの裏にきみはいなかったのかもしれないが、アビーが亡き者になったところで涙を流すとは思えない。この屋敷に閉じこめて彼女の〝世話〟をしているということばを信じなくても気を悪くしないでくれ」

グレイムは拳を握りしめた。こいつの顔を殴ってやったらどれほどすっきりするだろう。「レディ・モントクレアはここに監禁されているわけではない。明日もっとふさわしい時間に訪問して、その目で彼女の具合をたしかめるといい」

「そうするとも」プレスコットが歯を剝き出し、とても笑みとはいえない表情を見せた。大股で歩いていき、ドアまで行くと足を止めてグレイムをふり返った。「彼女の世話をしっかりしろよ、モントクレア。そうしなかったら、痛い目に遭わせてやる」

グレイムはくるりと背を向け、怒りに駆られてうろつきはじめた。私がアビゲイルを傷つけようとしているみたいな言い種じゃないか！ もちろん、ばかげた非難だ。アビゲイルは道理をわきまえた女性だから、そんな風には思わないだろう。ああ、くそっ。私はなにを言っているんだ？ アビゲイルが道理をわきまえているかどうかなど知らないじゃないか。彼女についてはほとんどなにも知らない。わかっているのは、最近になって彼女への激しく厄介な渇望が居座ってしまったことだけだ。

なにかを叩き壊したい気分だったが、そんな子どもじみたまねはできなかった。火かき棒で火をつついて多少の憂さ晴らしをし、火かき棒立てに戻した。なにが腹立たしいといって、プレスコットの放った矢の何本かが、先刻の自分の思いとそっくりで致命傷になりかねなかったからだ。アビゲイルを守れなかったのはたしかだった。実際、ほかの面でも落第だった。

少なくとも、これからはアビゲイルを守るためになにかすることができる。その第一歩として、彼女を自分の屋敷に移した。ほかの場所にいられては、きちんと見守れない。次なる仕事は、今夜の密会という謎を解くことだ。それがすべての鍵であると確信があった。明日になったら、撃たれた男の名前を探り出してみせる。

いまはアビゲイルの顔を見る必要があった。彼女は大丈夫だとミセス・バーベッジは請け合ってくれたが、自分の目でたしかめたかった。階段を上がりながら、自分も眠らなければならないと気づいた。プレスコットに対する怒りは鎮まり、それとともに残っていた気力も萎えてしまった。

自分のベッドにいるアビゲイルを思い浮かべ、一緒に上掛けに潜りこむところを想像した。今朝、彼女の隣りで目覚めたのは気に入った——正直になるならば、気に入った以上だった。だが、招かれてもいないのに同じベッドに入るのは、私的空間を侵害する行為に思われる。そんな風に思うのがばかげているのはわかっている。自分は彼女の夫なのだから。一緒に寝る権利がある。そもそも自分のベッドではないか。

ただひとつだけまちがっているのは、彼女の隣りで横になりたい気持ちが眠りとはなんの関係もないことだ。彼女のことを考えただけですでに昂ぶってしまっているが、彼女に迫るのは卑しい行ないだ。アビゲイルは今夜たいへんな試練に見舞われたのだから。

グレイムの寝室は暗く、暖炉で炎がちらついているだけだったが、ベッドにいるアビゲイルの姿を見るにはじゅうぶんだった。そばへ行き、しばし彼女を見下ろした。彼女は横向きに眠っており、グレイムの枕に黒髪が広がっていた。上掛けが少しめくれていて、肩が剝き出しなのが見て取れた。裸で眠っているのだ。

体がこわばり、濡れたドレスを脱がしたときの光景が浮かんだ。自分がいらだってドレスを破ったこと、コルセットの紐を切ったことを思い出す。当然ながら、下半身が岩のように硬くなった。彼女をゆっくり眠らせてやるために、部屋を出ていくべきだ。

グレイムは彼女の髪をなでた。アビゲイルが目を開けて眠そうに微笑んだ。

「すまない。起こすつもりはなかった」なんという大嘘なのだろう。

「いいのよ」アビゲイルがあおむけになって彼の手を取ると、上掛けが胸の膨らみをすべり落ちたが、頂の少し上で止まったのでがっかりした。「ベッドに入って」やわらかな声で彼女が言い、グレイムの手を引っ張った。

グレイムの舌が動かなくなった。「私は……その、きみは眠らなければだめだよ」

「そうするわ」彼女の顔に官能的な笑みがゆっくりと広がっていった。「大きなベッドなんですもの、ふたりで眠ればいいわ」

「きみは疲れているはずだ」ざらついた声になる。

「あなたもでしょう」

「いまは疲れていないよ」

アビゲイルがくすりと笑い、唇が開いて歯が見えると、その歯で肩を噛まれたらどんな感じだろう、ということしか考えられなくなった。アビゲイルが横にずれ、上掛けの角をめくって誘った。

グレイムは服を脱いで彼女の隣りに入った。

思ったとおりアビゲイルは裸で、その体は温かくたおやかだった。彼女の体をなで、その目が欲望で翳るのを見つめる。顔を寄せてキスをする。これでもうやめられなくなった。何度もキスをした――長くうっとりさせるキスで、指は隠れた場所を探ってアビゲイルを身震いさせ、うめかせた。

グレイムは彼女の味と感触に酔った。肌はサテンのようで、脚のあいだに手をするりと入れると、興奮の証で濡れているのがわかった。動物のような渇望の吠え声をあげずにいるのが精一杯だった。情熱がしつこく激しくグレイムを襲ったが、懸命に自制心を働かせて抑えこんだ。時間をかけ心をこめて愛撫して、前夜の埋め合わせをしたかったのだ。

アビゲイルが身もだえした。彼女は浅く荒い息をしながら両手でグレイムの汗ばんだ体を愛撫した。「グレイム……グレイム……」アビゲイルが彼の髪に手を潜りこませ、震えが来てその髪をきつく握ると、痛みがグレイムの渇望をさらに強くした。

とうとう彼女の脚のあいだに体を入れ、なかへと身を沈める。太古からの律動に乗せて抜き差しをくり返すと、深くうずく欲望が大きく膨らんで自制の堰をぐいぐい押した。アビゲイルはかかとで踏ん張って体を弓なりに反らし、欲求が容赦なく募ってついに小さく叫んで身震いし、彼にすがりついた。そして、ようやくグレイムが自制心の手綱を放してすばやく激しく動き、粉々に砕け散るほどの絶頂を迎えた。

彼女の上にくずおれたグレイムは、汗ばんだ肌で身震いした。これで夫の務めをじゅうぶんに果たしたといえる、と大きな満足を感じた。

15

アビーは見慣れない部屋の見慣れないベッドで目を覚ました。わけがわからず起き上がる。どっしりとした暗い色合いの家具類が置かれた男性の部屋で、化粧ダンスには男性用のブラシがあり、部屋の奥にはひげ剃り台がある。グレイムの寝室だ。すべて思い出した——あの男性の顔を滴る血、背中を強く押されたこと、冷たい水のなかに沈んだこと、恐慌状態になって水を飲むまいと必死になったこと。そして、グレイムがつかまえてくれ、川から助け上げてくれたこと。

そのあとの記憶はまばらだ——疾走する馬車、自分の名前を呼ぶグレイム、火の温もりと心配そうにこちらを覗きこむ彼の顔などが断片的に思い出される。だいぶ経ってから、グレイムがこのベッドに来てくれたことも思い出した。唇に笑みが浮かぶ。そう、そのことはよくおぼえている。

きょろきょろとあたりを見まわすと、ベッドの足もとに部屋着が魔法のように置かれていた。それを着て帯を結んでいると、部屋着を置いてくれた人物がドアを開けて顔を覗かせた。

「モリー」アビーはにっこりした。「ここでなにをしているの？」

メイドが部屋に入ってきた。「あの方があなたの物をここへ持ってこいとあたしに命じたんです」侮蔑をこめて鼻を鳴らす。「でも、言ってくれれば全部旅行鞄に詰めなおして一緒に帰ります」

「彼がそんなことを？」アビーが笑顔になる。「いいえ、ここにいるわ」

「ふん。あたしはあの方を信用してませんから」

「そうだと思ったわ。それなのに、ゆうべわたしの居場所を彼に話したのね」モリーが怒り出しそうなのを見て、アビーは急いで続けた。「そうしてくれてよかったのよ。あのときモントクレアが来てくれなかったら、溺れ死んでいたでしょうから。わたしはただ、あなたが彼に話したことに驚いているだけなの」

「まあ、知らない悪魔よりはってことわざがあるくらいですからね」モリーは肩をすくめた。「ここの人たちがお嬢さまのお部屋を用意してくれてます」部屋のなかのドアを開けると、別の大きな部屋があった。

「伯爵夫人の部屋ね」アビーは隣室を眺めた。グレイムの部屋よりもずっと女性らしい設えだった。調度類はやはり暗い色合いだったが、どっしりとはしておらず、輪郭も優美だし、壁紙は上品な青と白の模様が描かれたもので、カーテンもそろいの青だった。

　家具類はもう少し明るい色合いのものがよかったけれど、変えるのは冒瀆とみなされそうだ。いずれにしても、ここには長く滞在しない。身ごもったらそれで目的は果たされ、そのあとはきっとグレイムとは一緒に暮らさないだろう。

　気分が滅入ってきたので、その考えを脇に押しやった。先のことを考えて、いまあるものを台なしにしなくてもいい。モリーの手を借りて着替えると、食べ物を求めて階下へ行った。とても空腹だった。

　廊下にはだれもいなかった。鼻歌を歌ってワルツを踊りながら玄関広間をくるくるとまわり、食堂に入ったときも鼻歌を続けていた。伯爵未亡人と野暮ったい小柄な女性しかいなくてがっかりする。

「歌が聞こえた気がするのですけど?」伯爵未亡人は驚いた口調だった。

「ええ、つい歌っていたようです」アビーは従僕が引いてくれた椅子に腰を下ろしながらにっこりした。「おはようございます、伯爵未亡人」もうひとりにもの問いたげな顔を向ける。

「ミセス・ポンソンビーですよ」伯爵未亡人が説明した。「わたくしの亡きいとこの妻です。フィロミーナ、モントクレアの妻を紹介するわ」

「お目にかかったことがあります」小柄なミセス・ポンソンビーは恥ずかしそうに微笑んでちょこんとお辞儀をしたので、アビーは雀を連想してしまった。「あなたの結婚式で、レディ・モントクレア」

「ばかね、フィロミーナ」伯爵未亡人だ。「もう十年も前のことなのだから、彼女がおぼえているはずもないと思いますよ」

「そうでしたわね」フィロミーナは小さくくすくすと笑った。「そんなに些細なことをあなたがおぼえていらっしゃるはずもありませんでしたね」

アビーはミセス・ポンソンビーがかわいそうになった。「どうかアビゲイルと呼んでください。あなたのことはおぼえているべきなんでしょうけど、あのころのことはほとんど忘れてしまって」

伯爵未亡人は目を狭めてアビゲイルを見た。いまのことばに嫌みがこめられているかどうか判断がつかなかったようだ。「ゆうべのできごとを考えたら、今朝はずいぶん元気そうだこと」

「ええ、おかげさまですっかり快復しました」

「とてもおそろしかったでしょうね」ミセス・ポンソンビーが目を丸くしていた。

「わたしならおびえきってしまったと思います」

「かなりこわかったです。グレイムが来てくれて幸運でした」アビーはさりげなく続けた。「ここで彼に会えるかと思ったのですけど」

「モントクレアはしばらく前に出かけましたよ」

「そうなんですか？」アビーは待ったが、伯爵未亡人は続けてくれなかった。「行き先はどちらでしょう？」

グレイムの祖母が苦々しい顔つきになった。「あいにく、知りません。殿方に予定をたずねたことなどありませんから」

そんなのは大嘘だと思ったけれど、アビーはこう言っただけだった。「そうなのですか？　わたしは好奇心が強すぎるのかもしれませんね」

「わたくしの時代には、若いレディは好奇心を抑えるよう教えられたものです。アメリカでは事情もちがうのでしょうけれど」

「そのようですわ」

「あなたがロンドンにいらしてからお天気続きでよかったですわ」ミセス・ポンソンビーが口をはさんだ。「雨はほとんど降っていませんでしょ」

「春は雨がとても多かったですけどね」伯爵未亡人が言う。

朝食を終えるころには、お天気の話題は六月やそれ以前、さらには前年のことまですべて語り尽くしていた。アビーはたっぷりのミルクと砂糖を入れて口に合うようにした紅茶を飲み終えると、伯爵未亡人の階上の居間に誘われたのを丁寧に断った。

グレイムはまだ戻っていなかったので、午前の残りは屋敷を探索した。けれど、それにもすぐに飽きた。執事を見つけて、朝食にコーヒーもくわえてほしいと頼もうかと思っていたとき——伯爵未亡人にも執事にも無作法だとみなされるだろうけれど——執事のノートンが戸口に現われてミスター・プレスコットの来訪を告げた。

「デイヴィッド!」執事について玄関広間に行ったアビーは、友人に挨拶をした——これも無作法に数えられるはずだ。「会えてすごくうれしいわ。ここにいるのをどうやって知ったの?」彼の腕に自分の腕をからめ、ふたりで応接間へと戻った。

「ゆうべも来たんだよ。モントクレアから聞いていないのかい?」

「ええ。今朝はまだ彼に会っていないの。ゆっくり寝過ぎてしまって」

「ゆうべ、モリーが助けを求めて私のところにやってきたんだ」

「あなたにも? モリーったらずいぶん忙しくしていたみたいね」

「モントクレアに話したあともまだきみが帰ってこなかったとき、モリーはすごく心配になったんだ。そうなって当然なんだけどね。ほんとうに船着き場へ行ったのかい、アビー？ いったいどういうつもりだったんだ？」

「あら、落ち合う場所はわたしが決めたわけではないのよ。彼にそこへ来いと言われたの」

「彼とは？」

「名前は知らないの」アビーはため息をついた。「お説教はなしにしてね、デイヴィッド。どれほど愚かなことをしたか、もうグレイムにたっぷり言われたから。用心はしたし、彼にはわたしを傷つけるつもりがないと自信があったの。彼の望みはお金だったから、わたしを傷つけたらそれがかなわなくなるでしょう。彼がだれかに撃たれるとは予想もしていなかったの」

「そいつはきみを川に突き落としもしたみたいじゃないか」

「あれはただの事故だったと思うわ」アビー自身はその可能性は低いと思っていたけれど、友人の心配を和らげたかったのだ。「わたしのそばを通り過ぎようとしていたのよ」

「どうして私に話してくれなかったんだい？ 一緒に行ったのに」

「ひとりで来いとはっきり指示されたの。それに、あなたに打ち明けるわけにはいかなかったわ」アビーは頭をふった。「ほかにも関係する人がいるから、わたしが勝手に秘密を明かすわけにはいかないのよ」眉を寄せる彼を見て、次に訊かれることを避けるためにアビーは言うことを探した。「デイヴィッド……十年前にロンドンに来たとき、あなたは父のもとで働いていたわよね」

「お父上？」デイヴィッドが両の眉をくいっと上げた。「これはサーストンに関係しているのかい？　なんてことだ、アビー、お父上を救うために自分の命を危険にさらすのはやめるんだ。彼が厄介ごとに巻きこまれていたとしても自業自得だし、きみには関係ないことだ」

「父を救おうとしているのではないわ。当時のモントクレア卿の実務を担っていた人を知っているのではないかと思ったの」

「先代伯爵の実務担当者を？」デイヴィッドは驚いた顔になった。「知っていたかもしれない。ちょっと考えさせてくれ……。やっぱり会ったことがあると思う。理由は思い出せないが」

「それはいいの。その人の名前が知りたいだけだから」

「まるでわからないよ。ずいぶん前の話だし、それほど記憶に残らない男だったからね。どんな顔をしていたかも思い出せない。モントクレアに訊いてみればいいんじゃないのかい?」

「私になにを訊くって?」戸口から声がした。

アビーとデイヴィッドがふり向くと、礼儀正しく立っているグレイムがいた。アビーの頰がまっ赤になる。グレイムはいつから聞いていたのだろう? 彼の問いかけに答えたくても、頭がまっ白になってことばが浮かばなかった。自分がやましそうに見えるだろうことは承知していた。

幸い、デイヴィッドは彼女ほどうろたえていなかった。「大英博物館についてだよ。いつか行こうと誘ったら、アビーが楽しめるかどうかを心配してね」

「レディ・モントクレアはきっと非常に興味深いと思うだろう」グレイムが彼女に目を転じる。「彼女はいろんなことにとてつもない興味を持っているからね」ぶらぶらとなかに入ってくる。「昨日の私の招待を受けることにしたようだな、ミスター・プレスコット。レディ・モントクレアは元気なのがわかったと思うが」

「ああ」デイヴィッドはグレイムに負けないくらいこわばったうなずきを返した。

「ゆうべのあとでも、問題なさそうなのがわかって喜んでいる」

「実際はそれほどひどいものでもなかったのよ」アビーは軽い口調で言った。

「ちょっと汚いお水を飲んだだけですもの」

「ほんとうはもっとたいへんだったんだろうね」デイヴィッドが硬い笑みを浮かべた。「でも、そろそろ失礼しようと思う。きみに無理をさせてはいけないから」愛想よくアビーにうなずいたあと、グレイムにはそっけなく会釈した。「ごきげんよう」

グレイムはデイヴィッドが立ち去るのを見送ったあと、ゆっくりと妻をふり返って長々と見つめた。「さて……ゆうべのできごとについて、ほんとうのところを話してもらおうか？」

昨夜ふたりが分かち合ったのとはかけ離れた冷ややかな落ち着きを彼のなかに見て、アビーは衝撃を受けた。なにかを見逃したか、まちがった角を曲がったかのような不安に襲われる。「ほんとうのところ？　もう話したでしょう——」

「きみが話したのは嘘だ。あるいは、真実の半分だ。省略だ。知っていることすべてを話さなかったのはわかっている」アビーは口を開きかけたが、手を上げて制された。

「私には関係ないと言うのはやめてくれ。きみは私の妻なんだ。私の子どもの母親になりたいと言っただろう。ゆうべ、私はきみをテムズ川から助け上げるはめになった。そのあと、警察が来てきみの姿を見る前に、犯罪現場から連れ去らなければならなかった。おおいに私に関係あると思うが」

「グレイム！」冷ややかな彼の口調が矢のようにアビーに突き刺さる。「わたしが犯罪的なことをしたなどとは思っていないわよね！」

「なにをどう考えればいいのかわからない。男が殺されるほど重大ななにかにきみがかかわっているのは明らかだ。私の駆けつけるのが遅かったら、殺されたのはふたりになっていたところだ」グレイムはくるりと背を向けて離れ、また大股で戻ってきた。

「きみが会っていた男の正体をたずねる必要はない。私は知っているんだ」

「そうなの？」アビーは呆然とした。「どうして？」

「今朝、警察に行ってきた。男に会いにいったのは私で、到着したら彼が撃たれて犯人が逃げるところだったと話した。警察は、私が彼と会おうとしたことを簡単に信じたよ。彼は父の実務担当者だったからだ」

「まあ」アビーの顔から血の気が引いた。

「そう、私が入ってきたときにきみとプレスコットが話していたのと同一人物だ」

「彼の名前は知らなかったの」アビーは小さな声で言った。「あなたにはほんとうのことを話したのよ」

「それについてはな。残りもすべて聞かせてもらいたい。どうしてゆうべミルトン・ベイカーに会いにいったんだ？」

「話したでしょう。情報を持っていると言われたと」

「なにについての情報だ?」アビーがためらうと、グレイムは大きく一歩近づいた。「私に嘘はつくな。嘘をついたら、きみとの〝取り決め〟は終わりだ」

「グレイム!」

「わからないのか? 信頼できないきみとどうして一緒にいられる? どうして私の子どもを育てさせられる? きみは、父上とはちがう、後ろ暗い計略にはかかわっていない、と言った。だが、会ったとたんに私に隠しごとをし、秘密の手紙を受け取り、ロンドンでもっとも芳しくない場所で密会をするためにこそこそと出かけた。私は真実を知りたい。きみはどんな計略にかかわっている? どうしてイングランドに戻ってきた?」

「戻ってきた理由は、すでにお話ししたとおりよ」アビーは噛みつくように言った。「ここへ来るようにと、あなたのお祖母さまから手紙をもらったの。長い年月が経ったことや、あなたには跡継ぎが必要なことが書かれていた。ちょうど自分の人生を変えたいと考えていたところだった――これもあなたに話したとおりに。だから戻ってきたのよ」

「ミルトン・ベイカーはそれにどう関係する?」

「わたしが戻ってきたこととはなんの関係もないわ。誓います。戻ってきたあと――

じつは、あなたと再会したその夜に――ホテルの部屋の床に手紙を見つけたのよ。署名はなかった。そこには、わたしは自分の結婚の裏にある真実を知らない、と書かれていたわ」

「結婚の裏にある真実だって？」グレイムは眉根を寄せた。「どんな真実なんだ？」

「わからないわよ！　差出人はわたしの知らないなにかを知っていて、それを知るためならわたしがお金を払うと信じていたのよ」

「それで、払ったのか？」

「払うつもりだったわ。あなたがミスター・プレスコットと喧嘩をしたあとにわたしに会いにきた夜、あなたも見たようにまた手紙がドアの下から差しこまれた。その〝真実〟がなんであれ、知りたいのであれば会いにこいと書かれていた。だから会いにいったの。でも、あのときはあなたに尾けられていた。彼はあなたを見て、おびえて逃げたわ」

「だが、きみはゆうべまた彼に会った。また手紙を受け取ったのかい？」

「いいえ。ホテルのわたしの部屋近くの廊下で待ち伏せされたの」

「ミルトン・ベイカーに？」

「そうだと思うわ。彼は名乗らなかった。顔も見えなかった。背後からつかまって、身動きが――」

「彼に襲われたのか？」

急にグレイムが目をぎらつかせたので、アビーはあとずさった。「いいえ――つまり、わたしを傷つけようとしていたのではなかったの。ただ、ふり向いて彼の顔を見ないように、腕をまわしてきたのよ。見えたのは、最後に走り去っていく後ろ姿だけだったわ」

「そんなことをされたのに、彼に会いにいったのか？　ひとりきりで？　きみには良識ってものがないのか？」

「ひとりで来いと言われていたし、またこわがらせて逃げられたくなかったの。それに、わたしを傷つけようとしていないのは明らかだった。ホテルで簡単に傷つけられたのに、彼はそうしなかった。彼の望みはお金なのに、わたしが死んだら手に入らなくなるでしょう。いずれにしろ、だれを連れていけばよかったというの？　デイヴィッドが頭に浮かんだけれど、彼には――だれにも――自分の結婚についてのおそろしい話を聞かれたくなかったのよ」

「プレスコットだって！　私がいるじゃないか。私がその件に関心を持つとは思わなかったのか？」

「あなたには知られたくなかったの！」

「どうしてだ？」グレイムは彼女の腕をきつくつかんだ。「なにをそんなに必死に私から隠そうとしている？」

アビーは彼の手をふりほどいた。追い詰められ、彼をにらむ。「あなたのお父さまが泥棒だということをよ！　それを知られたくなかったの」

16

「なんだって？」彼女に視線を据えたまま、グレイムは静かに言った。

「あなたのお父さまは、ご自分がかかわっていた慈善事業のお金を横領した、とミスター・ベイカーは言っていたわ。その話をあなたの耳には入れたくなかった。お金を払えば口をつぐんでいてくれて、醜聞にはならないと思ったのよ。あなたはお父さまのしたことを知らずにすむと」

「私に恥をかかせまいとしていたのか？」

「もちろんよ」それが論外に思えるほど、わたしを信頼していないの？「あなたがどれほど家名をたいせつにしているか、どれほど醜聞で汚れさせたくないと思っているか、わかっているの。お金を払えば解決して、あなたは知らずにすむと思ったのよ。お父さまの思い出が汚されずにすむと」自分の父親もその件にからんでいたことは、どうしても話せなかった。サーストンが先代伯爵に横領をそそのかしたのだと知ったら、グレイムは激怒するだろう。そうなったら、たったいま脅されたように、自分に永遠に背を向けてしまうのではないかと不安だった。

「アビゲイル……」グレイムが彼女の顔を両手で包み、奇妙な表情でじっと見つめてきた。「もう知っていたよ」

「そうなの？」今度はアビーが凝視する番だった。

グレイムはうなずき、もの思わしげな声で言った。「じゃあ、きみは知らなかったんだ……」

「ええ。あなたが財政的に困っていて、所領を失いそうになっていたのは知っていたけれど。そして、父が暴落させた株をあなたのお父さまがたくさん買っていたせいで事態がもっとひどくなったことも。でも、先代の伯爵が慈善事業からお金を盗ったなんて知らなかった。そのせいで、あなたの状況はもっと絶望的なものになったのね。あなたがだれかに見つかる前に、すぐさま補塡しなくてはならなかったわけだもの。あなたが自由を奪われて激怒したのも当然ね」アビーの目に涙がこみ上げた。「ほんとうにごめんなさい」

「泣かないで。きみのせいじゃない」グレイムは彼女の額に唇をつけた。「きみを嘘つき呼ばわりしてすまなかった」

やさしい仕草を向けられて、アビーの胸が温もった。「あなたに隠しごとをしていたのだから、仕方ないわ。でも、あなたを傷つけようなんてぜったいに思っていなかったの」

グレイムはやさしく唇を重ねた。顔を上げた彼の目には、温もりを炎に変えるものがあった。つかの間、もう一度キスされるのではないかと思ったけれど、グレイムは適切な距離を空けてちらりとドアを見た。だれが入ってくるともわからない部屋で妻にキスをするなどという礼節に欠ける行ないを、当然ながら彼がするはずもなかった。

アビーはため息を押し殺し、会話を当たり障りのないものにした。「ミスター・ベイカーが撃たれたのが不思議でたまらないの。彼に黙っていてもらうためにわたしがお金を払ったからといって、だれが傷つくのかしら？　彼を黙らせたかったのはわたしなのに」

「ベイカーがきみから金を強請ろうとしていたのなら、ほかの人間にもしていたのかもしれない。そのだれかは、きみとはちがって金を払いたくなかったのかもしれない」

「筋は通るわね。その人がわたしを川に突き落としたのは、単なる事故だったのかもしれない。あるいは、わたしに顔を見られたと思ったのかもしれない——とてもそんなことができる状況ではなかったけれど」

「可能性はあるな。それでも、注意してほしい——ひとりで外出しないと約束してくれ」

「わかりました。約束します」彼の声に心配がにじんでいるのがうれしかった。「グレイム……ミスター・ベイカーには奥さんがいたの？　ご家族が？」

「よく知らないいんだ。私は別の差配人を使っているから。たぶん結婚していたとは思うんだが。どうしてだい？」

「奥さんを訪問したいと思って。家はご存じ？」

「いや。でも、調べられるだろう」もの問いたげな表情をする。「お悔やみを言いたいのかい？」

「ミスター・ベイカーは、わたしに情報を伝えるためにあそこにいたのですもの」

「きみに責任があると思っているのか？」

「責任があるとは思っていないけれど……借りがあるような気持ちなの。彼が撃たれたとき、わたしはお金を払おうとしているところだったでしょう。奥さんにはお金が必要だと思うの」

「それはたしかだな」

「それに、ミスター・ベイカーは情報をくれたわ——とはいえ、すべてを話す前に死んでしまったから、情報の一部だけではどうしようもないけれど」

「どういう意味だい？」

「曖昧な言い方だったから、役に立たないのではないかしら。横領の件を話したあと、ミスター・ベイカーは〝それがみんなの信じていることだ〟とか〝そういう風に見える〟みたいなことを言ったの。それについてまだなにかあるとか、みんながまちがっているというように。お金を払えば話してくれるということだったけれど、そのとき彼が撃たれてしまったのよ」

「父が横領したのではないかもしれないと考えているのか？」グレイムは頭をふった。「ベイカーは、きみからもっと金を搾り取ろうとしてそんな話をしたのだと思う。私は父から直接聞いたんだ。父が基金の金を失い、だれにも知られないうちに埋め合わせなければならないと」

「それでも、ミセス・ベイカーにお金を渡してあげたいの。彼女の生活はさらにきびしくなるでしょうから。それに、ミスター・ベイカーの言っていた意味が奥さんならわかるかもしれない。この件にはそれ以上のものはないかもしれないけれど、もしあったら知りたいとは思わない？」

「そうだな。それに、心の広いきみには感服するよ」グレイムは彼女に近づいた。

「私が思っていたのとはずいぶんちがった」

アビーの目がきらめいた。「あなたにどう思われていたかを知っている身としては、そう言ってもらえてうれしいわ」

「私はまちがっていたうえにきびしくあたってしまった」グレイムは彼女の頬にかかった巻き毛を払ってやった。「私はきみのようにやさしさを見せてこなかった」

「好きでもないわたしを、一度ならず二度も助けにきてくれたじゃないの。あなたがどんな人か、それでよくわかると思うわ」

「明日、ベイカーの奥さんのところへきみを連れていくよ」グレイムは彼女の目を覗きこんだ。「だが、もうベッドに入ったほうがいい。たいへんな目に遭ったのだから、しっかり休まなくてはだめだよ」彼女の手首をつかみ、その手を腕へとなで上げていく。

「ひとりで?」

「いや、そうじゃない。きみはまだ弱っているからね」腕を引っ張り、耳もとでささやいた。「私の手伝いが必要だろう」

アビーは息切れしたような笑い声をたてた。「そう思うわ」

ふたりは疲れているとは思えないほどすばやく階段を上がった。アビーは先刻モリーから教わった部屋へ行こうとしたが、グレイムが自分の寝室へと向かった。「ここなら敵もいないはずだ。危険は冒したくない」

アビーは笑った。「モリーのこと？」

「そう、モリーだ。彼女はメイドというよりも古代ローマ皇帝の近衛兵だ」

「でも、メイドに手伝ってもらえなかったら困るのだけど？」アビーはドレスの背中にずらりと並ぶボタンを彼に見せ、肩越しに茶目っ気のある笑みを見せた。

「私がやるよ」グレイムの鼻が首にこすりつけられると、アビーの体に明るい火花が散った。「ボタンでも……なんでも」

「ゆうべよりも気をつけてくださるといいのだけれど。ドレスをすべてだめにされたくはないの」

「私なら気にしないが」グレイムの低いふくみ笑いがアビーのなかで響いた。「だが、細心の注意を払うと約束するよ」背中のボタンを下へとはずしていく指がアビーの肌をかすめた。「こんなにたくさんボタンのあるドレスを選ぶ理由はわからないが」

「あなたを困らせるためかもしれなくてよ」彼の手が熱くなるのを感じ、アビーは笑みを漏らした。いまだによく知らない彼にドレスを脱がされるのは気恥ずかしかったけれど、同時に煮え立つような興奮も感じた。

「ふむ」彼女の背中をなで下ろしながら、グレイムが考えこむような声を出した。「たしかにそうかもしれない」ドレスがはだけた場所にキスを落とす。彼の腕がウエストのあたりからまわってきて、アビーの胸を包んだ。「だが、その仕事から気をそらすのはびっくりするほど簡単だな」

アビーは目を閉じて、彼の手と唇がもたらすすばらしい感覚に浸った。「そんな風に寄り道をしていては、いつまで経ってもうまくならないわよ」

アビーは肌に彼の笑みを感じた。「それは、私にどの方面でうまくなってほしいと思っているかによるんじゃないかな」

彼の指が胸の頂で円を描くように動き、唇はうなじを探索しており、そのふたつの愛撫が快感のさざ波となってアビーを襲った。彼の指と自分の敏感な肌のあいだにドレスがあるせいで、なぜだかより官能的に感じられた。アビーは頭をのけぞらせても たれかかり、首筋をさらした。彼はその機をすばやくとらえ、唇で首から肩へとたどっていった。彼の唇は熱く誘惑的で、アビーのなかで欲望がうず巻いていった。

彼が顔を上げ、残りのボタンをはずす仕事に戻った。ボタンがはずれていくにつれてドレスがさらに下がったが、アビーは手で押さえようとはしなかった。とうとう手首からだらりと下がるまでになった。彼がアビーの腕をなで下ろしてドレスを床に落とした。触れられた場所にことごとく震えが走る。

グレイムが今度はコルセットに取りかかった。「こっちは留め金になってるんだな」器用にはずしていく。「がっちり武装しているな。城攻めをしている気分だよ」

アビーが笑い、彼が最後の留め金をはずした。硬いコルセットが落ちると、彼の手がその下にあった肌を愛撫した。「ああ、いい気持ちだ。コルセットなんかつけずにいるべきだ」

「でも、ドレスが着られなくなるわ」

グレイムはシュミーズを頭から脱がせ、コルセットの芯（ステー）があたって赤くなった場所に触れた。「きみの肌が傷ついてるのを見たくない」

彼はアビーをくるりとまわし、線をたどった。まぶたが重たげになっていく。

「きれいだ」ざらついた声だった。胸を包んで親指でやさしく頂を愛撫する。「一日中でもきみを見ていられる……味わいたい気持ちがこれほど強くなければ」

グレイムは彼女に腕をまわして抱き寄せ、口づけた。ゆっくりと、深く、飢えたように。歯と舌で彼女を昂ぶらせる。アビーは彼の興奮の証が硬くなり、脈打つのを感じた。顔を上げた彼の目は眠たそうに翳っており、唇はやわらいでいた。

「アビゲイル」まるでどんな感触かをたしかめるように、アビーの名前を口にした。彼の両手がアビーの体をゆっくりと下がっていく。「アビー」

アビーがもたれるようにすると、彼が熱く激しい唇で迎えてくれた。彼の手が髪に潜りこみ、ピンが弾かれて髪が崩れて落ちた。下着の紐がほどかれ、バッスルとペチコートを脱がされた。固く結ばれた紐があり、彼がいらだってその紐を握りしめるのを感じたと思ったら、びりっと音がして引きちぎられたのがわかった。アビーは気にしなかった。彼の性急さともどかしそうなようすが愛おしかった。彼の体から伝わってくる熱と、触れた場所がかすかに震えるのもすてきだった。

彼は顔や喉を唇で愛撫しながらアビーをベッドへといざなった。お尻を持ち上げ、唇を胸へと下げる。アビーが彼の頭に顔を近づけて肩を愛撫すると、ふたりのまわりにカーテンのように髪がかかった。グレイムの上着をじれったそうに引っ張ると、彼がアビーを下ろして上着をむしり取った。

アビーはズボンのボタンをはずすのを手伝った。手が触れたとき、グレイムの腹部の筋肉が痙攣するように震えた。いけないことをしたのかとためらうと、彼がささやくように言った。「やめないでくれ。頼む」

さらにボタンをはずしていくと、彼の下半身がそこに押しつけられるのを感じ、アビーは手を入れて、うずくなめらかな肉体に触れてみた。グレイムは低いうめきを漏らし、手を重ねてどうすればいいかを示した。彼の息がざらつき、忙しなくなっていくのが聞こえる。

アビーの顔を両手で包んで引き上げたグレイムは、彼女に下半身を愛撫されながら激しく圧倒するような口づけをした。キスをやめると、じゃまなズボンを引き下ろして蹴り脱いだ。アビーを抱き上げてベッドに倒れこみ、のしかかった。両肘をついて体を支え、手で彼女の頭を包み、口づけを続ける。

グレイムはシャツのボタンをはずしたが、脱ぐまでには至っていなかった。あらわになった胸の部分がアビーに押しあてられると、しっかりした骨の輪郭や分厚い筋肉が感じられた。アビーはシャツの下に手を入れて肋骨をたどって背中へまわした。彼女がなにをしても、グレイムの情熱をさらに高めるようだった。

めくるめく感覚に溺れながらも、アビーの一部はまた彼を悦ばせるときのために、自分の愛撫に対する彼の反応をしっかりと頭に刻んでいた。彼を興奮させることで自分にも快感があたえられるなんて、どうしてなのだろう？

これまで男女の営みを知らなかったアビーにとって、男と女のあいだに起こることはよくわからなかった……少なくとも、高級娼婦から衝撃的で有益な話を聞くまでは。

まさかこんなに楽しめるものだとは夢にも思っていなかった。子どもを欲しいとは思っていたけれど、子どもを授かる行為までをもこれほど欲するようになるとは考えてもいなかった。

グレイムのキスがアビーの体を下へ下へと進み、彼の両手は快感のあまり粉々に砕け散ってしまうのではないかと思うほどの感覚を目覚めさせ、こんなに長く待つのではなかったと思った。そのとき、彼がなかに入ってきてアビーを満たし、気だるげにゆっくりと動き出したので、もうなにも考えられなくなった。

アビーも彼とともに動き、自分を悦ばせるために注意深く解き放たれた彼の力強さやたくましさを楽しんだ。緊張が募っていったけれど、その先に待っている褒美がわかっているので、それが広がっていくのに任せ、ついに絶頂に達して崖っ縁から転がり落ちた。グレイムの荒々しい叫び声が聞こえ、体が震えるのを感じ、彼もまた解放を見つけたのだとわかった。

彼がアビーの上にくずおれ、その重みがまた別の悦びとなった。彼の体は熱く、汗ばんでいて、呼吸が荒かった。そんな彼を愛おしく思って肩にキスをすると、触れたところがわななないた。

グレイムはアビーともども転がって、肩のくぼみにおさまるよう抱き寄せた。彼の腕はいまもアビーにまわされており、脚は彼女をベッドに押さえつけていた。髪をかすめる彼の唇を感じた。

これが、ずっとずっと求めていたのに、求めていることすら気づいていないものだったんだわ。これが、やっと見つけた幸せなんだわ。

17

翌日、グレイムとアビーはミルトン・ベイカーの未亡人を訪問した。あまり治安のよろしくない地域へと馬車が進むにつれ、道幅はどんどん狭くなり、建物は手入れされていないようすが目立ってきた。目的の住所にたどり着いたころには道があまりにも狭くなっていて、何ヤードか手前で馬車を降りて歩かなければならなかった。御者は不安そうな顔をしていたので、グレイムの馬車ではなく辻馬車で来ていたとしたら待っていてもらえなかっただろう、とアビーは思った。

番地は記されていなかったので、通りがかった人にたずねなければならなかったが、ついに正しい建物の階段にたどり着いた。グレイムがノックしたところ、なかで咳きこむ音がしてだれかがいるのはわかったものの、ドアが開けられるまでずいぶん時間がかかった。

応対に出てきたのは女性で、片手で側柱をつかんで支えにしていた。その女性は小柄で——ただ背が低いのか、大きく前かがみになっているせいで小柄に見えるのか、アビーにはどちらともわからなかった——やせ細っていたが、服がぶかぶかであることからして、ずっとそういう体型ではなかったのだとうかがえた。目の下には隈があり、肌は土気色で、いかにも具合が悪そうだ。女性はハンカチを口にあて、顔を背けて咳をした。

アビーは同情で胸を衝かれた。ちらりとグレイムに目を向けると、彼女が支えを必要としているかのように腰に手を添えてくれ、完全に無用のその仕草のおかげでアビーは気分がましになった。

「おじゃまして申し訳ない、ミセス・ベイカー」グレイムが口を開いた。「お悔やみにきました」女性はぼんやりと彼を見た。グレイムはもう一度声をかけた。「私はモントクレア卿です。あなたのご主人は私の父のもとで働いていました」

「おぼえています。でも、伯爵さまは夫を望まれなかったのでしたよね」怒っているというよりは、事務的な口調だった。

「私にはすでに差配人がいましたので」

「ミルトンにもわかっていたようです。先代伯爵の投資を支持した夫は、あなたさまに雇っていただける可能性はないと知っていました。すみません、腰を下ろしたいのですが。具合がよくなくて」

それは言われなくてもわかった。ミセス・ベイカーは、暖かな日なのに火が入った小さなストーブのそばの椅子に座った。狭い部屋は暑いくらいだったが、ミセス・ベイカーは寒くてたまらないかのようにストーブにくっついた。彼女はいまにも壊れそうな華奢な椅子を示した。アビーがおそるおそるその椅子に腰を下ろし、グレイムはそのそばに立った。

「あなたさまだったのでしょう？」ミセス・ベイカーがアビーを見て言った。「夫が会いにいった女性は、あなたさまだったのですよね」

「ええ。ご主人は、わたしに伝えたい情報があるとおっしゃっていました」

ミセス・ベイカーがうなずく。「わたしにもそう言ってました。夫はそんなことをするような人じゃなかったのに。先代のモントクレア卿がお金を失ったあとは、夫にとってつらい日々でした。いい投資だとミルトンも同意したのは、みんなが知っていました。それでも、夫は事務員の仕事を見つけてなんとかやっていたんです。でも、わたしが病気になってしまって」

「お気の毒に」

「夫は悪い人ではありませんでした」ミセス・ベイカーの目が涙で潤む。「あなたさまにこわい思いをさせたがってはいませんでした。でも、その方法しか思いつかなかったんです」アビーを一心に見つめる。「あの場にいらっしゃったんですか？　夫は苦しみませんでしたか？」

「ええ、ご主人は苦しまれませんでした」相手を慰めることばはそれしかなかった。

「あっという間のできごとだったので、なにが起きたのかもわからなかったと思います」

「よかった。あの人が苦しんだなんて考えたくもなくて」

「ミセス・ベイカー、ご主人に渡すはずだったお金をあなたに差し上げたいの」アビーは手提げ袋から丸めた紙幣を取り出して渡した。

ミセス・ベイカーは驚愕の目でアビーを見つめたが、手のなかの金はすばやくしっかり握りしめた。「ありがとうございます。おやさしいんですね。あなたさまが知りたかったことを夫がちゃんと話したのならいいのですが」

「すべてを話す時間はありませんでした。ご主人がなにを話そうとしていたか、ご存じありませんか？」

「し、知りません」アビーに奪い返されるとおそれたのか、金を握る手に力がこもった。「夫は当時のできごとについてなにかを知っていました。先代の伯爵さまとあの慈善事業について」彼女から目を向けられて、グレイムは励ますようにうなずいた。

「夫は気に病んでいました」

「ご主人はなにを気に病んでらしたの、ミセス・ベイカー？」アビーがそっとたずねる。

「ミルトンは、モントクレア卿はやっていないと言ってました。お金を盗ったのはモントクレア卿じゃなかったと」

「なんだって？」グレイムは目を見開いた。「たしかなのかい？」

「ええ」ミセス・ベイカーが力をこめてうなずいた。「彼は——ミルトンはしばらくお酒に溺れて、飲み過ぎたときなどには口が軽くなったんです。みんなはまちがっている、と言ってました。犯人はモントクレア卿じゃないんだ、真実をだれかに話すべきだったのかもしれない、と。それから眉をひそめて、〝だが、自業自得だ。どうして私が助けてやらなきゃならないんだ？〟とも。夫は引き続き伯爵さまに雇ってもらえなかったことで腹を立てていたんです。そうなるのはミルトンもわかっていたんですけど、伯爵さまのお父さまのためにやったのに、と怒らずにはいられなかったんです。でも、なにも言わなかったことで罪悪感を抱いてもいました。お酒を飲まなくなったころから、なにもしゃべらなくなりました。それからわたしが病気になり、お金がなくなり、夫は捨て鉢になりました。奥方さまがロンドンにいらしたと聞いて、自分の持っている情報と交換でお金を手に入れられるかもしれないと考えるようになったんです」

アビーはグレイムをちらりと見た。その顔には希望と疑念が奇妙に入り交じる表情が浮かんでいた。彼は話そうとしないか話せないように見えたので、アビーが口を開いた。「横領したのが先代のモントクレア卿ではなかったのなら、なぜご自身でそうおっしゃらなかったのかしら？」

「あの方はとても誇り高いお人でしたから。それに、なにか言えば大きな醜聞になっていたはずです。だから、口を閉ざしてお金を戻すことになさったんだと思います」

「でも、それならほんとうの犯人はだれだったの？」

「わかりません」ミセス・ベイカーは首を横にふった。「ミルトンはけっして話してくれませんでした。ただ、モントクレア卿以外の人が盗ったのだとしか。伯爵さまのお父さまが犯罪者ではなかったとわかる情報にあなたさまなら支払いをしてくれるだろう、と夫は言っていました。伯爵さまのところには行きたがりませんでした」申し訳なさそうな顔をグレイムに向ける。「申し訳ありません。わたしが知っているのはそれがすべてです」

「ありがとう」アビーは笑顔を浮かべた。「話してくださって助かりました。このお金がお役に立つといいのですけど」

「ええ、助かります。ありがとうございます」

ミセス・ベイカーの力が尽きかけているのは明らかだったので、アビーたちは辞去した。階段を下りながら、彼女はグレイムの鋼のように硬い腕を取った。階段は薄暗かったので、彼の表情はよく見えなかった。外に出ると、なにかを浄めるかのように彼が深呼吸をした。

「さっきの話がほんとうのはずがない」ことばとは裏腹に、彼の目のなかには疑念があった。「父自身の口から、自分がやったのだと聞いたんだ」

「お父さまは正確にはなんとおっしゃったの？　ご自分が盗んだとおっしゃったの？」

「もちろ――」はっとことばを切り、ため息をついて頭をふった。「正直なところ、よくおぼえていないんだ」待っている馬車に向かって歩きながら、グレイムは深く考えこんでいるようだった。馬車に乗りこみ、動き出すと、ふたたび口を開いた。「自分が金を盗んだと父が実際に言ったかどうかわからない。たしか〝基金の金がなくなった。私のせいだ〟というようなことばだったと思う。それとも、〝責任は私にある〟だったか。

父はものすごく恥じ入ったようすだったし、私はあまりに大きな衝撃を受けたしで、問い詰めようともしなかった。たぶん、なにがあったのかとか、金はどこに行ったのか、というようなことはたずねたと思う。そうしたら、それは問題ではないと言われた。あんまり腹が立ったので、そのあと何週間も父とはほとんど口をきかなかった。父のそばにいるのが――それをいえば、だれのそばにいるのも――耐えられなかった。私のふるまいはひどいものだった」話しているあいだ、グレイムは窓の外にぼんやりと目を向けていたが、きまり悪そうな顔をさっとアビーに向けた。「私がどんな風だったか、きみも知っているだろう。あのあと、父と私のあいだはもとに戻らなかった。礼儀正しいふたりだから、ことばは交わしたよ。でも……一緒にいてもくつろげなくなった。それから父が亡くなった」

打ち沈んだ顔を見て、アビーは彼の手のなかに自分の手をすべりこませた。彼は驚いてアビーを見ると、握り合わせた手に力をこめた。「すまない。こんなつらい話をきみに聞かせるべきではなかった」

「ほかにだれに話せるっていうの？」アビーが気を利かせて言った。「自分の父親についての相反する感情に引き裂かれそうな気持ちは、だれよりもわたしがよくわかっているのよ。わたしは父がどんな人間かを知っている。父のしたことを恥ずかしく思ってきた。腹を立てた。父を憎み、何マイルも離れてしまいたいと思ったこともある。それでも、父はわたしの父で、心の奥底では父を愛さずにはいられない」

「当然だよ」グレイムは彼女の手の甲を親指でなでた。慰めの小さな仕草だ。

「父は父なりにわたしを愛してくれているの」アビーは続けた。「父の課す規則や制限、あれをしろこれをしろと命じられるのに耐えられないと思ったけれど、父はそうすることでわたしを安全に庇護していると考えていたのね。わたしがなにを手に入れるべきか、なにをすれば幸せになるか、父はわかっていると確信していた。贈り物を山ほどもらったわ。なにかをねだれば、かならずそれ以上のものをくれた。夫まで買ってくれたわ」からかうような笑みを向けると、グレイムの口角が憂いがちに上がった。

「それは期待はずれの贈り物だったね」

「そうは思わないわ」アビーは彼の手をふたたびぎゅっと握った。「愛している相手だからといって、その人の欠点から目を背けなくてはならないとか、その人の行ないすべてに賛成しなくてはならないということにはならない。あなたの腹立ちが正当なものだったとしても、お父さまはあなたに愛されているのをわかってらっしゃったと思うわ」

「そうかもしれない」グレイムはしばらくのあいだ無言だった。「だれもが父を愛していたんだ。きみも会っているから、父がどんな人だったかわかるんじゃないかな」

「とてもハンサムな方だったわ」実際、アビーがおぼえているのは、グレイムが歳をとったらこんな風になるのだと考えたことだった。「それに、とても感じがよかった」

「そうだね。もしあまりよくおぼえていないのだったら、祖母が喜んで父の魅力をたっぷりと聞かせてくれるだろう。礼儀作法や、ダンス・フロアでの踊りぶりや、乗馬の技術では父の右に出る者はなかったそうだ」

「母親というものは、息子に対していつだってそんな風になるのではないかしら」

「ああ。でも、祖母は正しい。女性たちは父を愛した——そして、父も彼女たちを愛した。父は母に対して誠実ではなかったんだ。祖母の目には、ごく小さな欠点に映っていたみたいだけどね——少なくとも、父は常に慎重にしていた。たいていの人はそう思っていたんだろうな。でも、父の〝無分別な行動〟に母が涙を流していたのをおぼえているから、私はそこまで寛大にはなれない。自分はぜったいに父のようにはならないと誓ったんだ。

父は愚かで無責任で、財政状態みたいにつまらないものよりも、芸術だとか宝石だとか馬だとか上品さのほうが重要なのだということを、どうして私が理解しないのかわからなかった。私が父の金づかいが荒いと文句を言うと、商人みたいだと言われたよ」

アビーはわざとぞっとした声を出した。「ひどい辱めだわ！」

グレイムは肩をすくめた。「父にとってはそうだったんだ。いろんな面で軽薄な父ではあったけど、爵位はとてもたいせつにしていた。パーの家名を。だからこそ、父のしたことを聞いて、私は衝撃を受けたんだ。金や結婚の誓いには無頓着だったが、約束はかならず守る人で、厳格な行動基準を持っていた。父は自身を信義を重んじる男だと考えていた。だから、あんなに不名誉なことをしたというのが信じられないんだ」

「じゃあ、お父さまが横領の犯人ではなかったとしても、あなたは驚かないのね？」

「ああ。父からあんなことばを聞いていなければ、ぜったいにほかのだれかが盗んだのだと思っただろう」

「責任があると言うのは、自分が盗んだと言うのとはちがうわ」アビーが指摘する。

「たしかに」

「お父さまはほかのだれかの罪を着たのかしら？」

「そうは思わない。母のためなら、可能性はある。祖母や私など、自分が守らなければならないと考えていただれかのためでもそうしたかもしれない。でも、私たちのだれひとりとして横領はしていないと自信を持って言える。だが……父は基金の代表だった。責任者だった。自分の〝監督下〟で金が消えたのなら、父がそれを自分の責任だとみなした可能性はある。犯人がだれであろうとも、自分が名誉にかけて埋め合わせをしなければならないと感じただろう」

「警察には届けようとしなかったということ？」

「ああ。その点では、ミセス・ベイカーの言うとおりだと思う。だれが横領したにせよ、父はその件すべてを秘密にしておきたがっただろう。醜聞を避けるのが最優先だったはずだ。捜査の手が入ったら、なにもかもが公になってしまっていただろうから」グレイムは吐息をついた。「いまになって、この件を父と話していればと思うよ。細かい事情を訊いていればと」

「思ったのだけど……」

グレイムがアビーに顔を向けた。「なんだい？」

「わたしたちで調べるのはどうかしら？」彼が両の眉を吊り上げたので、アビーは慌てて続けた。「当局を引きこもうというのではないの。あなたとわたしで、ということと。その慈善事業の記録はあるの？」

「あると思う。うちの家族は物を捨てない質なんだ。古い書類があるかもしれない——書簡とか、うまくすれば収支を記録した帳簿とかが。だが、それでどうやって横領犯がほかの人間だったと証明できるのかわからないな」

「ミスター・ベイカーはどうにかして突き止めたのよ。あなたのお父さまの帳簿を調べたのかもしれない。それに、彼が知っていたのなら、ほかにも知っていた人がいるかもしれないでしょう。基金の組織にいた人たちに話をしてみましょうよ。あなたはだれとも話をしていないのでしょう？」

「ああ。そんな考えは浮かばなかった。父が犯人だと思いこんでいたからね。だが、告白してくれる人なんていないんじゃないだろうか」

「たぶん。でも、気づいたことを話してくれるかもしれない。だって、あなたは彼らの一員なんですもの」

「いずれにしろ、いまとなってはどうでもいい」グレイムはゆっくりと言った。「醜聞になるようなことをするわけにはいかない」

「でも、それでも知りたくないの？」

「きみの言うとおりだ」グレイムは笑みを浮かべた。「知りたいさ」

アビーは座席にもたれた。話に夢中になっていて、グレイムの手を握ったままだったと気づく。彼は手を離そうとはしなかった。アビーもだった。

18

「さて」アビゲイルがグレイムの書斎のあちこちに目をやった。「どこからはじめましょうか？」

グレイムは腕を組んでドアの側柱にもたれ、唇にかすかな笑みを浮かべてアビゲイルを見ていた。彼女の目は興奮できらめいている。狩りを楽しむ女性のようだ。

彼女の目がぱっと輝くようすに、なぜ十年前に気づかなかったのだろう？　あるいは、キスしたくなるようなふっくらした唇をしていることとか、豊かな黒髪がつやめいていることに。この十年で大変身したのだろうか？　以前は感情を隠していたのか？　頭の回転の速さを？　それとも、怒りのあまり自分は目が見えていなかったのだろうか？　ローラを愛するあまり？

グレイムは心地悪そうに身じろぎした。それについては考えたくなかった。この時間が過ぎ去り、ものごとがまた正常に戻ることについても。ただこの瞬間を楽しむほうが簡単だし、気分がいい。長年のあいだにほかの女性を気に入り、一緒に過ごすのを楽しみ、男女の営みを堪能してきた。だが、アビゲイルほど自分の人生を満たしてくれる女性はひとりとしていなかった。彼女は突然あらゆる場所にいた——自分のベッド、自分の屋敷、そして自分の頭のなかに。

アビゲイルには興奮させられ、魅了される。彼女と一緒にいるのは、迫りくる嵐——風が吹きつけ、暗雲がうねり、空中を電気が走る——を見ているのに似ていて、安全ではないとわかっているのに心を揺さぶられてしまうのだ。

情熱だけの話ではない。とはいえ、どんな女性にも感じたことがないほどの興奮を骨の髄まで味わってはいたが。情熱も一部ではあるが、それ以外のものにぐいぐい引かれているのだ。それがなにかを分析しようとしたのだが、いまのようにアビゲイルのことを考えはじめると、彼女をひとけのない廊下でつかまえるとか、アルコーブに引っ張りこんでキスを盗むといったことで頭がいっぱいになってしまうのだった。いや、それよりも、先日のように昼日中に階上のベッドへ連れていきたくなる。

「グレイム?」

彼ははっとした。アビゲイルがなにかを訊き、自分の返事を待っているのだと気づく。先ほどまでの会話を思い返す。「ああ。うん、よくわからないな。爵位を継いだとき、ここにあるものにはすべて目を通したんだが、傷病兵基金についてなにか見たおぼえはないんだ。父は金を補塡したあと、基金を解消した。亡くなる二、三年前のことだ。そのころには書類を処分したか、箱に詰めて片づけたかしたんじゃないだろうか」

グレイムは机のいちばん上の引き出しから鍵を取り出して、書類棚を解錠した。

「私はここに帳簿をしまっている。棚の底に基金の書類が残っている可能性はあるな」

アビゲイルはしゃがみこみ、帳簿を取り出して日付を確認していった。今日彼女が着ているドレスは先日のものとはちがい、バッスルはつけていないしペチコートも少なめであるのにグレイムは気づいた。かがんで棚や引き出しを探すのに適した動きやすいドレスだ。それに、脱がせるのも遥かにたやすい、とグレイムは機嫌よく思った。

彼はアビゲイルの隣りに片ひざをつき、一緒に探した。十年以上前の帳簿はいくつかあったものの、傷病兵基金に関するものがなにも見つからなくても意外ではなかった。ふたりは別の書類棚も調べた。そちらは浅い引き出しがいくつもあり、それぞれにアルファベットが記されていた。

「これは全部私のものだと思う」そう言いながらも、ひとつひとつを開けてなかの書簡を調べた。

アビゲイルは本棚に注意を向けた。グレイムが書簡を調べ終えてふり向くと、彼女から見つめられていた。少しばかり気恥ずかしく感じながらもうれしくなり、欲望がくねくねと這うのを感じた。彼女を抱きしめようかと思ったものの、書斎のドアは開いたままだった。腕を組んで分別を働かせようと試みる。

「どこを調べればいいのかわからない。机のなかにはなにもない」グレイムは書斎を見まわした。ここにあるほかの調度類といえば、暖炉の前に置かれた肘掛け椅子くらいだ。

「以前ここにあったものはどうしたの？」

グレイムは机にもたれて考えた。「うーん……燃やした古い書類があったのはおぼえているが、箱に詰めたものもあったと思う。その箱をどうしたんだったかな」

「屋根裏部屋にあるかしら？　物置？」

「おぼえている人間がいるとしたらノートンだな。訊いてみよう」

雇い主から質問を受けて驚いたとしても、貫禄のある執事の表情は変わらなかった。だが、長年彼を知っているグレイムは、問題の箱をどうしたかを思い出せずに目がかすかに悔しそうになったのを見逃さなかった。しばし考えたのち、可能性が高いのは屋根裏部屋だろうと執事が言ったので、グレイムとアビゲイルはそこへ向かった。

最上階の使用人用の廊下から狭い階段を上がったところが屋根裏部屋だった。ランプを持って階段を上がり、細長い部屋に入る。ランプにくわえ、両端の窓からも明かりが射しこんでいた。グレイムはアビゲイルをふり向いてにっこりした。

「きみはこれが気に入っているんだろう？　証拠探しを」

「もちろんよ！」彼女は驚いた顔になった。「気に入らない理由があって？」

「いや、だって埃だらけだよ」グレイムは床を指さした。「蜘蛛の巣もある。陰気くさい。ネズミもいるかもな？」

「ふん」アビゲイルは手をひらひらさせてうっちゃった。「わくわくするわ。それに、ネズミはわたしたちに向かってくるのではなくて逃げていくと思うけれど」

彼女は部屋のまん中を歩いて窓辺へ向かい、そのあとをついていくグレイムは、自分の知り合いのレディで埃や蜘蛛が平気な人はいないだろうなと思っていた。アビゲイルは知らない男に会うためにためらいもせずに船着き場の酒場へ行くような女性なのだから、当然なのかもしれない。

グレイムは上着を脱いで、放置されたベッドの頭板の支柱にかけると、彼女と作業に取りかかった。いくつもの箱を開け、部屋の隅を覗き、古い傘やおもちゃといった過去の残骸をどけた。アビゲイルは、百年前の舞踏会用ドレスが入った箱につかの間気を取られ、そっとドレスを広げて凝った刺繡に見入った。

「当時がどんな風だったか想像できなくって？」彼女は体の前にドレスを掲げて立ち上がった。

「ああ、できるよ」あざやかな青いそのドレスを身につけ、硬いボディスにはしたないほどに胸を押し上げられているアビゲイルの姿を思い浮かべるのは簡単だった。首にはサファイアとダイヤモンドのネックレスをつけ、耳と髪にさらに宝石をつけている。当時は過度に飾り立てる時代だったと読んだことがあった。

「当然、ちょっぴり短すぎたでしょうけど」アビゲイルが笑いながら下を見ると、スカートの裾が足首からゆうに六インチ上までしか来ていなかった。「身支度をするのはたいへんな苦労があったでしょうね。髪粉をつけたかつら。お化粧につけぼくろ。腰枠(パニエ)はこれくらい広がっているし」そう言って両腕を広げる。「どうやって戸口をくぐれたのかしら」

「きみがそんなことを言うとはね、伯爵夫人」グレイムは微笑みながら彼女に近づいた。「バッスルにコルセットに数えきれないほどのペチコートをつけていたじゃないか」

アビゲイルは目を見開いてぎょっとしたふりをした。「まあ、モントクレア卿、殿方がそんな話をするなんてとんでもないことよ」

「そうかい?」彼女のすぐそばまで行き、片手を梁についた。

「ええ。礼儀正しい紳士なら、淑女の身のまわりのあれこれについては気づかないものだもの」

「へえ。私はその〝淑女の身のまわりのあれこれ〟にちょっとした経験があるんだがね」

「そのようね」アビゲイルからも近づき、彼の腰の両側に手を置いた。

「そうだよ」彼女の頰を唇でかすめる。「非常に面倒くさかった」

「ふむ」アビゲイルはチョッキの前身ごろを片手でなで上げた。「それなら、どうしてやめずにいるのかしら」

「なぜなら……」ふざけて彼女の耳たぶをついばむ。「褒美は面倒を補ってあまりあるからだよ」

アビゲイルはくすくすと笑った。「やめて」ことばとは裏腹に、両腕を彼のうなじにまわした。「箱を調べていなければいけないのに」

「ああ。でも、箱ならいま調べなくてもこのままずっとここにある」グレイムは彼女の首のくぼみに鼻をこすりつけた。

「わたしたちもここにいなければ」アビゲイルは指摘した。

「そうだね。願わくばもっとくつろげるようにして」

「わたしはいまでもうんとくつろいでいるけれど」

「そうかい?」グレイムの唇が彼女の首を上がっていく。「それについてなにができるか考えさせてくれ」

顔を傾けてキスを受けたアビゲイルは、とろけた。彼女の味も、肌の感触も知っているグレイムは、期待感で体をこわばらせた。アビゲイルはすなおで積極的だ――いや、積極的以上だ。彼女のうなじに手をまわし、温かな肌を感じてそう思う。彼女が身震いをしてすり寄ってくる。グレイムはその背中をなで下ろし、バッスルという障害のない臀部の感触を楽しんだ。

丸みのある臀部をつかんで持ち上げ、自分の下半身に押しあてる。アビゲイルがなにやらつぶやいて腰をこすりつけてきたので、グレイムの体が反応して硬くなった。経験豊富でない彼女が積極的にふるまうと、グレイムはいつだって欲望をかき立てられてしまうのだった。彼は顔を上げて屋根裏部屋を見まわし、埃っぽい床に彼女を横たえようかとつかの間考えた。

「いや。ここではだめだ」そう決める。

アビゲイルが彼の腕のなかで向きを変えた。おかげで丸い尻が体に接触し、体の前を手で探索できるようになったので、おおいに満足だった。「たしかに、最高に快適な環境とは言えないわね」アビゲイルも同意した。「うーん」彼にもたれかかってくる。「グレイム、ここでしないのなら、もうやめてもらわないと」けれど、動きまわる彼の手に重ねたアビゲイルの手は、止めるのではなく愛撫していた。

「ああ、そうだね。もうやめるよ」グレイムは彼女の首にキスをした。「あと少ししたら」

アビゲイルは笑って離れ、グレイムの手を取って引っ張った。「わたしの寝室は遠くないわ」

「いまこの瞬間はすごく遠く感じるけどね」そう言いながらも、指をからめてすなおについていった。しばらく楽しみを先延ばしにし、午後の残りを彼女とベッドで過ごす光景を思い描いて、欲望を刺激されてじりじりした。

屋根裏部屋を出て裏手の階段を寝室のある階へと急いで下りる。廊下に出ると、グレイムはアビゲイルを窓辺のアルコーブに引っ張りこみ、たっぷりとキスをした。彼女に背中を引っ掻き下ろされ、グレイムはスカートを握ってまくり上げた。

「グレイム！」慌てた口調だ。「ここではだめ。使用人が裏手の階段から出てきたらどうするの？」

「どうでもいい気がする」彼はもごもごと言った。

「そんなことを言って！」彼女はグレイムの腕から抜け出して表の廊下に出ると、笑いながらふり向いた。彼は追いかけた。

「グレイム！　やっと見つけましたよ！」伯爵未亡人が廊下のなかほどにいた。

アビゲイルはみっともなくもきゃっと叫んで唐突に立ち止まった。グレイムはさっと彼女の背後にまわって下半身を隠した。

「動かないでくれ」アビゲイルの腰をつかんでささやいた。彼女がくすくすと笑い出す。

「どこにいたのです？　シディングスがずっと捜していたのですよ」伯爵未亡人がふたりをじろじろと見る。「上着はどこなの？」

「えっ？　ああ、屋根裏部屋に忘れてきてしまったようです」

「屋根裏部屋ですって！　どうしてそんなところにいたの？」

「それは、その……」

「わたしが見たいと頼んだんです」アビゲイルが答えてくれて、グレイムはほっとした。

「変わっていること」幸い、グレイムの祖母はアビゲイルの奇妙なことばに説明はいらないと感じたようだった。「お茶の時間ですよ。テレサとジェイムズも一緒です」

「だれですって?」

「あなたのおばといとこですよ」伯爵未亡人はまなざしを険しくした。「モントクレア、具合でも悪いのですか?」

「いえ。大丈夫です」

「なんだか顔が赤いようだけれど」そう言って、ふたりに一歩近づいた。

「いや、ほんとうに大丈夫ですから」アビゲイルが手を口にあてて笑いで体を震わせているのが感じられ、グレイムは指先で彼女の脇腹をつついてささやいた。「やめるんだ!」けれど、彼自身の唇もひくつきはじめた。

伯爵未亡人が眉をひそめた。「どうしたのです、モントクレア。ふるまいがとても変ですよ」そう言ってアビゲイルにさっと目をやったので、グレイムのようすがおかしい原因がなににあると考えているのかは明らかだった。「身なりを整えていらっしゃい。ひどいありさまですよ。髪だってぼさぼさだし。お茶を出すのを十分待つようノートンに伝えます」伯爵未亡人は行ってしまった。

グレイムをふり向いたアビゲイルは、両手で笑いをこらえ、目を躍らせていた。

「きみのせいでたいへんな目に遭ったじゃないか」きびしい口調で言ったものの、からかいに満ちた彼女の笑顔を見て、グレイムのなかの炎がさらに燃え上がった。

「あら、それは困ったわね」アビゲイルが目を伏せてまつげのあいだから挑発的なまなざしを送ってきた。

グレイムは彼女の手首をつかみ、自分の部屋へと引っ張っていってドアに錠をかけた。

「なにをしているの？　お祖母さまがお茶を待ってらっしゃるのよ。時間がないわ」近づいてくるグレイムを避けてあとずさった。

「時間はかからない」

「グレイムったら！」アビゲイルの目がきらめいた。「なにをしようというの？」

「これだ」彼女の腰に腕をまわして持ち上げ、ベッドに向けて下ろした。驚いたアビゲイルが背後の彼をふり向くと、両の手首をつかまれてベッドに手をつかされた。

「グレイム……」好奇心でかすれた彼女の声を聞き、グレイムの体に震えが走る。

「いったいなにを――ああ！」スカートをまくり上げられ、パンタレットを引き下ろされたのだ。「まあ」アビゲイルは下着をまたぎ脱ぎ、脚を広げた。

その光景にグレイムは息を呑み、やわらかで白い臀部にゆっくりと両手を這わせた。

「でも、まだ靴を履いているのよ」アビゲイルが文句を言った。

「わかっている。それが好きなんだ」彼女の脚のあいだに手をすべりこませ、熱く潤った場所を探りあてた。グレイムはにっこりした。「きみも好きみたいだね」

サテンのような蕾をなで、アビゲイルの口から漏れたやわらかなうめき声を聞くと、彼の渇望が高まった。下半身がうずいてズボンを押していたが、グレイムは自分の欲望を抑えこんで愛撫を続けた。とうとうアビゲイルが腰を揺らしながらあえいだ。募る欲求が爆発しそうになったとき、ようやく彼はボタンをはずしてズボンを下ろした。

アビゲイルのなかに身を沈めて満足の大きなうめきを漏らし、すぐさま絶頂に達すまいと動きを止めた。手で胸を包んで体を動かしはじめ、自分を包む熱いきつさに浸った。ひと突きごとにその勢いで彼女の体がずり上がり、グレイムは片手で彼女の腰を押さえた。もう一方の手を脚のあいだの敏感な場所へ下ろすと、アビゲイルがまたうめいた。

「グレイム……グレイム……」祈りのように名前を呼ぶその低い声に、グレイムは想像もしたことがないほどの昂ぶりを感じた。そのとき、アビゲイルが絶頂に達して身震いしてあえぎ、彼を締めつけた。グレイムも低い叫びを発して欲望の手綱をゆるめ、深く暗い恍惚へと飛びこんでいった。

19

当然ながら、ふたりはお茶に遅れた。伯爵未亡人は非難がましいまなざしをくれ、お茶を運んでくるようノートンを呼んだ。ジェイムズの目がおもしろがっているのを見て、いとこには遅れた理由がばれている気がグレイムにはした。だが、気にもならなかった。アビゲイルをおばといとこに紹介したあと、暖炉そばに立っているジェイムズのところに行った。

「結婚生活に慣れてきたようだね」ジェイムズがぼそりと言うと、グレイムは黙れという目でにらんだ。

「いつロンドンに戻っていらしたのですか、テッサおばさま?」グレイムはたずねた。話題を自分からそらす確実なやり方だ。おばは自分の話をするのがなによりも好きなのだ。これで、妻を見つめて時間を潰せる。

彼女はすっかり満足した妻そのものに見えるな。グレイムはいくらかうぬぼれた。

先ほどの交わりのあと、露骨な欲求を見せて動物みたいに奪ったせいで嫌われたかもしれないと心配になったのだが、アビゲイルはゆったりと満足そうな顔をしていたし、こちらを見る彼女の目に温もりがあったので、安心した。

「昨日戻ってきたのよ」テッサおばがグレイムに答えていた。「田舎生活が長くなると飽きてしまって」

「二週間が限界のようですね」ジェイムズが言う。

テッサが笑った。「わたしにもっと田舎にいてほしかったのでしょうけど、あなただってグレイス・ヒルに二日いただけじゃないの」伯爵未亡人に向きなおって説明する。「ジェイムズのいとこのモーリスが訪ねてきましたの」

「なるほど」

「その方のなにがいけないんですか？」アビゲイルがたずねた。

伯爵未亡人は不躾な質問に不愉快な顔をしたが、テッサはいそいそとモーリスの欠点をアビゲイルに話した。「いけなくないことを訊いたほうが簡単ね。頭が痛いとぼやいていないときは、過敏な胃か耳の痛みかそのほか百もの不調を訴えているのよ」

「病気があるせいで人を責めるなんていけませんねえ」ジェイムズがおだやかに言う。

モーリスに対する彼の気持ちを知っているグレイムは、ただ単にテッサおばを怒らせるために言ったのだろうと思った。

「でも、病気について絶え間なくしゃべることは責めたってかまわないでしょう。彼はほんとうに退屈な人なの」

「慎みなさい、テレサ」伯爵未亡人がたしなめた。「公の場でそんなにあからさまに話さなくてもいいでしょうに」

「ここは公の場などではありませんわ」テッサは眉をくいっと上げた。「ここにいるのは家族でしょう。ミセス・ポンソンビーだって家族の一員だと思っていますわ」明るい笑みを伯爵未亡人のコンパニオンに向ける。

「彼女はもちろん家族の一員ですとも」伯爵未亡人が言う。「ジョージはレジナルドのいとこでしたからね。正確には、またいとこの子だったと思いますけど」

「伯爵未亡人はわたしのことをおっしゃったのだと思いますわ」アビゲイルは困惑しているようではなく、どちらかというとおもしろがっている顔でテッサに説明した。

「まあ。でも、家族の秘密を隠そうとするのは意味がないわ」テッサの口調は明るい。

「いつの日かあなたも知るところとなるでしょうから。いずれにしろ、モーリスはグレイムの親戚ではないから安心してちょうだい。彼は、ジェイムズの父方の親戚なのよ。それに、モーリスは厳密には家族の暗い秘密というわけでもないし。レジナルドの大おじと結婚した、気の触れたレディ・ハーロウにはかなわないわ」

「あら、お茶が来ましたよ」伯爵未亡人が大きな声を出した。「あなたが注いでくださらない、テッサ?」

テッサは優雅に受け入れ、続く数分はみんなでお茶とケーキを味わった。

「モントクレア、あなたはじきに妻をリドコム・ホールへ連れていく予定にしているのでしょうね」伯爵未亡人がまた会話の主導権を握った。

アビゲイルは眉を上げ、もの問いたげな目でグレイムを見た。「そうなの? 知らなかったわ」

「私もだよ」グレイムはそっけなく言い、祖母を見た。「ふたりのあいだでその話が出たことはありませんが」

「庭がとてもすてきなこの季節は、本邸を訪れるのに最適ですよ」伯爵未亡人が言い返す。

「どうしていまなんです?」テッサがたずねた。「まだ社交シーズン中ですのに」

「伯爵未亡人は社交シーズンよりも、厄介なアメリカ人の身内を隠したい気持ちのほうがお強いのだと思いますわ」アビゲイルがテッサに答える。

ジェイムズがグレイムに身を寄せて、小声で言った。「血のにおいがするぞ。話題を変えたほうがいいんじゃないかな」

「お祖母さま……」伯爵未亡人がアビゲイルに答える前に、グレイムは慌ててことばをはさんだ。「父上の慈善事業について考えていたのですが」

たまたま頭に浮かんだことを口にしたのだが、おかげで全員の気をうまくそらせてほっとした。伯爵未亡人は彼を凝視した。テッサおばは困惑の表情を浮かべた。アビゲイルですらが途方に暮れているようだった。

「いったいなんの話なのです?」ついに伯爵未亡人が言った。

「傷病兵基金のことを言っているの?」テッサおばだ。

「ええ。それです。おぼえておいでですか、お祖母さま?」

「もちろんですとも。でも、なぜあなたがそれを気にするのです?」

「りっぱな事業なので、私が引き継ごうかと思ったのです。父上も喜んでくれるのではないでしょうか?」

「そうかもしれませんね」伯爵未亡人はあまり確信がないようだ。

「まだあったとは知らなかったな」ジェイムズが言う。

「きみはなにか知っているかい?」グレイムに問われて、ジェイムズは肩をすくめた。

「ほとんどなにも知らないな。父は関心を寄せていなかったので」

「あら、あなたのお父さまも基金の援助をしていたのよ」テッサがきっぱりと言った。

「ローレンスおじさまもかかわってらっしゃったのですか?」グレイムは驚いてテッサおばを見た。

「いいえ、あなたのお父さまのように運営には関与していなかったのよ。でも、寄附をしていたの。だれもが寄附をする基金だったもの」

「ほかにだれがかかわっていたんでしょうか?」グレイムはたずねた。「ただ寄附をしただけではなく、運営にかかわっていた人という意味ですが」

「よくわからないわ」テッサおばは伯爵未亡人を見た。「おぼえていらっしゃいます?」

「十年も前の話ですからね」グレイムの祖母は考えこんだ。「たしか軍人がいたはず——名前はなんだったかしら? ロジャーズ? ロバートソン? いえ、ロリンズだわ。ロリンズ大佐。でも、何年か前に亡くなったと思いますよ。フォーテンベリー卿もいたかしら。教区牧師もいたわね」

「うちの教区牧師ですか?」グレイムだ。

伯爵未亡人は頭をふった。「いいえ。フォーテンベリー卿の受禄聖職者だったのではないかしら。レジナルドは彼から手紙を受け取っていた。あの子はいつだって基金に関する手紙を受け取ったり、だれかと会ったりしていたわね。リドコムにいるときは、人づき合いを避ける口実で基金に熱中していたのではないかしら。いつだってリドコム・ホールで退屈していたから」

「ミスター・ポンソンビー」テッサが言った。「彼も基金にかかわっていたんじゃありません？」

「ええ」ミセス・ポンソンビーが口を開いたので、彼女がいることを忘れていたグレイムは驚いた。「ジョージとモントクレア卿は昔からずっと親しかったですから」涙で目を潤ませる。

伯爵未亡人がテッサをにらみつけたあと、グレイムに矛先を変えた。「つらい思い出を掘り起こさなくても、自分で有意義な慈善事業をはじめればいいではないですか」そのことばで話題を終わりにした彼女は、ノートンを呼んでお茶を片づけさせた。

「レディ・モントクレアを伯爵未亡人と私の母に任せてくるなんて、私たちは卑怯者だな」ジェイムズが言い、椅子にもたれてグレイムからウイスキーのグラスを受け取った。ふたりは礼節を失せずに退却できるときが来ると、即座に女性たちを応接間に残してグレイムの書斎に逃げてきたのだった。

グレイムは笑った。「私を信じろ。アビゲイルは自分の面倒をみられる」

「たしかに内気には見えなかったな」ジェイムズも同意する。「記憶にある彼女とは別人のようだ」

「そうかい？」ジェイムズの向かい側に座ったグレイムは、関心を引かれた。「彼女はどんな風だったとおぼえている？」

「どうだったかな」ジェイムズは眉根を寄せた。「引っこみ思案というのとはちょっとちがったと思う。でも、すごく硬くなっていて無口だった。じゅうぶん魅力的なのに、人目は引かない。正直なところ、それほど彼女に注意を払っていなかったよ」

「私もだ。自分の目が完全に見えてなかったわけじゃないとわかってほっとしたよ」

グレイムはグラスのなかの琥珀色の液体を見つめながらぼんやりと揺らした。「プレスコットの話だと、彼女は父親のせいで萎縮していたが、離れてから花開いたらしい」

「わかるな。私だって彼女の父親には威圧された」

「それはないだろう」グレイムは顔を上げた。「サーストン・プライスと取引関係にあったという意味かい？」

「あの株のことを言っているのなら、私は買わなかったよ。父もだ。皮肉屋でいるのにも利点はあるんだ」

「それなら、彼とはどんな関係だったんだい？」グレイムは長年の経験から無表情ないとこの表情を読めるようになっており、いまもそうできた。「私の置かれた状況と関係があるんだな？」

「彼と話をした」ジェイムズは肩をすくめた。「別の解決策に応じてくれるのではないかと思ったんだ」

「まさか、私と立場を交換すると申し出たなんて言わないでくれよ」

ジェイムズは笑った。「ちがうよ。それでうまくいくと思ったら、そうしていたかもしれないが――そうなっていたら、私はきみみたいにいらいらするほどロマンティックな男ではないから、あんなにひどい結果にはしなかっただろうけどね。だが、私がミス・プライスの金を手に入れたところでなんの役にも立たなかっただろう。私が借金を帳消しにしてきみの所領に資金を投入することを、お父上が許したと思うかい？」

「いや。父は不名誉に思って断っただろう」

「あまりにも誇りが高すぎたってわけだな。いずれにしろ、私が口を開く前に、身分の低い准男爵では娘にふさわしくないとプライスははっきりと言ったんだ。彼は照準を伯爵に合わせていたんだよ。私は結婚ではなくて財政的な協定を求めているのだと話したんだが、彼はそれにも貸す耳を持たなかった。そのとき、きみには望みがまったくないのだと悟ったよ。きみはミス・プライスと結婚するしかないと」

「だから、私を捨てるようローラを説得しに行ったんだな」

「ああ、破滅的な過ちをきみが犯さないようにするためにな」ジェイムズの顔には申し訳なさそうな気配すらなかった。「きみより彼女のほうが道理が通じるだろうと判断したんだ」

「それに、私とちがってきみを殴りそうもないしな」

「たしかに。私の性格をこっぴどくこき下ろしてくれて、二度と会いたくないと言われたけどな」

グレイムが片方の口角をくいっと上げた。「ローラは礼儀正しい女性だと思っていたのにな」

「私は人の無作法な面を引き出してしまうようでね」ジェイムズはグレイムの顔を見つめたまま、しばし無言だった。「レディ・モントクレアについて考えを変えたきっかけはなんだったんだい？　この前話したときは、奥方がよからぬことを企んでいると思っていたじゃないか。きみに強制を――」

「ああ、うん……」グレイムの頬がかすかに赤みを帯びた。「私は――彼女は――いや、それはどうでもいいんだ」

「どうやら務めはたいして重荷じゃなかったみたいだな？」

グレイムはいとこに渋面を向けた。「私が言いたかったのはそういうことじゃない。

もうひとつの問題――手紙や密会だな――が、考えていたものとはちがったんだ。彼女は私を守ろうとしていた。密会の相手は彼女を脅迫しようとしていたんだ――あるいは、彼女に情報をあたえようとしていたのか。どちらなのかよくわからない」

「脅迫か。まじめに言っているのかい？　どうやって突き止めた？」

「彼女を尾けた」グレイムは、アビゲイルが自分の屋敷に滞在するようになったできごとを順を追って話した。

ジェイムズの眉が大きく吊り上がった。「きみは退屈な人生を送っているとばかり思っていたのにな」

「アビゲイルが来てから変わったんだよ」

「その男を撃ったのはだれだったんだ？　動機は？」

「まったくわからない。彼は金欲しさに別の人間も脅していて、その相手が金を払うより彼を殺したほうが簡単だと思ったんじゃないだろうか。じつは、撃たれたのはミルトン・ベイカーだったんだ」

「それはだれだい？　聞きおぼえがあるような名前だが」

「父の実務を担っていた男だ」

「なんと、そうか、思い出したぞ。彼はなにを種に奥方を強請ろうとしていたんだい
――すまない、訊くべきではなかったな」

グレイムはため息をついた。「ええい、どうとでもなれ。父は傷病兵基金の金を横領したんだ」

「それでさっきその慈善事業について訊いたんだな」

グレイムはうなずいた。「父はその金を例の株に投資して、当然ながらすべてを失った」

「なんてことだ」

グレイムはまたうなずいた。「それでサーストン・プライスが私を娘と無理やり結婚させたんだ。たしかに金はどうしても必要だったが、理由はそれだけじゃなかったんだよ。プライスは、望みの結果をぜったい確実に得られるよう策を弄する男だった。彼は父がしたことを知っていて、私がアビゲイルと結婚しなければそれを公にすると脅したんだ」

ジェイムズはあんぐりと口を開けて凝視した。グレイムは、いとこをことばもなくさせてやれて邪な満足を感じた。「きみがプライスに激怒したのも不思議はないな」

「そうだろう。私はアビゲイルもすべてを知っていて、脅迫の仲間だと思いこんでいたんだ」

「そうじゃなかったとどうしてわかる？」

「ベイカーとの取り引きを私から隠そうとしたという事実があるからだよ。彼女がサーストンの脅迫の仲間だったなら、私が父の横領を知っているのをわかっていたはずだろう。だが、彼女はそれを隠して私を守ろうとしてくれたんだ」グレイムは沈みがちな笑みを浮かべた。

「サーストンから脅迫された件を話したとき、彼女はなんと言っていた？」

「話していない」

「つまり、サーストンが無理やりきみを結婚させたのを彼女は知らないのか？」

「彼女は、私にはどうしても金が必要だったからだと思っている。なにがあったのかを話しかけたんだが、思いなおしたんだ――彼女にいやな思いをさせなくてもいいだろう？　サーストンは悪党だが、彼女は父親を愛しているんだ。話しても彼女を傷つけるだけだし、彼女はもうじゅうぶん父親のせいで苦しみ続けてきたんだ」

「話せば、十年前にきみがなぜあんなに怒っていたのかをわかってもらえるかもしれないのに」

グレイムは肩をすくめた。「過去は過去のままにしておきたい。私たちは――いまはいろいろうまくいくようになってきているんだ」

ジェイムズは長いあいだ無言だった。「どうしてこれまで私に打ち明けてくれなかったんだい?」

「きみが父を軽蔑するんじゃないかと心配だったからだ」

「いつだってだれもがきみのお父上をかばいたがったものだ」

「ちがう」グレイムはきっぱりと言った。「父のためじゃないんだ。きみのことを思ったからだ。きみに軽蔑してほしくなかった。私たちの――きみの――」

「私のおじ上を?」ジェイムズは片方の眉をくいっと上げた。「きみのお父上を軽蔑などしない。できるわけがないだろう? 彼は不誠実で、金づかいが荒く、自分の起こした厄介ごとをたいていほかの人間に尻拭いさせていたが、魅力的でハンサムで思いやりのある人でもあった。私の父とはちがって、愛情と親切心を持って接してくれた。きみのお父上はそういう人で、私の父はああいう人間にしかなれなかった。私たち全員が、とんでもない醜聞だけは起こさずになんとかやってきた。それが精一杯だったんだ」

「おそらく」グレイムの口調は半信半疑だった。

「お父上が横領したというのはたしかなのかい?」内省をやめて、ジェイムズがたずねた。

グレイムの目が鋭くなった。「どうしてそんなことを訊く?」

「おじ上がそんなことをしたというのが信じられないんだ。きみはお父上を高潔な人だったと考え、私は誇り高い人だったと考えている。それがほんとうかどうかはともかく、家名を汚すような人ではなかった——少なくとも、そういう風に汚す人では。だれかの妻を寝取りはしても、盗みなどするだろうか? 私にはそうは思えない」

「当時は信じてしまったが、いまは信念が揺らいでいる。ベイカーは撃たれる前に、私たちはすべてを知っているわけではない、とアビゲイルに話したんだ。彼の持っている情報がその問題に別の光をあてるだろうとほのめかし、アビゲイルに金を要求した」

「話す前に死んだのが残念だな」

「特にベイカーにとってはな」グレイムはウイスキーを飲み干してグラスを置いた。

「未亡人になったミセス・ベイカーをアビゲイルと訪問したんだが、横領したのは私の父ではなかったのをベイカーは知っていた、と話してくれた。犯人は別にいると」

「だれだったんだい？」

「ミセス・ベイカーは知らなかった」

「なんの役にも立たないじゃないか」

「私は、父が横領したものだと信じていた。金が消えたと父から直接聞いたからだ。悪いのは自分だと言っていたんだ。だから、父が金を盗ったのだと思った。だが、思い返してみると、そうなったのも父の責任だから、父が金を返済しなければならない、という意味だったのかもしれないと思えてきた。父が運営していたのだから、その父が咎を受けなければならないという意味だったのかもしれないと」

「まさにおじ上のしそうなことだな」敬服している口調ではなかった。「真犯人を暴くよりも醜聞を隠すほうを気にかけて」

「アビー——アビゲイルと私でほんとうはなにがあったのかを調べてみようかと思っているんだ」

「どうしてだい？　きみが古い醜聞を暴いて世間の目にさらすなんて想像もつかないんだが」

「そんなことはしない。自分のためにするだけだ」グレイムはジェイムズを見た。

「父がほんとうに盗んだのかどうかを知りたいんだ。ひょっとしたら、あの何年も前に父を誤解したのかもしれない」

「私だったら、自分の内面を探るようなことはしたくないな」

「真実を知らずにいるよりましだ」

「どうやって真実を探るつもりなんだい？」

「慈善事業の記録や書簡などを父が残していると思うんだ。そのなかに、かかわった人たちの名前だけでも見つけられるんじゃないかと考えてね。だが、いまのところそういった書類の一枚すら見つかっていない。そういうわけで、父の実務の書類をアビゲイルと一緒に屋根裏部屋で探していたからお茶の時間に遅れたんだ」

「なるほど。そういう事情だったのか」ジェイムズの目がきらめいた。

「そうだ」グレイムは表情を消していとこを見た。

「書類は見つからなかったんだろうね」

「ああ。屋根裏部屋にはまだまだ探す場所が残っている。だが、書類の入った箱が見つかったとしても、慈善事業に関するものはないんじゃないかと思う。そもそも書類を箱にしまったのは私なんだが、慈善事業がらみのものがあったというおぼえがないんだ」

「そうなると、ほかにどんな手がある？　母がおぼえていた男たちにたずねるとか？」

「おそらく。少なくとも、まだ存命の人には。だが、祖母の言ったあることで考えてしまったんだ。父は本邸での退屈しのぎに傷病兵基金を利用した、と言っていただろう。その話がほんとうなら、基金運営の大半がリドコム・ホールで行なわれたんじゃないかと気づいたんだ」

「伯爵未亡人はいつだって正しいさ」

「たしかに。父がリドコムで行なったことなら、書類はいまもそこにあるはずだ。私は父の事務室を使ったことがない。母が変えたがらなかったからだ。リドコム・ホールには部屋がたくさんあるから、単純に別の部屋を書斎にしたんだ。慈善事業についてなにか見つかるとしたら、リドコム・ホールなのではないかと思う」

「では、そこに戻るつもりなんだね？」ジェイムズが片方の眉を上げた。「奥方は本邸に行きたがらないような印象を受けたんだが」

「ふむ。祖母の希望に従うのは、アビゲイルには不本意だろうな」グレイムはかすかな笑みを浮かべた。「だが、なんとか説得できると思う」

20

両側の刈りこんだ菩提樹の並木が開いて広大な緑が目の前に現われ、その頂上に王冠につけられた宝石のごとく建っているリドコム・ホールを見たとき、アビーは息を呑んだ。グレイムが満面の笑みであることから、彼にとっての本邸はまさに王冠の宝石なのだろう。

彼がここを愛しているのもよくわかった。左右対称の広大な屋敷は、年月を経て赤色から深い薔薇色に変化したらしき煉瓦造りで、角と上端には白い石の蛇腹が施されている。馬車まわしから玄関までは、同じく白い石の浅い階段がある。階段の両端には虹色のパンジーが咲き誇る鉢が並べられていた。屋敷自体は優美で上品で心地よさそうに見えた。

グレイムが笑顔を向けてアビーの手を取った。「着いたよ。どう思う?」

「すばらしいわ」彼のうれしそうな顔を見たらほかの返事など考えられなかったけれ

ど、実際にその屋敷は美しかった。黒っぽい髪の男の子か女の子——両方でもかまわないのでは？——が幸せで元気で安全にここで大きくなる光景が浮かび、不意に涙がこみ上げてきた。

アビーは瞬きをしてこらえた。実現しないかもしれないことを夢見たりしないほうがいい。いまは、グレイムの母親に会う心がまえをしなくては。

伯爵未亡人の勧めに従う形になったのには少しむっとしたものの、リドコム・ホールに来ること自体はいやではなかった。先代伯爵の慈善事業にかかわる書類をここで見つけられればいいのだけれど。あのあともロンドンの町屋敷の屋根裏部屋を探したけれど、なにも見つからなかったのだった。けれど、それよりもグレイムの祖母の監視から逃れられるのが大きかった。グレイムから、リドコム・ホールは町屋敷よりもかなり大きくて、母親は祖母ほど出しゃばりではないと聞いていた。

アビーがおぼえている義母は、顔立ちも性格もやさしい女性だった。結婚式の前にそれほど長く一緒に過ごしたわけではなかったけれど、グレイムの母のミラベルは感じがよく、親切ですらあった。それでも、母親なら息子が意に染まない結婚をすることを喜ばないはずだ。アビーが父親と同類だとグレイムが信じていたのなら、彼の母親も同じだろう。

十年の年月が経ったからといって、義母に好かれるようになったとは思えなかった。グレイムがそうだったように、義母もアビーがふたたびイングランドにやってきたことに腹を立てているにちがいない。グレイムはいまではふたりの取り決めに満足しているように、喜んでいるようにすら見える——少なくとも寝室では。けれど、彼の母親の気持ちが変わる理由はない。

馬車が屋敷の前で停まると、アビーの胃が緊張でこわばった。両開きのドアが開き、格式張った黒と白の服に身を包んだ恰幅のいい男性が現われた。その顔にはおよそ執事らしからぬ満面の笑みが浮かんでいた。

「グレイム坊ちゃま」執事は階段を駆け下りてきて、馬車の扉を開けて踏み台を下ろした。「お帰りなさいまし」

「グレイム坊ちゃまですって？」アビーは目をきらめかせてつぶやいた。

「よちよち歩きのころから自分を知っている者の前で、威厳を保つのはむずかしいな」アビーにそう言ってから、彼は馬車を降りた。「フレッチャー。帰ってこられてうれしいよ。元気そうだね」

「痛み入ります」

グレイムは馬車を降りてくるアビゲイルに手を貸した。「妻を紹介しよう」

「レディ・モントクレア」フレッチャーは深々とお辞儀をした。「すべてにご満足いただけますよう願っております」

「ありがとう、フレッチャー。きっと満足すると思うわ」

一列に並んだ使用人たちに出迎えられ、家政婦から階上の第二メイドに至るまでのさまざまな顔と名前を紹介されたアビーは、目眩がしそうだった。ロンドンの町屋敷よりもここの使用人たちとモリーがうまくやっていけるのを願った。家政婦のミセス・シンクレアにはスコットランド訛りが少しあった。

ふたりは三階まで吹き抜けの大きな玄関広間に入った。左右の優美なふたつの階段のすばらしさにアビーは息を呑んだ。「グレイム。なんてすばらしいの」

あざやかな紫色のドレスを着た女性が急いで階段を下りてきた。アビーはすぐに、グレイムの母親だと気づいた。十年前より少しふっくらして、髪には白いものが混じり、顔のしわも増えていたけれど、それ以外はほとんど変わっていなかった。レディ・モントクレアは、派手な妹のテッサと同じく黒っぽい髪と灰色の瞳の持ち主で、若かったころはさぞかし多くの崇拝者がいただろうと思われた。

「帰ってきてくれてうれしいわ」ミラベルは言い、グレイムに向かって腕を広げた。

「ただいま、母上」グレイムは愛しげな顔で母親に腕をまわして頰にキスをした。

「アビゲイルはおぼえているよね」

「もちろんだわ」ミラベルはうれしそうな顔のままアビーをふり向いた。「リドコム・ホールへようこそ」

ミラベルから頰にキスをされてアビーは驚いた。「ありがとうございます、レディ・モントクレア。またお会いできてうれしいですわ」

「あら、堅苦しいことはなしにしましょう。ミラベルと呼んでちょうだい。〝お母さま〟でもいいわね」期待するように両の眉を上げる。「だって、あなたはいまではわたしの娘なんですもの。でも、あなたのお母さまの居場所を奪うつもりはないから、〝お母さま〟と呼ばれなくても気を悪くはしないけれど」

「いいえ、差し支えないのでしたらそう呼ばせていただきます。わたしの母は何年も前に亡くなっていますので」

「まあ、ごめんなさい。忘れていたわ。子ども時代にお母さまがいらっしゃらなかったのはつらかったでしょう」

どうやらグレイムの母親とおしゃべりをするのは問題にならなそうだった。ミラベルがおしゃべりを続けているあいだ、アビーがグレイムをちらりと見ると、笑みとウインクが返ってきた。アビーは不意に温もりを感じた。楽しい滞在になりそうだ。

翌日、ふたりは先代伯爵の書斎を探しはじめた。大きな部屋で、書類や本やそのほかさまざまなものが引き出しと棚と箱にごた混ぜで詰めこまれていた。きちんと整理されたグレイムの書斎とは正反対で、作業はなかなか進まなかった。しょっちゅう話しこんだり笑ったりしていたせいで、作業はますます捗らなかった。庭を長々と散歩したり、地所の周辺を馬でまわったりしたため、ふたりが書斎で過ごす時間は日を追うごとに短くなった。

リドコム・ホールは管理の行き届いた大きな庭園のなかにあり、その向こうにはさらに大きな森があり、乗馬や散策にぴったりだった。庭は最高にすばらしい状態で、さまざまな色や香りであふれており、東屋に噴水があり、腰かけて静けさを楽しめるベンチも置かれていた。ふたりきりになれる場所。

ロンドンでは常にパーティなどの社交行事があり、訪問者があり、屋敷にいるときもめったにふたりきりにはなれなかった。伯爵未亡人とコンパニオンだけでなく無数の使用人もいたので、寝室以外ではプライバシーなどほとんどなかった。

ここでは、教区牧師夫妻がときおり訪ねてくるほかに社交行事らしきものはなく、屋敷はロンドンのものよりも大きく、人が少なかった。なによりも、グレイムの母親がしょっちゅう首を突っこんでくることもなく、アビーにかすかな敵意を向けてくることすらなく、それは驚きだった。義母のミラベルは気を利かせてふだんどおりに自分の務めをこなし、若い夫婦にふたりきりになれる時間をたっぷりあたえてくれた。

「お義母(かあ)さまは宝石のように貴い人だわ」ある日の午後、薔薇園を散歩して格子造りの東屋の下で足を止めたとき、アビーは言った。

　散歩のあいだにグレイムが手をつないでいてくれた。ここへ来てからというもの、彼はしょっちゅう手をつなぐようになっていた。そばの石のベンチに彼女を座らせながら、グレイムが微笑んだ。「たしかに。きみが母を好きになってくれてうれしいよ」

「お義母さまが好きよ。外見は妹さんとよく似ているけれど、性格は全然ちがうのね」誤解されかねないと気づいてはっと口をつぐんだ。「あなたのおばさまを悪く言ったつもりではないのよ……」

　グレイムがくつくつと笑った。「いや、きみの言うとおりだ。ふたりは全然ちがう。テッサおばは魅力的で美しくて活気にあふれた人だけど、一緒に過ごすのは一度に少しずつが最善だ」

「おばさまは息子さんとも似ていないのね。サー・ジェイムズはとても……控えめな方のように思えるの」

「そうだな。彼はすべてを抑制するのがいいと考えているんだ」

「あなたも同じだけれど、その下にはやさしさと深い感情が隠れているのがわかるわ。でも、あなたのいとこにはそういうものがあるかどうかわからない」

グレイムは半ばおもしろく思いながら彼女を見た。「きみはほんとうに率直だね。おかげで不意を突かれてばかりだ」

アビーは肩をすくめた。「真実を一部しか言わないとか、礼儀正しく嘘をつくといったことがうまかったためしがないの。思っていることをそのまま言うか、そうでないときは口をつぐむのよ」

「はじめて会ったときがそうだったように」

「ええ。いけないことを言ったりしたりするのではないかと、緊張で硬くなっていたのよ。なじみのないものばかりだったから。わたしはここの人たちの一員ではなかったし、彼らもそう考えているとわかった。わたしがなにか言うと、彼らは顔を背けて心のなかで笑っているみたいだった。それで、自分が粗野なことを言ったのだとわかった。まちがったことを。問題は、それが正確にはなんだったのかがわからなかったことなの」

「つらい思いをさせてすまなかった」グレイムはアビーの顔ではなく、つないだ手を見ていた。ぼんやりとその手を指先までたどる。「私のせいでよけいにつらい思いをさせてすまなかった」

「謝らないで」アビーはもう一方の手を彼の手に重ねた。「わたしが世間知らずだったの。なにが起きているのか、もっとちゃんと気づいているべきだったのよ」

「どうしてお父上と一緒にイングランドに来たんだい？　どうしてイングランドの尊大な愚か者と結婚する気になったんだい？」

アビーはくすりと笑った。「あなたは尊大でも愚かでもなかったわ」

「でも、きみは爵位などどうでもいいという感じだった」

「ええ」

「血筋をどこまでさかのぼれるかということも。どれだけ名門かも」

「そのとおりよ」

グレイムはかすめるようなキスをしてから石のベンチにもたれ、彼女に腕をまわした。「それなら、どうして結婚しようと決めたんだい？　どうしてお父上の望みに従ったの？」

アビーはしばし考えた。「理由はいくつかあったわ。第一に、父がそれを望んでいたから。流れに逆らって泳ぐのは困難なの。どんなに反対しても、父はいつだって屈理屈をこねて論破してしまう。ふたつめの理由は、父の支配を逃れられるから。なんでも父におうかがいを立てたり、なにかを望むたびに父にお願いせずにすむようになるから。祖父母の信託財産は、二十一歳になるか結婚するまでわたしのものにはならなかったの」

「そういう理由があったのか。ほかには？」

アビーは考えこむように彼を見たあと、言った。「あなたに会ったから」

グレイムの目がかすかに見開かれた。「私はとても魅力的ではなかったが」

「あら、魅力的でしたとも。優雅で礼儀正しくて、父にはないものばかりだった。財産狙いの人たちみたいに、お世辞を言ったり、誘惑したりしようとはしなかった」

グレイムはふくみ笑いをした。「では、私の魅力は私の持っていない資質だったんだ」

「ある意味ではそうだったのかもしれないわ」アビーは微笑んだ。彼を見たときにひざが震えたことや、彼が微笑むと気持ちが弾んだことを打ち明けるつもりはなかった。それに、自分と結婚した彼の理由を聞き出すつもりもない。アビーは屋敷や庭に目をやった。「ここでの子ども時代はすばらしかったでしょうね」

「たしかに。兄弟がいなかったから、ときどき寂しい思いはしたけどね。ジェイムズにはしょっちゅう会っていたが、同じじゃない。彼はここに住んでいなかったし」

「姉妹が――それもおおぜい――いたらよかったのにとよく思ったものよ。すごく楽しそうじゃない――パーティのために着飾ったり、髪を結い合ったり、うわさ話をして笑い合ったり。ある朝目が覚めたら、魔法みたいにベネット姉妹のひとりになっていますようにって願ったわ」

「それはだれだい？　友だちかい？」

アビーは笑った。「そのようなものね。彼女たちは『高慢と偏見』という物語の登場人物なの。何度も読み返した本よ」

「なるほど。私にもそういう友だちが何人かいたんだよ」

「ほんとうに？」

「ああ、ほんとうだ」もの問いたげに眉を上げる。「私は本を読まないと思っていたのかい？」

「いいえ。ただあなたは……よくわからないけれど、すごく完全に見えるもの。自分が何者で、どこに属しているのかを確信しているっていうのかしら。あなたはなにかの一部なの――この土地、家族、先祖」

「きみの言うとおりなんだろうな。だからといって、冒険をしたがらなかったわけじゃないけどね。サー・ウォルター・スコット。『アイヴァンホー』。『ウェイヴァリー』」

「わたしも大好きだったわ」アビーの顔が輝く。「アレクサンドル・デュマは？」

「もちろん好きだとも。『三銃士』」

「『巌窟王』」アビーは笑った。「わたしたちにも共通点があったのね」

「いつの日か、もっと共通点が増えるよ。子どもだ」

「ええ、そうね」アビーの胸のなかで温もりが花開いた。子どもは、ふたりのあいだの永久の絆となるだろう。「そうなるよう願っているわ」しばしためらったあと、続けた。「親になるというのは、少しおそろしいわよね？　なにかまちがったことをしてしまったら？」

グレイムが彼女に微笑む。「心配はいらないよ。きみはすばらしい母親になると思う」

アビーは驚いて彼を見た。本気で言っているの？　からかっているの？　グレイムは彼女の顎の下に指を入れて顔を上げさせた。彼はまたキスをした。先ほどのような唇をかすめる軽いものではなく、情熱的な招待の一歩手前のような、自信たっぷりのしっかりしたものだった。あとでたっぷり探索するという約束だわ、とアビーは思った。

　グレイムはアビーに腕をまわしたままベンチにもたれた。彼女はグレイムの肩にもたれ、ふたりして目の前の風景を見つめた。庭の上を雲がのんびりと漂い、つかの間影を落とした。花々を訪れる蜂の羽音が聞こえた。

　はっと目覚めて、眠ってしまったのだと気づく。目を瞬き、あたりを見ると、太陽が空の低い位置に移動していた。「まあ、ごめんなさい」アビーは起き上がり、グレイムの上着に引っかかった髪をどけた。「眠ってしまうつもりなんてなかったのに」

　彼は目をきらめかせ、口角の片方だけを上げる例の笑みを浮かべた。その笑みを向けられると、アビーはいつもなんとなく心が温もるのだった。「いいんだ。私は楽しんだよ」

　彼は本気で言ったのだろうか、とアビーはまた訝った。礼儀正しい人だけに、向けられたことばがどこまで本気なのかを判断するのはむずかしかった。アビーは顔を横向けて髪を耳にかけた。「お父さまの書斎に戻るべきね」

「あんまり乗り気じゃないみたいだね」グレイムはにやりと笑い、立ち上がるときに彼女も一緒に引っ張り上げた。

「お庭をあとにするのがいつもつらくて。でも、書斎であれこれ探すのも楽しいわ。

わたしのおぞましい好奇心を満たしてくれるから。とはいえ、帽子の領収書を全部取っておく必要なんてあったのかしら、とは思うけれど」

グレイムは笑った。「父は帽子が大好きだったんだ。五十は持っていたんじゃないかな。虚栄心の塊だったと言わざるをえないようだ」

「驚きはしないわ」グレイムに問いかけられるような視線を向けられる。「お目にかかったことがあるもの。お父さまはとんでもなく容姿端麗な方だったわ」

「みんながそう言うね」

「謙遜してみせなくたっていいのよ」アビーは彼の腕をつねった。「お父さまは女性から失神されるような人だったとわかっているくせに。ご自分がお父さまにとっても似ているのもわかっているのでしょう」

「私が虚栄心の塊だと言っているのかい？」

「あなたはハンサムだと言っているの」アビーは衝動的に背伸びをして彼にキスをし、テラスに向かって軽やかに駆けていった。グレイムも笑顔で追ってきた。

午後の残りはこれまでよくしてきたように、傷病兵基金に関連する文書を探して過ごした。中央の机から外へ向けて、ごた混ぜの書類を調べていった。グレイムの父親は整理整頓が苦手だったようだ。自分の父親が非常に几帳面なのを思い出しながら、アビーは微笑んだ。

「書類を分類するお父さまなりの決まりがあったはずよ」部屋を見まわしながらアビーは言った。「それがどんなものかは想像もつかないけれど」

グレイムが肩をすくめる。「父と私はたいてい考え方がちがっていた」

「今日はどこからはじめましょうか？　書類棚、箱、本棚があるけれど」まだ調べていない部屋の片隅を手ぶりで示す。

グレイムはしばし考えたあと、ぱっと顔を輝かせて背筋を伸ばした。「そうだよ……」反対側の壁に向かう。

「なあに？」アビーはがっしりした収納箱のところにいる彼のそばに行った。留め金の両側に紋章のようなものが彫られた、りっぱなものだ。

「連隊で使う収納箱だ。父ならこれがぴったりだと考えたんじゃないかな」

「なんです——ああ！」アビーの顔に理解が宿る。「兵士のための基金だったから、連隊の収納箱に入れるというわけね」

「見てみよう」

グレイムはかがんで蓋を開け、浅いトレイを持ち上げた。その下には書類の束と帳簿があった。彼が青い背の帳簿を取って開いた。なかには、黒い繊細な字で〈傷病兵のための慈善基金〉と書かれていた。

「見つけたのね！」

21

アビーは彼の手のなかにある帳簿を覗きこんだ。「お父さまの筆跡?」

「そうは思わないな。ちょっと待って」グレイムは机に向かった。

アビーは収納箱のそばにひざをつき、なかの書類を調べた。「これはみんな、いろんな人からの手紙みたい」

グレイムは別の帳簿を持って戻ってきて、アビーの隣りに腰を下ろした。基金の帳簿を彼女に渡し、机から持ってきた帳簿の表題のページを開いた。

「これは父個人の帳簿だから、この筆跡が父のものなのはたしかだ」ふたりで帳簿を見くらべる。

「同じではないわね」

「そうだね」数字の書かれたページを開く。「数字については自信がないな。かなり似ている気がする」

「ううん。この9を見て」アビーはふたつの帳簿を交互に指さした。「形がちがうでしょう」基金の帳簿で別のページを開く。「でも、見て。ここの数字のいくつかはちがう人の手で書かれているわ」

「つまり、ふたりの人間が数字を記入していたわけか」

アビーは彼を見た。「それって、お父さま以外にもお金を扱っていた人がいたということにならないかしら？」

「少なくとも、受け取った金を数えて記帳していた人間はいたわけだ。少しずつ盗ったのであれば、父はおそらく気づかなかっただろう」

アビーはうなずいた。「そうね。でも、あの株に投資するために盗ったのだったら、何回にも分けてやったのではないでしょう。一度に大金が必要だったはず。いちばんありそうなのは、銀行の口座から引き出す方法ね」

「あるいは、大金を受け取って、それを入金しなかったか」グレイムは収納箱にもたれて遠くを見つめて考えた。「私は一度も注意を払わなかった。これは父の慈善事業で、自分はかかわっていなかったから。だが、教会のピクニックのような資金調達の催しをやっていたのを思い出したよ。それに、寄附を募る手紙を出してもいたな」

アビーは縦に並んだ数字を丹念に調べた。「何年か分の記載がある割に記帳数はそれほどないわね。そのあと十二月にいくつか入金があるわ。ここに〝SV〟と書かれているけれど」

グレイムは彼女の肩越しに覗きこんだ。アビーが無意識のうちに寄りかかると、彼が腕をまわしてきた。「〝SV〟は教会を表わしているんだろうな。そこで資金調達の催しをしたのかもしれない。聖（セント）ヴィンセント教会だろうか？」

「それは村の教会？」

「いや、村のは諸聖人教会だ」

「諸聖人（オール・セインツ）教会」アビーはくり返し、別の頭文字を指さした。「ここに〝AS〟とあるわ」指で下へとたどっていく。「そういう頭文字がいくつか、ほかの教会もちらほらあるわ。ここにはF卿と書かれているわよ」

「フォーテンベリーだな。この前祖母が彼の名前を挙げていた。父が生きているあいだにもっと注意を払っていればよかったよ」グレイムはしばし無言で考えこみ、ぼんやりと彼女の腕をさすった。アビーは彼によりかかり、自分にまわされた彼の腕の温もりやひげ剃り石けんの香り、それに心地よい静けさを楽しんだ。これがかつて望んでいたものなんだわ。情熱については夢見るほど知らなかったけれど、だれかと結びついている、だれかのものだというこんな甘い感覚に憧れていたのだった。

こういう時間をどれだけ持てるだろう。子どもを授かったら、変わってしまうのではないかと心配になる。グレイムが言ったように、子どもは常にふたりをつなぐ絆になる。けれど、跡継ぎができたら、それ以上ベッドをともにする理由がなくなってしまう。夜の営みをグレイムは楽しんでいるようだけれど、その務めから解放されたときにはほっとするのではないだろうか。こみ上げてきた涙を慌てて拭う。このすてきな瞬間を失う心配などして、台なしにはしないわ。

「慈善事業用の金庫があったのを思い出したよ」アビーのなかで駆けめぐる感情に気づいていないグレイムが言った。「寄附をもらったら、その金庫に入れていたんだ。そして、ある時点でそれを銀行に預けた」

「じゃあ、お父さまが銀行に預けにいく前に、だれかが金庫からお金をこっそり盗ったのかもしれないわね。お父さまは犯人がだれだかご存じだったと思う？」

グレイムは彼女の髪に軽くキスをした。「犯人が父ではなくほかの人間だったと考えてくれるなんて、やさしいんだね。私はまだそこまで確信が持てないっていうのに」

「だって、そうでなければミスター・ベイカーが奥さんにあんな話をするかしら？彼はわたしに情報を売ろうとしていたのよ。あんな曖昧な話以上の情報を持っていたはずだわ」

「きみの言うとおりのことが起こったのだと仮定しよう。でも、どうやって犯人を突き止めればいいんだろう。犯人は借用書なんて置いていかなかっただろうしな」

「そうね。でも、ひょっとしたら、それについて知っているのはミスター・ベイカーだけじゃなかったかもしれないわ。怪しんでいた事務員がいたかもしれない」

「可能性はあるな」グレイムはため息をついた。「じゃあ、この書簡をすべて調べるしか方法はなさそうだな」そう言いながらも、収納箱から取り出そうとはしなかった。

「その作業はあとまわしにしてもいいけどね、もちろん」

「そうなの?」アビーは身を引き、いたずらっぽい顔で彼を見た。「じゃあ、代わりになにをしましょうか?」

「いくつか考えがあるんだが」グレイムは人差し指で彼女の頬をなでた。「紳士が喜ぶことについて、〝先生〟からほかになにを教わったのかを話してくれていないよね」

「なんの——」困惑顔で言いかけたアビーだったが、はっと気づいてやわらかな笑い声を発した。「ああ。それね」

「そうだ。いくつか私に実地説明してみないか」

「そうしてもいいけれど、よく理解できないものもいくつかあったの。あなたが説明してくださらないかしら」

「そうだな」グレイムは顔を寄せて彼女の耳もとでささやき、その息を肌に感じたアビーは身震いした。「喜んでそうさせてもらうよ」

アビーがしなやかに立ち上がると彼もそれに倣ったが、ドアのところまで来ると錠をかけて彼女を驚かせた。彼の顔を見たアビーは、またぞくぞくする興奮が体を駆けめぐるのを感じた。「ここで？　いま？」

グレイムの笑みはゆっくりとした官能的なものだった。「ここで。いまだ」彼女の手を取ってやさしく引き寄せる。「もしきみがそれでかまわないのならだが、マイ・レディ」

「かまわないわ」アビーは彼の腕のなかに入っていった。

結局、アビーがいくつものことを示し、グレイムが詳細かつ徹底的にそれを説明した。その結果、ふたりは午後のお茶の時間を完全にすっぽかし、書類調べも翌日まで忘れられた。

翌日の午後、ふたりは収納箱の残りを調べた。その大半がモントクレア卿に宛てられた書簡で、領収書も少し混じっていた。基金に寄附をした人の名前がわかっただけだったが、アビーはそれを書き留めた。

「書簡のほとんどが、あなたのお祖母さまのおっしゃっていたロリンズ大佐という人が差出人になっているわ」

「基金は彼の発案だったんだと思う。父は彼と同じ紳士クラブを使っていたんだ」

「横領犯だった可能性が高いように思われるわ。この慈善事業でずいぶんいろんな仕事をしていたようよ。基金からどの兵士や団体にお金を出すか、この大佐が決めていたみたい」

「ふむ。金を扱っていた可能性があるな。だが、書簡の何通かは金の受取人にふさわしい人間を推薦するものだから、それをもとに実際に金を渡していたのは父だったということになりそうだ」

「話を聞くのならロリンズ大佐が最適よ。慈善事業内でなにが起こっていたかをよく知っていたでしょうから」

「そうだな。だが、彼は二年前に亡くなっている。今朝母に訊いてみたんだ」

「そう。残念だわ」アビーは収納箱に身を乗り出して底のほうにあるものを調べた。「やったわ！」一枚の紙をひらひらさせる。「見て。この便せんの上部には理事たちの名前が書かれているわ」

　グレイムはにやりとして彼女の手から便せんを奪い、壁にもたれてじっくりと見た。アビーはそんな彼を見つめた。彼は上着を脱いで袖をまくり上げていた。髪は無造作な感じに額にかかり、とてもくつろいで見えて、アビーの胸がなにかでうずいた。小さくてなんでもないこの瞬間を永遠に手放さずにいられたらいいのに。

「フォーテンベリーか。偉ぶった愚か者の年寄りだが、少なくともまだ生きている。ミセス・ポンソンビーの夫のジョージの名前もある。たしか父と仲のいい友人だったが、やっぱりもう亡くなっている。キャリントン・ジョーンズ――彼は知らないな。サー・ローレンス――彼はジェイムズの父上だ」

「サー・ローレンスは基金にはかかわっていなくて、寄附をしていただけだ、とあなたのおばさまは言ってらしたと思うけれど」

「事業に関するテッサおばの話はあてにならないよ。十年前に買った帽子や出席したパーティについてなら、おばのことばを信じるけどね」

「でも、サー・ローレンスもすでに他界なさったのよね？」アビーは言った。「彼とあなたのお父さまは仲がよかったの？」

　グレイムはおもしろくなさそうな笑い声を小さく出した。「いや、そうは思わない。アルバート・ボディントンか。会ったことがあると思う。ヘンリー・ブレイスウェル

――彼も故人だ」

「グレイム……」アビーは顔をしかめた。「ずいぶんおおぜいの人が亡くなっていると思わない？　あなたのお父さま、ジェイムズのお父さま、ミスター・ポンソンビー、ブレイスウェル……」

「ロリンズ大佐もだ」グレイムは目を狭めた。「この慈善事業と関係があるかもしれないと言っているのかい？　横領と？」

「わからないわ。でも、これだけおおぜいが亡くなっているのは少し奇妙だと思って」

「父の死は無関係だと断言できるよ。ある冬のことだけど、雨に濡れて肺炎で亡くなったんだ。サー・ローレンスは心臓発作だ。ほかの人たちについてはわからない。いずれにしろ、全員が父と同年代だった。サー・ローレンスは父より年上だったな。ロリンズ大佐はさらに上だったと思う。年配の人たちだったから、十年のあいだに亡くなっていても不思議はないのかもしれないよ」

「ミスター・ベイカーは撃たれたわ」

「そうだったね」グレイムは眉をしかめた。「でも、彼を殺した動機はいくらでも可能性がある。基金がらみとはかぎらない」

「彼は横領の裏事情をわたしに話そうとしたときに殺されたのよ」

グレイムは座ったまま背筋を伸ばし、髪を掻き上げた。そこに答えがあるかのように窓の外に目を向ける。「つまりきみが言っているのは、犯人はあの晩あの場所でベイカーがきみに会ってなにを話そうとしているのかを知っていて、彼がまさにそうしようとした決定的な瞬間に撃った、ということかい？　犯人はすごい幸運に恵まれたみたいだが」

「犯人はミスター・ベイカーを尾けていたのかもしれなくってよ。ミスター・ベイカーは、真実を暴かれたくなければお金を寄こせと、その人も脅迫したのかも」

「犯人はそれとはまったく関係ない理由でベイカーを尾けていたのかもしれないし、狙いやすい街灯の下に立っている彼を見かけて、こんな機会を逃す手はないと思ったのかもしれない」

「じゃああなたは、ミスター・ベイカーが殺されたのは、わたしに情報をあたえようとしていたからだったのだとは思っていないのね」

「わからない。だが、ベイカーがきみやその横領犯――実在するのかどうかもわからないが――から金を強請ろうとしていたのなら、ほかの人間も強請ろうとしていた可能性が高いだろう。ひょっとしたら、慈善基金の横領よりももっと重大ななにかを種にして」

「特に十年前に起こったことね」

「まさに」グレイムはうなずいた。「金は補填された。犯罪が行なわれたことをだれが証明できるんだい？　うわさ話もゴシップもなかった。きみが指摘したように、すでに他界した理事会の役員も何人かいる。傷ついたのは父ただひとりだし、私たちは醜聞を引き起こしたくないから犯人の正体を公にさらすつもりがない」

「そうね。だれかを殺すほどの重大事には思えないわ」

「少しでもなにかを明らかにできるようになるんだろうかと思いはじめてきたよ。帳簿は役に立たなかった。書簡からだってなにもわからない」

「かかわっていた人たちの名前がわかったじゃないの」アビーが指摘する。「その人たちに話を聞けばいいわ。だれかが役に立つ情報を持っているかもしれないでしょう」

「それにはロンドンに戻る必要があるな」グレイムはあまり乗り気ではなさそうだ。アビー自身も気乗りがしなかった。「そんなに長くかからずに、すぐにまた戻ってこられるかもしれないわ」

「ここが気に入ってるのかい？」彼の表情が鋭くなった。

「ええ」そんなことを訊かれて驚いていた。「もちろんよ。あなたはちがうの？　ロンドンのほうが好きなの？」

「いや、リドコム・ホールが私の家だ」

「あのね……ここのほかの場所も調べてみるべきかもしれないわ。町屋敷と同じで、屋根裏部屋に片づけられているものがあるかもしれないでしょう」

グレイムがゆっくりとした笑みを浮かべた。「きみの言うとおりだな。差配人の事務所も調べるべきだと思う。父が記録の一部をそこにしまったかもしれない。調べるには長くかかりそうだ」

結局ふたりが列車でロンドンに戻ったのは一カ月が過ぎたころだった。

「あら、また来たのですね」町屋敷の応接間にふたりが入っていくと、伯爵未亡人が言った。その声にはうれしそうなようすが少しもなかったので、アビーは笑いでむせそうになった。

「うれしい驚きですわ！」ミセス・ポンソンビーは弾かれたように立ち上がり、伯爵未亡人の熱意のなさを懸命に補おうとした。「あなたたちがいらっしゃらなくなって、火が消えたようでしたのよ」

「たしかにね。だれも廊下で歌ったりしませんから」伯爵未亡人がそっけなく言った。

「それでは、わたしがここの雰囲気を活気づけるようにしますわ」アビーの声にはいたずらっぽい色がにじんでいた。

「あなたならきっとそうするでしょうとも」伯爵未亡人は微笑もうとしているのか、唇をひくつかせた。

「歓迎の気持ちに感動をおぼえますよ、お祖母さま」グレイムが前に出て、伯爵未亡人の手を取ってお辞儀をした。

「生意気な口をきくのはおやめなさい」口ではそう言いながらも、伯爵未亡人は笑顔を見せ、彼の顔を探りながらその手をぎゅっと握った。「元気そうね」

「ありがとうございます。元気です。お祖母さまもお元気そうでなによりです」

「腰が痛くてたまりませんよ」愛想よく返す。「さあ、さあ、お座りなさいな。どうして戻ってきたのか聞かせてちょうだい。ずっと本邸にいるものだと思っていましたよ。フィロミーナ、呼び鈴を鳴らして子どもたちにお茶を用意させて」

ミセス・ポンソンビーがそそくさと指示に従うと、グレイムはソファのアビゲイルの隣りに腰を下ろして彼女の手を取った。伯爵未亡人はつながれたふたりの手に鋭い視線をさっと向けたが、なにも言わなかった。

「向こうには何週間か行くだけだと話してあったはずですよ」グレイムがやんわりと言った。

「ええ、でも気持ちが変わって、ずっとあちらに滞在するだろうと思っていたのですよ」伯爵未亡人はアビゲイルに向きなおった。「リドコム・ホールが気に入らなかったのかしら？」

「すてきな場所だと思いましたし、グレイムのお母さまはとってもやさしくもてなしてくださいました」アビーはまた、伯爵未亡人の目がきらめいたのを見た。自分が相手に嫌われているのか、あちらが単に丁々発止のやりとりを楽しんでいるのか、アビーにはわかったためしがなかった。ほかのみんなは萎縮してしまって伯爵未亡人に言い返すどころではなかったし、ミセス・ポンソンビーと言い合いをするのは枕を殴るのも同然だ。

「そうね。あいにく、かわいそうなミラベルはだれでも好きになってしまう質なのですよ」

「ロンドンで話をしたい人が何人かいるのですが」グレイムが言った。「フォーテンベリー卿はいまもここにいるでしょうか？」

「そうだと思いますよ。あの人がクラブを出たら驚きです」

「キャリントン・ジョーンズはどうです？　彼をご存じですか？　アルバート・ボディントンは？」

「キャリントン・ジョーンズですって？　もちろん知っていますとも。オックスフォードであなたのお父さまと同級でしたからね——まあ、一年かそこらだけでしたけれど。ジョーンズがそこまでもっただけでも驚きでしたよ。たしか、ブレイスウェル家の娘のひとりと結婚したのではなかったかしら」

「ヘンリー・ブレイスウェルのお嬢さんと？」

「彼の妹とです。ジョーンズは救いようのない愚か者です——まあ、マデリン・ブレイスウェルと結婚したくらいですからね。なんだって彼のことなど訊くのです？」

「傷病兵基金にかかわっていたひとりだったからです」

「まだそんなことをやっているのですか？　なぜそこまで関心があるのか、さっぱりわかりませんよ」

　グレイムは肩をすくめた。「あの基金を引き継ぐのもいいかと思って。父上への追悼として」

「わたくしにはばかげて聞こえますけれどね」

「それはともかく、ミスター・ジョーンズがどこにいるかご存じですか？　彼を訪問したいんです。ミスター・ボディントンも。ほかにもいます。ジェラード・フィッツウィリアム、バングズという人、W・J・ウォルターズ」

「バングズの名前はオリヴァー・バングズトンですよ——変わった人でね。隠遁者のようなものになったと聞いています。でも、レジナルドのためならあなたと会ってくれるでしょう。いつだってレジナルドの後ろを子犬みたいについてまわっていましたね。フォーテンベリーに会いたいなら、クラブへ行けばかないますよ。ミスター・ボディントンは、金曜日のレディ・サルウェルの夜会に出席する予定です。あの人はミセス・ハーグリーヴズを追いかけているの。彼女の夫がようやく亡くなってくれて、かなりの財産を遺したのです。ミセス・ハーグリーヴズはレディ・サルウェルの妹なの。それから、ジェラルド・フィッツウィリアムという人だけど……彼のことは知らないわ」

「ジェラード・フィッツウィリアムです」グレイムは訂正した。

伯爵未亡人は長々とグレイムを見つめた。「ジェラルドだろうとジェラードだろうと変わりはありませんよ。わたくしはその人を知りません。重要な人物ではないのでしょう」

驚くにはあたらないが、グレイムの祖母がくれた情報はすべて正しかった。アルバート・ボディントンはたしかにレディ・サルウェルの夜会に来ており、フォーテンベリー卿は一日の大半をクラブで過ごしていた。あいにく、そのどちらからも有益な情報を得られなかった。

「フォーテンベリーは傷病兵基金どころか、自分の名前だっておぼえているか怪しいものだ」年配の貴族と会って戻ってきたグレイムが、嫌悪のこもった声でアビーに話した。「彼は私を〝レジー〟と呼び続け、ミラベルにはいつ求婚するつもりなのかとたずねてきたんだぞ」

「たいへんだったわね」アビーは同情した。自分の部屋でグレイムと一緒に優美なふたり掛けのソファに座っていた。戻ってきたグレイムが、応接間の祖母と客を避けて裏手の階段からこっそり上がってきたのだった。

「傷病兵基金についてたずねたら、きょとんとされたよ。祖母の話では教区牧師はフォーテンベリーの受禄聖職者だったということだったから、名前くらいはおぼえていると思ったんだがだめだった」

「教会の名前がわかれば助かるのだけれど。教会には牧師さまの名前がすべて記録されているはずでしょう」

「クラブで聞いたんだが、ジョーンズはスコットランドの釣り小屋にいるそうだ。秋が近づいているから、じきに戻ってくるだろうが」

「これからどうしたらいいかしら？　あなたのお祖母さまがご存じなかった名前について はどう？」

「フィッツウィリアムかい？　フォーテンベリーもボディントンもおぼえていなかったよ。ひょっとしたらバングズトンかほかのだれかが、彼についてなにか知っているかもしれない。次はバングズトンを訪問しようかと考えていたんだ。祖母の言うとおりに父を崇拝していたのなら、もっとあれこれ知っているかもしれないから」グレイムはちらりとアビーを見た。「隠遁者だという祖母の話が正しいのなら、私ひとりで行ったほうがいいと思う」

アビーはため息をついた。「そのほうがいいのでしょうね。でも、わたしはすでにふたりと話す機会をふいにしているのに、なんだかとっても不公平だわ」

「ふむ」グレイムは彼女の額にキスをした。「こんな風に考えたらどうかな。少なくとも、きみはサセックスまで行かなくてもすむと」

ほんとうのところ、たったの二日だとしてもグレイムが出かけていってしまうのがいやなのと同じくらい、一緒に行きたくもなかったのだった。この何日か吐き気に見舞われていて、ガタゴトと列車に揺られると考えただけで胃のなかのものがせり上がってくるのだった。

それについてはグレイムにはまだ話していなかった。原因が妊娠にあるのではないかと思っていたので、黙っていることに罪悪感を抱いていた。月のものもふた月来ていなかった。午後にはしょっちゅう疲れてしまうという事実もあった。

まだ確実ではないもの、とアビーは自分に言い訳した。グレイムに期待させたあとで、まちがっていたとなったら残酷な仕打ちになってしまう。けれど、ためらっているほんとうの理由はわかっていた。彼の知るところとなったときに、どうなるかがこわいのだった。子どもを妊娠したら、ふたりの取り決めは達成されたことになる。彼がベッドをともにしてくれる理由がなくなるのだ。

ベッドをともにするどころか、一緒に過ごす理由も彼にはなくなる。グレイムはアビーが来る前にひとりで幸せに暮らしていた愛するリドコム・ホールに戻れる。そう思ったら、涙がこみ上げてきた。

ずっと望んでいたものを手に入れようとしているのに……そのせいで喜びと同じくらいの恐怖に満たされるなんて、残酷な冗談のようだった。

22

グレイムはサセックスへの旅をずるずると先延ばしにした。アビーが彼に旅立ってほしくないのと同じように、彼のほうも乗り気ではなさそうだった。けれど一週間後、彼はとうとうミスター・バングズトンに会うために列車に乗った。彼が行ってしまうと、アビーは一日の大半を図書室で過ごした。本を読みもしたけれど、それ以外のときはグレイムを恋しく思った。こんなのはばかげていると自分に言い聞かせる。これまでずっと彼なしで過ごしてきたというのに、たった一日半彼がいないだけで、落ち着かなくて孤独で、不思議と不完全に感じてしまった。

ミセス・ポンソンビーがアビーの話し相手を買って出た。アビーは彼女に同情した——お金がなくて親戚の慈悲に頼らなければならないだけでもつらいだろうに、しょっちゅう伯爵未亡人にふりまわされるのはことさら残酷に思われた。だから、精一杯笑顔を作っておしゃべりした。けれど、そんな風に午後を過ごしたあと、顔の筋肉がこわばり、頭には生綿が詰まったようになったので、頭が痛いと言って寝室に下がった。

髪を梳かして寝間着に着替えると、ふたり掛けのソファに座って本を開いた。グレイムに思いがさまよってばかりで、ほとんど進まなかった。彼がミスター・バングズトン宅近くのルーウィンの宿に泊まるのは良識ある判断だ。明日の朝早い列車に乗って、午後には帰ってくるだろう。自分がひとりで眠りたくないからというだけで、グレイムが急いで午後の列車に乗ってくれたらよかったのにと願うのは、ほんとうにばかげている。

ふと、テムズ川から助け上げられて以来、自分のベッドでひとりで眠るのはこれがはじめてだと思い至る。アビーは微笑みを漏らした。それは、グレイムが取り決めをただ受け入れたという以上を示しているのではないかしら。妊娠したかもしれないと告げても、取り決め完了にほっとして背を向けずにいてくれるかもしれない。そうなったら、お腹のなかで大きくなっていく子どもに対して純粋な喜びを感じられるのだろう。グレイムの子。

そう思ったら心がとろけ、しばし幸せな白昼夢に浸ったが、ふたたび疑念が忍び寄ってきた。自分に対する彼の欲望を読み誤っていたら、妊娠を伝えたとたんにふたりの関係は終わってしまう。もう少しだけこのままでいたほうがよさそうだ。ぜったい確実になるまで話すべきではないだろう。

モリーがホット・チョコレートを持って颯爽と入ってきた。グレイムの母親は毎晩寝室に下がる前にホット・チョコレートを飲んでおり、リドコム・ホールにいるときにアビーもそれに倣うようになったのだった。ロンドンに戻ってからも、その習慣を続けていた。ここのホット・チョコレートは本邸で出されていたものほどおいしくはなかったけれど（ロンドンの料理人にそれを伝えるつもりはない）、それでも毎晩楽しみにしていた。最近はなじみのある食べ物がまずく感じられるようになってしまったけれど、ホット・チョコレートは以前よりずっと好きになっていた。

今夜最初のひと口は、粉っぽい後味が口のなかに残った。けれど、モリーにはなにも言わずにおいた。話したら、モリーはきっと料理人を非難するだろうし、アビーとしては伯爵未亡人の屋敷に軋轢をもたらす——あるいは、モリーがいま以上にほかの使用人たちと敵対する——原因にはなりたくなかった。

アビーはもう数口飲んだが、モリーが部屋を出ていくとすぐにカップを置いた。ろうそくをベッド脇のテーブルに置き、上掛けの下に入って読書を続けた。本に集中するのに苦労する。思いはつい、グレイムへとさまよってしまった。開いた本をひざに置き、枕にもたれて心がさまように任せた。まぶたが震えて閉じた。

暖炉の前にひざをつき、目の前に積まれた書類を必死に調べた。どうしても見つけなければならない。あまりに暑すぎる。汗をかいていたし、炎の熱を頬に感じる。暖炉から離れなければ。でも、まずは見つけなければ。グレイムがそれを欲しがっている。炎のはぜる音がした。空気が煙たい。アビーは咳きこみながら、灰色の煙を払いのけようと手をふった。煙道がふさがっているんだわ。暖炉に向かって手探りする。煙道を開けなければ。けれど、暖炉は見つからなかった。なにも見えない。咳が止まらなくなってきた。

アビーの目が開き、また閉じた。ただ眠りたいだけなのに、咳が止まらない。ふたたび目を開けたものの、まだ夢にとらえられていたので、明るいオレンジ色の炎とたなびく煙を見ても驚かなかった。一瞬後、恐怖が体を駆けめぐった。炎が窓辺のカーテンをなめていた。

恐怖のおかげで、ベッドの上で炎とは反対方向へ這っていけた。まだ眠気が完全に覚めていないせいで頭がうまく働かず、目が頑なに閉じようとした。突然どさりと音をたてて床に落ちた。その衝撃で目が覚めたけれど、呆然と横になったまま天井を見上げ、必死で肺に空気を取りこもうとした。

頭上に炎が見えたが、頭の回転が鈍っていたために、ベッドの天蓋が燃えているのだと気づくのにしばらくかかった。「グレイム」

這って逃げはじめたが、頭が麻痺して、グレイムのもとへ行かなくてはということしか考えられなかった。なんとか壁まで到達し、そこに頭を預けて咳こんだ。顔を上げると、呼び鈴の紐がぶら下がっているのが目に入った。手を伸ばして紐を力いっぱい引いた。

肩を壁につけたままふたたび這いはじめたが、咳きこみがひどくなった。とうとうグレイムの部屋のドアまでたどり着いたが、取っ手に手が届かなかった。ひどく眠かった。暗い虚無に落ちていくなか、女性の悲鳴が聞こえた。

ふたたび目を覚ますと横向きに寝ており、頬に絨毯の粗いウールがあたっていて、咳をしていた。どうしても咳が止まらない。だれかが何度も背中を叩いているので、なおさらだ。

「やめて」アビーはあえいだ。

「ああ、お嬢さま！」モリーだった。しかも、驚いたことにその声は涙にむせんでいた。「気がつかれたんですね！」

廊下を行く重々しい足音がして、人々の叫ぶ声がした。アビーの咳が少しずつおさまってきた。目を開けようとしてもだめで、また暗闇へと漂っていった。

「アビー!」動揺した叫び声が空気を切り裂き、アビーはすぐそばにひざまずいたグレイムに抱き上げられた。「アビー! なにがあった? きみは――アビー、目を開けるんだ!」

アビーはなんとか目を開けた。グレイムがまっ青な顔で自分の上にかがみこんでいた。彼女の唇に笑みが浮かぶ。「グレイム」彼の胸にすり寄り、また眠りに落ちた。

次に目が覚めたとき、アビーはやわらかなベッドで横になっていた。天蓋を見上げて目を瞬き、ゆっくりと頭をめぐらせる。ベッド脇の肘掛け椅子にグレイムが座っていて、頭を背もたれに預けて目を閉じていた。

「グレイム」出てきたのはしわがれた声だった。

彼の目がぱっと開いた。「アビー! よかった、目が覚めたんだね」

「なにが――」炎と煙のぼんやりした記憶が頭をよぎった。暖炉の前で書類を調べていたのをおぼえている――いいえ、あれは夢だった。現実は、燃え上がるカーテンと充満する煙だ。

「カーテンが燃えたんだ。ろうそくの火を消さないまま眠ってしまって、その火がカーテンに燃え移ったにちがいない」

そうなの？　アビーは懸命に思い出そうとした。

「目を覚まして、呼び鈴を鳴らして使用人を呼んでくれてよかったよ。モリーが、この部屋につながるドアのそばに倒れているきみを発見したんだよ」グレイムは彼女の手を取って親指でなでた。「きみはすごく運がよかった。モリーが駆けつけたときには、天蓋が燃えてベッドに落ちていた」アビーの手を握る彼の手に力がこもった。「ベッドにいたままだったら、きみも燃えていたところだ」

アビーは鋭く息を呑み、その拍子にまた咳きこんだ。グレイムがグラスに水を注いでくれたので、ありがたく飲む。口も喉も乾ききっていた。胃が妙な具合になり、つかの間、飲んだ水を吐いて醜態をさらすのではないかと心配になった。けれど、胃は落ち着いた。枕にもたれる。床を這い、グレイムが屋敷を留守にしているのも忘れて、彼を見つけることしか考えられなかったのを思い出した。

アビーは眉をひそめた。「なぜここにいるの？　まだサセックスだとばかり思っていたけれど」

「泊まらなかったんだ。私は……」恥ずかしそうにうなじを揉む。「あそこで夜を、その、むだにするのはやめようと決めてね。うまい具合にロンドンに戻る夜の列車に間に合ったんだ」

アビーは微笑んだ。離れた場所で夜を過ごしたくなかったのね。「うれしいわ」

「もっと早く帰ってこられたらよかったんだが。きみがどうなっていたかと思ったら……」

「本を読みながら眠ってしまったなんて、信じられないわ。そんなことは一度もなかったの」けれど、前夜はとても眠かったのを思い出した。

グレイムはかがみこみ、片手を彼女のうなじに差し入れて額にキスをした。「無事でよかった」

アビーは彼のうなじに抱きついた。「帰ってきてくれてうれしいわ」

「私もだ」アビーの唇にかすめるようなキスをする。「さあ、眠りなさい。体を休めないと」

アビーはしぶしぶ彼から腕を離した。「一緒に横になってくれたら眠るわ」

「いいのかい？　じゃまはしたくないんだ」

アビーは笑った。「大丈夫。わたしは病気でも怪我をしているわけでもなくて……ちょっと頭がぼうっとしているだけよ。あなたがいてくれたほうがよく眠れるの」

グレイムはにっこりして服を脱いだ。ベッドに入り、アビーを腕に抱く。アビーは彼にすり寄ってくつろぎ、眠りが訪れるのを待った。うとうとしかけたとき、ある思いがふと浮かんだ。テーブルのまん中に置いていたろうそくの火が、どうしてカーテンに燃え移ったりしたのだろう？

翌朝、朝食のお茶とトーストを運んできたモリーに起こされたときも、アビーはまだふらふらしていた。モリーはアビーをきつく抱きしめたあと、不注意を手厳しく叱った。

「ベッドのなかで本を読んではいけませんと、何回言いました？」

「数えきれないほどよ」アビーは微笑んだ。なぜだかわからないが、モリーが乳母だったころの小言を聞かされて気分がよくなったのだ。

モリーが鼻をすすった。「お嬢さまは一度もまともに聞いてくれませんでしたけどね」

「これまでは本を読みながら眠ってしまったことなどなかったもの」アビーが言い返す。「本を読んでいたら、眠くなるよりも目が覚めるのだけど」

「今度はちがったんですよ。それに、ろうそくをカーテンのそばに置くなんて、いったいなにを考えていたんですか？」

「そんなことはしてないわ。ろうそくはテーブルのまん中に置いたのよ。ぜったいだわ」

「じゃあ、ろうそくが勝手に端まで歩いていったって言うんですか?」モリーが腕を組んでにらみつけると、アビーは五歳児の気分になった。「それとも、伯爵未亡人が夜中にお屋敷をこそこそ歩きまわって、みんなのろうそくを動かしてるとでも?」

「もちろんちがうわ」アビーは吐息をついた。「あなたの言うとおりね。自分でろうそくをそこへ置いたのかもしれないわ」いっときの不注意は、むやみに眠くなることや吐き気や気分の揺れと同じく、妊娠が原因にちがいない。

「もっと気をつけてくださらないといけませんよ。いまはご自分のことだけを考えていればいいんじゃないんですからね。そうでしょう?」

アビーは目を見開いた。「どういう――知っていたの?」

「当然です。あたしをどんなまぬけだと思ってるんですか? 朝はトーストしか召し上がれないことに気づかないとでも? 月のものだってふた月もないことにも?」

あたりまえだ。どんなことでもモリーから隠しておけると考えるなんて、ばかだった。「まちがいないのよね? 不安のせいだとかでは――」アビーはことばを切り、またため息をついた。「グレイムに話すべきだわ。そうでしょう?」

本心では、彼に話したかった――ときどき、うきうきする気持ちを分かち合いたくてたまらなくなった。妊娠を告げられて、顔をぱっと明るくする彼を見られたら最高だろう。子どもやふたりの将来について話し、計画を立て、空想にふけったりする。一度ならず口から出かかったのだが、いつも冷たい恐怖に襲われて、最後の瞬間に腰が引けてしまった。そのせいですべてが変わってしまったら？

「しばらく黙っているのは別に悪いことじゃありませんよ。なにが起きるかわかりませんからね」

「彼を喜ばせたあとで、まちがっていたとわかったらいやなの」アビーはその言い訳にしがみついた。そのとき、ゆうべのできごとがお腹の赤ちゃんによくなかったかもしれないと気づき、体の芯から寒気をおぼえた。煙を吸い、ベッドから落ちた。自分の不注意が取り返しのつかない害を赤ちゃんにあたえていたらどうしよう。

「お腹の子を傷つけたんじゃないかと心配するのはおやめください」モリーは、アビーの顔に浮かびつつある動揺の表情を正確に読み取った。「赤ちゃんはきっと大丈夫ですよ」アビーの腕を軽く叩く。「これからは、ご自分の面倒をちゃんとみるよう気をつけてください。ほら、お風呂を用意しましたよ。煙のにおいを洗い流せばご自分らしさを取り戻せますって」

当然ながら、モリーは正しかった。体をきれいにして着替えると、気分はうんとよくなった。それに、吐き気もおさまってきた。着られるドレスをモリーが見つけてきてくれた。階下の洗濯室にあったおかげで、部屋にしみついた煙のにおいのしないものだ。部屋を出て階段に向かう途中で、自分の寝室を覗いた。不意にまた寒気に襲われる。

頭板は黒焦げで、天蓋は黒いぼろ布となってぶら下がり、焦げたマットレスには天蓋の残骸が落ちていて、ベッドはひどいありさまだった。窓辺の壁もカーテン——の残骸——も黒く焦げていた。なにもかもがぐしょ濡れだ。煙を逃すために窓が開け放たれていたけれど、においはしつこく残っていた。煙のにおいを消すために、アビーの服はすべて洗濯しなければならないだろう。

「ゆうべは危ないところできみの目が覚めてよかったよ」背後からグレイムの声がして、アビーはどきりとした。彼が階段を上がってくる音に気づいていなかった。

「お部屋がめちゃくちゃになってしまったわ」

「実際よりもひどく見えるものさ」グレイムに腕をまわされ、アビーは彼の胸にもたれた。「壁の内部まで火は達していなかった。ベッドだってもとどおりに戻せる。完全にだめになったのは寝具類とカーテンだけだ。消防団がすばやく駆けつけてくれたし、火がベッドから燃え広がるのを使用人たちが食い止めてくれたおかげだ」

アビーが思わず身震いをすると、彼がさらにきつく抱きしめてくれた。「すぐに新品同様になるよ」顔を寄せて彼女の耳もとでささやいた。「それまでのあいだ、喜んできみとベッドを分かち合ってあげよう」

アビーは微笑み、自分を抱きしめる腕に手を置いた。彼の息が耳にかかってぞくぞくする。耳たぶを甘噛みされた。

「ベッドといえば」彼が続ける。「あんなたいへんな目に遭ったのだから、ベッドに戻って休まなくてはだめだよ」

アビーは笑い、目を躍らせながら彼の腕から出た。「あら、だめよ。〝バングズ〟からなにを聞いたかを話してくれるのが先でしょう」

グレイムはわざとらしいうめき声を出した。「思い出させないでくれよ」そう言いながらも、アビーと手をつないで階段へと向かった。「とんでもなく人をうんざりさせる男だったよ。彼は——一度ならず——レジーが〝最高の男〟で、彼が逝ってしまって世界は悪くなったと話した。それと、ジョージ・ポンソンビーも私の父ほどではないにしてもやっぱり〝最高の男〟で、彼は——つまり、ポンソンビーのことだが——自宅そばを散歩しているときに誤って崖から落ちてしまった、という話を延々とした。バングズの考えでは、父が基金を廃止したのは親友のジョージを失った悲しみのせいだそうだ。横領の件はまったく知らないみたいだった。その件をほのめかすような話を聞いていたとしても、信じようとはしなかっただろうな。彼が父のあとを子犬のようについてまわっていた、という祖母の話が信じられる気がするよ」

「そう」

「とはいえ、完全なむだ足でもなかったんだ。彼からたくさんの名前を聞き出せた。例のとらえどころのない教区牧師の名前もわかった。アリステア・カンブリーだ。問題の教会は、オードリー・ゲートの聖ヴェロニカ教会だった」

「それはどこにあるの？」

「コッツウォルドのどこかだと思う。だが、カンブリーはもうそこにはいないんだ。バングズトンの話では、二、三年前に引退したらしい。あいにく、いまの居場所は知らなかった」

「知っている人がだれかいるはずよ。少なくとも、教会に問い合わせられるわ」

「それに、新たに見つけ出して話を聞くべき人たちもできた」グレイムが指摘する。続く何週間か、ふたりはまさにそうした。それぞれの名前を追跡し、パーティや劇場でつかまえた。とはいえ、社交シーズンが終わったいま、その多くが田舎に戻っていたため、なかなか捗らなかった。

アビーは気にしなかった。実際の成果よりも、グレイムと過ごすことのほうに関心があった。そんな自分がひどい人間に思われた。けれど、それについても気に病んだりはしなかった。

アビーの部屋の壁は塗りなおされ、ベッドとカーテンは取り替えられ、衣類は徹底的に洗濯されてもとの場所にしまわれた。いくらもしないうちに、火事などなかったかのようになった……が、アビーは毎晩部屋のろうそくをすべて消してから眠るようにした。

舞踏室は混み合い、喧騒に満ちていた。今夜は、冬をイタリアで過ごすレディ・ミドルトンの送別舞踏会で、ロンドンにいるすべての人たちがお別れの挨拶に来たようだった。伯爵未亡人と友人たちのおしゃべりの輪に引きこまれてしまったアビーは、笑顔を顔に張りつけながら夫を探して部屋中に視線を走らせた。

やっと見つけた。同じように正装している男性のなかにいても、グレイムがだれよりもハンサムに見えて驚嘆する。シャンパンのグラスを手にしている彼はアビーをじっと見つめていた。

目が合うと、彼の唇に小さく秘密の笑みが浮かんだ。グラスを掲げ、縁越しにこちらを見ながらシャンパンを飲んだ。アビーは顔が赤くなるのを感じた。あの目つきなら知っていた。アビーは慎み深く視線を落とし、それから上目づかいで挑発するように彼を見た。

グレイムは通りがかったウェイターにグラスを渡して、彼女のほうに向かってきた。アビーは女性たちに背を向けて満足の笑みを隠そうとしながら、視野の隅で人混みを縫ってやってくるグレイムを見ていた。

「やあ」

「まあ、モントクレア」アビーは驚いたふりをした。「気づかなかったわ」

「ふむ。そうみたいだね」彼はアビーの腰に軽く手をあてた。見苦しいと伯爵未亡人から叱責を受けるほどではないが、自分の妻だと主張するのにはじゅうぶんな感じに。ドレス越しにも体が熱くなるのをアビーが意識するのにじゅうぶんな感じに。グレイムは魅力的な笑みを浮かべてほかのレディたちに挨拶をした。彼女たちに気取られないようにこっそりとアビーの背中を親指で愛撫していた。「あなた方から妻を盗みにきました。ワルツを約束してもらっているので」

女性たちの輪から手際よくアビーを引き離すと、グレイムはかすかに背中を押しながら歩き出した。アビーは横目で彼を見た。「こっちはダンス・フロアじゃないわ」

「そうだったかい？」なに食わぬ顔で言う。「おかしいな。それなら、散歩でもしようか」

ふたりは人混みを抜けて舞踏室から少し静かな廊下に出た。

「どこへ行くの？」

「わからない。あそこ以外ならどこでも」アビーの耳もとでささやく。「きみのドレスがどれほど気に入っているか、もう伝えたかな？」

「ええ、でも、また言ってくれてもかまわなくってよ」アビーが歩みをゆるめると、彼もそうした。

「歩くと、ドレスがすばらしい音をたてるね」

アビーはくすくすと笑った。「そう？」

「ああ」アビーは耳もとに彼の息を感じた。「それを脱がせることしか考えられない」

彼に耳たぶを甘嚙みされる。

「グレイム……だれかに見られるわ」甘えた声になってしまった。

「それはぞっとするな」グレイムは彼女の体の前へと手をすべらせ、腹部の上で指を広げた。「それなら、きみはこのドレスを着るべきではなかったのかもしれない」

「脱いでほしい？」

アビーは彼の手がかっと熱くなるのを感じた。「ああ」

グレイムはあたりを見まわしてから別の廊下に入った。屋敷の裏手へと行く狭い廊下だった。彼はアビーを壁に押しつけ、片手を彼女の顔のそばについて首に鼻をこすりつけた。

「この一時間、歩くきみの姿を見て、衣ずれの音を想像して、頭がおかしくなりそうだった」

「タフタ」

「ん？」グレイムの口は彼女の耳を探索するのにふさがれていた。

「ドレスよ。タフタという生地なの。それで衣ずれの音がするのよ。それに、二十分くらい前に一緒にいたのだから、一時間というのはありえないわ」

「それくらい長く感じられたんだ。いつになったら家に帰れるかな？」

「グレイムったら。まだ失礼するわけにいかないのはわかっているでしょう」グレイムが唇をさまよわせやすいように、アビーは首を横に倒した。両手を彼の胸にあてて上着のなかにすべりこませ、上下にさすった。「無作法ですもの」

「気にもならない」片手で胸を包み、ドレス越しに頂の輪郭を親指でなでる。

「あなたのお祖母さまがなんとおっしゃるかしら？」首筋に軽く歯を立てられて、アビーは息を呑んだ。

「それも気にならないな」グレイムは顔を上げて彼女をじっと見つめた。そのまなざしは熱く、顔はほてってとろんとしていて、体をさらに強く彼女に押しつけた。

「いったいどうやって私をこんな風にするんだ？　とても人に見せられない姿だよ」

「わかっているわ。感じるもの」アビーはふたりのあいだに手を下ろしていき、ズボンの下の硬いものを爪で引っ掻いた。

グレイムはくぐもった声を出して目を閉じ、アビーと額を合わせた。「アビー、きみのスカートをたくしあげてこの場で奪ってしまいそうだ」

「あら、それはできないわ。そうでしょう？」アビーは彼をそっと押しやった。それから唇に軽くキスをして彼から離れた。

23

「アビー、待ってくれ」グレイムは彼女に手を伸ばした。「なにをしているんだ？どこへ行こうとしている？」

アビーは彼の手を取り、にっこり笑い、廊下を引っ張っていった。「妻の務めを果たそうとしているのよ。だんなさまを楽しませようとしているの」廊下をすばやく進み、最初の部屋を覗き、次の部屋も覗いた。「ここがいいわ」アビーは彼を引っ張りこみ、ガス灯の明かりを弱めた。

「ここはどこだい？」ほかの部屋に置かれていたとおぼしき、さまざまな大きさや高さのテーブルなどの調度類が詰めこまれていた。「物置かい？」

「錠のついた部屋よ」アビーは彼の背後に手を伸ばし、ドアを閉めて鍵をまわした。

グレイムの目が燃え上がる。「アビー……」

「なあに？」無邪気そうに目を丸くし、声を高くする。「あなたは望んでいない――」

「望んでいるとも」アビーのウエストを両手でつかむ。

彼はアビーを抱き上げてテーブルのひとつに下ろし、脚を広げさせて身を寄せた。抱きしめて唇を重ねる。キスは激しく切羽詰まったもので、彼の体は熱を発していた。アビーは彼のうなじに腕をまわしてキスを返し、脚を巻きつけて彼を自分のほうにさらにきつく引き寄せた。

彼はやっとアビーを放したが、彼女の体に両手をさまよわせるためだった。手の動きを追う彼の目は、熱く翳っていた。アビーはテーブルに手をついて体を後ろに反らし、無意識のうちに彼を誘った。悦びを得ている彼を見ていると、深くて原始的ななにかが刺激された。彼の手の下でタフタがカサコソと鳴り、グレイムはアビーに向かってにやりとした。

「これは……」胸をなで、ドレスの下に手を入れて柔肌を愛撫する。「これまでで最高のパーティだよ」

アビーは笑い出したが、グレイムに唇をとらえられて、くらくらするまでキスをされた。顔を離したとき、彼の目はとても一心できらめいていて、アビーは目をそらせなかった。グレイムは目を合わせたままスカートをまくり上げ、手を入れてパンタレットの紐をぐいっとほどくと、引き下げて脱がせた。

ズボンを脱いだグレイムは、アビーの脚のあいだに戻り、少し持ち上げて深く貫いた。奥深くまで彼を感じてアビーはうめき、脚を彼に巻きつけてもっと引き寄せた。グレイムが突くたびに体が揺れ、彼女はグレイムの背中に爪を立ててこらえきれずにくぐもった満足の声を漏らした。

アビーにまわされた腕は鋼のようで、彼はより激しく速く動きながらしっかり抱き留めてくれていたが……ついに彼女のなかで快感が爆発した。グレイムは彼女の首に顔を埋め、身を震わせながら彼女の名前を何度も呼び、やはり解放へと連れ去られた。グレイムは長いあいだアビーを抱いたまま、ともに息をあえがせ、汗をかき、欲望の猛襲に体を震わせていた。アビーの背中をなで、首のやわらかな肌に唇を押しつけた。

「アビー……」

「なあに？」

顔を上げたグレイムの目は、満足して眠たそうだった。「なんでもない」アビーの髪をなでる。「名前を呼んでみたかっただけだ」

アビーは背伸びをして彼にキスをし、その胸に頭をもたせかけた。「ここにいてもかまわないと思う？」

グレイムはくすりと笑った。「私たちがどこへ行ったのかと、だれかが訝っているかもしれないよ」

「ふむ。伯爵未亡人に探し出されるのはいやだわ」

「やめてくれ」グレイムの声には感情がこもっていた。

ふたりはしぶしぶ離れ、それぞれ服を整えた。

「階上に行って鏡でたしかめたほうがよさそう」アビーはヘアピンを留めなおした。

「きれいだよ」

アビーの目が躍る。「わたしは……していたことをしていたように見えると思うわ」

「そうだな」グレイムは彼女の唇を親指でなでた。「きれいだ」

アビーは笑い、ドアのところまで行って廊下を覗いた。だれもいなかった。肩越しに彼をふり向くと、投げキスをして部屋を出ていった。


アビーは数分間クロークルームで過ごした。鏡に映った赤い顔と乱れた髪をひと目見て、外見を整えるだけでなく、だれかに見られても大丈夫になるまでしばらく待たなければならないとわかった。ヘアピンを留めなおし、スカートをまっすぐに伸ばす。うっとりと夢見心地のいまはだれにも会いたくなかった。

ようやく頬の赤みが消えたのでクロークルームを出て、おしゃべりに興じながら階段を下りる女性たちにくわわった。階段を下りながら、グレイムの姿は見えないかと手すり越しに下を覗いた。玄関広間にも人があふれて騒がしかった。けれど、アビーの目に映るのはグレイムだけだった。

そのとき、いきなり背中を押されるのを感じた。アビーはよろめき、懸命に手すりに手を伸ばした。木製の手すりをなんとかつかんだものの、腕をつかんでまっすぐに立たせてくれた人がいなければ、弾みがついて落ちていたかもしれなかった。

起きていたかもしれないことを思って、アビーは恐怖で凍りついた。助けてくれた人を震えながらふり返る。ブロンドの女性がアビーの両腕をつかみ、心配そうに見つめてきた。

「大丈夫ですか?」

「ええ。ええ、大丈夫です」ことばとは裏腹に、アビーはぶるぶると震えていた。もし階段を落ちていたら? 子どもを失っていたかもしれないと思ったら、恐怖心でいっぱいになった。

「顔色が少し悪いですよ」助けてくれた女性が言い、アビーの腕を取って背後にいた女性たちをよけて階段をふたたび上がった。「少しのあいだ座ったほうがよさそうだわ」

「そうですね」女性は混み合ったクロークルームに目をやってから、廊下の先のアルコーブへとアビーを連れていった。

張り出し窓の下に腰掛けがあったので、アビーはありがたくそこに腰を下ろした。アルコーブは静かで、入り口の両側に下がるどっしりしたカーテンのおかげで玄関広間から隠れていた。女性が隣りに座って注意深く見つめてきた。

「よくなりました？」

アビーは小さく微笑んだ。「ええ。助けてくださってありがとうございました。ぶざまな姿をお見せして申し訳ありません」

「なにがあったのですか？」

「だれかがよろめいて後ろからぶつかってきたのだと思います。それで落ちそうになったんです。あなたがいてくださったおかげで、手すりをつかめました」でも、よろめいてぶつかってきたようには感じられなかった。背中を押されたように感じたのだった。川沿いでのあのときのように。でも、そんなはずはない。

「ずいぶん失礼な人ですね。足を止めて、あなたが大丈夫かどうかをたしかめもしなかったなんて」

「ひょっとしたら、気づいていなかったのかもしれませんわ」

「いやだ。スカートのひだ飾りが破けていますよ」

女性の視線を追うと、たしかにひだ飾りが何インチか破けて床に垂れていた。「ピンで留めてみます」

「心配はいりませんわ」女性が手首に下げた手提げ袋を開けた。「緊急時にそなえていつも針と糸を持ち歩いているので」

「準備がいいんですね」

女性が笑った。「不器用なので、ひだ飾りを破いたりボタンをなくしたりするのに慣れているんです」小さくて薄い箱を取り出して蓋を開け、針と糸を手に取る。

「なんて気が利いているのかしら!」アビーは身を乗り出して、指ぬき、針二本、小ぶりのハサミ、小さな巻きになった黒糸が間仕切りのなかにきちんとおさまった箱を見た。

「お気に召しました? 咳止め飴の缶で作ったんですよ。すごく重宝しているんです」針に糸を通す。「あいにく黒い糸しかなくて。でも、ひだ飾りを引きずらないようにはできますものね。すばらしいドレスだから、いま以上に破けたら残念ですもの」

アビーの前にさっとしゃがみ、彼女がひだ飾りをもとの場所に縫いつけていく。

「ありがとうございます。ほんとうに親切にしていただいて」アビーは新たにできた友人の手仕事を見つめた。

彼女は華奢な骨格のほっそりした女性で、小柄ではないものの優美な外見だった。濃い金色の混じった淡いブロンドの髪は頭のてっぺんできっちりしたお団子に結われている。そんな髪型だと融通が利かないように見える女性もいそうだけれど、彼女の場合はやわらかな卵形の顔と表情豊かな青い瞳を際立たせていた。

空色のドレスは地味といえるほど簡素なものの、髪と目の色やなめらかな肌を強調していた。イングランドで出会ったどんな女性よりも親切で率直で、アビーは彼女と親しくなりたいと思った。

「失礼ですけど、お名前を存じ上げなくて」アビーはにっこりした。「わたしはアビゲイル・パーです」

女性がはっと顔を上げた。「レディ・モントクレアでしたか」

「ええ、まあ、そのうちのひとりです」

女性は無言でアビーを凝視したあと、慌てて言った。「まあ、ごめんなさい。見つめるつもりはなかったんです。わたしは、その、ローラ・ヒンズデールです」

「お近づきになれて光栄ですわ、ミス・ヒンズデール」アビーは軽い口調で言った。

「〝頭のおかしなアメリカ人〟についてはうわさをお聞きおよびみたいですね」

「え？　ああ」白い肌のせいで頰に差した赤みを隠せなかった。「いえ、なにも聞いていませんわ。ロンドンにはほとんどいないので。何週間か、いとこを訪問しているだけなんですよ」ひだ飾りに注意を戻し、たしかな手並みですばやく縫っていく。「わたしは、その、パー家のみなさんとはお知り合いなんです」

「そうなのですか？　すばらしいわ。主人をご存じ？」

「ええ。少しは」

「なおしが終わったら、主人を探しにいきましょう。あなたに会えたら喜ぶと思いますわ」

「おじゃまはしたくありませんわ」繕い終えて糸を切った。「はい、できましたよ。わたしはいとこを探さないと。どこへ行ったのかと心配しているでしょうから」

廊下から足音が聞こえてきた。「アビー！」グレイムが入ってきた。「ここにいたんだね。いったい――」

彼の声を聞いてミス・ヒンズデールが鋭く息を吞み、ふり返った。グレイムのことばが宙に浮く。彼の顔から血の気が引いた。

「ローラ」アビーと一緒の女性を凝視したまま、ついにグレイムが言った。「私は……私は……」

アビーは不意に気づいた。彼女が、夫の愛する女性なのだと。自分がひと目で好きになった、困っている人に助けの手を差し延べる美しいミス・ヒンズデールが、グレイムが結婚したいと思っていた女性なのだ。グレイムが人生をともに歩みたがっていた女性。自分は流砂の上に人生を築いていたのだと、鋭い痛みとともに悟った。

アビーは弾かれたように立ち上がって膠着状態を破り、アルコーブから逃げ出した。名前を呼ぶグレイムの声が聞こえたが、立ち止まりも足をゆるめもしなかった。クロークルームの入り口で女性の一団の脇をすり抜け、細長い部屋の奥にもうひとつドアがあるのを思い出し、そこから横の廊下に出た。

わざわざ外套をつかむ手間はかけなかった。頭にあったのは、だれにも見られず声も聞かれないところへ逃げ出すこと、ひとりになることだけだった。グレイムと、彼の浮かべた苦痛の表情から離れたかった。

アビーはうつむいて足早に歩き、裏手の階段で一階まで下りた。厨房外の廊下に出た拍子に、料理のトレイを運んでいる従僕を驚かせてしまった。従僕は慌てて謝ろうとしたが、アビーは手をふって退けた。

「外に出るドアはある？　勝手口は？」

従僕は困惑げにうなずいた。「はい、厨房に。ですが——」

「ありがとう」従僕に最後まで言わせず、アビーは彼がたったいま出てきたドアを急いでくぐった。厨房を抜けるとき、使用人たちが手を止めて凝視してきたが、だれも彼女を止めようとはしなかった。屋敷の側面に沿って通る狭い通路に出た。

外套なしでは外は寒かったが、アビーはほとんど気づいていなかった。通りに出て左右を見まわし、パー家の馬車に向かって走った。ほっとして、スカートをたくし上げて馬車に向かって走った。仲間内でうわさ話に興じていた御者はアビーを見て口をあんぐりと開け、慌てて駆け寄ってきた。

「奥方さま！　なにか問題でもありましたか？　モントクレア卿はどちらですか？」

御者はきょろきょろした。

「夫はまだなかにいるわ。家に帰りたいの。ちょっと気分がすぐれないものだから」

「かしこまりました」御者は大急ぎで扉を開けて、アビーが乗りこむのに手を貸した。それから、最後に困惑の表情で屋敷を見上げたあと、馬を止めていた重しをはずして御者台に上がった。

馬車がガタゴトと動き出すと、アビーは座席にもたれた。体が震え、胸の鼓動も息も荒くなっているのに気づく。動揺が激しく、びくびくして——おびえて——いるように感じ、知らないうちに頬が涙で濡れていた。なんとか落ち着きを取り戻そうとする。御者にはちょっとおかしいと思われたかもしれない。正気を失った人間のように屋敷のなかを駆けて、使用人たちをぎょっとさせたくはなかった。

モントクレア・ハウスの前に馬車が停まるころには、アビーは頬を拭い、ほつれた髪をたくしこみ、落ち着いた表情を取り繕えた。馬車を降りると、「パーティ会場に戻ってちょうだい。モントクレア卿と伯爵未亡人がお帰りになるときに馬車が必要だから」と御者に伝えた。

御者は縁なし帽に手をやり、文句も言わずに戻った。屋敷のドアを開けてなかに入ると、玄関広間のベンチに座っていた従僕が驚いて立ち上がったので、堂々とうなずいた。階段を上がりきると、こらえていた涙がまたこぼれてきた。あんなに幸せだったのに、そのすぐあとに世界が崩壊するなんて。

廊下を走って自分の寝室に入ると、呼び鈴の紐を強く引いた。ドレスを脱いでベッドに入り、上掛けを頭までかぶって思いきり泣きたくてたまらなかった。だれにも会いたくなかった。ドレスの背中にずらりと並んだいくつものホックを自分ではずせたならば、モリーだって呼ばなかった。

だれよりもグレイムに会いたくなかった。耐えられなかった。なぜだかは考えたくなかった。一方で、彼が追いかけてきてくれないかもしれないと思ったら、胸が痛むほどつらかった。ドアに錠をかけようとしたが、モリーが入れなくなってしまうと思いなおす。グレイムの部屋とつながっているドアのところへ行き、鍵をまわした。

化粧台の前に座ると、震えてうまく動いてくれない手でヘアピンをはずした。ときおり手を止めて頬を伝う涙を拭わなければならなかった――わっと泣き出すのはこらえたけれど、こぼれ落ちる涙を止めることはできなかった。

ドアが開いて、グレイムかもしれないとさっとふり返った。けれど、それは当然ながらメイドのモリーだった。突然こらえきれなくなり、激しく泣き出した。

「ミス・アビー！」モリーが駆け寄り、アビーを抱きしめた。「なにがあったんですか？　あの方のせいなんですね？　望みを持ちはじめたとこ――まったく、こうなるとわかっているべきでしたよ」モリーの目がぎらついた。

「ちがうの」アビーはなんとかしゃくり上げるのをこらえた。「彼じゃないの。ただ……ああ、モリー！」これ以上座っていられなくなって、勢いよく立ち上がるとあてもなく部屋をうろつきはじめた。「今夜彼女を見たのよ」

「彼女って？　だれを見たんですか？」モリーがアビーのあとをついてくる。

「ローラ・ヒンズデールよ」

「それはだれなんです？」

「彼が愛している女性」アビーはごくりと唾を飲んだ。「彼女の名前は知らなかったの。彼がほかの女性を愛しているのは知っていたけれど、それがだれかは知らなかった。名前も顔も知らないほうが耐えやすかったのね。でも、今夜その女性に会ってしまった。彼女が名乗ったのだけど、気づかないわたしをばかだと思ったでしょうね。でも、そのとき……」アビーの息が乱れた。「グレイムが来て彼女を、彼女とわたしがおしゃべりしているのを見て――ああ、あのときの彼の顔といったら！　それでわかったの。この女性なんだって」アビーはまた泣き出した。

「ほら、ほら、きっと大丈夫ですよ」モリーはアビーに腕をまわし、化粧台の腰掛けに戻した。「ドレスを脱がせて髪を梳かしてさしあげます。それからホット・チョコレートをお持ちします。それで少しは気分がよくなられるでしょう」

「よくなんてならないわ。ああ、モリー、彼女がどんな人だったか、あなたには想像もつかないでしょうね」

モリーはふんと鼻を鳴らした。「想像ならつきますとも。横柄で洗練された人なんでしょう」顔をつんと上げて渋い顔を作る。「死人みたいに青白い顔で――ブロンドの髪に虚ろな青い目」

アビーは泣き笑いになった。「そうじゃなかったわ。わたしもそんな人を想像していたのだけど。もし会うことがあったら、その人はおぞましくてつまらないとか、俗物だとか、その全部かもしれないって」ため息をつく。「でも、全然ちがったの。わたしは彼女を好きになった。感じがよくて、親切で、やさしくて、相手を軽蔑するような人じゃなかった。転びかけたわたしの腕をつかんで助けてくれたのよ」

「転びかけたですって！」モリーは顔をしかめた。

「階段でよろめいたの。なんとか手すりをつかめたけど、ミス・ヒンズデールがそばにいて支えてくれたの。でも、そんなことは重要ではないの。重要なのは、彼女がすてきな人だったということ。それに、美人なの。たしかにブロンドで青い目をしていたけれど、虚ろなんかじゃ全然なくて、それにイングランド人特有の磁器人形みたいに白くてなめらかなすばらしい肌をしてるのよ」

「でも、お嬢さまにはかないませんって」モリーが頑なに言った。「ご自分が美しいのはよくご存じでしょう。いつだってお嬢さまの注意を引こうと殿方たちが群がっているじゃありませんか」

「わたしの顔よりも、お財布に引かれてのことだと思うわ」アビーの口調は淡々としていた。

「お嬢さまの魅力がわからない人間なんて、頭を思いきり叩かれればいいんです。だんなさまもですよ」モリーはヘアピンをはずして髪を梳かし終わり、いまは背中に並んだホックに取りかかっていた。「お嬢さまが家で待っているというのに、あの方がその女につきまとっていたのなら――」

「ちがうわ」アビーはメイドのことばをさえぎった。「グレイムは彼女と情事を持ったりしていない。それは確信があるの」アビーの唇がゆがんだ。「彼自身もそう言っていたし。そんな風にミス・ヒンズデールの体面を汚すことはぜったいにしないと」

モリーはなにやらおそろしげな独り言をぶつぶつと言った。忠実なメイドがなにを言ったのか聞き取れなくてよかった、とアビーは思った。

「そういう意味では、グレイムが不実かもしれないという心配はしていないの。彼は生まれだけじゃなくて、行動でも紳士だから。でも、心のなかでは別の女性を愛しているのよ。この先もずっとそうだと思う。ああ、モリー、わたしはばかだったわ。超然とした態度を保てて……手に入るものだけで満足できると自分に言い聞かせてきたの」

「ああ……あの方は頑固な愚か者ですよ」

「そうかもしれないわね」アビーの口角が上がった。「少しくらいは。わたしは彼を不動の人だと思いたいけれど。忠実な人だと」

「目が見えない人です」

「あいにく、彼はちゃんと目が見えていると思うわ。彼は——わたしにじゅうぶん満足しているようなの」

「それはそうでしょう。毎晩お嬢さまのベッドに入っているんですから」

「でもそれは、だれかを愛するのとはちがう。慈しむのとは」それに、夜の営みだって妊娠を告げたら終わるだろう。悲しいけれど、いまは妊娠を確信していた。彼の務めは果たされ、彼に無理やり納得させた取り決めは完了する。「今夜ミス・ヒンズデールを見て……グレイムがすごく動揺すると同時に……すごく仰天して〝ローラ〟と言ったとき、望みがまったくないと気づいたわ」アビーはまた立ち上がり、うろつきはじめた。「彼女はわたしとは全然ちがうのよ。肌や髪の色だってそうだし、空気の精みたいにほっそりして優美なの」

「あたしは空気の精がどんなだか知りませんけどね、お嬢さまよりきれいだなんてありえませんよ」

「でも、外見だけの問題でもないのよ。彼女はとても……とてもイングランド人然としているの。育ちがよくて、おだやかで。やさしくて愛想がよかったけれど、それもイングランド人らしい上品な感じなの。まさに紳士が結婚したいと思うようなレディなのよ。大声で笑ったり、あけすけにしゃべったりして、衆目を集めることはぜったいになさそう。すべての爵位の序列だけでなく、その家族の歴史も知っているに決まっているわ。テーブルに並んで座らせてはいけない人を座らせたり、まちがった呼び方で話しかけたりはけっしてしない。なにより、礼節にもとる行ないをしないだろうし、不躾なふるまいもしないでしょう。川から助け出されなければならないはめになることも」

とうとう力尽きて足を止め、メイドのもとに戻った。ドレスのホックを最後まではずしてもらうために背中を向ける。

「朝になったら、なにもかもがよく見えるようになりますって」モリーが請け合った。

「そうかしら？」アビーとしては、二度とよくならないように感じていた。「グレイムは移り気な人ではないわ。いまも彼女を愛していて、それはこれからも変わらない。ミス・ヒンズデールは彼の心のなかでいつまでも若く美しいまま。白髪にならないし、しわもできない。彼と意見を衝突させるなどぜったいにしないし、彼をいらいらさせる癖もない。永遠に完璧でいるの。そんな人からどうやったら彼の愛をこちらに向けられるというの？」

ドレスとペチコートをまたぎ脱ぐと、アビーはモリーから渡された寝間着を着たが、日本風のシルクの部屋着には首を横にふった。グレイムとの最初の夜に着たもので、それを目にするのはあまりにもつらかった。だから、赤いビロードの部屋着にした。

「ホット・チョコレートをお持ちしますね」モリーは床からドレスを拾い上げた。

「欲しくないわ」

「どっちにしてもお持ちします。気分をよくするのにチョコレートほどぴったりのものはありませんからね」

遠くでドアが勢いよく閉まる音がし、慌てた「だんなさま！」という声が聞こえた。アビーははっと顔を上げた。階段を上がってくる足音がする。彼女は動けず、しゃべれず、ただひたすらドアを見つめるしかできなかった。そのドアからグレイムが飛びこんできた。

24

「アビー！」グレイムはドアをくぐったところでいきなり立ち止まった。顔はほてり、髪は乱れている。「あちこち探しまわったんだよ。でも、見つからなかった。家に帰っていたとは知らなかった」

「帰っていたのよ」おだやかな声が出せて、アビーは自分を誇らしく思った。追いかけてくるのにこれだけ長い時間がかかった理由を、なぜ説明しなければならないと彼が思っているのかがわからなかった。

グレイムは前に進み出たが、服を山と抱えたモリーがふたりのあいだに割って入った。驚いた彼は立ち止まり、眉を吊り上げてアビーを見た。

「モリー。さっき言っていたホット・チョコレートを持ってきてちょうだい」

モリーがさっとふり返る。「よろしいのですか？」

「ええ。大丈夫よ」

グレイムを長々とねめつけたあと、モリーはドアに向かった。彼女が出ていくのを見届けた彼は、妻に向きなおった。「アビー……」彼がためらう。

「ミス・ヒンズデールと楽しいおしゃべりはできたかしら？」アビーは彼女の名前を出すつもりではなかった。ぜったいに避けようと思っていたのに、ついぽろりと口にしてしまった。苦々しく思っている気持ちがにじんでしまったのではないかと不安になる。

「いや、もちろんそんなことはしていない。あの場に残らなかった。きみを探しにいったんだ。舞踏会をあとにしないで、私に説明する機会をあたえてくれたらよかったのに」

「説明していただく必要はないわ」

「そうかな？　それならどうして逃げ出したりしたんだい？」彼は立ち止まり、明らかに癇癪をこらえてからおだやかな声で続けた。「アビー、すまなかった。ローラが来ているなんて知らなかったんだ。彼女はロンドンで暮らしていない。まさか私たちが出席したパーティに彼女も来ているとは夢にも思っていなかったんだ」

「わかっているわ。たしか、いとこを訪問しているだけだとミス・ヒンズデールから聞いたもの」ほら、いまのはちゃんと落ち着いているように聞こえたわ。悲しそうでも、涙ぐんだ風でも、傷ついた風でもなく、淡々としていた。けれど、痛む歯をつい舌で触ってしまうように、苦痛に触れずにはいられなかった。「彼女がそうなんでしょう？　彼女があなたの愛する女性なのよね？」

「アビー……」グレイムは歯がゆそうな顔をした。腕を組み、顔をうつむける。「そうだ。彼女が、私の――私が話した女性だ」顔を上げて真剣に言う。「きみをあんな気まずい立場にさせるつもりはなかった。ローラが来ていると知っていたら、きみを連れていきはしなかった」

「ええ、それはわかるわ」

「アビー、どう説明すればいいかわからないよ。彼女に会ってきみが動揺するのは理解できる。できるなら、そうならないようにしたかった」

「そうね。心配はいらないわ」アビーは一瞬ことばを切った。「あの人はわたしとあまり似ていないわね？」どうしてわたしは自分の胸の傷をつつき続けるの？

「ローラが？」彼は笑みを漏らした。「ああ。きみたちは似ていない」グレイムが近づこうとすると、アビーが慌ててあとずさったので足を止めた。

「彼女をとても好きになったわ」こらえようとしたのに、傷ついた気持ちが声に出てしまった。「あなたが彼女を愛しているのがなぜかわかった」

グレイムが目を丸くする。「アビー！　彼女と情事を持ってなどいないよ。そう思っているのかい？　誓って言うが、もう何年も彼女の姿を見てすらいない。情事なんてしていないし、これからもしない。ぜったいに」

「わかっているわ。ミス・ヒンズデールの評判を地に落とすようなまねをあなたがするはずもないもの。あなた自身がそう言っていたし。信じるわ」

「当然だ。だが——」

アビーは急いで続けた。「愛する女性を諦めなくてはならなかったあなたには、ほんとうに申し訳なく思っているの」喉が詰まり、こらえていた涙がこみ上げてくるのを感じた。

「泣かないでくれ」グレイムはぎょっとして、アビーの腕をつかんだ。「きみのせいじゃない。このどれひとつとしてきみのせいじゃない。きみが不幸に感じるのはいやだし、私が後悔していると思われるのもいやだ」

「後悔していないって言うの？」アビーは腕をふりほどいて背を向けた。「お願い、グレイム、嘘をつく必要なんてないのよ。あなたがわたしと結婚したがっていなかったのは、ふたりとも知っているんだし。すごくいやがっていたじゃないの。あなたがミス・ヒンズデールを愛していたのも当然だわ。あなたにぴったりの人ですもの。すばらしい奥さんになったでしょうね。わたしの父が首を突っこまなかったら、あなたは彼女と結婚していたはず」

「彼女とは結婚できなかった。所領にはどうしても金が必要だったし、彼女には金がなかった。あの晩、あんなことをきみに言うべきではなかった。きみのお父上の脅迫にあまりに腹を立てていたせいで——」グレイムは唐突に口をつぐんだ。

「脅迫ですって！」アビーは惨めな気持ちを一瞬忘れて彼を凝視した。「どういうこと？　父があなたを脅したの？」

「いや、その……破産すると。すべてを失うと。所領も……なにもかも」

「嘘をついているわね」アビーはまなざしを険しくした。「どうして？　父はなにをしたの？」

「ああ、くそっ」グレイムは悪態をつき、髪を掻き上げた。

「グレイム……いいかげんにして。真実が知りたいの」アビーは目をぎらつかせた。

「父があなたになにをしたのか話して」

「彼は知っていたんだ！」グレイムはかっとなった。「ほら、言ったぞ。満足か？　私がきみと結婚しなければ、父の横領の件を暴露するとサーストンは言ったんだ」

ふたりのあいだに壁のように強固な沈黙が落ちた。

「なんですって？」殴られて肺の空気がすべて出ていってしまったような気分だった。化粧台の腰掛けにくずおれる。

「アビー、すまない。きみに言いたくはなかったんだ。お父上を愛しているのを知っているから」

「あなたが父を憎むのも当然だわ！　わたしもその一部だと信じていたのね。わたしが知っていて、あなたに無理やり――」窒息しかけているような声が出て、手で口を押さえた。

「頼む――」グレイムは引き裂かれたような表情だった。「泣かないでくれ」

アビーは否定してもらいたかったけれど、彼にそうできるはずもなかった。彼は信じていたのだから。彼自身がそう言っていた。

「あなたに軽蔑されるのも無理ないわ！」もう涙をこらえられなかった。涙がこぼれ落ち、息切れしたような涙声がほとばしった。「どうしてあなたに憎まれていたのか、これでわかったわ。どうしてあなたの人生から追い払われたのか。窓から放り出されなかったのが不思議なくらい」

「アビー！　やめてくれ」グレイムは心配そうな顔で近づいた。「軽蔑なんてしていない。私は――」

「やめて！」勢いよく立ち上がり、片手を上げて彼を制した。「お願い、やさしくしないで。そんなことには耐えられない。父はあなたの人生をめちゃくちゃにした。わたしがめちゃくちゃにしたのよ。ほんとうに、ほんとうにごめんなさい」アビーはついに両手で顔をおおい、体を震わせて泣き崩れた。

「アビー、頼むよ――」グレイムが手を伸ばす。

アビーはさっと体をよけた。彼に触れられたらわれを忘れてしまう。「いや！　やめて。お願いだから放っておいて」

「それはできないよ。アビー、私は――」

「出ていってください！」モリーの声がして、ふたりともはっと振り返った。

アビーのメイドがトレイを持って戸口に立っていた。モリーはトレイを化粧台に叩きつけるように置き、アビーのもとへ行った。彼女に腕をまわしたモリーは、グレイムをにらみつけた。「もうじゅうぶんお嬢さまを傷つけられたでしょう。ひとりにしてさしあげてください」

グレイムは目を怒らせた。「私に命令するんじゃない。彼女は私の妻で――」

「夫だからといって、お嬢さまを傷つける権利があるわけじゃありません」

「なんだって？　アビーには指一本上げたことはないぞ。きみはさっさと荷造りをして――」

「だめ！　やめて！」アビーはモリーの腕のなかからもがき出て、ふたりのあいだに入ってグレイムを見た。「こんなことには耐えられないの。グレイム、お願い……お願いだから部屋を出ていって」

グレイムはなにかを言いかけてやめ、顎をこわばらせた。ことばにならない大声を発したあと、ふたりの部屋をつなぐドアへと大股で向かった。取っ手に手をかけたまま立ち止まり、錠に差しこまれた鍵を見つめる。信じられない思いでアビーをふり返った。険しい表情を消し、向きを変えて開いたドアから廊下に出た。

アビーは立ち尽くしたまま彼の姿を目で追った。

「さあ」モリーが彼女に腕をまわす。「くよくよするのはおやめください。こんなに取り乱すなんて、あの方になにを言われたんですか？」

「彼が悪いんじゃないの」アビーはモリーの腕を逃れた。「悪いのは……話せないわ。もう休んでいいわ、モリー」

「でも――」

「いいから」アビーは頭をふった。「ひとりになりたいだけなの」

モリーは迷っていたが、ついにため息をついた。「ホット・チョコレートを飲んでベッドにお入りください」

アビーはうなずいた。ついにひとりきりになると、部屋を見まわした。広くて空っぽに思われた。機械的に腰を下ろし、暖炉の赤い石炭をぼんやりと見つめる。感覚が麻痺していて、なにも考えられず、泣いたせいで頭が痛かったし、体からは感情が流れ出ていってしまった。

この数日はとても幸せだったのに、いまは自分の人生の残骸がまわりに散らばっている。愚かにも、この状況に自ら飛びこんでしまった。自分のために新たな人生を作り出せると頑なに、やみくもに信じていた。そこには子どもだけでなく、グレイムもいるとすら信じた。

けれど、不信感と怒りと侮蔑の上に築かれた結婚生活から、どんなよいものが生まれてくるというのだろう？　グレイムがほかの女性を愛しているという事実だけとっても、よいものが生まれるはずもないとわかるのに、彼がなぜ結婚してすぐに自分を拒否したのかをはっきりと理解したいま、もうやりなおせる道はないと絶望した。

彼が結婚で自分に縛りつけられるのをいやがっていたのも当然だ。自分がイングランドに戻ってきたときも、彼が夫の務めを果たすのにあれほど抗ったのがなぜか、いまでは理解できた。彼が取り決めに同意したのは、こちらが離婚をちらつかせて脅したからだ。

そんなことをしたわたしはどんな人間なのか？　自分だってお父さまと同じだ。離婚は脅しのつもりで口にしたわけではなかった。グレイムに拒絶されたあとでは、幸せになるには離婚が唯一の希望に思われたのだった。それでも、自分が口にしたことばの影響は同じだ。醜聞を忌み嫌っているグレイムにとって、離婚はとても重い鉄槌だったのだ。

そんな自分を垣間見て、アビーはぞっとし、愕然とした。涙を見せられてなにを言ったにせよ、彼はわたしを軽蔑しているにちがいない。軽蔑しないわけがない。父親の脅迫の件にはかかわっていなかったけれど、離婚を持ち出したのは自分だけの責任だ。暗い深淵のような人生が目の前に横たわっていた。グレイムに対して自分と父親がした卑劣な行ないを償うことはできなかった。自分にできるのは、グレイムに将来をあたえてあげることだけだ。彼を諦めると思ったら気持ちが沈んだ。それでも、彼が自分のものだったことは一度もないのよ、と自分に言い聞かせる。あれは自分が作り出した幻想にすぎなかった。

アビーは眠れなかった。何時間もあれこれ考えこみ、ようやくしぶしぶベッドに入ったものの休むことはできなかった。夜明け直前になってやっと眠れたが、二時間後に悩みごとだけでなく吐き気のせいで目が覚めた。

モリーがお茶とトーストを持ってきた。アビーの吐き気をなんとかしてやろうとする、彼女の毎朝の仕事だ。化粧台に置かれた冷たくなったホット・チョコレートのコップを覗きこみ、鼻を鳴らして不満を表明し、それからコップの隣りにトレイを置いてアビーの手にトーストを押しこんだ。

食べ物を口に入れると思っただけで胃がうねったが、抗う気力はなかった。

「ひどく具合が悪そうに見えますよ」モリーが言う。

「どうもありがとう」

「あの方のことでひと晩中悩んでらしたんでしょう」

「悩んでいたわけじゃないわ。自分のふるまいを考えていたのよ。自分勝手な人間だから」

「ふん。自分勝手でない人間なんてどこにいるんですか？　あの方が——」モリーはグレイムの部屋を思いきり強く指さした。「——なによりもまずご自分のことなど考えてらっしゃらないなんて思っているとしたら、大きなまちがいですからね」

「わたしが彼に無理やり受け入れさせたのよ」

モリーが目玉をぐるりとまわした。「へえ、いやがるあの方をお嬢さまがベッドへ引きずっていかれたんでしょうね。あなたが寄り目の禿げ頭だったとしても、あの方は同じようになさったでしょう」

アビーはメイドに顔をしかめ、ゆっくりと呑み下した。胃は一度うねっただけで落ち着いたのでほっとする。トーストをもう少し食べた。朝はたいていトーストをかじったあと階下へ行き、みんなと一緒にテーブルにつくのだった。胃が少し落ち着いた状態なら、食事を前にすると考えてもむかつかずにすんだからだ――ほとんど食べられないにしても。

けれど、今日はグレイムや伯爵未亡人と顔を合わせたくなかった。生気のないミセス・ポンソンビーとですら。グレイムとは話をしなければならないけれど、それはあとで書斎にひとりでいるところをつかまえればいい。モリーを喜ばせるためにもう少しトーストをかじり、ベッドから出た。

グレイムの書斎へと階段を下りるアビーの手は氷のように冷たく、胃は硬くこわばっていたけれど、途中でだれにも会わなかったのでほっとした。ドアの外でためらう。グレイムは机につき、肘をついた手に頭を乗せていた。机の上には書類が載っている――重要なものでなければいいのだけれど。なぜなら、顔をしかめながら鉛筆でとりとめもなく円を描いていたからだ。

アビーは勇気を奮い起こして書斎に入り、ドアを閉めた。その音を聞いてグレイムが顔を上げ、はっと立ち上がった。「アビー――アビゲイル」

彼はいつからわたしをアビーと呼ぶようになっていたのかしら。気づいていなかった。けれど、彼は明らかにそんな親しさから遠ざかろうとしているようだった。

「お話があるの」アビーは震えを隠すために体の前で手を握り合わせた。

「もちろんいいよ。座ってくれ」グレイムは礼儀正しく彼女に手を貸そうとして机の奥から出てきかけたが、アビーは手をふって断った。

「その必要はないわ。すぐに終わるから」

「わかった」立ち止まったグレイムは気づかう表情をしていた。大きな机がふたりのあいだに鎮座している。

「父のことを謝りにきたの」

「きみが謝る必要なんてないよ」

「やめて」アビーは頭をふった。「イングランド流の礼儀正しさはいらないわ。いまはアメリカ風に率直に話すときよ。父のしたことは許しがたいものだったわ。知っていたら、ぜったいにあなたとの結婚に同意しなかった。父があなたにしたひどいことをわたしには正せない。パーの家名を汚さずに、わたしたちが夫婦だという事実を変えることはできない」

グレイムは体をこわばらせた。「きみは変えたいのかい？」

「あなたに償いたいの。父のしたことだけでなく、わたしが――」アビーはごくりと唾を飲んだ。涙で言えなくなる前に、ここへ言いにきたことを言ってしまわなければ。「わたしがしてしまったことも深く後悔しているわ。自分勝手で頑固だった。あなたを傷つけるつもりはなかったけれど、だからといってわたしの行ないが許されるわけじゃない。あなたに要求などしてはいけなかったのよ」

アビーは無理やり彼と目を合わせた。「だから……取り決めからあなたを解放してさしあげます」

25

グレイムはぽかんと彼女を見た。「なんだって？　なんの取り決めだ？　いったいどういう――」アビーの青白い顔に赤みが差したのを見て、ことばを切った。「ああ。あれか」

「ええ、あれよ。もう夫婦として一緒に暮らさなくてもいいの。わたしは屋敷を出て――」

「じゃあ、これで終わりなのか？」彼は体をこわばらせ、目に熱く激しい炎をたたえた。「こんな風に。きみは出ていく。はじめは本物の結婚生活が欲しいと決め、私の人生にずかずかと押し入ってきた。で、結局自分には向いていないと思ったら、今度はさっさとニューヨークに帰るわけか」

「わたしにここにいてほしいと思っているふりなどしないで」アビーは言い返した。

「あなたにとっては務め以外のなにものでもなかったくせに」

「なるほど。私は夫としての務めに落第したのか？　きみへの接し方を誤ったのか？　どんなことでもきみの要求を拒んだか？　無礼なことをしたか？」

辛辣に言われてアビーはかっとなった。「いいえ、あなたはまさに慇懃そのものだったわ」

「だが、それもきみにとってはなんの意味もなかったんだな」

「どうして気むずかしくするの？」アビーは叫んだ。

「扱いやすい夫でいるのに嫌気が差したのかもな！」グレイムは顔を背けた。深呼吸をし、少ししてから単調に続けた。「きみがあんなに欲しがっていた子どもはどうするんだ？　それにも関心がなくなったのか？」

「いいえ」アビーはそばの椅子の背をきつくつかんで支えにした。「でも、もう必要はなくなったの――わたしは――身ごもったと思う」

グレイムが勢いよくふり向いた。「なんだって？　きみは――ほんとうなのかい？」笑みを浮かべ、グレイムは近づいてきかけたが、そこではっと立ち止まった。「ああ。そうか。なるほどね」いったんことばを切る。「私は――その、たしかなのかい？」

「ええ。ほぼ確実よ。兆候がいろいろあるから。だから、もうこれ以上わたしたちが……」

グレイムはうなずき、また背を向けて離れていった。

彼を見ているアビーの目に涙がこみ上げてきた。泣いてしまう前に立ち去らなければ。ごくりと唾を飲み、彼女は言った。「では、ごきげんよう」

「いや、待ってくれ」グレイムがくるりとふり向いた。「行かないでくれ。きみに——きみは私から子どもを取り上げたりしないと約束しただろう」

「ニューヨークへは戻らないわ。ロンドンで屋敷を手に入れるつもり」

「いや、きみはここに——子どもはここにいるべきだ。息子は——娘は——家族に囲まれた家で育てられるべきだ」

「気詰まりなことになるってわからないの？」毎日グレイムのそばにいて、それなのに心は離れていて、あんなに願っていたのに手に入れられないものを思い出させられるなんて、耐えられなかった。

「どうしてそうなるのかわからないな」彼の顔つきは、はじめて会ったときと同じによそよそしく、他人行儀な感じがした。「きみも言ったとおり、私たちは取り決めを結んだだろう。ふたりとも望みのものを手に入れた。腹を立てたり非難したりするのはおかしいんじゃないか」

「そうかもしれないわね」グレイムの言うとおりだった。取り決めを結んだとき、彼女はここに残ると同意したのだった。考えていた以上につらいことになるからといって、約束を反故にする権利はなかった。それになにより、グレイムと暮らすのがどれほど気まずかったとしても、彼なしで生きていくよりましだった。「わかりました。出ていくのはやめます」

グレイムは短くさっとうなずいた。「よかった。じゃあ、これで決まりだな」ふたりはぎこちなく立ち尽くした。それから、アビーがきびすを返して部屋を出ていった。

グレイムは机の椅子にどさりとへたりこんだ。度肝を抜かれ、混乱し、相反する感情がもつれ合い、なにひとつまともに考えられなかった。ゆうベローラを見てから、自分の気持ちもアビーの気持ちもわからず、動揺が消えないままだった。なにもかもがあやふやだったが、アビーがあの件で取り乱したことと、なぜか自分がいけないことをしたような罪悪感をおぼえていること――それに、なんとなく怒っていること――だけはたしかだった。

アビーを追いかけて、ローラが来ていることなど知らなかったと説明しようとしたのだが、彼女との会話は事態をさらにひどくしただけだった。どうして彼女はローラと似ているかなんて訊いたのだ？　あまりにばかげた質問で、思わず笑ってしまいそうになった。アビーは背が高くて均整が取れていて、とても……健康的だ。漆黒の髪とあのすてきな緑色の瞳。青白く優美なローラとは似ても似つかない。たしかにローラを愛していたが、アビーに感じるような頭がおかしくなるほどの渇望を彼女に抱いたことなどなかった。

ローラはあまりにイングランド人然とした淑女だ。おだやかで、口調がやわらかで、慎重だ。アビーのような性急さや、燃えるような感情や、生き生きとしたちゃめっけはまったくない。ローラにも同じようなユーモアのセンスはあるのかもしれないが、彼女の場合はもっと控えめで巧妙だ。それと、頑固さは共通している――それを聞いたらアビーは喜ぶのではないか？　力強さ。勇気。信条を曲げないこと。そう、ふたりにも似ているところがあるじゃないか。

でも、それは重要ではない。重要なのは、ローラには似ていないとアビーに言ったことで、それは正しい返事だったはずだ。女性はほかの女性とくらべられるのをいやがる。それが以前の恋人ならなおさらだ。それなのに、こちらの返事を聞いてもアビーは少しも心が慰められたようには見えなかった。

だから、ローラと情事を持っていたという結論にアビーが飛びついたのかもしれないと懸念したのだが、それについてはなんの心配もしていないようだった――浮気をするにはあまりにもつまらない男だと思われているようだった。あるいは、彼女の誘惑的な魅力の虜になるあまり、気持ちをさまよわせることもできなくなっていると思われたのかもしれない。そう考えたら、いくらあたっているとはいえ、頭にきた。

だが、それならどうしてアビーは動揺していたのだろう？　グレイムにはさっぱりわからなかった。

こちらはアビーに気まずい思いをさせたのを謝った。わざとではなかったにしても――ローラが出席していると知っていたら、パーティを疫病であるかのように避けていた。それに、どうやってローラがいることを知れたというのだ？　招待客の名簿を見せてくれと頼みはしなかった。まるで、アビーがローラと出くわすのを企んだみたいじゃないか。ふたりを出会わせ、スカートを繕わせ、親友のようにおしゃべりをさせたのは自分ではない。

いずれにしろ、自分に責任があるとも思えないにもかかわらず、謝ったではないか。アビーの涙には動揺し、困惑した。慰めようとしたのに、拒絶された。どうしようもない悪漢であるかのように背を向けられた。共有ドアに錠をかけられたんだぞ！

アビーの父親に脅迫された件をうっかりしゃべってしまったのは失敗だった。父親の見下げ果てた行為を聞いて、アビーは傷つき、恥じただろう。だが、彼女から謝ってもらいたくなかったし、謝ってもらう必要もなかった。無理強いをしたのはアビーではなく、彼女の父親なのだ。アビーが陰謀の一味だったとは思っていないと、ずいぶん前に伝えたではないか。

アビー自身の悪事については――たしかに彼女は自分を巧みに操ってベッドに誘いこんだ。それに自分は、彼女が離婚を種に脅迫してきたと思って腹を立てた。だが、あんなにすばらしい悦びをもたらしてくれた彼女をどうして恨める？　いまではアビーのことがよくわかるようになり、悪意があったわけではないと確信している。今日、彼女の涙を見て心が引き裂かれた。抱きしめてその苦痛と後悔をなだめ、自分は怒ってなどいない、幸せだ、と言ってやりたかった。

だが、その次の瞬間、アビーは出ていくと告げた。それだけでなく、図々しくも落ち度があるのはこっちであるかのようにふるまった。私はこのどれも望んではいなかったのに。颯爽とやってきて、こちらの人生を大喜びでひっくり返したのは彼女のほうだというのに。そして、すべてがうまくおさまりそうになったと思ったとき、アビーがこちらの足もとをすくった。

〝わたしを欲したことがあるふりはしないで〟彼女はそう言った。私にとっては〝務めにすぎなかった〟そうだ――ああ、そうさ、毎晩のように彼女のベッドへ行ったのは、ただの務めだったさ。

それに、父親の行ないにそんなにぞっとしたのなら、私をベッドに引きずりこんだ彼女自身の行ないを後悔しているのなら、どうしてそのベッドから蹴り出して私を罰しようとしている？　それのどこに論理がある？

攻撃によろついているときに、アビーはとどめを刺した。彼女は私の子を宿している。なんてことだ……私の子。グレイムの胸に奇妙な温もりが花開き、それとともに懸念と恐怖すら混じった期待がどっと襲ってきた。自分の子どもをこの手に抱くのはどんな感じだろうか？

男の赤ん坊を想像してみた。いや、アビーに似た女の子を想像するほうがたやすい――黒い巻き毛にピンクのリボンをつけて、フリルたっぷりの白いドレスを着ている。

だが、どうやったら父親になれるのだろう？　なにをすればいいのか、まったくわからないと気づいた。自分はどんな類の手本になれるだろう？　もし赤ん坊が死んだら？　アビーが流産したら？　自分の子どもを産むときにアビーが命を落としたら？

グレイムは机におおいかぶさって両手に顔を埋めた。いまこの瞬間になによりもしたいのは、アビーを抱き、頭のなかを飛びまわる楽しいこと、たわいもないこと、おそろしいことを聞いてもらうことだ。アビーの腹部に手をあてて、彼女のなかで育っている自分の一部というもろい命を夢見たかった。アビーにキスをして、彼女と子どもの面倒をしっかりみると安心させてやりたい。

だが、アビーはそうさせてくれなかった。彼女はいったいどうしてしまったのだ？思いやりがあり、積極的で、寛大な彼女が、ベッドのなかで大胆な緑の瞳をした笑顔の妖婦が、どうして急に私に背を向けたんだ？

その答えは、どれほど認めたくなくても明らかだった。アビーは一度として私を欲したことがなかったのだ。彼女が欲したのは赤ん坊だった。彼女にとって自分は目的を達するための手段にすぎず、その目的を達したいま、私の使い道はなくなったというわけだ。ひょっとしたら、アビーに抱いていた当初の思いはまちがっていなかったのかもしれない。彼女はほんとうに冷たく石のように硬い女性なのかもしれない。

いや……ローラに気づいたときにアビーの顔をよぎった苦痛を、涙ぐんだ悲しそうな目を、目の下に隈ができたまっ青な顔をおぼえている。グレイムはアビゲイルの微笑み、いたずらっぽく目を躍らせるようす、愛を交わしたときに漏らしたやわらかなうめき声を思った。そう、彼女は冷たくなどない。

妊娠のせいかもしれない。妊婦は理解しがたいふるまいをするのではなかったか？

とはいえ、妊婦が身近にいた経験はなかった。自身はひとりっ子で、これまで名目のみの結婚生活を送ってきて、愛人を身ごもらせないように注意を払ってきた。知人の既婚男性は妻の話をせず、祖母や母はぜったいにそんな話をしたがらないだろう。

あるいは、アビーが正しいという簡単な答えなのかもしれない。ふたりで取り決めを結んだ。それについてはじっくり掘り下げたくなかったので、思い浮かびもしなかった。だが、いまはアビーという女性を知っている。彼女は嘘をつかない。彼女のことばにはごまかしも隠れた意味もない。この結婚は、ふたりのおとなが交わした単純明快な取り引きだった。ふたりとも子どもを望み、授かるよう努めると同意した。そしていま、アビーは妊娠し、取り決めは完了した。これ以上ベッドをともにする必要はなし。ごくふつうの夫婦であるふりをする必要はなし。

アビーはそれを理解し、受け入れた。彼女はただ取り決めに従っているだけだ。自分だけが、愚かにも中身ではなく形にしがみついている。以前の生活に戻れると安堵しているべきなのだ。アビーが彼女の道を進もうと前向きになっているのをありがたく思うべきなのだ。

グレイムは荒れ狂う感情の下にかつてアビーに抱いていた怒りを、ローラに感じていた愛を、自分以外の人間のことなど考えずにいられた人生を探した。この苦痛に満ちた気持ちの下のどこかにあるはずだ。きっと自分自身に戻れるはずだ。アビーとの暮らしは興奮に満ちて楽しくておもしろくて気楽だった。だが、それはふつうの人生ではない。永続的なものではない。ただの幕間で、常にそんな風に生きるには強烈すぎるものだ。

いいぞ。いまのは筋が通る。しっくりくる。そうあるべきなのだ。自分のこれからは、自分の好きな日々に戻る。それに、胸のなかにあるこの虚しさだって、じきに感じなくなるに決まっている。

一日の大半を書斎でくよくよ考えこんで過ごしたあと、グレイムはお茶の時間におののきを感じていた。アビーの前でなにを言い、どうふるまえばいいのかがわからなかったのだ。お茶の席に祖母しかいないとわかって感じたのは、安堵と失望が奇妙に混じり合ったものだった。

祖母がお茶を注ぐのを彼は見つめた。「ええっと、アビゲイルはお茶に来ないのですか？　ミセス・ポンソンビーも？」慌ててつけくわえる。祖母に知らせを伝えるべきだと思い至る。祖母はずっと望んでいたのだから。

「彼女の具合がよくないと聞いて、フィロミーナは付き添うのが自分の務めだと感じたようよ。フィロミーナはいつだって務めを果たそうと懸命だけど、九カ月のあいだずっとこんな調子が続いたら、痩せ細ってしまうのではないかと心配だわ」

ミセス・ポンソンビーによる〝もてなし〟を一度受けたあと、アビーはドアを閉めて彼女を入れないようにしそうだ、と言いたい気持ちをグレイムはこらえた。ミセス・ポンソンビーはグレイムの母にしたように、つらさをやわらげるためにと、アビーにもジョン・バニヤンの書いた寓話の『天路歴程』を読み聞かせしているのだろうか。祖母のことばの重要性が頭にしみこむのにしばしかかった。グレイムは目を狭めた。「ちょっと待ってください。もうご存じだったのですか？」

「アビゲイルが細心の注意を要する状態だということに？　もちろんですよ」伯爵未亡人は珍しく屈託のない笑みを浮かべた。

「彼女からお聞きになったのですか？」アビーは自分よりも前に祖母に話したのか？

「とんでもありませんよ。ばかを言わないでちょうだい。彼女から聞く必要などありませんでした。あれこれ兆候がありましたからね。それについては、わたくしにも多少の経験がありますから」

「どうして言ってくれなかったんですか？」

「モントクレアったら」伯爵未亡人は、いつもグレイムを椅子から立ち上がれなくするような目を向けてきた。「男女の同席する場にふさわしい話題ではないでしょうに」

「私は兆候に気づきませんでした」

「あたりまえです。あなたは男性なのですから」

「気づくべきだったんだ。ちがいますか？」

「どうしてそう思うのかわかりませんね」伯爵未亡人はお茶をすすった。

「なぜなら……いや、わかりません。お祖母さま……」グレイムはスプーンをもてあそんだ。「自分がどうしたらいいのかわからないのです」

「どうしたらいいか？　わたくしが教えてあげましょう。ひとつには、あなたのお父さまの慈善事業に関するばかげたことをおやめなさい。あの基金に関心を持っていた人全員を探し出さなければならないと感じる理由がわかりません。アビゲイルの体調にだってよくないでしょう。収納箱をひっくり返したり、街中を駆けまわるのではなく、体を休めていなければいけないのですよ」

「何人かに話を聞いたり、書類棚や収納箱のなかを探すことのどこが体に障るのですか？　アビゲイルは重い物を持ち上げたり動かしたりしているわけではないのに」

「返事を無視するなら、なぜ訊くのか理解に苦しみますよ」

「お祖母さま……」歯を食いしばっていたのに気づき、力を抜く。「お返事を無視しようというのではありません。ですが、あの慈善事業について話を聞くことが、人を訪問するのとどこがちがうのかわからないのです」

「まったくちがいますよ。人を訪問するのには、精神的な努力を必要としないでしょう」

「たしかにそうですが、どうして——」

「アビゲイルのような状態にある女性に、心を乱すようなことをさせてはいけません。おだやかで落ち着いた日々を過ごさなければならないのです。心労をあたえるのはよくありません。とは言うものの、アビゲイルの場合は、彼女のほうが周囲をふりまわしているといった感じですけれどね。たとえばあなたは、彼女が来てから変わりました。自分を見てごらんなさい——袖口はまっすぐになっていないし、アスコット・タイはゆがんでいるし、髪はぼさぼさではないですか。まるで髪を掻きむしっていたみたいに見えますよ」

「まさにそうしていたのです」

「思ったとおりですよ」伯爵未亡人は自分が正しかったとわかって満足げにうなずいた。「あなたのしていることによいものはなにもありません。慈善事業をしたいのなら、そうなさい。けれど、引っ掻きまわしても水が濁るだけです」

「なんのことですか？」グレイムは関心を引かれて身を乗り出した。「お祖母さまは父上がしていたことをなにかご存じなのですか？」

「知るわけがありません。あなたのお父さまがなにをしているのかは、知らないほうがいいと心に決めたのです。いずれにしろ、レジナルドがあれほど関心を持っていた基金でなにをしたのかなど想像もつきません。あなたはとてもおかしなことばかり訊いていたわね。フィロミーナが動揺していますよ」

いまのことばは、〝わたくしには迷惑です〟と解釈すべきものだった。グレイムは重々しい口調で言った。「ミセス・ポンソンビーを動揺させるつもりなどありませんでした。とはいえ、私があれこれたずねることで、どうして彼女が動揺するのかはわかりませんが」

「夫を思い出すからですよ。ジョージはちょっと愚かな人でしたけれど、フィロミーナは彼に夢中でした。レジナルドもジョージが好きでした。彼には隠れた資質でもあったのでしょうね」

「ミスター・ポンソンビーは基金とどんな関係があったのですか？　彼が管財人だったのは知っていますが、これといって特別な仕事はしていなかったのでは？　彼はなにも知らなかったのではありませんか？」

「まったく、モントクレアったら。どうしてなんでもかんでも知りたがるのです？　フィロミーナが動揺するのは、基金のせいではありませんよ。あの当時のせいです。彼女は思い出したくないのです、ほら……あれを」

「さっぱりわかりません。だからお祖母さまにたずねているのですが」

伯爵未亡人はうんざりした顔になった。「ジョージは自分で命を絶ったのです」

「ほんとうですか？」グレイムは両のまゆ毛を吊り上げた。「事故だとばかり思っていました。崖から落ちたのでしたよね？」

「みんなにはそう話したのです。彼が〝飛び降りた〟だなんてとても言えませんからね」

「飛び降りたですって？　どうしてご存じなのですか？　だれかが目撃したのですか？」

「いいえ。でも、ジョージが崖っ縁をぶらつくような人でないのは、だれもが知っていました。彼は人一倍怠惰な人でした」

「どうして自殺などしたのでしょう？」

「そんなに露骨な言い方をしなくてはならないの？　アメリカ人の奥さんと一緒に過ごしすぎたのね。ジョージはあの株で全財産を失って絶望していたのです。あなたのお父さまはかなり罪の意識を感じていました。助けになると思って投資を勧めたのですからね。フィロミーナは自分を責めましたよ。ジョージが彼女をがっかりさせたと思っていたからです。まあ、それはまちがいないのだけれど、自分が死んで妻を一文なしにして、なにがどう助けになるとあの愚かな人が考えたのか、想像もつきませんけれどね」

「ふむ。思慮に欠けますね」アビーはこの情報をどう考えるだろう。きっと、基金にかかわった者たちの死が不審だという自説が支持されたと思うだろう。そう思ったとたん、自分たちがいまどういう状況にあるのかを思い出した。アビーとまたそんな会話ができるのだろうか。

その不安は、夕食の席で現実のものとなった。ぎこちなく不自然な会話に耐えるはめになったのだ。彼とアビーは、祖母の提供する話題に沿って意味のないことばを交わしただけだった。女性たちが応接間に行っているあいだ、ひとりでポート・ワインを飲む休息の時間を持ててほっとした。女性たちに合流したときには、アビーは部屋に下がっていた。

「かわいそうに。かなり疲れていたみたいですわ。それも当然なのですけれど」ミセス・ポンソンビーが意味ありげにグレイムにうなずいてみせた。「今日の午後は体調がよくなかったのでしょうね。顔色がとても悪かったですもの」

グレイムは青白い顔をして目に翳のあるアビーを思った。妊娠の影響なのだろうか？ 彼がアビーの顔に見たのは、それよりも悲しみと睡眠不足のように思われた。でも、どうしてアビーは不幸せなのだろう？ 目的をかなえ、子どもを授かったというのに。

彼女の悲しみは、私に苦痛をもたらしたせいかもしれない。それなら彼女の性格にも合う。彼女はなんでも自分で背負いこみすぎるのだ。父親の行ないに苦しんでいる彼女を見ればいい。彼女のところへ行き、どれだけ彼女を欲しているかを話したら……。

それは、自分がどれほど身を落としたかを示すことにならないだろうか？ 彼女のやさしい性格をあてにしようとしているのでは？ グレイムは自分に嫌気が差した。

自分のなかで渦巻いている感情についてだれかに話したかったが、だれもいなかった。母がここにいたとしても、そんな話をするわけにはいかないし、ジェイムズは冷笑的な反応を見せるだろう。自由に話せる相手はひとりしかおらず、あいにくその相手とはアビーだった。

グレイムは早々に階上に上がった。アビーの部屋のドアの下から明かりが漏れているのが見え、一瞬ためらったものの断固として通り過ぎた。本を読もうとしたが、だめだった。側仕えを呼ぼうかと考えたものの、そうしたらベッドに入るしかなくなり、それには心を引かれなかった。部屋をうろつき、椅子にどさりと座った。

アビーの部屋のドアから漏れていた明かりが消えた。グレイムは長々と自分と戦った。とうとうドアのところに行って取っ手に手をかけた。取っ手はまわらなかった。彼を貫いた苦痛は予想外に鋭かった。グレイムは肚を決めた。せめて男らしくふるまおう。

彼はドアに背を向けた。

26

アビーは階段を見下ろした。部屋でお茶とトーストの朝食をとったあとのことだ。ここ数日、アビーが寝室を出るころには、ほかのみんなの一日はすでにはじまっていた。グレイムは書斎にいるか、所用で出かけていた。伯爵未亡人とコンパニオンは階上の居間で午前中を過ごしたので、アビーは図書室でひとりおだやかな時間を過ごせた。

午後は訪問客のいる応接間に顔を出したり、だれかを訪問する伯爵未亡人について出かけたりしなくてはならなかった。お茶の時間前には、寝室に下がって昼寝をすることが多かった——最近はいつになく眠くてたまらないのも事実だけれど、アビーを元気づけるのが務めだと思いこんでいるミセス・ポンソンビーから逃れるいい口実にもなっていた。

そのあとはお茶の時間と夕食か、夜の外出になる。そうなると、グレイムが一緒で、アビーは夫婦という惨めな茶番を演じるしかなくなった。興味をそそる話も、笑いも、アルコーブや廊下で人目を忍んでキスをすることもなくなった。誘惑も、じれったい期待感も、甘い営みも、彼の腕のなかで長い夜を過ごすことももうない。

いまでは無味乾燥な会話があるだけだ。グレイムは、馬車に乗る際に手を貸すとか、形式張って並んで歩くときに腕を差し出すとかでしか触れてこなかった。堅苦しく礼儀正しい以前のよそよそしい彼に戻ってしまい、笑みはおざなりで、声を出して笑わなくなった。

ふと顔を上げると、彼から見つめられていることが何度かあった。そんなとき、グレイムは自分を欲してくれている、すぐにも寝室へと連れ去ってくれる、と感じて息が浅くなった。けれど、目をそらされて、そんな瞬間は消えた。ほかの人たちとおしゃべりをしているときにふとにこやかに目が合うこともあって、同じことをおもしろいと感じていた仲のよかったころを思い出した。そして、かつては手にしていたのにいまは失ってしまったものを思って胸が痛んだ。

調査の件はふたりのあいだで話題に上らなかった。グレイムが一度か二度、基金に関係のある人に会いに出かけたのは知っていたけれど、一緒に行こうと誘われはしなかった。ほかのなによりも、そのことに傷ついた。彼との親密さはただの幻想だったの？

取り決めから解放してあげるということばをグレイムが即座に受け入れたようすから、自分に対する彼の欲望はただのふりだったのだと思わざるをえなかった。こちらから彼を自由にしておきながら、彼が解放されたがっていないことを心の奥底では願っていたのだった。自分を腕に抱いて、愛の営みは重荷などではなかった、きみと同じくらい自分もきみを欲している、と彼から言われたかった。

けれど、言ってくれなかった。

そんなことは問題じゃないのよ、と自分に言い聞かせる。欲しかったものは手に入れた。つらくても正しい決断をした。これで終わりにしてよかったの。グレイムを愛しそうなところまで危険なほど近づいていた。あれ以上続けていたら、すっかり心を奪われていたかもしれない。そうなっていたら、最悪だ。最悪だったにちがいない。

アビーはいつものように図書室に行ったものの、落ち着いて本を読めなかった。憂鬱な気分を解消してくれそうな本を書棚から書棚へと探す。ノートンがミスター・プレスコットが来ていると伝えにきてくれて、ほっとした。

「彼をここにお通しして」アビーはちょっぴりの罪悪感をおぼえた。ここのところ友人をなおざりにしていた。

図書室で客人を迎えることをノートンがよく思っていないのは明らかだったが、忍苦の表情を浮かべただけで、お辞儀をして出ていき、少しするとデイヴィッド・プレスコットを連れて戻ってきた。

「デイヴィッド」アビーは彼に手を伸ばした。気分は上向いていた。「またお会いできてうれしいわ」

「やあ、アビー」彼がにっこりする。「元気かい？　すべて順調かな？」

「ええ、元気よ。ひどいありさまに見えるのかしら？」そうからかう。

「とんでもない。きみはいつだってきれいだよ。だが、少しばかり……痩せたみたいだ。この前来たときは、きみは気分がすぐれないと言われたんだ」

「心配するほどのことではないの。ここのところちょっと疲れているのだけど、病気ではなく〝うれしいできごと〟のせいなのよ」

「ああ。そうか。よかったね」彼の顔は喜んでいるというよりも悲しそうだったが、アビーはそれを無視した。

「ありがとう。たぶん察しはつくと思うけれど、天にも昇る気分なの」

「体を特別にたいせつにしないといけないよ」

「とても甘やかされているわ」自分を甘やかしているのは、ミセス・ポンソンビーと伯爵未亡人だとまで明かす必要は感じなかった。

「アビー……」重々しい口調で言い、一心に見つめてきた。「なにか困ったことがあったり、不幸せだったり……どんなことでもこわい思いをしたりしたときは、私のところに来るんだよ。助けてあげるから」

アビーは両の眉を上げた。「わかっているわ。あなたはほんとうのお友だちよ。でも、大丈夫。わたしをこわがらせるには、赤ちゃんを産む以上のことでないとね」

「そのことを言ったんじゃないよ。きみがこわいもの知らずなのはわかっている――行き過ぎなほどにね。少し注意するくらいがちょうどいい」

「デイヴィッド……いったいなんの話をしているの?」

「この前ここに来てきみに会えなかったとき、モリーとことばを交わしたんだ」アビーが顔をしかめたので、デイヴィッドは急いで続けた。「モリーを責めないでほしい。私が彼女と話したいと呼んでもらったんだよ。きみが大丈夫だと確認したかったんだ。モリーはとても心配していたよ。きみの部屋で火事があったと言っていた」

「モリーのことばをあまり真剣に受け止めないほうがいいわ。彼女はわたしをあいかわらず五歳児扱いしているから」図書室のテーブルにつく。「ちょっとした事故でカーテンが燃えたのよ。わたしに怪我はなかったわ。これからも元気なままでいるつもり。さて……腰を下ろして、近況を教えてちょうだい。ニューヨークからの最新の知らせはある？」

「あまりないんだ」デイヴィッドは大きな封筒をテーブルに置いて、アビーの向かいに腰を下ろした。「故郷から手紙は来ているかい？」

「ええ、おばといとこが手紙を送ってくれたけれど、ヴァンダービルト家の人たちとカロライナで夏の大半を過ごしたから、うわさ話はほとんど書かれていなかったわ」

ふたりで友人や知り合いの話を数分したあと、デイヴィッドがテーブルに置いた封筒をアビーのほうに押しやった。「きみの複数の投資先からの報告書だ。見たいだろうと思ってね」

「ありがとう。ここでのあなたのお仕事は順調？」

「ああ。あと少しで終わるよ。近いうちにアメリカに帰るつもりだ」

「黙って帰ったりしないでね」

「もちろんだよ。私と一緒に帰る気になってくれないかと思っているんだ」

アビーは微笑んだが、首を横にふった。「いいえ、わたしの居場所はここよ」

そのあと会話がとぎれ、デイヴィッドは立ち上がっていとまごいをした。アビーが見送ろうと彼とともに玄関に向かっているとき、ドアが開いてグレイムが入ってきた。

彼はふたりを見て足を止め、会釈した。

「ごきげんよう、アビゲイル。プレスコット」待っている従僕に帽子を渡すと、グレイムはふたりに近づいた。「妻の話し相手をしてくれるとはおやさしいことで」

「いつでも喜んで」

グレイムがすごみのある笑みを浮かべた。「別れの挨拶をしにきたのかい？」

「ロンドンをいつ発つかはまだ決めていない」

「事業を放ったらかしにして、ずいぶん長くここにいるんだな」

そのことばに秘められた意味は明らかだった。デイヴィッド・プレスコットが自分の屋敷にいるのがいやなのだ。彼は嫉妬しているのかしら、とアビーは思った。そんな風に考える自分はいけない女だとは思ったものの、小さな喜びを感じずにはいられなかった。ひょっとしたらグレイムは、見かけほど無関心ではないのかもしれない。

「いや、ここでも仕事があるんだ」デイヴィッドが返した。「重要な仕事がね」

「そうか。仕事がうまくいくよう願っているよ」ことばとは裏腹に嚙みつくような口調だった。堅苦しくそっけない挨拶をしたあと、グレイムは廊下を奥へと行ってしまった。

デイヴィッドはしかめ面でアビーをふり向いた。「ほんとうにここにいて大丈夫なのかい?」

「ええ」いまのアビーはうきうきしているといってもいいくらいだった。「ほんとうに」

「そうか。だが、私が必要になったら、そう知らせてくれるだけでいいとおぼえていてほしい」

「おぼえておくわ。あなたはいいお友だちよ、デイヴィッド」

デイヴィッドが帰っていくと、アビーは廊下にちらりと目をやった。グレイムはいなくなっていた。アビーはふたたび図書室へ向かった。本を読む気分ではなかったので、デイヴィッドが持ってきてくれた封筒を開けて、投資報告書を読みはじめた。銀行の取引明細書に目を通す。ふとあることを思いつき、読むのをやめる。

「グレイム!」さっと椅子を立ち上がり、大理石の廊下に靴音を響かせながら急いだ。足音が聞こえていたらしく、アビーが勢いよく部屋に入ったとき、グレイムはちょうど机をまわってドアに向かってくるところだった。

「アビー! どうしたんだ? なにがあった?」グレイムは彼女に伸ばした手を途中で体の脇に垂らした。

「わたしは大丈夫。ちょっと思いついたことがあるの」手のなかの書類をひらひらとふる。「銀行口座よ。あなたのお父さまがお金を銀行に預けたのなら、取引明細書が届いているはずなのに、リドコム・ホールでは見つからなかったでしょう」

「ああ、そうか。そうだな」

「お父さまの事務室を探しているときに見逃したのだと思うわ。取引明細書と帳簿を見くらべてみるといいと思うの。役に立ちそうな情報が見つけられるかもしれないわ」

「じつは……父はロンドンの銀行に金を預けていたはずなんだ。リドコムで集まった金は金庫に入れて、ロンドンに戻ってきたときにここの銀行に預けていた。だから、取引明細書があるのだとすれば、この屋敷のなかだと思う」

「そう」アビーは気落ちした。「でも、この書斎はもう探したわ」

「私は銀行の取引明細書は捨てていない。基金関係の明細書はそれほど多くなかったはずだし、当時はもう活動していなかったから古いものになっていただろう。ほかの取引明細書と一緒に束ねたのかもしれない」

グレイムは書類棚のひとつを開けて、いちばん下の棚から箱を取り出した。しばらく箱のなかを探っていたかと思うと、書類の小さな束を勝ち誇ったように掲げた。

「ほら！　あったぞ」机の上に書類を広げる。

「見つけたの?」アビーは彼のそばへ行き、書類を覗きこんだ。グレイムの近くにいることを痛いほど意識していた。彼の体の熱を感じ、香りを吸いこんだ。彼にもたれかからずにいるのが精一杯だった。

数字の列をたどるグレイムの人さし指がかすかに震えていた。「これで関係するなにかがわかるのかどうか、確信が持てないな。父が入金した金額と日付があるだけだ」

「本邸から持ってきた帳簿はどこ?」

グレイムは書棚から青い背の帳簿を取ってアビーに渡した。「なにを考えているんだい?」

「疑わしい相違点はないかと思って」帳簿の数字を指で下へとたどり、銀行の取引明細書に戻る。「見て。最後に大きな入金があって、そのあと口座が閉じられているわ」

「それは、父が──なくなった金を補塡したときだ。そのあと父は口座を閉じて、退役軍人の施設に金を分配したんだ」

「ええ。でも、ここに……」アビーが帳簿を示したのを受けてグレイムが身を乗り出し、その拍子にふたりの腕がかすめ、彼は身じろぎもしなくなった。アビーは咳払いをし、横にいるグレイムなど意識していないかのように続けた。「三月二十三日以降、大金が三回入ったと帳簿に記載されているでしょう。SV、F卿、それにもうひとつは〝賦課金〟とあるわ。この三つを足すと三千ポンド近くになる。かなりの大金だわ。そして、五月にあなたのお父さまが口座を閉じる前に入金した金額とちょうど同じ。でも、銀行の取引明細書には、その金額は記載されていない。二月と、お父さまがお金を戻した日付のあいだにはなにも入金がないわ」

「じゃあ、それが行方不明になった金なんだな。受け取って帳簿に記載はしたが、銀行には預けられなかった。だれかのポケットに入ったんだ」

「そうだと思うわ。それなら筋が通るもの」

「時期は合うな。だが、これは父の筆跡だ」グレイムの表情はわびしそうだった。

「つまり、父の落ち度という可能性が高い」帳簿を指でとんとんと叩いた。「父が金を受け取り、金庫にしまい、銀行に預けなかったと」

「グレイム、だめよ」悲しそうな彼の顔を見て、アビーの胸が痛んだ。彼の腕に手を置く。「かならずしもそうとはかぎらないわ。だれかが金庫からそのお金を盗ったのかもしれないでしょう。あなたはお父さまがどこにお金をしまっていたかを知っていた。それなら、ほかにも知っていた人がいたと考えられるわ。お父さまはお金がなくなっているのに気づき、保管していたご自分のせいだと責任を感じられたのかもしれない」

「きみはやさしいんだね」グレイムはかすかな笑みを浮かべた。

「ほんとうにその可能性はありそうですもの」アビーは無意識のうちに、なだめるように彼の腕をそっとなでた。「このお金を受け取ったときにその場にいた人――たとえば、聖ヴェロニカ教会の教区牧師さまとか――を見つけられれば、その人から話を聞いて、なにかを明らかにできるかもしれないわ。希望を捨ててはだめよ」

「捨てはしないさ。だが、正直なところ、もうそこまで重要には思われなくなってきた気がするんだ」グレイムが彼女に手を重ねた。「アビゲイル……きみはほんとうに――つまり、考えていたんだが。私は――きみと仲たがいをしていたくないんだ」

「わたしもよ」顔を上げたアビーは、いつものように彼の空色の瞳に、そのまなざしの深さに心を慰められた。彼の眉を指でたどりたい。

グレイムが彼女のほうへと少し顔を寄せてきた。アビーの心臓が鼓動を速める。

「きみは――」廊下をこちらに向かってくる足音がして、グレイムははっと顔を離した。低く悪態をつき、体を起こしてドアに向かうと、ちょうど執事が入ってきた。

「おじゃまして申し訳ございません」ノートンは片手に小さな銀のトレイを持っていた。

「なんだい、ノートン」

執事が差し出したトレイには、小さく折りたたまれた白い紙が載っていた。グレイムはいらいらとその紙を取ったが、そこに奇妙な表情がよぎった。完全なる無表情の執事に鋭いまなざしをさっと向ける。グレイムはちらりとアビーを見てから顔を背けた。指で封を切り、紙を開いて読みはじめる。

グレイムは眉をひそめ、小声でなにやらつぶやき、それから執事に言った。「いつ届いた?」

「たったいまでございます。男の子が玄関に持ってきました」

「そうか」グレイムはそこに偉大なる叡智が書かれているかのようにもう一度読んだが、数行しか書かれていないのがアビーのいる場所からもわかった。

「グレイム? なにかよくない知らせなの?」アビーは彼に近づいた。

「え?」グレイムが弾かれたように顔を上げ、慌てて手紙を上着の内ポケットにしまった。「ああ、うん。いや、なんでもないんだ。ただ、その、今日の午後にしなければならない用事を念押しするものだった」いまもまだ戸口にぐずぐずしていた執事にうなずく。「ありがとう、ノートン」

もう用はないと言われた執事は、しぶしぶ下がった。ふたりとも、なんだかようすが変だわ、とアビーは思った。彼女は待ったが、グレイムはなんの説明もしようとはしなかった。

「どうしても――出かけないと。だが――」一歩アビーに近づく。「アビー、話をしてもいいだろうか？　つまり、戻ってきたあとでだが」

「もちろんよ」彼女の声ににじむ心配な気持ちが、冷ややかなものに変わった。グレイムはなにかを隠している。

「よかった。すぐに戻るよ」グレイムはきびすを返して部屋を出ていった。上着から落ちた手紙には気づいていなかった。

　アビーはしばしその場に立ち尽くし、手紙を凝視した。これはグレイムの手紙よ。わたしに読む権利はないの。アビーは手紙を拾い上げた。机に置いて立ち去るべきだ。詮索するなんていけない。いつもなら、そうしていたところだった。

けれど、グレイムがちらりとこちらをふり返ったときのようすや、なにかよくない知らせなのかとたずねたときの、後ろめたそうな奇妙なまなざしを思い出す。この手紙には自分に関係することが書かれているような気がした。彼が自分に知られたくないことが。

　基金に関係するだれかと会う件かもしれず、グレイムは自分を連れていきたくなかったのかもしれない。そう思ったら、胸をぐさりと抉られた。

ふたりのあいだに以前の温もりと親密さが戻るかもしれないと思っていたのに。グレイムは、またわたしと一緒にいたいと言いかけたのだと。けれど、手紙が届いたとたんに彼の態度は変わった。

アビーは折りたたまれた手紙に目をやった。女らしい筆跡でグレイムの名前が書かれている。胸がぎゅっと締めつけられた。これは、アビーを同行させたくないといったことよりもうんと悪い事態だとわかった。手紙を開いて短い内容を読んだ。

グレイム、
お話ししなければならないことがあります。訪ねてきてください。火急の用件でなければ、こんなお願いはしません。
あなたのローラより

グレイムは愛する女性のもとへ駆けつけたのだ。アビーは手紙をポケットにしまってその場をあとにした。

27

アビーは階段を駆け上がって部屋に飛びこんだものの、ドアを力いっぱい閉めるのだけはなんとか思いとどまった。なにかを叩き潰したかった——それがグレイムの頭だというふりができるなら、なんでもよかった。

「ミス・アビー！　どうなさったんですか？」モリーが急いでそばに来た。「あの悪魔は今度はなにをしたんです？」

アビーは打ち明けるつもりをしていなかった。モリーがいま以上にグレイムを嫌うようになるなんていやだった。けれど、なにかを壊すよりは話をするほうがましだった。

「彼はミス・ヒンズデールに会いにいったの」新たな怒りがこみ上げてきた。「たったいま彼女からの手紙を受け取って、急いで出かけていったのよ」

「あの方は悪魔ですよ。お嬢さまが目の前にいらっしゃったというのに、あの女との逢い引きに駆けつけるだなんて！」

「ううん、逢い引きなんかじゃないと思うわ」メイドの怒りがなぜかアビーの怒りを少し鎮めてくれた。「なにか話があるみたいだった。火急の件だからすぐに来てほしいと頼んだの」

「あの方がお嬢さまにそう話したんですか？」

「いいえ。わたしが手紙を読んだの。彼は人に会いにいくとしか言わなかったわ」

「お嬢さまに嘘をついたんですね」

「そうとも言いきれないわ」アビーはため息をついた。「でも、ええ、彼は会いにいく相手を隠したの。わたしに知られたくなかったのね」

「ここを出ていく潮時です。アメリカに帰って、お友だちやご家族に囲まれて赤ちゃんをお産みになればいいんです」

アビーは首を横にふった。「イングランドに留まると約束したの。彼を赤ちゃんから引き離しはしないと」

「ふん！　約束を守る価値もない殿方ですよ」

「だめよ。彼の子どもでもあるのだから。男の子だったら跡継ぎになるのよ。赤ちゃんを父親から、生得権から遠ざけるなんてできない。伝統から」

「お子さんにとっては、あの方からできるだけ離れて育つのがいいってもんです」

「彼女を愛しているのはグレイムが悪いんじゃないわ」

「それがご自分の奥方さまじゃなかったら、悪いんですよ」

「彼はわたしと出会う前からローラ・ヒンズデールを愛していたのよ。あなたがグレイムを罰しようとしているなら、彼はもうじゅうぶん以上に罰せられているわ。望んでもいない妻に縛りつけられているんですもの」

「殿方が望みうる最高の奥方さまですよ！」

アビーは小さく微笑んだ。「それでも、彼の望んでいなかった妻よ。彼は心から愛する女性とは一生一緒になれないの」

「お嬢さまが生きていらっしゃるかぎりは」モリーが陰鬱に言う。

アビーははっと顔を上げ、メイドを見つめた。「モリーったら！　なんておそろしいことを！」

モリーは腕を組んだ。「アイ、おそろしいことです。でも、別の人と一緒になるために自分の妻を排除するほうが、もっとおそろしいことでしょう」

「ばかげているわ。モリー、そんなことを言ってはだめよ。グレイムはぜったいに――」

「そうでしょうか？」モリーは身を寄せてアビーの顔をまっすぐに見た。「お嬢さまのお気持ちがわかっていたから黙っていましたけどね。お嬢さまをこれ以上傷つけたくなかったんです。でも、命の危険にさらされているのに、なにも言わずに脇に控えてるなんてできません」

「モリー！　その話をデイヴィッドにしたの？　だから彼は、大丈夫かって何度も訊いてきたの？」

「アイ。あたしは謝りませんからね」モリーは顎をつんと突き出した。「ここでなにが起きているのか、だれかに知っておいてもらわないと」

「ここではなにも起きていないわよ。どうしてあなたは――」

「おわかりにならないんですか？　あの方への愛で目が見えなくなってるんですね」

「彼を愛してなどいないわ。愛せるかもしれないというのは認めるけれど――彼のことはとても好きだし、できれば――」

「愛だろうと希望だろうと、呼び方はお好きにどうぞ。とにかく、お嬢さまは目の前のことを見ようとなさってません。ここに来てから三度も死にかけたんですよ」

「なにを言っているの？　たしかに川に突き落とされたけれど、あれはグレイムじゃなかったわ。わたしを突き落とした人にしても、殺すつもりではなかったと思う。彼はミスター・ベイカーを狙っていて、逃げるときにわたしにぶつかったのよ」

「お部屋の火事はどうなんです?」

「モリー!」アビーは愕然としてメイドを見つめた。「あれは事故だったでしょう。本を読みながら眠ってしまって、ろうそくを消し忘れたのよ」

「そんな風に眠ってしまうなんて、おかしいと思われませんか? そんなお嬢さまをあたしは一度も見たことがありませんけど」

「たしかにいつものわたしらしくないけれど、最近はいつも眠くてたまらないのよ。知っているでしょう」

「じゃあ、本を読もうとして、テーブルの自分から遠い側にろうそくを置いたって言うんですか? カーテンの真下に?」

「いいえ、そんなことはしていないわよ。眠ってしまって、寝返りでも打ったにちがいないわ。あなたの言うとおりにだれかがわざと火事を起こしたのだとしても、犯人はグレイムではありえない。彼はここにはいなかったのだから」

「ええ、ご自分が留守の夜にとても都合よく火事になったものですよね。あの方みたいな殿方は、汚れ仕事をご自分でする必要もないんです。だれかにやらせて、ご自分はほかの場所にいるようにする。でも、あの方はほかの場所にいらしたわけじゃありません。ほんの半時間後に戻ってらっしゃいました。こっそり忍びこんで、火事を起こし、また出ていって、終わったころに戻ってくることだってできました。きっと、戻ってきて悲しみの夫を演じるおつもりだったんでしょう。お嬢さまが目を覚まされて、呼び鈴を鳴らしてあたしを呼ぶとは思ってもいらっしゃらなかったんです」

「だったら、どうして彼は川に落ちたわたしを助けてくれたの？　どうしてあの場所にいたっていうの？」

「英雄を演じるつもりだったのかもしれません。お嬢さまを助けるふりをするだけのつもりだったのに、野次馬がおおぜいいて手を貸してきたんですよ」

「どうして彼がミスター・ベイカーを撃つの？」

「狙いはあの男性ではなかったかもしれないと考えたことは？　お嬢さまを狙ったのに失敗したのだと？」

「いいえ。そんなばかげた考えなど一度も浮かばなかったわ。そこまで複雑な説明を考えなくてはならないのだとしたら、それはつまり、ありそうもない話だということになるわね。あなたは最初からグレイムが嫌いだった。だから、なにもないところに邪悪なこじつけを作り上げているのよ」

「お嬢さまが三回も死にかけたのは、あたしの作り話じゃないですよ」

「三回？　いまので二回よ——二度の事故」

「階段から落ちかけた件はどうなんです？」

「パーティでのこと？　でも、あれは——」背中を押されたことを思い出し、はっと口をつぐむ。「だれかがよろめいて、わたしにぶつかっただけよ」

「三カ月で事故が三回も？」モリーは眉をくいっと上げた。「お嬢さまはそんなに不器用で不注意な方ではありませんよ」

「いいわ。たしかに奇妙なのは認めましょう。でも、グレイムは階段にすらいなかったのよ。わたしの周囲にいるレディを雇って突き飛ばさせたと言うつもり？　全部お話にならないわ。わたしに対する気持ちがどうであろうと、グレイムは跡継ぎを傷つけるようなまねはぜったいにしないわ。わたしを殺せば、自分の子どもまで殺してしまうのよ」

「あの方じゃなかったのかもしれません。あの女だったのかも」

「女？　だれの——ローラ・ヒンズデールのことを言っているの？」アビーはあんぐりと口を開けてメイドを見て、それから冷静でやさしくて淑女然としたミス・ヒンズデールが暗殺者だと想像しようとして笑い出した。「あなたも彼女に会ったら、そんな風にはぜったいに考えないはずよ。とてもすてきでやさしい人なの。わたしを助けてくれたのよ。そうよ、腕をつかんで落ちないようにしてくれたのは彼女なの」

「お嬢さまは人を信じすぎます。だれも悪く思いたくないんです。そのミス・ヒンズデールって人は待ち続けるのにうんざりしたのかもしれないでしょう。いまの伯爵夫人が死んで、自分が後釜におさまれるようにしたかったんじゃないですか。それとも、あの方を奪ったお嬢さまを憎んでいて、ただ殺したかったのか。ふたりが共謀してるって可能性もありますね。お嬢さまがいなくなれば、あの方にはお金が残り、だれとだって結婚できるようになりますから。ミス・ヒンズデールに跡継ぎを産んでもらうことだって」

「やめて！　あなたはまちがっているわ。グレイムはぜったいにそんな人じゃない。それに、ミス・ヒンズデールみたいにきちんとしたイングランドのレディが、他人の屋敷をこそこそ歩いて火をつけてまわるとか、だれかを銃で撃つとか、川に突き落とすなんて、どう考えてもありえないわ」

「ですが――」

「もうやめて！」アビーは目をぎらつかせた。「本気で言ってるのよ、モリー。ばかげた話はもうしないで……わたしにも、ほかのだれにも。デイヴィッド・プレスコットにこんなとんでもない話を聞かせるのも禁じます。育ててくれたあなたを愛しているけれど、いまみたいな悪意の話を広めるのなら、わたしのそばにいてもらわなくてけっこうだから」

モリーは愕然としてあとずさった。「ミス・アビー！　まさか本気じゃ——」

「本気よ」

モリーは歯を食いしばり、言いたいことをこらえているようだった。それから短くうなずいた。「わかりました、奥方さま。もうなにも言いません。ご用がおすみでしたら、階下に行って奥方さまの靴を磨いてまいります」

アビーはうなずいたが、モリーの丁寧なことばづかいを聞いて罪悪感をおぼえた。何歳だろうと、結婚していようと、モリーにとってアビーはいつだって〝ミス・アビー〟だったのに。けれど、心を鬼にした。モリーの妄想など聞くに堪えなかった。

窓辺へ行き、優美に並ぶ家々を眺めた。イングランドに来てから三度も事故があったのは異常で、不審とすらいえる。モリーにはああ言ったものの、アビー自身も狙われたのは自分だったのではないだろうかと考えたのだった。

あの火事の晩のように、あそこまで突然ぐっすり眠りこんでしまうのは自分らしくなかった。それに、ろうそくが倒れてカーテンのところへ転がっていくなんておかしい。置いた場所でただ溶けるだけのはずだ。

あの晩、あの川では二発めの銃声も聞こえた。わたしを狙ったものだったのだろうか？ ミスター・ベイカーのそばに急いでひざまずいていなければ、その弾はわたしにあたっていたの？ わたしを川に突き落とした人物は、たまたまぶつかったという感じではなかった。かすめるようにあたったのではなく、真後ろから思いきり押された。逃げようとする人がよろめいたというような足音はしなかった。

パーティの夜のことはもっと確信があり、階段から落とそうとわざと押されたと思った。周囲にいただれかがつまずいてぶつかってきたのなら、きゃっという悲鳴とかなにか声がしたはず。謝ってくる人も、大丈夫かとたずねる人もいなかった。

こういったできごとのどれか、あるいはすべてが自分を殺そうとしたものだと信じるにあたっての問題は、だれにも動機がないことだ。自分を殺して得をするのはいとこしかおらず、そのいとこは遠くニューヨークにいる。それ以外に考えられるのは、お気に入りの慈善事業か。それと、夫。

グレイムを知らない人にとっては、論理的には彼がもっとも怪しい人物になるだろう。アビーが死ねば、グレイムは再婚の自由を手に入れられ、おまけに彼女の遺産も入ってくる。

けれど、アビーはグレイムという人をよく知っていた。彼が自分を傷つけようなどとしていないのは確信があった。彼の性格の前には、どんな論理的な理由づけもなんの意味も持たない。グレイムは相手をどれだけ嫌っていようとも、冷酷に殺したりはしない。命を賭けたっていい。

そうなると、怪しい人物はローラ・ヒンズデールしかいなくなる。けれど、あの淑女が人を撃ったり、川に突き落としたり、階段から突き飛ばそうとしてまわっているなんて滑稽だ。もっと滑稽なのは、彼女が深夜にパー家に忍びこみ、階段を上がってアビーの寝室に入り、カーテンに火をつけたという考えだ。

アビーはローラが好きだった。彼女がグレイムの心をつかんでいる女性だとわかっても、好きにならずにはいられなかった。ローラはやさしくて、気取りがなく、温かく接してくれた。これまでロンドンで出会ったどんなレディたちよりもやさしくて、地に足がついた感じだった。

アビーは眉をひそめた。考えてみたら、妙だった。ローラは冷ややかでもお高くとまってもいなかった。上品ぶった態度も見せなかった。礼儀作法は完璧でレディらしかったけれど、愛想がよくて実際的でもあった。アビーがローラの愛する男性の妻であることを考えたら、彼女のふるまいはさらに奇妙に思える。アビーはローラを知らなかったけれど、ローラのほうはアビーが名乗った瞬間にだれなのかに気づいたはず。

あのときアビーは彼女を親切な人だと思ったけれど、単にこちらを欺いていただけなのかもしれない。自分の愛する男性を奪ったアビーを恨んでいるはず。もっと悪いことに、彼女はグレイムが無理強いされたのを知っているにちがいない。アビーと父がローラの人生を台なしにしてしまったのだ。

それに、ローラが同じパーティに出席していて、アビーが階段でよろめいたときにすぐそばにいたというのは、かなりの偶然ではないだろうか？　アビーは眉を寄せ、あのときのことを細かく思い出そうとした。ローラがずっと横にいたのか、アビーがよろめいたときに不意に姿を現わしたのか、思い出せなかった。横で階段を下りながら、彼女がアビーを押した可能性はあるだろうか？

けれど、それならどうして腕をつかんで転げ落ちないようにしてくれたのだろう？　アビーは手すりをつかんだから、下まで落ちはせず、くずおれるとか、手すりにぶつかるくらいですんだだろう。計画がうまくいかないと見て、自分が疑われないように腕をつかんで助けたのかもしれない。

アビーがいなくなれば、グレイムが自分のところに戻ってくるとローラはわかっているだろう。グレイムはいまもローラを愛している――今日だって、彼女に呼ばれたとたんにいそいそと出かけていったではないか。ひょっとしたら、ふたりで計画を話し合う必要があったのかもしれない。

ちがう。ありえない。ローラの第一印象はよかったけれど、それでも彼女が自分を厄介払いしようと計画している可能性があるのは認められる。けれど、グレイムが自分を傷つけようとしているなんて、ぜったいに受け入れられなかった。彼の性格について自分がまちがっていたら、それほどまでに彼に憎まれているのだとしたら、アビーは知りたくなかった。そんなことを知ってしまうくらいなら、死んだほうがましだ。

28

グレイムはもどかしい思いで通りを行った。くそっ。手紙はこれ以上ないくらい都合の悪いときに届いた。アビーと一緒に帳簿を見ていたとき、以前の親密さを感じた瞬間が何度かあった。希望が膨らんだ。アビーと話せさえすれば、以前のふたりに戻りたい気持ちを伝えられれば、一緒に過ごせなくなってどれほど寂しい思いをしているか、それはなにもベッドのなかだけのことではない、と話したら、彼女は理解してくれただろうに。ふたりでこの溝を乗り越え、子どもも交えてともに暮らしていけるのに。

だが、グレイムがことばを探しているときに、ノートンがあの手紙を持ってやってきた。なじみのあるローラの筆跡と、彼女がいつも使っていた封印を見て、驚いたのだった。はじめはぎょっとした。アビーが先日の夜のように動揺するだろうと思った。いや、動揺ぶりはそんなものではすまないだろう。ローラからしょっちゅう手紙を受け取ってなどいないとは信じてもらえないだろう。

一瞬、手紙を無視しようかと思った。だが、そう思いながらも、無視などできないとわかっていた。親密な雰囲気はすでに壊れてしまっていた。手紙を開きもせずに引き出しに突っこんだら、奇妙に思われただろう――何週間も前にまさにアビーがそうしたときのことはよくおぼえていた。アビーにあれこれ訊かれるはめになる。それに、いくら不都合なときに届いた迷惑な手紙とはいえ、ローラが重要な理由もなく送ってくるはずもなかった。これまで彼女が連絡を取ろうとしたことはなかった。

手紙を読むと、これはもうすぐさま会いにいかなければならないとわかった。とんでもなくまずい事態になったにちがいなかった。つまらないことで彼を呼び出しはしないだろう。火急の件と書かれていたことが、不安に油を注いだ。彼の知るかぎり、ローラはもっとも冷静沈着な人なのだ。

心配といらだちに引き裂かれそうに感じながら、グレイムはローラのいとこの屋敷の階段を上がってドアをノックした。知らない従僕がドアを開けたのではっとしたが、そのとき執事が廊下から姿を現わした。

「モントクレア卿」

「やあ、ボガティ。会えてうれしいよ」

てお越しになるかもしれないとミス・ヒンズデールからうかがっておりました。音楽室でお待ちです」

「私もでございます。お越しになるかもしれないとミス・ヒンズデールからうかがっておりました。音楽室でお待ちです」

「ありがとう」グレイムは微笑んだ。ローラはたいてい音楽室にいて、楽譜を前にして優美な指ですばやく鍵盤を叩いていたものだ。

ボガティが音楽室まで案内して立ち去ると、グレイムはしばしそこに立ってローラを見つめた。先日の晩は逃げる妻を追いかけるのに忙しくて、ローラとはことばを交わさなかった。彼女は昔と少しも変わっていなかった——明るいブロンドの髪はじゃまにならないよう編んで小冠のようにしてきちんと留めてあり、肌は透き通るようになめらかで、ドレスは簡素な灰色で、楽譜を読む顔は一心に集中している。年月は彼女にやさしかったようで、二十八歳のいまもあいかわらず美しかった。

ローラを見てグレイムの心が温もった。彼女の友情が懐かしかった——頭の回転の速さ、思いやり、揺らがない落ち着き。ひょっとしたら、また友人同士に戻れるかもしれない——だめだ、アビーが動揺してしまう。残念だった。状況がちがえば、アビーとローラはおたがいを気に入っただろうに。

グレイムはなにか物音をたてたらしい。ローラが顔を上げて彼を見た。「グレイム！　来てくださったのね」さっと立ち上がって近づいてくる。

「もちろんだよ。来ないと思ったかい？」グレイムは彼女の手を取って礼儀正しくお辞儀をした。

「来てくださるよう願っていたけれど……」ローラが顔をピンクに染めて肩をすくめた。「ちょっと気まずいわね？」

「そうだな」そう認めたおかげでなぜか気が楽になり、グレイムはより自然に微笑んだ。「元気そうだね」

「ありがとう。あなたも元気そうでよかった。どうぞおかけになって」椅子を身ぶりで示し、自分はその向かい側の椅子に腰を下ろした。「あなたの奥さまが好きになったわ。とっても美しい人ね。この前の晩は申し訳ないことをしたと思っているの」

「きみのせいじゃないよ」

「はじめは彼女がだれか知らなかったの。そのあとおたがいに名乗ったときは、どうしたらいいかわからなかった。彼女をだましているみたいな気になったけれど、なにを言えばよかったの？　気まずい思いだとか恥ずかしい思いをせずにあの場を立ち去れるようにと願ったのに」

「そこへ私がうっかり入ってきてしまった」グレイムはひと呼吸おいて続けた。「だが、その件で手紙を寄こしたわけではないんだろう？」

「ええ。もちろんだわ。お手紙を送っていいものかどうか迷ったの。ただ……引っかかることがあって……。なんでもないことを騒いでいるのかもしれないけれど、心配になってしまって、ほかにどうすればいいかわからなかったの」

「どうすればいいかって、なにをだい？　なにか困ったことでも？　私で助けになれるかい？」

「いえ、わたしのことではないの。あなたの奥さまのことなのよ」

「アビゲイルの？」グレイムは両の眉を吊り上げた。「どういうことだい？」

「階段でのできごとはただの事故だと思ったから、はじめは特になにも考えていなかったの」

「階段でのできごとって？　なんの話だい？　階段でなにがあったの？」

「レディ・モントクレアが落ちかけたの。先日のパーティのときに」

「彼女が落ちかけた？」グレイムは弾かれたように立ち上がった。「いつ？　きみはいったいなにを言っているんだ？」

「奥さまから聞いていないの？」

「ああ。なにも聞かされていない」グレイムは口をきつく結んでまた腰を下ろした。「なにがあったのか話してほしい。アビゲイルが怪我をしたのかい？」

「いいえ。下まで転がり落ちはしなかったわ。よろめいて落ちかけただけなの。わたしはたまたま彼女のそばで階段を下りていて、腕をつかんだの。彼女は手すりをつかんだわ」

「それだけでもひどい話だ」グレイムが渋面になる。「どうして彼女は私に話してくれなかったんだろう？」

「重要だと思わなかったのかもしれないわ」

「重要に決まっているじゃないか。階段から落ちたら流産していたかもしれないのに」

　ローラが目を見開いた。「まあ。じゃあ、奥さまは――」

「そうなんだ」グレイムは幸せで、誇らしくて、少しばかり気恥ずかしい思いで小さく笑みを浮かべた。

「おめでとうございます。レディ・モントクレアも喜んでらっしゃるでしょうね」声がかすかに震えていたが、ローラはすぐにそれを抑えこんだ。「でも、それを聞いたらますます心配になってきたわ。さっきも言ったように、ただの事故だと思ったのだけれど、今朝、ミセス・ペンワイラーがお友だちと一緒に訪問してくださって、そのときにレディ・モントクレアのお名前が出たの。彼女が階段を落ちかけたといとこのエリザベスが言うと――わたしがエリザベスに話していたの――ミセス・ペンワイラーが、レディ・モントクレアはいつもおおげさに騒ぎ立てるとおっしゃったの。モントクレアの奥さんはいつだって悲劇のヒロインみたいにふるまうって――川に落ちたり、火事に見舞われたり。ミセス・ペンワイラーは、レディ・モントクレアが注目を浴びたくて自分で火をつけたのではないかとほのめかしすらしたの」

「くだらない」

「ミセス・ペンワイラーが意地の悪い人なのはあなたもご存じでしょう。でも、わたしが出会った奥さまはそんな感じの人じゃなかった」

「あたりまえだよ。アビーなら、小さなことを騒ぎ立てるよりも、なにもなかったようにふるまうはずだ」

「彼女がいくつかの〝事故〟に見舞われたのも妙だと思ったの。それで、あの階段での〝事故〟について考えてみたわ。改めて思い出してみると……彼女はつまずいたというよりもだれかに押されたように思われたのよ」

「押されただって！」グレイムの心臓が鼓動を速めた。「たしかなのかい？」

「いいえ。そこが問題なの。ぜったいとは言いきれないのよ。あっという間のできごとで、彼女の腕をつかむことしか考えていなかったから。実際にだれかがレディ・モントクレアを押す場面を目撃したわけではないの。でも、彼女がつまずくところも見ていない。いきなり斜め前に飛び出したのよ。スカートの裾を踏んでしまったとか、そんな感じではなかった。彼女のひだ飾りを踏んで破いてしまったのは、腕をつかもうと慌てたわたしだったと思うの。わたしたちの前には人がいっぱいいたから、彼女は急いで階段を下りていたわけではなかった」ローラは自信なさそうにことばを切った。「わたしはばかなことを言っているかしら、グレイム?」

「いいや、そんなことはまったくないよ。ばかだったのは私だ」グレイムは髪を掻き上げた。「なにも見えていなかった。危険はとっくに過ぎ去ったと思っていた。私といれば、彼女は安全だと。屋敷に忍びこんで火をつけるなどだれにもできないと思いこんでいた」

「なにから安全なの? 危険ってどういうこと?」

「そこなんだ。私にはまるでわからない。自分の感情に気を取られすぎて、ほかのすべてを無視していた」グレイムは立ち上がった。「行かなくては。申し訳ないが――」

「謝ってもらう必要などないわ。もちろん奥さまのもとへ行ってあげて」

グレイムは急いでいたあまり、帽子を忘れてきたことにあとになって気づいた。帰りは歩いて時間をむだにしたくなかったので、辻馬車を拾った。馬車のなかでグレイムの心に恐怖といらだちと怒りがむくむくと湧き上がった。屋敷の前で馬車が停まると、勢いよく飛び降り、料金も訊かずに御者に金を投げた。

階段を駆け上がり、玄関ドアを大股でくぐった拍子に従僕を突き飛ばしかけた。まず階下の略式の居間に行ったが、祖母とコンパニオンの姿があっただけだった。「モントクレア、いったいどうしたの——」

伯爵未亡人が言い終える前にグレイムは姿を消し、大きな足音をたてて階上のアビーの寝室へ行った。窓の外を見つめていたアビーははっとして、いきなり入ってきたグレイムをふり向いた。

「グレイム！　なにをしているの？」

「私がなにをしているかだって？」嚙みつくような口調だった。胸のなかで募りつつあったすべての感情が怒りの大波となって襲ってきたのだ。「きみこそいったいなにをしている？　階段から落ちたことをどうして話さなかった？　私にはほんの少しも知る必要がないとでも思ったのか？」アビーはなにも言わず、ただ驚愕の顔で彼を見つめていた。おかげでグレイムの怒りがさらに燃え上がった。「どうなっていたか、考えもしなかったのか？」

「もちろん考えたわよ！」つかの間の麻痺状態が解け、アビーも言い返した。「自分から階段でつまずいたわけじゃないわ！　あなたに隠していたわけでもない。あのときはほかのことに気を取られていたのよ」

「ああ、わかっている。ローラと会ったきみは、私を罰するのに忙しかったんだよな」

「なんですって？」声を荒らげ、突進した。「よくもあなたを傷つけたとわたしを責められるわね！　あなたがずっと欲しがっていたものをあげたのに――自由を。それなのに、事故に遭ったからとわたしを非難するの？　あなたに報告しなかったからと？　あなたはわたしを支配しているわけじゃないわ」

「きみに望まれていないことなどわかっているさ。それでも、私はきみの夫なんだ。私に隠しごとをする権利はきみにはない」

「隠したのではないわ」アビーは体をこわばらせ、体の脇で両手を拳に握った。その声は硬かったが、淡々としていた。「たとえ隠していたのだとしても、意味はなかったわけね。あなたにはあなたの情報源があるみたいだもの。階段の事故をだれから聞いたのかとたずねてもいいけれど、その答えはふたりとも知っているわね」

　グレイムはかすかな不安にちくりと苛まれた。

「嘘はつかないでくださってけっこうよ」アビーの声は辛辣だった。ポケットから紙を取り出して投げつけた。それはグレイムの足もとに落ちた。拾ってみなくても、ローラからの手紙だとわかった。「あなたが……お友だちと一緒だったのはわかっているから」アビーの唇が苦々しげにゆがんだ。

「嘘をつくつもりなどなかった」グレイムは息ができないほど胸を締めつけられた。

「それに、そう、彼女は友だちだ。きみが思っている以上に、きみの友だちでもある」

「わたしの？」あざけるように眉を吊り上げる。

「そう、きみの友だちだ。彼女が私を呼んだのは、きみを心配してのことだったんだ」

「なんですって？　ああ、なるほど、きっと彼女はわたしのことをとても心配していたんでしょうね」

「ほんとうだ。きみは認めたくないかもしれないが、ローラはやさしい人だ。偏見のない誠実な人だ。彼女はけっしてきみの不幸を願ったりしない」

「はい、はい。彼女がどれほどすばらしい人かよくわかっていますとも」

「人をばかにする言い方はやめるんだ。ローラは心配してくれていたんだ。彼女はきみが見舞われたほかの事故について知って、きみの身が危険なのではないかと考えた」

「わたしの身が危険？　それは彼女がいちばんよく知っているはずよね」

「私は知らされるべきだった――だがきみは、階段でだれかに押されたことなど私に話す必要もないと判断した」

「あなたになにができたっていうの？　もう起こってしまったあとなのに」

「二度と起こらないようにすることができる。きみはリドコム・ホールに行く」

「はい？　頭のおかしな親戚みたいに、わたしを田舎に追いやろうというの？　おとなしく言われたとおりにするとでも――」

「きみがおとなしく従うなんて思っていないさ」グレイムがどなり返す。「ぜったいに。だが、今回ばかりは安全な場所にいてもらう」

「ここを離れたら、すぐに安全になるわ！」

グレイムが目を丸くした。つかの間、おそろしい沈黙が落ちる。「きみは――私がきみを殺そうとしていると思っているのか？」グレイムは平手打ちを食らった気分だった。「アビー……」無意識のうちにあとずさっていた。「私がきみを傷つけたがっていると信じているのか？」

アビーはぎょっとして手を伸ばした。「ちがうの、グレイム……そういうつもりではなかったのよ。ごめんなさい。わかっているのよ――あなたはぜったいにわたしを傷つけないと、モリーにも言ったの」

「モリー？　きみはこの件について――私について――考え、メイドと話し合っていたのか？」たまりにたまった怒りがこみ上げてきた。

「なにも考えていなかったわ――愚かにも、自分を殺したがっている人などいないと思っているただひとりの人間だったようね。でも、モリーは心配してくれたの。彼女は――」

「私がきみを殺したがっていると考えたんだな。わかったよ。きみが夫よりも自分のメイドを尊重するとわかっているべきだった」背中を向けたあと、ふたたびふり返って辛辣に言う。「心配はいらない。リドコム・ホールでは私の顔を見なくてもすむ。私はここに残る。犯人を突き止めるつもりだ。だが、きみにはリドコム・ホールに行ってもらい、護衛をつける。私を信頼していなくても、メイドが守ってくれるだろうから安心してくれ」


続く何時間か、グレイムは頭がまともに働かない状態で動き、人を殺せる人間だとアビーから思われているという事実について考えるのを拒絶した。その代わりに必要な詳細を入念にこなしていき、アビーとともにリドコム・ホールへ行く祖母や従僕と話をした。従僕は、肉体的にも精神的にも安心してあてにできる男だ。リドコム・ホールの執事に指示の手紙も書き、最後にモリーを書斎に連れてくるようメイドのひとりに命じた。

中年のモリーは顎をこわばらせ、目をぎらつかせ、いかにも戦いにそなえた態度で書斎に入ってきた。机の前で立ち止まり、グレイムをねめつけてこう言った。「あたしを首にするおつもりなら、おかまいなく。雇い主のミス・アビーから言われるまでは、辞めませんから」

「そうだろうと思っていたよ。きみを呼んだのは、妻を守ってもらう必要性を強調しておきたかったからだ」

モリーの眉が両方ともぐいっと上がった。「念押しなど必要ありません！　この二十五年間ずっとそうしてきましたし、最期の息をするまで続けるつもりですから」

「よかった。レディ・モントクレアへのきみの忠誠心をあてにしているんだ。責められるべきは私だときみが思っているのは知っている。その件についてきみとわざわざ口論するつもりはない。だが、私が一緒でないから妻は安全だと思って油断されるのは困る。ぜったいに油断しないでくれ」

モリーが眉をひそめた。「なにをおっしゃってるんですか？」

「私はアビーの脅威ではないと言っているんだ。彼女を傷つけようとしているのは、ほかのだれかだ」

「だれなんです？」

「わからない。わかっていたら、とっくに片をつけている。私はロンドンに留まって、彼女を傷つけようとした犯人を突き止める。リドコム・ホールの使用人たちには見知らぬ人間に気をつけるよう指示するつもりだし、きみだけでなく従僕も同行させる」グレイムは立ち上がり、両手を机について身を乗り出した。「だが、彼女といちばん一緒にいるのは、彼女の安全をもっとも気にかけているのはきみだ――不幸にも私が出会ったなかで、もっとも疑り深い人間なのは言うまでもなく。私を嫌う気持ちのせいで、ほかの危険を見逃さないようにしてほしい」グレイムはことばを切って咳払いをした。「アビーをしっかり見守ってくれ」

「そうしますとも」モリーは顎をつんと上げた。「いつもどおりにね。あたしが一緒にいるかぎり、だれにもお嬢さまを傷つけさせはしません」刺し貫くようなまなざしで彼を見る。

「頼りにしているよ」

29

グレイムがいとこの屋敷のドアをノックしようとしたとき、背後から一度だけ大きな吠え声がした。ふり返ると、傍らにマスチフ犬をともなったジェイムズがぶらぶらと向かってくるところだった。犬はグレイムだと気づいたようで、警戒心を消して尻尾をふりながら駆けてきた。グレイムは二百ポンドの歓迎を受ける覚悟をしたが、ジェイムズがおだやかに「デム――いい子にするんだ」と言うと、犬はその大きな頭をグレイムの腰につけただけだった。

「自分でデムを散歩させているのか?」グレイムはたずねた。

ジェイムズが鼻を鳴らす。「使用人はヘイスティングズをのぞいて全員がデムをこわがっているし、そのヘイスティングズはここにはいないからな」近づいてくるにつれ、彼の顔がしかめられていく。「なにかよくないことでも?」

いつものグレイムなら、よくないことなどなにもないと言うところだが、今日はちがった。「きみに頼みがあって来た。リドコム・ホールまでアビゲイルに付き添ってくれないか？」

「なんだって？」ジェイムズはドアを開けようとしていた手を止めた。

「本邸まで連れていき、そのあとは彼女と屋敷に目を配っていてほしいんだ」

ジェイムズは長々とグレイムを凝視した。「なかに入ってもらったほうがよさそうだ。きっと長い説明があるんだろうから」グレイムはいとこのあとから廊下を進み、マスチフ犬がそばをついてきた。グレイムはなんとか口をつぐんでいたが、ジェイムズが書斎のドアを閉めたとたんに勢いこんで話し出した。「アビーの身が危険なんだ」

「危険？」ジェイムズが彼を見つめる。「グレイム、いったいなんの話をしているんだ？ どうしてレディ・モントクレアの身が危険なんだ？」

グレイムは座ってなどいられなかった。部屋中をうろつきまわる彼にデムがついて歩く。「ミスター・ベイカーの話をしたのをおぼえているかい？」

「きみのお父上の実務を担っていた男で、撃たれて亡くなったんだったか」

「そうだ。犯人がアビーを川に突き落としたことも話したよな。あのときは、事故だったのかもしれないと思ったんだが、二週間ほど前に彼女の寝室のカーテンが燃えた。幸いアビーは目を覚ましてなんとか逃げ出せたんだが、あの火事で死んでいたかもしれないんだ。その件も事故だと考えていた。というのも……事故以外の可能性を考えるのはばかげているように思えたからだ。だが、今日、レディ・ミドルトンの舞踏会でだれかがアビーを階段から突き落とそうとしたと知った」

「この話をしているのがきみじゃなかったら、ばかげた悪ふざけをしていると思うところだ」

「悪ふざけではない」

「グレイム、頼むからデムが興奮する前に座ってくれ」

「は？」グレイムが見下ろすと、マスチフ犬が哀れっぽく鳴きながら彼を一心に見上げていた。「ああ」椅子のひとつにどさりと腰を下ろす。

「さて」ジェイムズは彼の向かい側に座り、デムの大きな頭をなだめるようになでた。「よくわからないんだが。奥方の身が危険なら、きみが一緒にリドコムに行けばいいんじゃないか？」

「だめなんだ」グレイムが唇をゆがめると、笑みというよりもしかめ面になった。「じつは、彼女を殺そうとしているのは私だと妻は考えているんだ」

これを聞いたジェイムズの顎が落ちた。「きみが？　奥方はきみが自分を亡き者にしようとしていると考えているって？」くつくつと笑い出す。

「まじめに言っているんだ」グレイムはぴしゃりと言った。「彼女と獰猛なメイドは、私がローラと結婚したいがために、自由の身になりたがっていると決めつけているんだ」

「そして、比類なきミス・ヒンズデールもその陰謀の一味というわけか？」

「好きなだけ冗談にすればいい」グレイムは爆発しそうな顔でいとこをにらんだ。

「妻は私とはいっさいかかわりたがっていない。彼女は――」言いかけたことばは喉でつかえた。「アビーは私をこわがっているんだ」

ジェイムズは無言で彼をじっくり観察した。「ふむ、それなら筋が通るな」

「信任票をありがとう」

「きみを知らない人間にとってはってことだよ。自由、相続財産、愛する女性――これだけの条件がそろえば、多くの男がその気になるだろう」

「きみがそんなようなことを言っていたのをおぼえているよ」グレイムの口調は刺々しかった。

「奥方が出産時に亡くなったら、きみは運がいいって言ったんだ。実際に奥方を殺すよう提案したわけじゃない」

「そんなに楽しんでもらえてうれしいよ」

「すまない、グレイム。きみが苦しんでいるのを楽しんでいるわけじゃない。私に行ってほしいと言うのなら、もちろん行くよ」

「ありがとう。アビーはひとりにはならない。あっちには母がいるし、祖母とミセス・ポンソンビーも一緒に行くことになっている」

「うへえ、私に伯爵未亡人もエスコートさせるのかい？」

グレイムは目玉をぐるりとまわした。「きみならなんとか持ちこたえられるだろう」

「どうかな」

グレイムはいとこを無視した。「屋敷の警護を強化するため、こちらからも従僕を送りこむ。庭師か馬丁に昼夜敷地を巡回するようにという指示も手紙に書いた」

「軍隊の陣営みたいだな」

「うまくすれば、犯人もそれに気づいてくれるだろう。それでも、少なくともきみが彼女のそばにいて、ときどき目を光らせてくれているとわかっていれば安心できる」

「そうしよう。だが、かなりばかげている気がするな。どうしてレディ・モントクレアを殺したがるんだ？」

「あのいまいましい慈善事業に関係しているんだと思う」

「傷病兵のためにきみのお父上がやっていた基金か？」

「そうだ。アビーと私で調べているると話しただろう」

「なにが見つかった？」

「なにも。少なくとも、基金の金を横領してそれを補塡したのが父ではないと示すものはなにも見つかっていない。実際、もう諦めようと思っていた矢先に、だれかがアビーを階段で押したんだ。私たちはなにかを見つけたのに、それに気づいていないだけなのではないかと考えざるをえないだろう。話を聞いたうちのひとりが犯人で、正体を暴かれそうだとおそれたのかもしれない」

「でも、どうして奥方なんだい？　どうして犯人はきみを狙わない？」

グレイムは頭をふった。「わからない。私よりも彼女のほうが標的にしやすいからとか？　彼女になにかあったら、私が調べるのをやめると思っているのかもしれない」

「あるいは、横領事件とはまったく関係ないのかもしれないぞ。ベイカーが撃たれるのを奥方が目撃したからとは考えられないか？」

「犯人は、アビーに正体を暴かれるかもしれないとおそれていると？　可能性はあるが、暗かったうえに遠かった――しかも、彼女の背後にいた――のに、どうやってアビーが犯人を特定できるのかわからないな。人を雇ってベイカーの件を調べさせ、彼を殺す動機のあったかもしれない者を突き止められないかやってみるよ。スコットランド・ヤードの捜査はまるで進展していないみたいだからな」グレイムは顔をしかめた。「考えたんだが……犯人はアビーの知っている人間だが、私は知らない人間という可能性はないだろうか。どこかの時点で、犯人が自分だとアビーに気づかれるのではないかとおそれているとか」

「どうして奥方が基金やベイカーと関係する人間を知っているんだ？　奥方はこの十年ずっとアメリカにいたのに」

「犯人はイングランド人ではないのかもしれない」グレイムは一心にいとこを見つめた。「犯人はデイヴィッド・プレスコットかもしれない」

「だれだって？」ジェイムズはぽかんとしたが、すぐに理解した顔になった。「アメリカ人のかい？　きみの目にあざを作った男？」

「不意を突かれただけだ」グレイムはぶつぶつと言った。「だが、そうだ、そいつだ。プレスコットは十年前にイングランドにいた。私はおぼえていなかったが、サーストン・プライスのもとで働いていたと彼自身が言っていた。プライスがどんな人間か、私たちは知っている。プライスが横領を仕組んだのだとしたら？　そうすれば、私を意のままに操れるからだ。プライスがプレスコットに金を盗ませ、父の仕業に見せかけたのかもしれない。アビーに信頼されているプレスコットは、彼女からベイカーの話を聞いて、当時の事件に関与していたことをばらされると思ったのかもしれない。だから彼はアビーを尾け、ベイカーが彼女になにも話さないうちに撃ち殺したんじゃないだろうか」

「だが、きみたちふたりは結局調べはじめてしまったから、彼が犯人だと暴かれる危険はまだ残っている」

「そういうことだ。プレスコットは横領罪で告発されるかもしれず、そうならなかったとしても醜聞になる。なにより最悪なのは、彼がどんな人間かをアビーに知られてしまう」

「それでも、彼はきみの奥方を殺そうとするだろうか？　きみはプレスコットがレディ・モントクレアを愛していると確信しているんだと思っていたが」

「そうにちがいないと思っている。だが、愛する女を殺す男もいる。アビーに離婚を勧めたのはプレスコットだと思う。だが、彼女は離婚せず、私のもとに来た。その彼女はいまは私の子どもを身ごもっている。プレスコットは嫉妬した。アビーはぜったいに彼のものにはならない。彼はアビーの性格を知っている。私のことなどこれっぽっちも好きでないにしても、アビーはイングランドに留まる。だからプレスコットは、彼女を自分のものにできないのなら、だれのものにもさせはしないと決意する」

「その線でいくと、きみを殺すほうが理にかなっている気がするが」

「私のほうが殺すのはむずかしいと考えたのかもしれない。それに、もし私を排除したとしても、アビーは自分とは結婚しないと気づいたのだと思う。アビーは彼の友人ではあるが、彼を愛してはいないからだ」

「グレイム……ほんとうにきみがレディ・モントクレアをリドコムに連れていかなくてもいいのかい？」

「もちろん私は――」グレイムはかっと言い返しかけてから口をつぐんだ。そして、落ち着いた声で続けた。「私がどうしたいかは関係ないんだ。アビーがなにを望んでいるかという問題なんだ」

「奥方はきみから離れたがっているのか？」

「自分を殺そうとしていると思っている相手と一緒に暮らしたがる者はそう多くないと、きみもいずれわかるだろう」

「そんなのはほんとうではないと奥方を納得させられないのかい？」

「ひれ伏して懇願するつもりはない」グレイムは腕を組んでこわい顔をした。「私が彼女を殺そうとしていると考えるほど、私を理解せず、信頼もしていない女性と一緒に暮らせるはずもないだろう？　それに、もう私たちが一緒に過ごさなければならない理由もなくなった。彼女は欲しがっていた子どもを手に入れた。それが男の子なら、私には跡継ぎができることになる。みんなが幸せってわけだ」

「ああ、きみが浮かれているのがよくわかるよ」ジェイムズの口調はそっけなかった。「いいだろう。これ以上はなにも言わない。私は失恋した男に助言するような人間じゃないからな。ふたりのレディ・モントクレアをリドコムに送っていくよ。二、三日おきにようすも見に行く。いずれ私の流刑も終わるだろうけどね」

「ああ、そうなる。信じてくれ」グレイムは顎をこわばらせた。「こんなことをしている犯人を突き止めてみせる。そして、片をつけてやる」

翌日、アビーは、伯爵未亡人がサー・ジェイムズと巨大なぶちの犬と玄関前で対峙している場面に出くわした。だれもうれしそうには見えなかった。その脇にいるのがグレイムで、うんざりしているようだ。彼がアビーに気づき、昨日一日中そうだったように礼儀正しいがよそよそしい顔を向けると、アビーの胸が締めつけられた。とはいっても、昨日は彼の姿をそれほど見かけたわけではないが——夕食のときにしか会えなかった。

アビーは一度ならずグレイムのところへ行き、彼が自分を傷つけようとしているなどとはぜったいに思っていないとわかってもらおうかと思った。けれど、部屋のドアの前まで行くたびに、ローラに請われて彼が駆けつけたことを思い出し、怒りが新たにこみ上げてきたのだった。わたしに誤解されていると彼が思ったところでどうだっていうの？　傷つき打ちのめされている姿を見せるよりも、哀れまれるよりも怒りを向けられたほうがいい。

「動物と一緒に馬車に乗る習慣はありません」アビーが歩道へと階段を下りていると、伯爵未亡人が言った。

「この子がいると足が温まっていいんですけどね」ジェイムズがおだやかに返すと、伯爵未亡人が顔をしかめた。

「ふざけるのはおやめなさい」にべもなく言う。「犬は荷物を積んだ馬車に使用人と乗ればよろしい」

マスチフ犬は喉の奥で低い音を発した。ジェイムズがその頭に指先で軽く触れる。

「デム……」不平の鳴き声になる。犬は座ったが、たがいに不快な気持ちを抱きながら伯爵未亡人とにらみ合い続けた。

「使用人たちはこの子をこわがっているんです」

「わたくしたちはこわがっていないとでも？」

「伯爵未亡人、あなたにはこわいものなどひとつもないと思っていますよ」

「まったく、いいかげんにしてください」背後から声がして、全員がふり返った。腕に籠を下げたモリーが階段を下りてくるところだった。彼女はマスチフ犬に向かって指をパチンと鳴らした。「おいで、大きな動物さん」

マスチフ犬は尻尾をふり、籠に目を釘づけにしてモリーについていった。ほかの者たちは呆然として見つめた。

「ふむ、これで問題は解決したようですね」ジェイムズがそっけなく言って馬車の扉を開けた。

グレイムは祖母に手を貸して乗せ、アビーをふり向いた。このままあと少しでも彼を見ていたら泣き出してしまいそうだった彼女は、顔を背けて彼に手を預け、馬車に乗りこんだ。

アビーは伯爵未亡人の隣りに座って開いた扉に目をやった。グレイムはなにも言わずに会釈してきただけだった。アビーはしゃべれなかった。喉が腫れて詰まり、胸のなかで涙の嵐が騒いでいたからだ。彼に手を伸ばしたかったけれど、ひざの上できつく握り合わせた。落ち着き払ったこの人たちの前で醜態を演じたくはなかった。

ジェイムズが最後に乗りこんでアビーたちの向かい側に座ると、グレイムが扉を閉めた。自分の両手に視線を据えていたアビーだったが、最後の瞬間に思わず顔を上げた。グレイムの顔は大理石のようになめらかで冷ややかだった。アビーは泣くまいとごくりと唾を飲んだ。グレイムのいとこから値踏みするように見つめられているのを強く意識していた。

グレイムの祖母は移動のあいだ、棘のあることばを矢のように放ったが、ありがたいことにその大半がサー・ジェイムズに向けられたものだった。よそよそしい灰色の目と冷笑的な表情からして、ジェイムズは伯爵未亡人のことばに対してみごとに武装しているように思われた。アビーはミセス・ポンソンビーもいてくれたらよかったのに、とすら思った。彼女は凡庸ではあるが、少なくとも愛想はいい人だ。けれど、四人も乗ったら神経がやられてしまうと伯爵未亡人が言ったため、ミセス・ポンソンビーは使用人と荷物の馬車で行くことになったのだった。

アビーとしては、自分も使用人たちの馬車で行きたかった、というほうに気持ちが傾いていた。曲がるときや道のでこぼこに合わせて馬車が揺れ、いまにも吐き気を催しそうだった。二時間も乗らないうちに、馬車を停めさせてほしいとサー・ジェイムズに頼むはめになった。

アビーの蒼白な顔をひと目見るなり、彼は御者に合図をした。馬車がゆっくりと停車する。伯爵未亡人がたずねる間もなく、アビーは扉を開けてよろよろと馬車を降り、急いで離れた。

地平線に視線を据えてゆっくりと呼吸する。ひんやりしたそよ風に頬をなでられ、暴れる胃が少しずつ落ち着いてきた。背後で物音がしてふり向くと、サー・ジェイムズがこちらに向かってくるところだった。「伯爵夫人」

「ごめんなさい」

彼が肩をすくめる。「馬車を停めるほうが、もうひとつの選択肢よりましだよ」

サー・ジェイムズの唇がかすかに動いたのは笑みかしら、とアビーは訝った。「ええ、たぶん」

「座りたいかな？　旅行鞄をひとつ下ろせば椅子代わりにできるが」

「いえ、大丈夫です。そうしたくなったら、塀にでも腰かけますわ」上部に框(かまち)が渡された低い石塀に向かって顎をしゃくった。

「いささか粗野だな」

アビーは笑った。「わたしなら平気です。でも、いまは少し歩くほうがよさそうだわ」石塀に向かって砂利道を歩き出す。ジェイムズがついてきたので驚いた。「ひとりで大丈夫です」

「あなたをひとりで野原に行かせたら、モントクレアに首をはねられてしまいますからね。私はあなたを守るためにここにいるわけだから」

「こんなところで襲いかかってくる人はいないと思いますけれど」アビーは石塀を越え、ちょっとした雑木林に向かって細い径を行った。

「そうかもしれない。でも、万が一だれかがそうしたら、私は困った立場になるでしょう?」いったんことばを切ったあと、続ける。「私もご主人の一味で、馬車が見えないところまで来たらあなたを殺そうとしている、というのなら当然話はちがってきますがね」

アビーは茶化すような顔で彼を見た。「こわくてぶるぶる震えていますわ」

「伝わってきてますよ」

「あなたならやりかねないと思えます」アビーは考えこむように続け、ジェイムズから小さな笑い声を引き出した。「でも、その陰謀にグレイムを入れたことでわたしを納得させる希望はついえたわ」

「ほんとうに? あなたは、彼が自分を殺そうとしていると非難したんだと思っていましたが」

「腹を立てていたの。でも、彼を非難はしなかったわ。あの場所から離れれば安全だと言ったんです。おそらくそれが正しいのでしょう――もしだれかがわたしを殺そうとしているのなら。すべての〝できごと〟はロンドンで起こった。だからといって、グレイムがその裏にいるとわたしが考えていることにはなりませんけれど」

「じゃあ、だれが裏にいると考えているのかな？　私以外にということだが」

「だれかがわたしを殺そうとしている理由がわからないから、とても信じがたいの。はっきりわかっているのは、犯人はグレイムではないということだけだわ」

「それがほんとうなら、なぜ彼にそう言わなかったんです？」

「本気ではないと言ったけれど、言ってしまったことをなかったことにはできないでしょう？　それに、彼が正しいの。こうするほうがいいのよ」

「なるほど。あなたは望みを手に入れたから、彼を捨てようとしているわけだ」

「彼を捨てるですって？」アビーは足を止め、怒りで頬を赤くしてサー・ジェイムズをふり向いた。「父とわたしが彼にしたまちがったことを償おうとしているんです。彼はもう好きに生きられるの。そうしたいのなら、ミス・ヒンズデールと毎日だって会えるのよ。嘘をつく必要もなければ、そこにない気持ちを感じているふりだってする必要もないの。そしてわたしは、そんな彼を見なくてすむの」

涙があふれてきそうになり、きまり悪くなったアビーはさっと顔を背けた。「ここであなたに言い訳をするつもりはないわ」すたすたと馬車に向かうと、サー・ジェイムズが少し離れてついてきた。

それからは、リドコム・ホールに着くまでアビーはほとんどずっと目を閉じて眠ったふりをし、なんとか胃が暴れないよう念じた。サー・ジェイムズが何度か馬車を停めてくれたので、そのたびに外へ出て少し歩くことができた。自分をよく思っていないはずの彼にそんな思いやりを示されて驚いたが、考えてみたら豪華な馬車を汚すよりは頻繁に停めるほうがましだったのだろう。

馬車は午後遅くにリドコム・ホールに着いた。アビーが馬車から降り立つと、正面玄関のドアが開いてグレイムの母親のミラベルが両腕を広げて出てきた。

「来てくれてとてもうれしいわ！　すばらしい知らせを聞いたわよ！」ミラベルはアビーを抱きしめた。温かくてやわらかく、かすかにジャスミンの香りがした。アビーは意外にも自分からも抱き返して、わっと泣き出した。

「どうしたの？」ミラベルは突然の感情の爆発にも動じず、義理の娘の背中をやさしく叩いた。「もう大丈夫よ。心配はいらないわ。あなたは家に帰ってきたのですもの」

不思議なことに、アビーはたしかに家に帰ってきたように感じた。ミラベルはとても愛情をこめて世話してくれたので、だいじにされていないなど考えられるはずもなかった。リドコム・ホールも秋の庭も大好きだった。寝室は居心地がよく、食事はおいしかった。食べ物の好みを口にしようものなら、次の食事にはその料理が出てきた。義母はアビーのそのときの気分に合わせて、一緒にいたりひとりにしてくれたりした。アビーの健康状態は最高によく、お腹の赤ちゃんも順調そうだった。天にも昇る心地でいるはずなのはわかっていた。

けれど、孤独で惨めでしょっちゅう涙を流していた。体重はまだ増えていなかったけれど、ひと晩でウエストのくびれがなくなったように思われた。コルセットをつけずにすむようになってせいせいした気分にはなったものの、すべてのドレスの腰まわりを出さなくてはならないのには気分が下がった。吐き気は幸いおさまってきたが、気分は大きく揺れた。極端に気をつかってばかりのミセス・ポンソンビーにいらいらして、かわいそうな彼女についきついことばを投げてしまった。もちろんすぐに謝ったが、罪悪感といらだちは残った。妊婦の肌は輝いているとよく耳にしていたが、アビーの顔は青白かった。髪もつやがなくなった。

それでも、グレイムがここにいてくれさえすれば、そのどれも気にならなかったとわかっていた。彼がいないせいで胸が痛み、幸福感が悲しみに変わった。彼とおしゃべりがしたかった。新たに経験している心浮き立つ変化を分かち合いたかった。庭を歩くたび、グレイムと一緒に散歩した思い出に苛まれた。微笑んだときに目尻にしわが寄るようす、首を傾げるようす、アビーを抱きしめる直前にまぶたが重たげになって熱いまなざしを向けてくるようすが思い出された。

昼日中にグレイムのことを夢見たり、彼に触れられたくて体がうずいたり、熱い口づけを思い出すなんて、いけないことのように思われた。改めて考えたこともなかったけれど、母親になろうとしている女性は高尚な考えを持ち、肉体的な欲求は衰えていくような気がしていた。それなのに、自分は正反対だ。体は自分を裏切って快感を求めていたし、心は彼との営みを何度も何度も思い出して事態をさらにひどくしていた。

日々がのろのろと過ぎていき、何週間にもなった。毎日グレイムからの手紙を待ったが、母親宛ての短い手紙が届くだけで、アビゲイルのようすをたずねる一文はいつもそっけなかった――手紙のなかで、彼がけっして〝アビー〟とも〝妻〟とも書いてくれないことに彼女は気づいた。アビーは毎日彼に手紙を書いたけれど、送らずに終わったものが山と積まれていった。

定期的に短時間だけ訪問してくるサー・ジェイムズに、恥を忍んでグレイムから連絡はあったかとまで訊いた。彼は鋭いまなざしでアビーを見て、「ああ。何度か。きみの具合をたずねていた」とだけ答えた。

アビーはうなずいた。「グレイムは礼儀正しいのね」しばしの沈黙のあと、どうしてもがまんできずに続けた。「彼は元気でいるのかしら?」

「元気でないとしても、そうは書かれていない」

「彼はなにを――いえ、きっと忙しくしているのでしょうね」アビーはハンカチに刺繍された頭文字をもてあそんだ。

「どうだろうか。彼からの手紙には、ロンドンでの日々の詳細よりもさまざまな問題が多くちりばめられているからな。彼がなにをしているのかを知りたいのなら、手紙を送ってはどうかな、レディ・モントクレア」

「あら、だめです。彼はきっと……彼は忙しいでしょうし、わたしは、その……」

気持ちをあらわにしてしまって、アビーは髪の生え際まで顔を赤くした。どうやらグレイムは、アビーを徹底的に排除したようだった。彼にとってはただ跡継ぎを宿しているだけの存在なのだ。わたしを気にもかけてくれていない。欲していない。会えなくて寂しがってなどいない。

そのすべてを感じているアビーは、囚われの身だった――この屋敷や周囲の人々やお腹のなかにいる子どもではなく、自分に囚われていた。

30

グレイムはごろりと転がってベッドを出た。もう眠れなかった。正直なところ、最近はほとんど眠れていない。ただベッドに寝転がって、激しく渦巻く感情に苛まれているだけだった。後悔。渇望。自己憐憫。憤怒。苦痛。それ以外にもありとあらゆる感情が駆け抜けるのを止められず、とても耐えがたく……完全に無意味だった。

その状況をどうすることもできずにいた。ジェイムズは手紙で、きみはばかだ、きみを疑ってなどいないと彼女の口から直接聞いた、と書いてきた。だが、グレイムは知っていた。人はジェイムズが聞きたがっていると思うことを話しがちなのだと。それに、グレイムが彼女を殺そうとはしていないと信じているのなら、どうして彼女自身が手紙でそれを伝えてこないのだ？

グレイムは一度ならず彼女への手紙を書いたが、そのたびに釈明と懇願と非難のごた混ぜになり、彼が安全だとか正気だなどとはだれにも思ってもらえないような内容になってしまったのだった。結局、暖炉に手紙を投げこんで、炎が上がっていくのを苦々しい思いで見つめるのだった。

自分が犯人ではないと証明することが、ただひとつの希望だった。アビーの安全を守り、彼女の心を取り戻し――もし以前に彼女から想われていたとしての話だが――すべてをふたたび正すためには、アビーを殺そうとした人間を突き止めて罰しなければならない。

犯人を罰する件は問題なかった。犯人について考えただけで両手が拳に握りしめられ、頭は血を求めてぶんぶんうなるのだ。だが、そいつを見つけるのはかなり困難だとわかった。

傷病兵基金のほかの寄附者は突き止めたものの、具体的な成果はほとんど出なかった。基金の財政状態やそれに関する醜聞について、少しでも知っている者はいないようだった。やがて、話を聞く相手は引退した聖ヴェロニカ教会の牧師が残るだけになった。教区にその牧師の現在の居所を問い合わせる手紙を送ったのだが、返事はまだ来ていなかった。カンブリー牧師が見つかったとしても、横領について知っている可能性は低いと思われた。

デイヴィッド・プレスコットが犯人だと確信があったのだが。調査員を雇って調べさせ、グレイム自身もプレスコットに多少なりとも関係のある者すべてから話を聞いたのだった。だが、そんな努力もやはり空ぶりに終わった。それに、少し頭を冷やして考えてみれば、プレスコットがアビーを傷つけたがっていると考えるのは、ジェイムズの言ったとおり筋が通らないと認めざるをえなかった。アビーが死んでもプレスコットにはなんの得にもならない。それどころか、プレスコットの人生には大きな穴がぽっかり開くことになる。

この三週間のグレイムがそうであったように。

うなり声のようなものをあげ、グレイムは雑に服を着はじめた。最近の彼は起きるとすぐに服を着るようになっており、側仕えを困らせていた。だが、早朝に自室をうろついていると、夜のあいだに頭を悩ませていた暗い考えに対して、なぜだかもっと無防備に感じるのだった。糊のきいたシャツ、チョッキに上着、鎖のついた懐中時計やカフスボタンやハンカチといった装身具——そういったものが彼の鎧となった。それは、アビーがやってきて人生をひっくり返す前の、秩序立った生活の一部なのだ。

袖口をカフスボタンできっちり留め、アスコット・タイを結んでピンをつける。そのほうが素肌をやわらかくなでるシルクの部屋着だとか、熱い体にあたるひんやりしたシーツよりもうんといい。そういったものは一度手に入れて失った快感を思い出させ、こちらに取り憑こうと虎視眈々と水面下で待っている思い出を目覚めさせかねない。

ひげをあたるときに切り傷を作ってしまった。二度も。いつもはシディングスにやってもらっているのだったが。鏡のなかの自分の目を覗きこむのはあまりにもつらかった。だが、今朝は部屋に留まっていられなかった。なにかする必要が、どこかへ行く必要があった。そして、いくら落ちこんでいるからといって、ひげもあたらずに外出するなど考えられなかった。

上着に袖を通すと、階段を下りて、食事をするようになった小さな控えの間へ行った。正式な食堂にひとりで座るのは、幽霊と暮らしているみたいだからだ。サイドボードにはすでにお茶の用意がされており、ノートンがそばに待機していた。そうなるのは予想がついた。執事より前に部屋に入るなど不可能なのだ。

グレイムはお茶を飲み、ノートンが前に置いてくれた皿の肉と卵をつついた。執事の供するものを食べられるのは大食漢くらいだ。ノートンと料理人は、グレイムを料理で救おうと明らかに共謀しているようだった。

リドコム・ホールの小さな食堂を思い浮かべる。アビーはもうそこに座っているだろうか？　いや、早すぎるか。ゆっくり朝寝するのが好きだからな。いまもまだベッドのなかで横向きで眠っていて、黒い巻き毛が広がって、やわらかな口を少しだけ開いているだろう。

グレイムのフォークが音をたてて皿に落ちた。椅子を乱暴に後ろに押す。ここにただ座ってなどいられない。前に進まなければ。なにかしなければ。よし、デイヴィッド・プレスコットと対決しようじゃないか。なにかある。調査員がほとんどなにも探り出せなかったにしても、ぜったいになにかあるはずだ。

プレスコットの事務所の住所は調査員から手に入れていた。訪問するには早すぎる時刻だったが、かまわない。そこまで歩けばいい。ひんやりした外気で頭がすっきりするかもしれない。それに、プレスコットが事務所にやってくるのを待ちかまえたい。

一時間後、グレイムが壁にゆったりもたれていると、プレスコットが階段を上がってきた。廊下を進みはじめてすぐにグレイムに気づき、一瞬足を止めたあと、ふたたび歩き出した。

「なにが望みだ?」プレスコットは錠を開けながら前置きもなしに言った。

「話がしたい」

「そんなところだろうと思ったよ」プレスコットがなかに入るよう身ぶりで示した。

「じゃあ、どうぞ。廊下でどなり合いはしたくないのでね」

「大声でどなるつもりはない、ミスター・プレスコット」

「ほんとうに？　それは予想外だ」

グレイムはいらだちを抑えこみ、プレスコットのあとからだれもいない事務員のカウンターを通り過ぎて奥の事務室に入った。プレスコットは顎をくいっとしゃくって座り心地の悪そうな木製の椅子を示し、自分は机の奥の椅子に腰を下ろした。「さて、話とはなにについてかな？」

「私の妻についてだ」グレイムは椅子を無視して机に両手をついて身を乗り出し、相手をにらんだ。

「友人のいる街から彼女を連れ去ったようすからして、彼女については私よりもきみのほうがよくわかっていると思うが」

「〝彼女を連れ去った〟のは、守るためだ。それに、ここに来たのはきみが彼女についてなにを知っているかを探るためではない。きみに彼女をぜったいに傷つけさせはしないとわからせるためだ」

「私が？」プレスコットが両の眉を吊り上げた。「私がアビーに危害をくわえようとしていると言っているのか？」

「妻をそんな風に呼ぶのをやめろ」グレイムはがなった。「彼女はレディ・モントクレアだ。それから、私が言っているのは、きみはすでに彼女に危害をくわえようとしたということだ。だが、二度とそんなまねはさせない」

「前々からきみは頭がいかれているにちがいないと思っていたが、これではっきりしたな。なんだって私が彼女を傷つけようとする？」

「サーストンが私を脅迫した件にきみも加担していたと彼女に知られたくなかったからでは？　横領を？」

デイヴィッド・プレスコットはあんぐりと口を開けた。「なんの話だかさっぱりわからない」

相手の困惑の表情を見て、グレイムはプレスコットがほんとうのことを言っているのではないかと思いはじめた。「だったら、こういうことだったのかもしれない。きみはアビゲイルを望んでいる。だが、彼女は私と結婚していて、私の子どもを宿している。彼女がけっして自分のものにならないのをきみは知っていて、そんなことには耐えられないんだろう」

プレスコットが勢いよく立ち上がった。「そんなのは十年も前から知っていた」机をまわって前に出てくる。「いいことを聞かせてやろう。何度かきみを殺してやろうかと考えたことがある。だが、彼女に害をおよぼそうなどとは一度たりとも考えたことはない。彼女の死を望んでいる人間はひとりしかいない。それがだれなのかは私たちふたりともが知っている」

「私に罪をなすりつけようとしても、そうはいかない」グレイムは体の脇で両手を拳に握りしめ、相手に近づいた。「私はぜったいにアビーを傷つけはしない。ぜったいにだ。私は彼女を守ろうとしているんだ」

「そんなに彼女を守りたいのなら、どうしてきみはロンドンにいて、彼女は田舎の小さな城に軟禁されているんだ？」

「きみと同じくらい彼女も疑り深いからだ！」グレイムはくるりと背を向けた。なにかを殴りたくてたまらなかったが、そんなことをしたらいま以上に愚かに見えるとわかっていたのでこらえた。

「つまり、アビーもきみが彼女を殺そうとしていると思っていると？」

「そのようだ」

プレスコットは鼻を鳴らした。「きみはほんとうに彼女のことがわかっていないんだな？」長々とグレイムを見つめたあと、ため息をついた。「なあ、私はきみが嫌いだ」

「それを聞いても驚かないな」

プレスコットはグレイムを無視した。「それでも、きみにいいことを教えてやろう。もしアビーが私と一緒に行ってくれると思ったら、ためらいもせずにきみから彼女を奪うさ。だが、アビーがそうする可能性はない。それを知っているのは、誘ってみたからだ」

「なんだって？」グレイムは体をこわばらせた。

「彼女の身が危険かもしれないと話した。手助けを申し出た。アビーは、モリーがまちがっていると言った。すべてばかげていて、きみはぜったいに自分を傷つけはしないと」

「彼女から聞いた話とは少しちがうようだが」

「きみをおそれているのなら、どうしてアビーは逃げ出さなかった？　彼女には金がある。私がいるし、モリーもいる。おまけに、平然ときみをずたずたにできる父親までいる。望めば、ニューヨーク行きの次の船にだって乗れる。そうすれば、きみがモントクレア伯爵だろうとイングランド王だろうと、ぜったいに彼女を取り戻せない」

プレスコットは肩をすくめた。「だが、きみは好きなだけ自分を欺いていればいい」

「それはどういう意味だ？」

「きみが臆病者なのか愚か者なのか、私にはわからない。だが、アビーのせいにして捨てるなんてずいぶん都合がいいもんだな」

　グレイムはかっとなった。プレスコットの胸ぐらをつかんで背後の壁にぶつけた。

「くそったれ！　よくもそんなことを――一緒に行かなかったのは、彼女が私を望んでいなかったからだ」強調するように最後にもう一度相手を壁にぶつけてから放した。

「へえ、そうかい？　私に妻がいて、だれかがその妻を殺そうとしたら、ここに座って妻に気持ちを傷つけられたと泣きごとを言ったりしない。妻のそばにいて、そんなことが二度と起こらないようにする。妻になんと言われようとも」


　グレイムはかっかしながらプレスコットの事務所をあとにし、その勢いでやみくもに通りを歩いた。ゆうべもこんな風に頭のなかの考えにとらわれて歩きまわり、結局迷子になったのを思い出す。あのときも、考えていたのはアビーのことだった。どうやら彼女のことを考えるとまわりが見えなくなるようだ。魔法の存在を信じていたら、アビーに魔法をかけられたと考えるところだ。

　グレイムは常に紳士としてふるまうよう心がけてきた。他人の事情に首を突っこんだりしない。相手が女性となればなおさらだ。彼女の気持ちを無理やりこちらに向けさせたり、すがりついたりしようなどとは思わない。男は妻に対して敬意と配慮を見せるものだが、自分は出だしから目もあてられないほどそれをしくじった。いまの自分にできるせめてものことは、アビーをひとりにしてやることだ。苦痛を感じるほど彼女を求めていることや、寂しくて退屈で彼女の微笑みが恋しいことは重要ではない。だが、グレイムは彼女を求めていて、とことん惨めな気分だった。それに、正直なところ、礼儀正しくすることにはほとほとうんざりしていた。

プレスコットが正しかったら？　私は愚か者なのだろうか？　それとも、臆病者なのか？　両方なのかもしれない。ときどき、もうなにもわからなくなった気がした。特に自分のことが。

アビーに無理強いしないのは、自分が彼女から離れて超然としているための口実だったら？　そうやって真実を避けているのだったら？　自分はおそれているだけなのか？　このすべて――自分の気持ち、望み、彼女がいなくてひどく惨めでいること――を打ち明けて、アビーにどうでもいいと思われたらとこわがっているのだろうか？

いつの間にかハイドパークのなかに座っていた。目印を見失ってさまよっている気分だった。重い足を引きずって屋敷に戻ったのは、何時間も経ってからだった。無理やり食事をさせようとするノートンを避け、やきもきしているシディングスの目の前でドアを閉めた。

ひとりきりになった彼は、アビーの部屋のドアを開けた。

彼女の香水の香りがかすかに残っており、愛撫されるようだった。グレイムは部屋のあちこちに目を走らせ、最後にベッドを見た。そこから視線を引き剝がし、なかへと入って化粧ダンスをなぞる。そこにはランプと飾り布があるだけで、アビーの痕跡は消えていた。化粧台も似たようなもので、以前はあった小さな瓶や箱はなかった。

パーティの前に髪をどけて香水をつける彼女を見ていたことを思い出す。耳の後ろ、手首、胸のあいだにつけていた。グレイムの下半身がなじみのうずきを感じてこわばった。

衣装ダンスを開ける。何着かドレスが残されており、レディ・ミドルトンの舞踏会で着ていたタフタのドレスもそのひとつだった。ふたりの結婚生活がめちゃくちゃになった夜。最後に体を重ねたとき。

グレイムはドレスをなで、アビーが歩くときの衣ずれの音を思い浮かべた。生地を握りしめる。舞踏室の反対側からこのドレスを着たアビーに目を釘づけにし、周囲の話し声を完全に忘れた。こちらを向いたアビーが微笑み、頰を染めた乙女のように目を伏せ、色っぽく上目づかいをしてきたのだった。

思い出しただけで分身が硬くなった。ひんやりした生地に額をつけ、アビーの香りを吸いこむと、体を重ねたときのふたりの香りや、ぜったいに離さないとばかりにしがみついてくる彼女のきつく熱いなかに包まれていた至福が思い出された。

グレイムはドレスを放して衣装ダンスを閉めた。そのとき、理解した。どんな代償を払おうとも、どれだけ苦痛でおそろしかろうとも、正しかろうとまちがっていようと、そんなことは重要ではないのだと。これ以上一瞬たりともアビーと離れていられなかった。

31

列車で移動するには遅すぎたので、グレイムは馬に乗っていった。リドコム・ホールに着くころには真夜中近くになっており、屋敷の窓は暗かった。自分の命じたとおりに馬丁がランタンを手に敷地内を見まわっているのを目にして満足した。馬の蹄の音を聞きつけた馬丁がふり向き、やってきた者を止めようとランタンを高く掲げた。

「だんなさま！」馬丁がにやりとする。「お帰りなさいまし。今夜いらっしゃるとは存じませんでした」

「だれにも言ってないからな」グレイムは馬を下りて手綱を馬丁に渡した。

「びっくりさせるんですね？　みなさんお喜びになりますよ」

「そうだといいんだが」グレイムは階段を駆け上がった。

玄関広間のベンチに座っていた従僕がはっと立ち上がり、そばに置いていた棍棒に手を伸ばした。「だんなさまでしたか。失礼しました」太い棍棒をもとに戻す。

「いや、警戒を怠らずにいるのを見てうれしいよ」従僕と同じく、グレイムもひそめた声で返事をした。屋敷が暗いので自然とそうなるのだ。

「ありがとうございます。お荷物をお預かりします」

「大丈夫だ。荷物は側仕えが明日持ってくる。私はひと足先に来たんだ」上着を脱ぎ、暗い階上を見上げる。「みんなもうベッドに入ったようだな」

「はい。田舎の夜は早いので」

「伯爵夫人は元気かい？　私の妻のことだが」

「はい。とてもお元気でいらっしゃいます。だんなさまがいらしたので、さらに元気になられるでしょう」

「ふむ」

グレイムにはそれほどの確信はなかったが、なにも言わずに手近のテーブルからろうそくを取り、上着を腕にかけて静かに階段を上がっていった。足を進めながらアスコット・タイをゆるめ、チョッキとシャツのボタンをはずし、自室に向かって足音を忍ばせた。疲れていてすぐにも寝たかったが、アビーの部屋の閉じられたドアの前で足を止めた。なかに入りたくてたまらなかった。

だが、顔を見たいというだけの理由で起こすのはかわいそうだ。それに、自分を見て彼女がうれしそうにしなかったら？　そんなことには耐えられなかった。グレイムは顔をうつむけてカフスボタンをはずしながら、自分の部屋へ行った。寝室に入って何歩か行ったところで顔を上げる。ベッドに目をやって凍りついた。アビーがぐっすりと眠っていた。

グレイムの持っているろうそくがかすかに震えた。そして、長いあいだ胸のなかに居座っていた塊がほぐれた。彼女は私のベッドで寝ることを選んだのだ。グレイムはろうそくを化粧台に置き、腰を下ろしてブーツを脱いだ。ふたたびろうそくを手に取ってベッドへ行く。

昨日思い描いたとおりに、アビーは横向きに眠っていて、枕に髪が広がっていた。唇が少しだけ開いている。まつげの影が頬に落ちている。彼が目にしたなかで最高に美しい女性だった。起こしてしまわないようにろうそくを消すべきだとわかっていたが、こうやってずっと見ていたかった。最後に彼女を見てから永遠の時間が経ったように思われたが、たった三週間なのはわかっていた。なぜなら、だらだらとしか過ぎ去らない日々を数えていたからだ。

テーブルにろうそくを置くと、ベッドのアビーのそばに座った。アビーが身じろぎして近寄ってきて、グレイムの脚に手を乗せた。その手が焼きごてのように感じられ、自分のベッドですやすやと眠っている彼女を見てすでに昂ぶっていなかったとしても、いまははっきりとそうなっていた。

グレイムのなかで欲望が脈打った。ずいぶん久しぶりだ。彼女が欲しくてたまらない。だが、起こすべきではない。頬にかかった髪を掻き上げてやった。

アビーが瞬きをして目を開け、ぼんやりと彼を見上げた。「グレイム！」ぱっと笑みを浮かべて、彼のうなじに腕をまわして抱きついてきた。「来てくれたのね」

グレイムは彼女をきつく抱きしめた。また彼女を抱くのは、彼女にしがみつかれるのは、こちらの首に唇を押しつけながらあえぐように自分の名前を呼ばれるのは、天国だった。

グレイムはアビーの髪に手を潜りこませて顔中にキスをし、最後に唇を重ねて彼女の味、香り、感触——すべてがうれしいほどなじみ深く、長く味わえずにいたもの——に酔いしれた。いまこの瞬間まで、自分の空虚さがどれほど深く、氷のように冷たいもので満たされていたか、グレイムは気づいてもいなかった。アビーの体をまさぐり、胸を包み、唇は彼女の首をたどっていった。彼女のすべてがいますぐ欲しかった。

アビーの両手がシャツのあいだからすべりこみ、素肌をなでた。グレイムは愛撫の手を止めて、シャツとチョッキを脱いで背後を見もせずに放り投げた。アビーは寝間着を脱ごうとしていた。彼がその寝間着を頭から脱がせて、やはり床に投げ落とした。ろうそくの黄金色の明かりを浴びたアビーを見つめ、その体を隅々まで再発見していった。手を伸ばして胸を包み、親指で頂を愛撫して硬くする。「すごくきれいだ」

顔を寄せ、片方の胸を口にふくみ、この世にこの悦びしか存在しないとばかりに舌で愛撫した。アビーはやわらかな声を漏らし、彼の肩にしがみついた。グレイムは顔を上げて硬くなった頂にやさしく口づけ、それからもう一方の胸に移った。アビーから漏れるうめき声は、もうそれほどやわらかではなくなっていた。

グレイムはゆっくりともの憂げに唇での愛撫を続けて自分とアビーを苦しめながら、彼女の下半身をおおっている上掛けに手を伸ばした。それをさっとめくり、アビーの脚のあいだにゆっくりと手をすべりこませた。

胸への愛撫をやめて、アビーを見られるように体を起こす。腰の曲線、暗いVの字になった脚のつけ根。彼の視野はアビーでいっぱいになった。いくら見ても見飽きない。

自分の手がサテンのようなアビーの脚を上がっていくようすを見つめた。熱い中心を求めて指を太腿のあいだに潜らせる。熱く濡れてなめらかで、準備が整っているのがわかると、グレイムは身震いをした。

指の愛撫を受けて、アビーが彼の名前を哀れっぽく呼んだ。すぐに体を弓なりに反らしてグレイムの手に体を押しつけ、脚を彼の体にまわし、鋭い叫び声を漏らした。

「アビー……」グレイムは驚いてささやいた。

「ごめんなさい」アビーが小声で返す。「ただ――」

「いいんだ」グレイムの声は満足そうだった。「謝らないで。ぜったいにだ。ただきみを抱かせてくれ」

グレイムはボタンをはずしてズボンを押し下げた。アビーの脚のあいだに入り、前腕をベッドについて体を支えた。彼女の顔を見つめながらゆっくりと身を沈めていく。欲望を抑えこんでいるせいで、筋肉が張り詰めていた。すっかり埋めきると、その褒美にアビーがうめき、ともに動き、彼を煽った。アビーの体が少しだけちがって感じられ、腹部が丸みを帯びているのに気づいた。自分の種がそこで育ちつつあるのだ。それもまた喜ばしいことだった。

アビーの首もとに顔を埋め、グレイムは暴れまくっている飢えを必死で抑えこみ、彼女のなかにいるという究極の快感を長引かせようとした。アビーの香り、熱、やわらかさに包まれ、耳もとに彼女のざらついた息が聞こえる。背中には彼女の爪が食いこんでいる。これが望んでいたすべてだ。必要としていたすべて。

とうとう自制心を解き放つと、大波が押し寄せて情熱の深く暗い泉へと突き落とされた。そして、彼女のなかが収縮するのも感じた。完全に消耗しきり、頭が麻痺するほど満たされてアビーの上にくずおれた。動くこともしゃべることも、考えることすらできず、ようやくわが家に帰ってきたという意識があるだけだった。


力の抜けたグレイムの体がアビーをマットレスに押しつけていた。いやではなかった。彼の重みを感じるのが好きだった。グレイムの背中を気だるげになで、なじみのある筋肉と骨の輪郭をなぞった。彼が自分のもので、自分が彼のものだと感じるのは、こういう瞬間だ。グレイムの満足の輝きに浸ったり、いま自分を満たしているこのうえない静けさを感じたりするのは、永遠にも思えるほど久しぶりだった。

とうとうグレイムがごろりと横に転がった。アビーは寂しさを感じたが、体の下に腕が差し入れられてしっかりと引き寄せられた。アビーは彼の肩に頭を休め、胸をなでた。彼に触れずにはいられなかった。

「寂しかったよ」グレイムがつぶやき、アビーは髪に唇が押しあてられるのを感じた。

「ほんとうに？」アビーは肘をついて顔を上げ、彼を一心に見つめた。

「ああ。もちろんだよ」グレイムが眉を吊り上げる。「どうして夜のこんな時間に馬を飛ばしてきたと思うんだい？」

「わからないわ」

グレイムは彼女の髪に手を潜りこませ、顔をじっと見つめた。「私は……きみがこのベッドで眠っているのを見て驚いたよ」

「ごめんなさい。その……」

「いや、ちがうんだ、謝らないで。うれしかったんだ」彼の声に笑みがにじんでいるのがアビーにもわかった。「ただ、どうしてなのかと思っただけなんだ」

「そうね……」アビーは筋の通った説明を探した。枕に彼の香りがしみついているからだとか、彼を近くに感じられるからだとは言えなかった。「ときどき眠れなくなると、ここに来るの。だって……その……」

グレイムは彼女の腕を指でそっとなでた。「きみも私に会えなくて寂しかったということかな？」

「ええ」アビーはしぶしぶ認めた。

「私がきみを殺そうとしていると思っているのにかい？」

「グレイムったら！　一度だってそんな風に思ったことはないわ」アビーは体を起こ

して彼をにらんだ。「本心からそうは思っていないと話したはずよ。頭に浮かんだ最初のことを口にしてしまっただけなの」アビーは顔を背け、ひざを立てて抱きかかえ、そこに頭を休ませた。「わたしはロンドンのことを言っていたの。あの屋敷のことを。わたしが危険な目に遭ったのはそこでだけだったから」しばしためらったあと、続けた。「それに、あなたを侮辱したかったの。自分が怒っていたように、あなたも怒らせたかった」ため息をひとつ。「わたしは淑女なんかじゃないわね。いい人間ですらない。どんどん父に似てきたみたい」

「きみはサーストン・プライスとはまったくちがうよ。信じてくれ」彼はアビーの髪を後ろになでつけてやった。「私が傷ついたのは、きみに侮辱されたからじゃないんだ、アビー。きみに信頼されていなかったからなんだよ」

「ちがうわ」アビーはさっとふり向き、両手で彼の手を包んだ。「わたしはあなたを信頼していた。いまもしている。頭にきていただけなの」

「それで私を押しのけたのかい？」

「あなたを押しのけたりしていないわ」アビーは眉をひそめた。「なんの話をしているの？」

「私の奉仕はもう必要ないと言ったじゃないか。目的を達成したから、私はもう必要ないと」

「そんなことは言ってません！」アビーはぎょっとして彼を見つめた。「グレイム、わたしはそんなことは言っていないわ。ふたりの取り決めからあなたを解放してあげたのよ。あなたに自由をあげたの」

「私が〝自由〟を望んでいるかどうかを訊いてくれてもよかったんじゃないかな」

「でも――あなたが望んでもいないことを無理やりさせてしまったから、その埋め合わせをしようとしていたのよ」

グレイムは彼女の手首を握り、激しい口調で言った。「したくないことなど私はなにもしていない。毎回ベッドに無理やり引きずりこまれたとでも思っているのかい？　きみを見るたびに石のように硬くなるよう強いられたと？　きみについて淫らな空想にふけるよう無理強いされたと？」

腹部の下のほうで熱いものが目覚め、アビーは彼を凝視した。「グレイム――」

「舞踏室でおおぜいの崇拝者に囲まれている姿を見た瞬間、私はきみが欲しくなった。彼ら全員を地獄に突き堕として、きみを私のベッドに引っ張りこみたかった。きみからの提案は、強要ではなく誘惑だったんだよ。私が怒っていたのは、きみに屈服したくなかったのに、抗えないんじゃないかと思ったからだ」

「ほんとうなの？」アビーはいたずらっぽい笑顔になった。脚をさっと彼の腰にまわしてまたぎ、指先で胸をもてあそんだ。「信じられるかどうか自信がないわ」

「そうなのかい？」唇にかすかな笑みが浮かび、まぶたが重たげになり、目は約束で熱く翳っていた。両手をアビーの脚に置いてゆっくりとなで上げていく。「それなら、ちゃんと示したほうがよさそうだ」

アビーは彼にすり寄り、硬く脈打つものを感じると低いうめき声を漏らした。「そうね。そうしてもらったほうがいいみたい」アビーは彼に口づけた。

32

翌朝、体は少しひりひりするものの、すばらしく満ち足りた気分でアビーは目覚めた。横にグレイムの姿がなかったのはちょっぴり残念だったけれど、アビーを起こさずにベッドを出るなんて、彼らしい思いやりだ。

猫のように気だるげに伸びをして頭の後ろで腕を組み、ゆうべ人生がいいほうに変わったことをつらつらと考える。グレイムはどうして来たの？　ほんとうにわたしに会えなくて寂しかったからなの？　アビーの顔に笑みが広がった。微笑むのをやめられないような気がした。

起き上がり、髪に手櫛を通してから部屋着を取る。敏感な肌にサテンの感触が心地よかった。彼は愛しているとは言わなかったけれど、そのことばなしでも生きていける。わたしが自由を申し出たら彼は傷ついた。それだけでじゅうぶんだ。彼がわたしを欲してくれているだけでじゅうぶん。

彼がわたしだけを〝愛している〟、ローラ・ヒンズデールのことはもう想っていない、と言ってくれたら、もちろんうれしいけれど。彼が自分と同じ気持ちなのかどうかを知りたかった。でもいまは、いまこの瞬間は、彼に望まれているという輝きに浸り、わたしと一緒にいるためだけにロンドンから馬を飛ばしてきたという事実を堪能しよう。

わたしがふたり分の愛を持っている。

アビーはベッドから飛び起き、自分の部屋に向かいながら床に散らばったふたりの服を目にして微笑んだ。足を止めて拾い上げ、ベッドに放り投げてからまた自室に向かった。

モリーですら損ねられないくらいアビーの気分は明るかったけれど、意外にも、ゆうべグレイムが来た件についてモリーは不快なことを言わなかった。上機嫌で階下へ行き、幸せのあまり伯爵未亡人とミセス・ポンソンビー、それにミラベルに明るい笑顔を向けた。

「アビー」ミラベルが歌うように言った。「グレイムが来てくれるなんて、すばらしいわね？」

「ええ。うれしいですわ」アビーは小さく鼻歌を歌いながら、皿に料理を盛った。

「いやだ、また鼻歌を聞かされるのですか？」伯爵未亡人だ。

アビーは笑った。「申し訳ありませんけど、そうみたいですわ」

「そんな堅苦しいことをおっしゃらないでくださいな、お義母さま」グレイムの母親が言って、みんなを驚かせた。「アビゲイルの歌を聞くのは好きですわ。気分が上向きますもの」

「グレイムはどこですか？」いつものアビーなら、彼についてたずねて心の内をさらけ出したりはしないのだが、今朝はそれすら気にならないくらい幸せだった。

伯爵未亡人が鼻を鳴らした。「ばかげた考えを追って出かけましたよ」

「ミスター・カンブリーを訪ねにいったのよ」ミラベルが説明した。

「ミスター・カンブリーですって！」幸せの自信が崩れはじめる。そのためにグレイムはここに戻ってきたの？「教区牧師さまが近くに住んでらっしゃるとわかったんですか？」

「ええ。ほんの数分前にわたしが話したの」ミラベルが答えた。「奇妙なのよ。ごくふつうに、なにをしていたのかとあの子に訊いたの。そうしたら、レジナルドの慈善事業を手伝っていた人たちに話を聞いていたって言うじゃありませんか。あの子ったら、それがあなたの安全を守るのに役立つと思っているみたいだったわ」

「くだらないこと」伯爵未亡人が鼻を鳴らす。

「ええ、たしかにわたしにもよくわからなかったけれど、グレイムはそのことで途方に暮れているようだったわ。だから、ミスター・カンブリーと話してはどうかと言ってみたの。あの方はいつだってレジナルドの力になってくださったから。そうよね、フィロミーナ？」

「ええ」ミセス・ポンソンビーがうなずく。「そうでした。モントクレアとジョージをとても好いてらっしゃいましたわ」いつもどおり、亡夫の名前を口にした彼女の目が涙で潤んだ。

「いずれにしろ」ミラベルが慌てて続けた。「わたしがそう言うと、グレイムは文字どおり椅子から飛び上がって、〝彼の居場所をご存じなのですか？　どうして言ってくれなかったのですか？〟って叫んだの。訊かれなかったものは答えようがないでしょうにねえ」

「なんてことなの！」アビーは笑い出した。グレイムの母からぎょっとした顔を向けられて、さらに笑いが大きくなった。ナプキンで口を押さえて笑い声を小さくする。

「あなたもグレイムに負けないくらいおかしなふるまいをしているわ」ミラベルが驚愕の思いで言う。

「ふたりは頭がどうかしているのですよ」伯爵未亡人がきっぱりと言った。

「失礼しました」アビーはなんとか笑いをこらえようとした。「ずっとふたりでミスター・カンブリーを探していたものですから」

「でも、彼はすぐ近くにいるのに。いえ、すぐ近くというわけではないけれど、馬で一時間ほどのところにいるのよ。引退してロワー・ブロッキングトンの小さなコテージで暮らしているの。聖ヴェロニカ教会に来る前はそこで受禄していたから。レジナルドはそこで彼と知り合ったのよ」

「モントクレアが彼のなににそこまで引きつけられるのか、想像もつきませんね」伯爵未亡人が言う。「平凡な人なのに」

「とにかく、グレイムは慌てて彼に会いに出かけたの」ミラベルがアビーに言った。「朝食も食べ終えずに」

「とんだ大騒ぎをしてくれたものですよ」伯爵未亡人が陰鬱に頭をふる。「消化によくないわ。ここに着いたばかりだというのに、半日は戻ってこないでしょうね。あの子にはほとんど会えていないわ。もう少し思いやりを示してもらいたいものね」

「そうだわ！」ミセス・ポンソンビーが口を開き、アビーたちを驚かせた。「みんなでタンブリッジ・ウェルズへ行きませんか」

「なんのために？」伯爵未亡人だ。

「モントクレア卿はお留守だし、きっとアビゲイルは外出を楽しめると思うのですけど。どうかしら？」

「わたしは――ええ、もちろんです」アビーはタンブリッジ・ウェルズに興味などなかったが、ミセス・ポンソンビーが自分の意見を言うのはとても珍しかったので、断るなどできなかった。

「お買い物だってできますわ」ミセス・ポンソンビーがたたみかける。「そんなに遠くありませんもの。列車で行きましょうよ」

「新しい帽子を買いたいわ」ミラベルが言う。

「戻ってくる前に〈白鳥〉亭で休憩してもいいですしね」ミセス・ポンソンビーだ。

「ほら、子羊のあばら肉を気に入られた宿ですわ、レディ・モントクレア」

そう言われた伯爵未亡人は考えこむ顔になった。「デザートのフラメリーもなかなかよかったわね」

おいしいと評判のプディングに明らかに強力に引きつけられたらしく、伯爵未亡人もとうとうちょっとした遠出はいい考えだと同意した。アビーはグレイムが戻ってきたときに屋敷にいたかったのだが、遠出をすれば時間を潰せる。それに、見るからに彼を待っていたがっているようにふるまわないほうがいいのかもしれない。なんといっても、少し出発を遅らせて一緒に連れていってくれたってよかったのだから。

アビーはじきに、ふたりのレディ・モントクレアと買い物に出かけるのはたいへんだと知った。グレイムの母親はなんでも気に入り、祖母のほうはなにひとつ気に入らず、際限のない言い争いになった。ミラベルはおだやかに、伯爵未亡人は辛辣に。

けれど、ミセス・ポンソンビーはどう見てもわくわくしていた。早口でしゃべり続け、タンブリッジ・ウェルズのすべての名所をアビーに示し、伯爵未亡人に静かにしなさいとたしなめられても、しゅんとなって黙りこくらなかった。目をきらめかせ、顔を紅潮させているミセス・ポンソンビーを見て、アビーは来てよかったと思った。

宿の個室で出された食事はアビーには重すぎ、濃いポテト・スープには手をつけず、料理もあまり口に入れなかった。フラメリーを食べたあと、しばらく休んで〝胃を落ち着け〟ましょうと伯爵未亡人が提案した。部屋はとても暖かく、グレイムの母も祖母もじきにうとうとしはじめた。

ミセス・ポンソンビーが控えめにあくびをしたので、彼女も昼寝をしてくれて、そのあいだにむっとする部屋を出て外を散歩できるかとアビーは期待した。宿の裏手に魅力的な公園があり、古風で趣のある橋へと小径が続いているのをちらりと目にしていたのだった。

「お食事に入っていたなにかのせいかしら。わたしもちょっと眠くなってきたわ。このお部屋は少しむっとしていない？」ミセス・ポンソンビーが口もとを隠してくすくすと笑った。アビーが同意すると、彼女は続けた。「裏を少し散歩しません？ ありふれた宿にしては、きれいなところですもの」

「いいですね」ミセス・ポンソンビーが一緒なのはあまりうれしくなかったけれど、アビーはとにかく蒸し暑い部屋から空気のさわやかな外に出たかった。ボンネットはかぶったが、ひんやりした空気は気持ちがいいだろうと思い、外套と手袋は置いていくことにした。

ミセス・ポンソンビーのほうが身支度に時間がかかった。彼女は外套、ボンネット、手袋をつけ、パラソルまで持った。秋の弱い太陽の下でボンネットとパラソルの両方がなぜ必要なのか、アビーには理解できなかったが、なにごとにも用心深い性格のミセス・ポンソンビーにいまでは慣れていた。

横のドアから宿を出て裏手にまわった。宿と厩のある中庭の喧騒はそこまで届いておらず、すばらしい薔薇園のあいだをくねくねと小径が通り、あちらこちらにベンチがいくつかあった。薔薇園の向こうには、小さな人道橋が流れの速い小川にかかっていた。

「気分は大丈夫ですか？」ミセス・ポンソンビーが心配そうにたずねた。「ベンチに座って少し休憩します？」

「いいえ、大丈夫です。でも、お座りになりたければどうぞ」ひょっとしたらミセス・ポンソンビーはベンチで休んで、アビーをひとりで散歩させてくれるかもしれない。

「あら、とんでもない。お気づかいはありがたいですけど、わたしなら平気ですわ。でも、あなたは体をいたわらないと」

「散歩が好きなんです」

「ええ、リドコム・ホールの庭によく出てらっしゃいますものね」ミセス・ポンソンビーは手袋をいじりながら周囲を見まわした。いつもそわそわしている人だけれど、今日の彼女はいつになく度を超している感じがした。なにか言いたくて、そうする勇気をかき集めているのかもしれないとアビーは思ったが、ミセス・ポンソンビーはただこう言っただけだった。「ひとりで出かけてはだめですよ。伯爵さまのお気に召さないでしょうから。あなたをとても気にかけてらっしゃいますものね」

「庭師がその辺にいるでしょうから問題ないですわ」

ミセス・ポンソンビーはあいかわらず周囲に視線を走らせており、背後まで確認していた。彼女はパラソルを開いておらず、棍棒でも持つように柄の部分を握っていた。アビーより数インチは背が低く、年齢もかなり上なのに、守ってくれようとしているらしい。

「それでも、だれかは一緒でないと。あなたを助けに駆けつけられる人がだれもそばにいなかったらどうするのです?」ミセス・ポンソンビーは案じるようにアビーの顔をじっと見つめた。「疲れていませんか? 眠くありませんか? ここにベンチがありますから、ちょっと休憩しましょうよ」

アビーはいらだちを抑えこんだ。この人はよかれと思って言ってくれているのよ。

「いいえ。小川を見てみたいの。すてきな橋がかかっているし」石造りの反り橋を指さす。

「あら、ほんとうにかわいらしい橋だこと。でも、縁石(ふちいし)が少し低すぎないかしら? 気をつけてくださいね。ほんとうに、まずはここで休憩しなくても大丈夫ですか? これが最後のベンチですし――」

「けっこうです」アビーは思っていたよりもきつい口調で言ってしまった。心のなかでため息をつき、謝ろうとふり向いた。ミセス・ポンソンビーは関節が白くなるほどきつくパラソルを握っていて、いつもの愛想のよい表情が消えて渋面になっていた。

いったいどうしたというのだろう？　「なにか問題でも？」

「どうして眠くならないの？」細く甲高い声だった。「眠くなるはずなのに。ほかの人たちは眠ったのに」

　奇妙なことばにどきりとして、アビーは彼女を凝視した。「その——食事が少し重すぎたので——ミセス・ポンソンビー、どうかしました？　震えているじゃありませんか」

「スープを飲まなかったの？」

「ええ、飲みたくなかったので」ミセス・ポンソンビーの目が狂気じみているのに驚いて、アビーは彼女の腕をつかもうと手を伸ばした。「お座りになったほうが——」

　ミセス・ポンソンビーは金切り声をあげ、アビーの手をふりほどいた。「あなたはいつだって相手の思うようにしない！　どうして死んでくれないの？」

　ミセス・ポンソンビーはたたんだパラソルをふり上げてアビーの頭を狙った。とっさに身をかわしたおかげで狙いがずれて、ボンネットがゆがんだだけですんだ。それでも、頭はずきずきと痛んだ。

　アビーはくるりと向きを変えて走り出したが、かかとが引っかかってよろめいた。ふらつきながら低木をつかんだので棘が刺さったものの、地面に倒れるのは免れた。

赤ちゃん。お腹の赤ちゃんを守らなければ。

ミセス・ポンソンビーが追いかけてきて、重い柄の部分で殴ろうと先端を持ってパラソルをふり下ろした。アビーは両腕で頭をかばうしかできなかった。ミセス・ポンソンビーがもう一度攻撃しようとふりかぶったとき、アビーがパラソルをつかみ、奪い合いになった。アビーのほうが体が大きくて若かったが、優位な体勢にいるのはミセス・ポンソンビーで、常軌を逸した力を発揮していた。

ミセス・ポンソンビーが全体重をパラソルの柄にかけてのしかかり、喉を押し潰そうとしてきた。アビーは全身の力と気力をふり絞って腕で防御した。

「死ね！　死ぬのよ」ミセス・ポンソンビーは連禱のように何度も何度もくり返した。

そのとき、ふたりの背後から声が漂ってきた。「レディ・モントクレア？　ミセス・ポンソンビー？」

アビーはどっと安堵に襲われた。宿の使用人が探しにきてくれたのだろう。目撃者が現われたのだから、ミセス・ポンソンビーは諦めてくれるはず。

けれど、ミセス・ポンソンビーは攻撃の手をゆるめなかった。それどころか、アビーが気をゆるめた隙に乗じてさらに力をこめたため、パラソルが危険なほど迫ってきた。アビーは顔をそらして叫んだ。「こっちよ！」

遠くにほっそりした女性が現われ、目にした光景に慌てて駆け出した。ボンネットが後ろにずれ、頭のてっぺんで地味なお団子にしたブロンドの髪があらわになると、アビーはそれがだれなのかを悟った。ローラ・ヒンズデールだ。

アビーは絶望に襲われた。この背後にいたのはローラだったのだ。彼女が駆けてくるのは助けるためではなく、ミセス・ポンソンビーに手を貸すためなのだ。

33

グレイムは馬を下り、小さなコテージのドアに向かった。母の話を聞いて取るものも取りあえず駆けつけるのではなかったと後悔した。アビーを連れてきたほうが数段よかったのに。だが、それを思いついたときには、すでに道半ばまで来ていた。どのみち元教区牧師からは目新しい話は聞けないだろう。さっさと終えて、望むだけアビーと過ごせばいい。

ほんとうにそうできるだろうかと顔をほころばせる。ドアが開いて、猫背で白髪頭の小柄な男性が出てきた。

「カンブリー牧師さまですか？　突然訪ねてきてすみません。お話ができないかと思って参りました。私はレジナルドの息子のモントクレア卿です」

「モントクレア卿！」男性がぱっと顔を明るくする。「かまいませんとも。どうぞお入りください」カンブリーは温和な笑顔になった。「モントクレア卿のご子息とお話しできるのはいつだって歓迎です。お父上はとてもりっぱなお方でした。あなたさまはお父上にそっくりだ。まあ、しょっちゅうそう言われているのでしょうが」

「ときどきは。そんなほめことばには文句は言えません」

元牧師はお茶を出し、グレイムの母親と祖母についてたずねた。儀礼的な話が終わると、彼は椅子にもたれた。「さて、どんなご用向きでしょう?」

「父が起ち上げた兵士のための基金に興味があります」

「ああ、なるほど。傷病兵基金ですな。すばらしい発案でした。聖ヴェロニカ教会で何度か資金調達の催しをしてお手伝いしましたよ。昔からお父上が好きでした……それに、お父上のいとこのジョージも」

「父がなぜ基金をやめたのか、おぼえていらっしゃいますか?」

「あれは残念でした」悲しそうに頭をふる。「だが、当時はたいへんな状況でしたからな。たしか、暴落した株で大きな損害を受けられたのではなかったかな。ジョージ・ポンソンビーも。そのあと、ジョージはあの痛ましい事故に遭ってしまった」

「ええ」元牧師が黙っているので、グレイムは促すように言った。「株の損失が基金に影響したのですか?」

「ふたりが損失をこうむったのですよ。基金の金は投資されなかったと思います。その金は、お父上がいつも安全に守っておられた。とても用心深い方でした。一度、自分には事業の才能がないから、慈善事業の金は特別に慎重に扱っているのだ、とおっしゃっていました。だから、大きな打撃を受けられたのは、ご友人の死だったのだと思いますよ」元牧師は吐息をついた。「おふたりが口論をされた直後だったので、なおさらだったのでしょう」

グレイムははっとした。「父とジョージ・ポンソンビーは喧嘩をしたんですか？理由はご存じでしょうか？」

「いや、憶測はしたくありません。ただ、偶然少しばかり耳に入ってきましてな。教会での最後の資金調達行事から少し経ったころ、ロンドンに行った私はお父上を訪ねたのです。お父上のもとへ通されるのを待っていました——廊下をぶらぶらして絵を見たりしていたのです。ドアは閉じられていましたが、かなり大きな声が聞こえてきたのですよ。盗み聞きなどしたくなかったので、玄関のベンチに戻りましたが」

「私にとってはとても重要なことなのです。なにかおぼえていませんか？」

「ふむ」カンブリーは眉根を寄せて考えこんだ。「はっきりしたことばはおぼえていませんが、ミスター・ポンソンビーが、お父上のためにするはずだったことをしなかったようでした。おそらく忘れたかなにかでしょう。先代のモントクレア卿が〝こうなったいま、どうしたらきみを信用できるっていうんだ？〟というようなことをおっしゃったのをおぼえています」カンブリーの青白い頬に少しだけ赤みが差した。

「なんだか芝居がかっていませんかな？」

「ええ。ですが、どうぞ続けてください」

「たいした問題ではなかったのでしょうが、私がベンチに戻るとすぐにジョージが部屋を飛び出していきました。なにも言わずに私の前を大股で通り過ぎて外へ出ていきましたよ。怒りを剝き出しにしたお父上が、そのあと部屋を出てこられました。ベンチに座っている私を見るとぎょっとされたようでしたが、私はもちろんなにも聞いていないとお話ししました」

「当然ですね」

「その次にお父上を見たのは、ジョージ・ポンソンビーの葬儀の場でしたな。とても動揺してらっしゃいました。みんなが動揺していました。あんなおそろしい事故が起きるなんて……それも、ひどいことばを投げつけ合ったすぐあとだったのですからな」

ただ、あれは事故ではなかったのだが、とグレイムは思った。ジョージ・ポンソンビーは自殺したのだ。

カンブリーは頭をふって続けた。「お父上がいちばん取り乱されたのだと思います。仲なおりをする間もなくご友人が亡くなってしまって、ひどく後悔されたのでしょう」

「ミスター・ポンソンビーは慈善事業で父をかなり手伝っていたのでしょうか？」

「は？　ああ、ええ、そうだと思いますよ。彼はお父上のために使い走りなどをしていました。ミスター・バングズトンもです」カンブリーは顔をほころばせた。「お父上は、力になりたいとみんなに思わせるような方でしたから」

「ええ、おぼえています」

「もちろん、お父上がみんなを利用したというのではありませんよ」カンブリーは慌てて言い足した。「それくらいすばらしい方だったという意味です」

「ミスター・ポンソンビーは基金の財政面も扱っていたのでしょうね——父のために彼はそういう仕事をしていたのでは？」

「ええ、そうだと思います。お父上は人を相手にするのがお上手でした。ですが、細かなあれこれは友人たちに任せていらっしゃったのでしょう」

「たとえば、記帳などを？」グレイムは言ってみた。

「ええ、まさにそういうことをです」元牧師は理解の速いグレイムににっこりした。

「教会での最後の資金調達行事のあと、ジョージはロンドンへ行くことになり、モントクレア卿の代理で金を運んだのをおぼえています」

「そうですか」元牧師の口から屈託なく、なにげなく出たことばが……ベイカーがアビーに売りつけようとした秘密だったのだ。慈善事業の金を横領したのは父ではなく、幼なじみのいとこだったのだ。父はジョージを信頼して金を預け、ジョージはその金を使って伯爵家を破滅に追いこんだのと同じ価値のない株を買ったのだ。

グレイムはもうしばらく元牧師のコテージで過ごしたが、その後は自分も彼もなにを話したかまったくおぼえていなかった。もう礼を失しないだろうと判断すると、すぐにいとまごいをして急ぎ屋敷に戻った。すべてをアビーに話して、彼女も自分と同じ結論に達するかどうかをたしかめたくてたまらなかった。

父は、銀行に金を預けるというような仕事を信頼する友人のジョージ・ポンソンビーに喜んで任せたのだ。それが安全ではなく、いつも金に困っているジョージにとって大きな誘惑になるとは想像もせずに。

ジョージは金を横領し、愚かにも父のまねをして同じ株に投資し、同じように悲惨な結末を迎えた。いや、その結末は父よりもっとひどかったのだろう。ジョージには、金とイングランド貴族の称号を交換しようと手ぐすね引いて待っているアメリカ人の強欲な実業家はいなかったのだから。ジョージは父に打ち明け、カンブリーが漏れ聞いた喧嘩になったにちがいない。そして父の逆鱗に触れ、友情を失ったうえに自分の恥が世間に知られてしまうと打ちひしがれ、家に帰って自殺をしたのだ。

父が自分を責めたのも不思議はない。友人に金を持たせるべきではなかったのにそうしてしまい、その結果、金も友人も失った。これですべて合点がいった――アビーが殺されかけた件についての推理ははずれてしまったが。十年前に金を横領した人物が犯人だったはずはない。彼は死んでいるのだから。真実が明らかになったところで、ジョージの評判が傷ついてもだれも気にもしないだろう。

いや、気にする人間がひとりいると気づいて、手綱を握るグレイムの手に力がこもった。夫を崇め、その思い出が汚されるのをなによりも望まないだろうフィロミーナ・ポンソンビーだ。自分の屋敷で暮らし、アビーのすぐそばにいる女性。いまこの瞬間もアビーと一緒にいる女性。

グレイムに脇腹を思いきり蹴られた馬が飛び出した。大通りから脇道に入り、ノルマン人が来る前、いや、それより以前のローマ人が来る前から使われていただろう草原と森の近道を急ぐ。細く、ところどころひどくでこぼこしており、小川と石塀に沿って走る道だ。だが、ハンター種の馬は障害物をやすやすと避けられるうえ、旧道はかなり短かった。

必死で馬を飛ばしながらも、ばかげていると自分に言い聞かせた。小柄でおとなしい祖母のコンパニオンがだれかを殺そうとするなど、ありえないように思われた。あの晩ロンドンで、彼女がこっそり屋敷を出て船着き場に身を隠し、ミスター・ベイカーを撃ったなどと考えるのはばかばかしい。

それで少し気持ちが落ち着いたものの、すぐに別の考えが頭をもたげた――アビーの部屋に火をつけるのに、彼女はおあつらえ向きの立場にいたと。あの事件がもっともありえそうにないように思われ、そのせいで自分は思いこみにとらわれていたのだろうかと訝ったのだった。外部の人間がだれにも気づかれずに屋敷に侵入し、こそこそ歩きまわったなど不可能に思えたからだ。

だが、屋敷の住人であれば、たやすかっただろう。ミセス・ポンソンビーは、アビーが毎晩ホット・チョコレートを飲むのを知っていたはずだ。料理人が用意し、モリーが持っていけるように置いておく。ミセス・ポンソンビーが少量のアヘンチンキをこっそり入れてもだれも気づかないだろう。薬箱にはアヘンチンキの瓶もあるはずだ。祖母がリウマチの痛みがひどいときによく服用している。

そのあとは、屋敷が静まるのを待って最後の行動に移ればいいだけだ。廊下を歩くミセス・ポンソンビーを目撃する者はいなかっただろうし、たまたまだれかと出くわしたとしても、口実を簡単に思いつけただろう。そして、ただアビーの部屋に入り、ろうそくに火をつけるか、すでに火のついているろうそくをカーテンのところに持っていけば完了だ。

レディ・ミドルトンの舞踏会でも、階段のところでほかの女性たちに混じり、アビーを押すのはたやすかっただろう。ミセス・ポンソンビーは、周囲に気づかれない類の女性だから。

ベイカーに関しては、彼女自身が撃つ必要はない。そういう仕事のために金で雇える者たちがいる――ミセス・ポンソンビーのような家柄のよい中年女性が、どうしてそういうことを知っていたのかは謎だが。

もっと早く元牧師と話をしなかった自分をののしった。彼を探し出す努力をもっとすべきだった。それなのに、デイヴィッド・プレスコットにとらわれすぎてしまった。くそっ、ただ母上にたずねればよかっただけとは。なによりも、本邸にアビーを行かせるべきではなかった。自分のそばにいさせるべきだったのに、傷ついた自尊心に支配されてしまった。

この時点で分別がふたたび主張し、自分が彼女を〝行かせる〟とか〝いさせる〟などと考えたことを笑ってしまった。アビーは自分の好きな場所に好きなときに好きな人とともに行く。

落ち着いて考えてみれば、ミセス・ポンソンビーがほんとうに犯人だったとしても、母や祖母のいるところで昼日中にアビーに襲いかかるはずがないと気づいた。ほかのときは、ずる賢くこそこそと行なわれた。突然おおっぴらに攻撃してはこないだろう。田舎の本邸に来て一カ月になるが、ミセス・ポンソンビーはアビーを襲おうとはしていない。ひょっとしたら、モントクレアの跡継ぎを手にかけるなんてと怖じ気づいたのかもしれない。これまでの事件はすべて、アビーが妊娠を告げる前のことだった。

だが、そう考えても不安は消えず、リドコム・ホールに着くと馬丁に手綱を投げて屋敷に駆けこんだ。飛びこんだ手近のドアが厨房のものだったので、使用人たちを驚かせてしまった。執事のフレッチャーが配膳室からすぐさま出てきた。

「だんなさま。私でお役に立てることはございますか？」

「レディ・モントクレアはどこだ？　妻は？　彼女に話があるんだ」

「女性陣のみなさまは、タンブリッジ・ウェルズにお出かけになられましたが」

「なんだって？　どうして？」抑えこもうとしていた不安が猛烈な勢いでふたたびほとばしった。

執事はグレイムの反応を見て驚いたが、すぐに表情を消した。「お買い物をされに。伯爵未亡人のお気に入りの宿でお食事もされてくると思います」

グレイムの口から思わず悪態が漏れた。「ミセス・ポンソンビーは？　彼女も一緒なのか？」

「はい、そう思います。彼女がここに残っているかどうか、メイドにたしかめさせましょうか？　お座りになってはいかがですか？　お茶をお持ちいたします」

「いや、いいんだ。きみがミセス・ポンソンビーも一緒に出かけたと言うのなら、そうなんだろう」グレイムはいったんは背を向けたが、またふり向いた。「〈白鳥〉亭か？　さっき言ったのはその宿のことか？」

「ええ、そのようです。それから……ミス・ヒンズデールが先ほどこちらへいらっしゃいました」

「ローラが？」グレイムは仰天して執事を見つめた。「いったいなんだって――いや、いいんだ。いまは彼女に会っていられない。すぐに出かけなければ。彼女によく謝っておいてく――」

「いいえ、ミス・ヒンズデールはここにはいらっしゃいません。奥方さまたちがタンブリッジ・ウェルズに出かけたと申しましたら、とても動揺されたごようすになられまして。ここにはいられない、彼女たちを見つけなければ、とおっしゃいました。ミス・ヒンズデールのために馬車を表にまわしたのですが、だんなさまがお気になさらな――」

グレイムは執事のことばをさえぎった。「ローラが妻たちのあとを追っていったというのか？」

「私が理解しているかぎりでは、さようでございます。このようなことを申し上げてよいかどうかわかりませんが、ミス・ヒンズデールはいつものあの方らしくもないごようすで……」

フレッチャーは最後まで言い終えられなかった。グレイムがくるりと背を向けて厨房を駆け抜け、外に飛び出したからだ。

捨て鉢な気持ちがアビーに力をあたえてくれ、渾身の力をこめて体を起こしながらよじった。ミセス・ポンソンビーは不意を突かれて体勢を崩し、アビーはなんとか彼女を自分の上から落とした。ミセス・ポンソンビーは必死で起き上がろうとしたが、アビーが脚で彼女の脚をすくって倒した。

アビーはさっと立ち上がると同時にパラソルを取り上げた。わざわざローラをふり向きはしなかった。足音が聞こえ、すぐそばに迫っているのはわかっていた。ふたりを相手にしては勝ち目はないが、彼女たちよりも自分のほうが脚が長く、窮屈なコルセットをつけていないという利点がある。アビーは走り出した。

ミセス・ポンソンビーの怒りに満ちた金切り声がして、思わずふり向いてしまった。ミセス・ポンソンビーはようやく立ち上がって追いかけてこようとするところだったが、そのときローラが思いきりぶつかって彼女を倒した。

アビーは驚愕のあまり足を止め、ふたりの女性が取っ組み合って地面を転がるのを凝視した。ローラはミセス・ポンソンビーの加勢に来たのではなく、自分を助けにきてくれたのだとアビーは気づいた。スカートをたくし上げてそちらに駆け戻る。

脱げた帽子が背中に紐でぶら下がった状態のローラは、なんとかミセス・ポンソンビーを下に押さえこんだものの、相手は地面に落ちていた枝をつかんだ。

「ローラ、危ない！」アビーは叫んだが、ミセス・ポンソンビーは枝を大きくふり上げてローラの側頭部を打った。

ローラは倒れ、薄いブロンドの髪に血が流れていた。アビーは逃げるべきだとわかっていた。お腹の子を守るのが最優先だ。けれど、自分を助けようとしてくれたローラを置いて逃げるなどできなかった。パラソルを持ち上げると、ことばにならない叫びをあげて突進した。

ミセス・ポンソンビーは枝をふりまわした。パラソルと枝が剣のようにぶつかる。枝は強く、華奢なパラソルの柄にへこみができた。枝とパラソルが交差したときの衝撃がアビーの腕を肩まで伝ってきた。手を離さずにいるのが精一杯だった。

枝のほうがパラソルの軸よりも太かっただけでなく、長くもあったのは不運だった。おかげでミセス・ポンソンビーをパラソルで殴るほど近づけなかった。相手は枝をふりまわしながら迫ってきて、アビーは必死で身を守りながらあとずさった。

そのうちパラソルの軸が枝に折られるのは明らかだった。アビーに望めるのは、できるだけ長くこの状態を続け、そうするうちにだれかが出てきてなにが起きているのかに気づいてくれることだけだった。

「ミセス・ポンソンビー、やめて！　考えてみて。ローラとわたしに起きたことをみんなにどう説明するつもり？」

「あのばか女！　どうしてわたしを止めようとしたのよ？　グレイムが自由の身になるというのに！」

「常識的な人で、人が殺されるのは見たくなかったからじゃないかしら？」目の前に枝をふり下ろされ、アビーはさっとあとずさった。ふたたび攻撃され、自分の〝武器〟で防御した。

「彼女は知らないのよ！　わかっていないのよ！　みんな、あなたをいい人だと思っている」ミセス・ポンソンビーは冷笑の声を漏らした。「それがどうだっていうのよ。あなたには立派な家名も血筋もない。パー家に嫁ぐ価値もない。でも、子どもを宿しているとわかって、あなたを襲うのをやめたわ」

ミセス・ポンソンビーは枝を危険なほど大きくふりまわして、アビーを橋のほうへ……小川のほうへとあとずさらせた。アビーは枝から目を離さなかったが、じきに足を踏みはずして水のなかに落ちるのではないかとおそれた。

「もちろんわかっているわ。だから、いますぐやめてほしいの。グレイムの赤ちゃんを傷つけたくはないでしょう？　彼の跡継ぎを、未来のモントクレア卿を殺すなんてだめよ」

「ちがうわ。気づいてしまったのよ！」ミセス・ポンソンビーの声が興奮で大きくなった。「あなたの血がパー家の血を汚してしまうと。あなたは雑種のアメリカ人にすぎないの。あなたの一家がどこから来たかだれにもわからない」

「でも、赤ちゃんなのよ！　子どもを殺したがるなんてありえないわ」

「グレイムが跡継ぎにこだわらなければ、その子を殺さなくてもすんだのに！　彼があなたを追い払ったときに、これで終わりだとほっとしたのに。それなのに彼はここに来て、あなたに夢中だわ。教区牧師さまにまで会いにいった」

「それがなんなの？　教区牧師さまはなにをご存じなの？」

「知らないわよ！　なにも知らない。すべてを知っている。グレイムはそのうち真実を探りあてててしまう。あなたたちに彼の名前を汚させはしないわ」

「だれの名前のこと？　グレイムの？　いったい――」

「ちがう！」ミセス・ポンソンビーはかっとなって枝で地面を打った。その衝撃で枝の先が折れたのを見て、アビーは喜んだ。「ジョージよ！　わたしのジョージ――あなたが彼を破滅させた。あなたとあなたの父親が」

「あなたのご主人？　基金のお金を横領したのは彼だったの？」アビーは愕然として気をゆるめてしまった。だが、幸いにもミセス・ポンソンビーは怒りに囚われるあまりその機に乗じはしなかった。

「ちゃんともとに戻したはずなのよ！」ミセス・ポンソンビーが金切り声をあげる。

「サーストン・プライスが甘いことばでふたりの目を眩ませたりしなければ、そもそもあのお金だって勝手に使ったりしなかったわ。ジョージはお金を倍に、三倍にするつもりだった。二、三週間お金が消えても、だれも気づかないはずだった。あなたのせいよ！」アビーに向かってやみくもに枝をふりまわした。

アビーはそれを払い、またあとずさった。「わたしのせい？　わたしはなんの関係もないわ」

「いいえ、あなたのせいなのよ！　このすべてはあなたが理由で、グレイムはあなたをめとらなければならなかった。ジョージはすべてを失った――お金だけでなく、名声も。それにレジーも！　ふたりは兄弟みたいだったのに、あのちょっとした過ちのあと、レジーはジョージを虫けらみたいに見るようになった。ジョージは切り捨てられたのよ！　ずっと昔から親友で、レジーの望むことはなんだってやってきたのに。彼は生きる気力を失った。全部あなたのせいなの！」

憤怒で目をぎらつかせた彼女が突進してきて、アビーは必死で防御したが、ついにパラソルが折れて飛んでいってしまった。ミセス・ポンソンビーは勝利のうなり声をあげて、ふたたび枝をふり上げた。

34

向かってくる枝を、アビーは両手で受け止めた。ごつごつした樹皮でてのひらをすりむいた。衝撃が腕を駆け上がる。それでも、相手を懸命に寄せつけずにいた。ふたりは枝を奪い合い、叫び声や駆け寄ってくる足音に気づいてもいなかった。

ミセス・ポンソンビーの背後に突然グレイムが姿を現わし、握り合わせた両手で彼女の後頭部を殴った。ミセス・ポンソンビーがくずおれる。枝を奪い合っていた相手が不意にいなくなってアビーはよろめいたが、グレイムがさっと腕をつかんで支えてくれた。

アビーは彼の腕のなかに飛びこんだ。彼にきつく抱きしめられて息ができなくなった。すると、グレイムが肩をつかんで少し離し、心配そうに顔や体を見ていった。

「大丈夫かい？　怪我はないかい？」返事をする間もなく、アビーはまた抱きしめられた。彼はアビーの髪や顔にキスをし、とぎれとぎれに感情をほとばしらせた。「心配でたまらなかった。そうしたら、母と祖母を見つけて……彼女がきみを追っていったとわかった。ほんとうに大丈夫なのかい？」

「ええ。ええ」涙が頬を伝うのを感じて少し驚きながら、アビーはうなずいた。「ああ、グレイム！　彼女に赤ちゃんを傷つけられるのではないかとこわかったわ。でも、赤ちゃんは無事よ」彼の腕に力がこもったので、慌てて言い足した。「待って。ローラが！　彼女がミセス・ポンソンビーに殴られたの」

「しまった。きみの言うとおりだ。忘れていたよ」ふたりでふり向くと、ローラは数フィート先で倒れたままだった。「彼女の姿は見えたけど、立ち止まっていられなかった」

ふたりは急いでローラのそばへ行き、ひざまずいた。

「出血がひどいわ」アビーはあえいだ。「彼女は――」

「いや。指がかすかに動いた。頭の怪我はひどく出血するものなんだ。ハンカチは持っているかい？」

「宿に置いてきた手提げ袋のなかよ。でも、ローラは持っているはず」スカートのポケットを探り、白いハンカチを勝ち誇ったように取り出した。

グレイムがくつくつと笑う。「ローラらしいな」傷口にハンカチをあてると、ローラがうめいた。まぶたが震えて目が開いた。

「グレイム？」はっとした顔になる。「グレイム！　アビゲイルが――ミセス――」

ローラは懸命に起き上がろうとした。

「心配しないで。わたしなら無事よ」アビーはローラの肩を手でしっかりと押さえた。「いまは休んで。かなり強く殴られたのだから」

ローラはたじろいだ。「そうみたいだわ」おずおずと頭に手をあてる。「こぶになりそう」

「どうしてここへ来たんですか？　どうやって知ったのかってことですけど」アビーはかかとにお尻を乗せた。「グレイムも。わたしはミセス・ポンソンビーにパラソルで襲いかかられるまで、まったくなにも疑っていなかったのに」

「教区牧師と話して、真実が公になるのを望まない人物がひとりだけいるのに気づいたんだ」グレイムはその朝なにを知ったかを話した。

「わたしは、彼女がなぜあなたを傷つけようとしたのかはわからなかったわ」今度はローラが言った。「でも、階段のできごとが気になったので、あれこれ訊いてまわったの。メアリ・リトルトンが、レディ・フォーリーと話していたときに、彼女――レディ・フォーリー――がミセス・ポンソンビーがあなたを押すのを見たと言っていたと話してくれたの」

「ばかな女だ」グレイムは顔をしかめた。「彼女はどうして声を大にして言わなかったんだろう？」

「レディ・フォーリーはご自分のことしか気にしてらっしゃらないから」ローラは顔をゆがめた。「わたしは、これはたいへんだ、手紙が届くのを悠長に待ってなどいられないと思って、直接会いにきたの。フレッチャーから、あなたが彼女と一緒だと聞いて、急いで駆けつけたのよ。そんな心配はばかげている、ほかのレディたちの前でミセス・ポンソンビーがあなたに襲いかかるはずがない、と自分に言い聞かせたけれど、どうしても不安が拭いきれなくて……」

「そうしてくださってよかったわ」アビーは思いをこめて言った。「彼女の勢いに負けそうになっていたところに、あなたが来てくださったのよ。ミセス・ポンソンビーは尋常でないくらい強かったの」

「そうなんだろうな。つまり、尋常でない、ということだが」グレイムはため息をついた。「まったく気づかなかったよ……ミセス・ポンソンビーはいつだってとてもおとなしい人に見えたのにな」

「ご主人のことになると、そうではなかったようね。わたしが彼を破滅させた、評判までめちゃくちゃにさせはしない、とわめかれたの」

「あなたを殺したら、それどころではない醜聞が起きてしまうとは思わなかったのかしら？」ローラが疑問を口にした。

アビーは肩をすくめた。「グレイムの家族が揉み消してくれると思ったのではないかしら。わたしが死んだら、グレイムは自由になってほっとすると信じていたみたいだから」アビーは頬を赤くして口を閉じた。安堵とローラへの感謝の気持ちでいっぱいで、グレイムが自由を望むのはローラのためだということをつかの間忘れていたのだ。

「アビー……」グレイムは眉をひそめて彼女を見た。

アビーはさっと立ち上がった。「見て。ミセス・ポンソンビーが意識を取り戻したようよ」

ローラとグレイムが彼女の視線を追った。ミセス・ポンソンビーはたしかに意識を回復していたが、戦う気力はもう残っていないようだった。横向きになり、体を震わせて泣き出した。

グレイムは気まずそうな表情で身じろぎをした。「女性を殴ったのははじめてだったんだ。紳士として褒められたことではないな」

「今回ばかりは、紳士らしくふるまわずにいてくれてうれしいわ」

「私もだ」彼はアビーに腕をまわしてそばに引き寄せた。「後悔はしていないよ」アビーの目を見てにっこりする。「これっぽっちもね」


事態をおさめるにはしばらくかかった。警察が呼ばれ、グレイムが黙りこくったフィロミーナ・ポンソンビーを引き渡した。グレイムが事態をうやむやにしなかったことに、彼女は驚いているようだった。とんでもない醜聞になり、横領事件の全貌が公になるのは明らかだった。だが、グレイムは、アビーを襲った女性に罰を逃れさせるつもりはなかった。

ミセス・ポンソンビーがかかわっていたと思われる未解決のロンドンでの殺人事件もふくめ、グレイムが警察にすべてを話し、宿の個室に戻ってくるころには、ローラとアビーはグレイムの母と祖母をなんとか起こしていた。個室に足を踏み入れるや否や、グレイムは矢継ぎ早に質問を投げかけられた。

ことばの奔流を止めようとばかりに両手を上げ、彼は言った。「ちょっと待ってください。リドコム・ホールに帰ったらすべての質問にお答えしますが、いまはとにかくアビーを安全な屋敷に連れ戻りたいんです。とんでもない目に遭ったのですから、しっかり休ませてやりたいんですよ。馬車をまわすよう指示しておきました。私は馬で来たので、馬車のあとからついていきます」

「わたしなら元気よ、ほんとうに」アビーは言った。

「反論は受けつけないよ。これからの数日は、あれこれ世話を焼かれて甘やかされるのを覚悟してくれ」

「わかりました」アビーはにっこりした。「優雅に受け入れるようやってみるわ」

ローラは列車でロンドンに戻ることを選んだ。ミラベルとアビーでリドコム・ホールに泊まってほしいと言ったのだが、どうしても帰ると言われてしまったのだった。

「それほど遠くはないですし、ロンドン行きの列車は本数が多いですから。問題なく乗れるはずですわ」

グレイムが女性陣を馬車に乗せたときも、ローラは駅まで送ってもらう必要はないと言い張った。「ひとりでちゃんと駅まで行けますから。あなたは奥さまと一緒にいるべきよ、グレイム」

「心配はいらない。そうするつもりだ。それに、きみがどれほど有能かはわかっているよ。だが、せめてこれくらいはさせてほしい。私は今日、だれも守れなかったのだから」

「なんてばかげたことを言うの」ローラは微笑んだ。頭の傷はきれいになり、髪はいつものようにお団子にまとめていた。簡素なボンネットをぽんとかぶると、もとどおりのきちんとしたいつもの彼女に戻った。

グレイムは、アビーがこういう簡素な帽子やドレスを着ているところどころか、持っているところも想像できなかった。どうしてここまで両極端の女性に心を奪われたのだろう。

駅に着くと、グレイムはローラの反対を押し切って切符を買った。「ローラ、頼むよ、きみが今日してくれたことに対して、これくらいしかできないのだから」まじめな顔で彼女を見る。「妻の命を救ってくれた。私の子どもの命も。礼のしようもないよ」

「お役に立ててよかったわ」ローラは彼の腕に手を置いた。「本心だと信じてちょうだい、グレイム」

「信じているとも」少し間を開けて続けた。「ローラ、私がきみを好きなのはわかっていると思う。ずっと昔からたいせつな仲間で、これからもきみをたいせつに思い続けるよ」

「わかっているわ。わたしもよ」ローラが微笑む。「たいせつなお友だちのグレイム、あなたがなにを伝えようとしているのかわかっています」

「私はよくわかっていないから、それを聞いて助かったよ」

「あなたは奥さまを愛するようになったのよ」ローラはあっさりと言った。「とてもすばらしいことだわ。あなたには幸せになってもらいたいの」

「幸せだよ」グレイムは自分の声に驚きの気持ちがこもっているのに気づいた。「ほんとうだ」

「あなたを失ったことを悲しく思っていないとか、この何年もあなたを恋しがったことなどないというふりをするつもりはないわ。でも、それはずっと昔の話で、いまのわたしたちはあのころとは別人なの。わたしたちはそれぞれに人生を築いてきた。わたしはあなたのお友だちだし、あなたもわたしのお友だちでいてくれればと願っているのよ。でも、あなたはアビゲイルを愛している」

「そうだ」陰謀めいたにやにや笑いがグレイムの顔をよぎった。「可能だと思ったことがないくらい彼女を愛しているんだ」

「そして、彼女もあなたを愛している」

「そう思うかい？　私は――彼女に対してあまりにもたくさんの過ちを犯してしまったんだ」

「ぜったいよ。あなたを見る彼女を見たら、だれにだってわかるわ。もしあなたが過ちを犯してしまったのだとしても、彼女はきっと許してくれるでしょう。あなたを許すのは簡単ですもの」

「父と同じように」グレイムは肩をすくめた。

「あなたはお父さまよりもうんといい人よ、グレイム」ローラは彼の腕を軽く叩いた。「断言するわ」

ローラのことばだけで、リドコム・ホールまで気分がずっと上向いていた。到着すると、母と祖母に引き留められ、アビゲイルは階上で眠っているからと、午後のできごとを聞かせてほしいとせがまれた。

「母上をたいせつに思っているのはおわかりでしょう」グレイムは腕にかけられた母の手をそっとはずした。「それに、あとで微に入り細を穿って話すと約束しますが、いまは妻のもとに行きたいのです」

伯爵未亡人は文句を言いかけたが、母は最初こそ驚いたものの微笑んだだけだった。

「もちろんいいわよ」

グレイムは一段飛ばしで階段を上がった。踊り場まで来ると、アビーのメイドが彼の部屋の前に護衛よろしく立っているのが見えた。彼女とやり合うのは気が進まなかったものの、アビーがまた彼の部屋で眠ることにしてくれたのはうれしかった。

「モリー」会釈して通り過ぎようとしたが、彼女が前に立ちふさがった。

「お礼を申し上げたくて」衝撃を受けたグレイムはことばを失った。「ミス・アビ——ではなくてレディ・モントクレアを救ってくださってありがとうございました。あなたを誤解していました」

「びっくりだな」グレイムはにやついた。

「アイ、まあ、奥方さまの面倒をしっかりみてください。言いたいのはそれだけです」

「そうするよ」

グレイムは寝室のドアを開けた。すぐにベッドに目をやったが、アビーはそこにいなかった。暖炉の前の安楽椅子に座っていた。白い包帯が巻かれた両手をひざに置き、頭を椅子の背にもたせかけて目を閉じている。ベッドで休むのを断ったようだ——それは驚きに値しない——が、結局疲れに負けたらしい。

彼女を眠らせてやるために部屋を出るべきなのはわかっていたが、まだそうする気になれなかった。戸口に立っていると、アビーが目を開けて彼を見た。唇に笑みが浮かぶ。「グレイム」

「アビー」二歩で彼女のもとまで行く。ひざをつき、彼女を抱きしめてその胸に頭を寄せた。「愛する人」

アビーははっと固まった。グレイムを待っているうちに眠ってしまい、つかの間、まだ夢を見ているのかしらと思った。彼の髪をやさしくなで、この瞬間を漂った。グレイムが顔を上げてかかとにお尻を乗せ、彼女の顔に見入った。

「ほんとうにこわかった。きみを失うかもしれないと思ったら——あんな気持ちははじめてだ。おびえきって、無力で。がむしゃらに馬を飛ばして、彼女と揉み合っているきみを見て……」グレイムは頭をふった。アビーの手を取っててのひらに目をやり、包帯をそっとなでる。「きみの手が。怪我しているのに気づかなかった」

「あの枝をつかんだときにすりむいたの」アビーは肩をすくめた。「見た目ほど痛まないのよ。モリーが軟膏を塗ってくれて、手にした物を落とさないようにと包帯を巻いてくれたの」

「すまない」グレイムは彼女のてのひらに口づけた。

「あなたのせいじゃないわ」アビーは微笑み、彼の額に落ちてきた髪を掻き上げた。

「いや、私のせいだ。最終的にはすべてが私の責任なんだ。数えきれないほどの過ちものの前に立ったら自分の苦々しい思い出に囚われるあまり、きみを見てもいなかった。なにも知らないくせに、先入観でものごとを判断した。きみに――私たちに――機会をあたえようともしなかった。それだけでなく、きみに対して公正を欠き薄情だった」

「それは昔の話でしょう。過ちを犯したのはあなただけではないわ。わたしは自尊心を傷つけられて逃げ出した。ちゃんと留まって説明することもできたのに。その前には、父がなにをしているのかを知ることだってできたはずなの。でも、知りたくなかったのかもしれない。だって、望みのものが手に入るところだったんですもの。自分勝手だったのよ。あなたとどうしても結婚したかったの」

「どうしてだい？」

グレイムが驚いた口調だったので、アビーはくすくすと笑った。「はじめて会った瞬間にあなたが欲しくなったからよ。あなたはハンサムで、完璧な紳士だった。気づいていないかもしれないけれど、あなたが微笑むと相手は息を奪われるの。あなたと結婚できたらうれしくてたまらない女性がおおぜいいたでしょうね。自分がそのひとりだったのはわかっているの。あのときにあなたが別の女性を愛していると知っていたとしても、あなたとの結婚を諦められたかどうかわからないわ」

「アビー……」彼は長いあいだつないでいるふたりの手をしかめ面で見つめていて、アビーを見ようとはしなかった。もうなにも言ってくれないのかとアビーが思ったとき、グレイムが顔を上げた。「ローラとは子どものころからの知り合いだった。母親同士が友人だったから、ローラの母親が亡くなるまでしょっちゅううちに遊びにきていたんだ。そのあとも、ロンドンにいるときには彼女と会っていた」

「グレイム、説明なんてしなくていいのよ。わかっているから」アビーは手を引き抜こうとしたが、グレイムは放してくれず、一心に見つめてきた。

「いや、わかっていないよ。私自身わかっていなかった。ローラを愛してはいたが、それはきみへの愛とはちがうものなんだ」

息が詰まったが、アビーはなんの反応も見せないようにした。彼のことばの流れを止めてしまうのではないかとおそれたからだ。

「ローラに感じていたのは、心地よいものだった——昔からの友情が自然に発展したおだやかなものだった。いまも彼女をたいせつに思っているが、それは妹に感じるような愛情なんだと思う。妹は持ったことがないが、もしいたら、自分の気持ちに気づいたと思う。きみを愛する気持ちとは全然ちがうものなんだ。情熱と炎と深みと……。ああ、くそっ、自分の気持ちを説明するのが下手だな」

「とても上手に説明できていると思うわ。続けて」

「今日の午後、ローラのときみたいにきみを諦めなければならなくなったとしても、そうしたくないことに気づいたんだ。どんな結果が待っていようとも——醜聞や貧乏暮らしや、なんだろうと——けっしてきみを手放しはしないと。きみを諦めるのは、自分の心臓をちぎり取るようなものだと」

「ああ、グレイム！」アビーは両手で口をおおい、目を潤ませた。

「頼む、泣かないでくれ。きみが私と同じ気持ちではないかもしれないのはわかっているんだ。だが、それを変えてもらうためならなんだってするつもりだ。口説いてきみを勝ち取る——知ってのとおり、私は頑固で諦めが悪くて、自尊心が強すぎて負けを認められない男だからね。もしまだ結婚していなかったら、ひざをついて求婚するところだ。だが、もう結婚しているわけだから、私に言えるのは、きみと一緒にいたい、本物の結婚生活を送りたい、ということだけだ」

「おばかさんね！」アビーは彼に飛びついた。「もちろんあなたを愛しているわよ。十年前にあなたに恋をして、何カ月か前に戻ってきたときにまた恋に落ちたの」

グレイムはアビーにしがみつかれたままさっと立ち上がり、激しく口づけた。ついに唇を離したとき、彼は満面の笑みでこう言った。「じゃあ、きみが私と物々交換をしたのは子どものことだけじゃなかったんだね？」

「子どもだけで満足だと自分に言い聞かせたけれど、そんなのは嘘だったわ」アビーは彼のうなじで手を結んだ。「ほんとうは、すべてが欲しいの――結婚生活、子どもたち……それになによりあなたが」

「だったら、いい取り引きだと言えるな」

「そうね」アビーはいたずらっぽい笑みで彼を見上げた。「取り引きの締結はどういう風にしましょうか？」

グレイムは彼女をさっと抱き上げて、ベッドへ運んだ。「見せてあげるよ」

エピローグ

六カ月後

グレイムはじっとしていられず、机から窓へ、窓から暖炉へとうろついた。「時間がかかりすぎていると思わないかい？　なにか問題があったにちがいない」

暖炉の前で快適な椅子に座り、脚を伸ばしてつま先を温めていたいとこが目を開けて彼を見た。「さっきから三回は答えているように、私にはさっぱりわからないよ。きみ以上に赤ん坊の経験はないんだから」

「そのようだな。心配はいらない、すべては順調に進んでいる、と言ってくれるところなんだぞ」

ジェイムズは目玉をぐるりとまわした。「座れよ。目眩がしてきた」

グレイムは耐えきれないとばかりにため息をつき、ジェイムズの向かい側の椅子にどさりと座った。

にこやかな母が部屋に入ってくると、すぐさままた立ち上がる。「終わったんですか？」母親のもとへ急ぐ。「アビーは——」

「お母さんも娘も元気よ」

不意に頭がくらくらして、グレイムは立ち止まった。「娘？　女の子なんですか？」

「おめでとう、グレイム」ジェイムズが立ち上がって近づいてきた。

「ああ——その——ありがとう。彼女に会わなければ」さっと母親をふり返る。「アビーは大丈夫なんですね？　元気だと言いましたよね？」

「ええ。彼女はとっても元気ですよ。じきにお医者さまが下りてみえて報告してくださるのはわかっていたのだけれど、待ちきれなかったの」

「医者になど会いたくありません。会いたいのはアビーです」グレイムは母親の横を通り過ぎて階段を駆け上がった。ちょうど医者が部屋から出てくるところで、口を開きかけた相手にグレイムはうなずいてみせた。「ちょっと待ってほしい。まずは妻に……」

彼は医者をよけてまっすぐにベッドに向かった。「アビー」

彼女の目は閉じられており、顔は青白く、グレイムはどきりとしたが、彼の声を聞いてアビーが目を開けて顔をほころばせた。「グレイム」

「愛しい人」グレイムは彼女の手を取り、体をかがめて額にキスをした。「大丈夫かい？　信じられないよ……母はうまくいったと言っていたが、すごく長い時間がかかったね。疲れた顔をしているよ」グレイムはしゃべりすぎているのに気づいて口をつぐんだ。

「大丈夫よ」アビーが彼の手をぎゅっと握った。「わたしってすばらしいわ」

「ああ、まったくだ」アビーの額をなでた。

「生まれたのは女の子よ」アビーは横を向いた。「モリー？　娘はどこ？」

「ここですよ」モリーが満面の笑みで急いでやってきた。グレイムはこれまでモリーのこんな顔を見たおぼえがなかった。彼女の腕のなかには小さな包みがあった。モリーが目の前で立ち止まって包みを差し出すと、グレイムはその毛布のなかに赤い顔をした小さな赤ん坊がいるのに気づいた。

わけもわからないうちに、その包みを腕のなかに押しこまれた。「いや、でも私は……」顔を上げると、モリーはすでに離れていた。

グレイムは小さな顔をふたたび見下ろした。赤ん坊の顔はトマトよりも少しだけ赤みが薄く、目はきつく閉じられており、口は大きく開けられているが、そこから出てきたのは泣き声というよりも変わったしゃっくりのようだった。目の上にはアビーの縮小版ともいうような小さな黒いまゆ毛があり、頭のてっぺんにはやはりアビーと同と、片目にうっすらじ漆黒の髪が濡れたモップみたいについていた。小さな拳は痙攣しているかのように動いていて、足が毛布を蹴っているのがわかった。拳をふりまわし、片目にうっすらとあざがあるせいで、ボクシングをしていたみたいに見えた。

「この子は……きれいだ」グレイムは畏怖の念に打たれてささやいた。

赤ん坊の発していた声は激しい泣き声に変わり、顔がますます赤くなった。グレイムが慌てふためいて揺すってやると、びっくりすることに泣き声がやんだ。片腕で赤ん坊を抱き、小ささに驚嘆しつつ指を一本娘の手もとに持っていく。娘に指を握られると、グレイムの胸がぐっと詰まった。

「アビー、この子は断然完璧だ」

「わかっているわ」

グレイムは妻ににやりと笑ってみせ、彼女の腕に赤ん坊をそっと下ろした。娘と並ぶ妻を見つめ、こんなに美しいものは見たことがない、とグレイムは思った。

ふたりで貝殻のような耳から小さな足指の爪までどこもかしこも完璧だと感嘆しているうちに、赤ん坊が眠ってしまい、モリーが連れ去った。アビーはグレイムに微笑みかけてきたが、その目が疲れているのに彼は気がついた。

「眠らないとだめだよ。体を休めるんだ。あの子は旋風になるぞ。お母さんみたいにね」

アビーは彼の手を取った。「じゃあ、がっかりしていないのね？　男の子じゃなかったことを？」

「してないよ。するわけがないじゃないか。あの子は美しい。やっぱりお母さんに似てね」

「でも、跡継ぎがいないわ」

「かまわないさ。あの子みたいな娘をあと十人だって欲しいよ」

「十人ですって！」アビーはくすりと笑い、彼の指を親指でなでた。「それは勘弁してほしいわ」

「それに――」グレイムはかがみこんでアビーの額にキスをした。「――また試みる理由ができるからね」

「理由が必要なの？」

「いや」グレイムは彼女の目を見つめて微笑んだ。「きみがいれば理由なんていらないよ、愛しい人」

訳者あとがき

十年前に定められてしまった境遇のなかで、人生を取り戻して精一杯生きようと決めたヒロイン。自分の望んだ境遇ではないものの、このままなにも変えずにおきたいと考えるヒーロー。そんなふたりがぶつかり合い、理解し合うようになり、心を寄り添わせていくまでの胸キュンのラブストーリーが、本書『ふたりで探す愛のかたち』（原題 *“A Perfect Gentleman”*）です。

十年前、裕福な父を持つアメリカ人のアビー（アビゲイル）は、モントクレア伯爵の跡継ぎであるイングランド人のグレイム・パーと結婚した。父の決めた結婚ではあったが、完璧な紳士（パーフェクト・ジェントルマン）の彼にひと目で心を奪われ、父の支配から逃れてすてきな夫と新たな人生に踏み出せると期待していた。ところが、式が終わるとグレイムの態度が一変する。望んでいた家名をあたえたのだから、これ以上そっちのいいように操られるのはごめんだと、初夜を過ごすはずだったホテルの部屋を出ていってしまったのだ。どうやら彼には想い人がいたらしいが、所領を救うためにアビーと結婚せざるをえず、その腹立ちを彼女にぶつけたようだ。グレイムが金のために結婚したのは知っていたものの、いずれは彼から愛してもらえるようになると夢見ていたアビーは立ちなおれないほど傷つき、翌朝、黙ってホテルをあとにした。

それ以来、ふたりはアメリカとイングランドで離ればなれに暮らしていたが、ある日突然、アビーがイングランドに戻ってくる――。

結婚したときのアビゲイルはおどおどとしたさえない小娘だったのに、十年ぶりに再会した彼女は大きく花開いて美しいおとなの女性になっていて、グレイムは衝撃を受けます。彼女と結婚したのはお金のためもあったのですが、公になったら大きな醜聞に発展してしまうある事情もあり、グレイムはアビゲイルもその事情に加担していると思いこみ、今回イングランドに姿を現わしたのも、なにやらよからぬことを企んでいるからだろうと、なんとかして彼女をアメリカに追い返そうとします。彼女とはなんのかかわりも持ちたくない、さっさとイングランドを出ていってほしいと思うものの、その反面、なぜか彼女に強烈に惹かれてしまい、そのことにうろたえ、抗い、自分はどうなってしまったのかと自問するグレイム。そんな彼にじれったさを感じつつも微笑ましくなってしまいます。

対するアビーは、ある目的のためにイングランドに戻って名目だけの夫と再会するのですが、十年のあいだに世慣れたおとなの女性になったつもりだったのに、ふたたびグレイムに惹かれて心が乱れてしまいます。わが道を貫こうとする意志の強さと、人にやさしくけなげな面を併せ持つアビーは、きっと読者の心をつかむだろう愛おしくてたまらないヒロインとなっています。

惹かれ合っているふたりなら、歳月も流れているわけですし、すんなりとことが運んでもよさそうなものですが、誤解はなかなか解けず、そこにサスペンスの要素もくわわって物語に厚みと深みがもたらされています。そのサスペンスとは、やはり十年前に起きたある事件がらみで、調べを進めていくうちに、アビーが何度も命の危険にさらされることになってしまいます。

脇役陣も魅力的ですばらしいキャラクターぞろいですが、なかでも突出しているのが、グレイムの祖母のユージーニアと、彼のいとこのジェイムズです。ユージーニアは傲慢な貴婦人然としていて、周囲からおそれられ、一目置かれているのですが、アメリカ人のアビーは臆せずに堂々と渡り合い、ユージーニアもおおっぴらにはしないものの、そんな孫息子の嫁を密かに評価しているようすが伝わってきます。片やジェイムズは飄々としていて、皮肉屋で冷めた目で世間を見ており、グレイムがなにかと頼るいい相談相手です。飼い犬である巨大なマスチフ犬のデムを自分の兄弟以上（！）に愛しているところも好感度が高いと感じるのは、訳者だけではないのではないでしょうか。彼は続編の“*A Momentary Marriage*”（二〇一七年）でヒーローを務めていて、お相手のヒロインは本書にも登場して重要な役割を果たしたあの女性です。

本国アメリカでも日本でも大人気作家のキャンディス・キャンプが描くふたりのラブストーリーと、謎が謎を呼ぶハラハラ・ドキドキの展開をどうぞお楽しみください。

二〇一八年三月

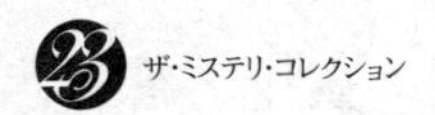

ふたりで探す愛のかたち

著者　キャンディス・キャンプ

訳者　辻 早苗

発行所　株式会社 二見書房
東京都千代田区神田三崎町2-18-11
電話 03(3515)2311 ［営業］
03(3515)2313 ［編集］
振替 00170-4-2639

印刷　株式会社 堀内印刷所
製本　株式会社 村上製本所

落丁·乱丁本はお取り替えいたします。
定価は、カバーに表示してあります。

ISBN978-4-576-18052-6
http://www.futami.co.jp/

二見文庫 ロマンス・コレクション

ウエディングの夜は永遠に
キャンディス・キャンプ
山田香里［訳］〔永遠の花嫁・シリーズ〕

女主人として広大な土地と屋敷を守ってきたイソベルは、弟の放蕩が原因で全財産を失った。小作人を守るため、ある紳士と契約結婚をするが…。新シリーズ第一弾！

恋の魔法は永遠に
キャンディス・キャンプ
山田香里［訳］〔永遠の花嫁・シリーズ〕

習わしに従って結婚せず、自立した生活を送っていた治療師のメグが恋したのは〃悪魔〃と呼ばれる美貌の伯爵。身分も価値観も違う彼らの恋はすれ違うばかりで……

夜明けの口づけは永遠に
キャンディス・キャンプ
山田香里［訳］〔永遠の花嫁・シリーズ〕

ヴァイオレットは一人旅の途中盗賊に襲われ、助けてくれた男に突然キスをされる。彼が滞在先の土地の管理人だと知り、次第にふたりの距離は縮まるが…シリーズ完結作！

唇はスキャンダル
キャンディス・キャンプ
大野晶子［訳］〔聖ドゥワインウエン・シリーズ〕

教会区牧師の妹シーアは、ある晩、置き去りにされた赤ちゃんを発見する。おしめのブローチに心当たりがあった彼女は放蕩貴族モアクーム卿のもとへ急ぐが……!?

瞳はセンチメンタル
キャンディス・キャンプ
大野晶子［訳］〔聖ドゥワインウエン・シリーズ〕

とあるきっかけで知り合ったミステリアスな未亡人と〃冷血卿〃と噂される伯爵。第一印象こそよくはなかったもののいつしかお互いに気になる存在に……シリーズ第二弾！

視線はエモーショナル
キャンディス・キャンプ
大野晶子［訳］〔聖ドゥワインウエン・シリーズ〕

伯爵家に劣らない名家に、婚約を破棄されたジェネヴィーヴ。そこに救いの手を差し伸べ、結婚を申し込んだ男性は!? 大好評〈聖ドゥワインウエン〉シリーズ最終話

英国レディの恋の作法
キャンディス・キャンプ
山田香里［訳］〔ウィローメア・シリーズ〕

一八二四年、ロンドン。両親を亡くし、祖父を訪ねてアメリカからやってきたマリーは泥棒に襲われるもある紳士に助けられる。お礼を申し出るマリーに彼が求めたのは彼女の唇で…

二見文庫 ロマンス・コレクション

英国紳士のキスの魔法
キャンディス・キャンプ
山田香里［訳］［ウィローメア・シリーズ］
若くして未亡人となったイヴは友人に頼まれ、ある姉妹の付き添い婦人を務めることになるが、雇い主である伯爵の弟に惹かれてしまい……⁉ 好評シリーズ第二弾！

英国レディの恋のため息
キャンディス・キャンプ
山田香里［訳］［ウィローメア・シリーズ］
ステュークスベリー伯爵と幼なじみの公爵令嬢ヴィヴィアン。水と油のように正反対の性格で、昔から反発するばかりのふたりだが、じつは互いに気になる存在で…⁉

真珠の涙がかわくとき
トレイシー・アン・ウォレン
久野郁子［訳］［キャベンディッシュ・スクエアシリーズ］
元夫の企てで悪女と噂されて社交界を追われ、友も財産も失ったタリア。若き貴族レオに求愛され、戸惑いながらも心を開くが…？ ヒストリカル新シリーズ第一弾！

ゆるぎなき愛に溺れる夜
トレイシー・アン・ウォレン
久野郁子［訳］［キャベンディッシュ・スクエアシリーズ］
クライボーン公爵の末の妹・あのエズメが出会ったお相手は、なんと名うての放蕩者子爵で……。心配するがゆえに兄たちが起こすさまざまな騒動にふたりは――

その夢からさめても
トレイシー・アン・ウォレン
久野郁子［訳］［バイロン・シリーズ］
大叔母のもとに向かう途中、メグは吹雪に見舞われ近くの屋敷を訪ねる。そこで彼女は戦争で心身ともに傷ついたケイド卿と出会い思わぬ約束をすることに……⁉

ふたりきりの花園で
トレイシー・アン・ウォレン
久野郁子［訳］［バイロン・シリーズ］
知的で聡明ながらも婚期を逃がした内気な娘グレース。そんな彼女のまえに、社交界でも人気の貴族が現われ、熱心に求婚される。だが彼にはある秘密があって…

あなたに恋すればこそ
トレイシー・アン・ウォレン
久野郁子［訳］［バイロン・シリーズ］
許婚の公爵に正式にプロポーズされたクレア。だが、彼にとって〝義務〟としての結婚でしかないと知り、公爵夫人にふさわしからぬ振る舞いで婚約破棄を企てるが…

二見文庫 ロマンス・コレクション

この夜が明けるまでは
トレイシー・アン・ウォレン
久野郁子［訳］
〔バイロン・シリーズ〕
婚約者の死から立ち直れずにいた公爵令嬢マロリー。兄のように慕う伯爵アダムからの励ましに心癒されるが、ある夜、ひょんなことからふたりの関係は一変して……!?

すみれの香りに魅せられて
トレイシー・アン・ウォレン
久野郁子［訳］
〔バイロン・シリーズ〕
許されない愛に身を焦がし、人知れず逢瀬を重ねるふたり——天才数学者のもとで働く女中のセバスチャン。心優しい主人に惹かれていくが、彼女には明かせぬ秘密が…

奪われたキスのつづきを
リンゼイ・サンズ
田辺千幸［訳］
両親の土地を相続するには、結婚し子供を作らなければならないと知ったヴァロリー。男の格好で海賊船に乗る彼女は男性を全く知らず……ホットでキュートなヒストリカル

約束のキスを花嫁に
リンゼイ・サンズ
上條ひろみ［訳］
〔新ハイランドシリーズ〕
幼い頃に修道院に預けられたイングランド領主の娘アナベル。ある日、母に姉の代役でスコットランド領主と結婚しろと命じられ…。愛とユーモアたっぷりの新シリーズ開幕！

愛のささやきで眠らせて
リンゼイ・サンズ
上條ひろみ［訳］
〔新ハイランドシリーズ〕
領主の長男キャムは盗賊に襲われた少年ジョーンを助けて共に旅をしていたが、ある日、水浴びする姿を見てジョーンが男装した乙女であることに気づいてしまい!?

口づけは情事のあとで
リンゼイ・サンズ
上條ひろみ［訳］
〔新ハイランドシリーズ〕
夫を失ったばかりのいとこフェネラを見舞ったサイは、しばらくマクダネル城に滞在することに決めるが、湖で出会った領主グリアと情熱的に愛を交わしてしまい……!?

恋は宵闇にまぎれて
リンゼイ・サンズ
上條ひろみ［訳］
〔新ハイランドシリーズ〕
ギャンブル狂の兄に身売りされそうになったミュアライン。ドゥーガルという男と偽装結婚して逃げようとするが、結婚が本物に変わるころ、新たな危険が…シリーズ第四弾

二見文庫 ロマンス・コレクション

戯れのときを伯爵と
アナ・ブラッドリー
出雲さち［訳］

伯爵の館へ向かう途中、男女の営みを目撃したデリア。その男性が当の伯爵で…。2015年ロマンティック・タイムズ誌ファースト・ヒストリカル・ロマンス賞受賞作！

胸の鼓動が溶けあう夜に
アマンダ・クイック
安藤由紀子［訳］

新進スターの周囲で次々と起こる女性の不審死に隠された秘密。古き良き時代のハリウッドで繰り広げられる事件、網のように張り巡らされた謎に挑む男女の運命は？

危ない恋は一度だけ
K・C・ベイトマン
寺尾まち子［訳］

伯爵令嬢ながら、妹のために不正を手伝うマリアンヌ。腕利きの諜報員ニコラスに捉えられるが、彼はある提案を…。セクシーでキュートなヒストリカル新シリーズ！

伯爵の恋の手ほどき
エヴァ・リー
高橋佳奈子［訳］

エレノアは社交界のスキャンダルを掲載する新聞の発行人。伯爵ダニエルに密着取材することになるが、徐々に互いに惹かれ…ヒストリカル・ロマンス新シリーズ！

令嬢の危ない夜
ローラ・トレンサム
寺尾まち子［訳］

たとえ身分が違っても、この夜はふたりだけのもの…リリーは8年ぶりに会った初恋の人グレイと恋に落ちるが、彼には大きな秘密があった！新シリーズ第一弾！

ダークな騎士に魅せられて
ケリガン・バーン
長瀬夏実［訳］

愛を誓った初恋の少年を失ったファラ。十七年後、死んだはずの彼を知る危険な男ドリアンに誘惑されて――。情熱と官能が交錯する、傑作ヒストリカル・ロマンス!!

禁断の夜に溺れて
ケリガン・バーン
辻早苗［訳］

冷酷無慈悲な殺し屋アージェントは人気女優ミリーの殺害を依頼されるが、彼女をひと目見た瞬間…。『ダークな騎士に魅せられて』に続く〈闇のヒーローたち〉第二弾！